DÔRA, DORALINA

DÔRA, DORALINA

RACHEL DE QUEIROZ

26ª ed.

JO JOSÉ OLYMPIO

Rio de Janeiro, 2023

EDITORA JOSÉ OLYMPIO LTDA.
Rua Argentina, 171 – 3º andar – São Cristóvão
20921-380 – Rio de Janeiro, RJ – República Federativa do Brasil
Tel.: (21) 2585-2000
Printed in Brazil / Impresso no Brasil

Atendimento e venda direta ao leitor:
sac@record.com.br

ISBN 978-65-5847-008-3

Texto revisado segundo o novo Acordo Ortográfico da Língua Portuguesa.

Ilustrações: Ciro Fernandes

CIP-Brasil. Catalogação-na-fonte
Sindicato Nacional dos Editores de Livros, RJ.

Queiroz, Rachel de, 1910-2003
Q47d Dôra, Doralina / Rachel de Queiroz. – 26ª ed. – Rio de
26ª ed. Janeiro: José Olympio, 2023.
432p.

ISBN 978-65-5847-008-3

1. Romance brasileiro. I. Título.

14-2063 CDD – 869.3
20-66365 CDU – 82-31(81)

Camila Donis Hartmann – Bibliotecária – CRB-7/6472

Sobre a autora

RACHEL DE QUEIROZ nasceu em 17 de novembro de 1910, em Fortaleza, Ceará. Ainda não havia completado 20 anos, em 1930, quando publicou *O Quinze*, seu primeiro romance. Mas tal era a força de seu talento, que o livro despertou imediata atenção da crítica. Dez anos depois, publicou *João Miguel*, ao qual se seguiram: *Caminho de pedras* (1937), *As três Marias* (1939), *Dôra, Doralina* (1975) e não parou mais. Em 1992, publicou o romance *Memorial de Maria Moura*, um grande sucesso editorial.

Rachel dedicou-se ao jornalismo, atividade que sempre exerceu paralelamente à sua produção literária.

Cronista primorosa, tem vários livros publicados. No teatro escreveu *Lampião* e *A beata Maria do Egito* e, na literatura infantil, lançou *O menino mágico* (ilustrado por Gian Calvi), *Cafute e Pena-de-Prata* (ilustrado por Ziraldo), *Xerimbabo* (ilustrado por Graça Lima) e *Memórias de menina* (ilustrado por Mariana Massarani), que encantaram a imaginação de nossas crianças.

Em 1931, mudou-se para o Rio de Janeiro, mas nunca deixou de passar parte do ano em sua fazenda "Não Me

Deixes", no Quixadá, agreste sertão cearense, que ela tanto exalta e que está tão presente em toda sua obra.

Uma obra que gira em torno de temas e problemas nordestinos, figuras humanas, dramas sociais, episódios ou aspectos do cotidiano carioca. Entre o Nordeste e o Rio, construiu seu universo ficcional ao longo de mais de meio século de fidelidade à sua vocação.

O que caracteriza a criação de Rachel na crônica ou no romance — sempre — é a agudeza da observação psicológica e a perspectiva social. Nasceu narradora. Nasceu para contar histórias. E que são as suas crônicas a não ser pequenas histórias, narrativas, núcleos ou embriões de romances?

Seu estilo flui com a naturalidade do essencial. Rachel se integra na vertente do verismo realista, que se alimenta de realidades concretas, nítidas. O sertão nordestino, com a seca, o cangaço, o fanatismo e o beato, mais o Rio da pequena burguesia, eis o mundo de nossa Rachel. Um estilo despojado, depurado, de inesquecível força dramática.

Primeira escritora a integrar a Academia Brasileira de Letras (1977), Rachel de Queiroz faleceu no Rio de Janeiro, aos 92 anos, em 4 de novembro de 2003.

Sumário

I

O Livro de Senhora

BEM, COMO DIZIA o Comandante, doer, dói sempre. Só não dói depois de morto, porque a vida toda é um doer.

O ruim é quando fica dormente. E também não tem dor que não se acalme — e as mais das vezes se apaga. Aquilo que te mata hoje amanhã estará esquecido, e eu não sei se isso está certo ou está errado, porque acho que o certo era lembrar. Então o bom, o feliz se apagar como o ruim, me parece injusto, porque o bom sempre acontece menos e o mau dez vezes mais. O verdadeiro seria que desbotasse o mau e o bom ficasse nas suas cores vivas, chamando alegria.

Mais de uma vez eu disse que se tivesse uma filha punha nela o nome de Alegria. Mas não tive a filha; e também conheci no Rio uma senhora chamada Alegria, Dona Alegria, vizinha numa casa de vila, no Catete. De manhã bem cedo eu ia apanhar o pão — nesse tempo se apanhava o pão na porta! — e ela apanhava o seu na mesma hora e eu lhe dava o meu bom-dia e ela mal rosnava o bom-dia dela, azeda, chinela roída, cabelo muito crespo em pé na testa — Dona Alegria! Aí eu desisti do nome, embora ainda pensasse na filha.

Afinal, nem filha nem filho. Um que veio foi achado morto; me dormiram, me cortaram, me tiraram, estava morto lá dentro, ninguém o viu. Mas isso eu falo depois, numa hora em que doer menos ou não doer tanto.

Felizmente já faz tempo. Pensei que ia contar com raiva no reviver das coisas, mas errei. Dor se gasta. E raiva também, e até ódio. Aliás também se gasta a alegria, eu já não disse? Filho, filho, falar franco, hoje só raramente me lembro do filho perdido. Mas tenho inveja das outras com seus filhos, netos, genros.

Embora a gente se renove como todo mundo, tudo no mundo que não se repete jamais — pode parecer que é o mesmo mas são tudo outros, as folhas das plantas, os passarinhos, os peixes, as moscas. A gente encara a natureza como uma prova parcial da eternidade — sempre há os peixes, os passarinhos, as moscas, as folhas, só as pessoas morrem e vão embora e não voltam nunca mais. Porém aí está o engano, nada volta mais, nem sequer as ondas do mar voltam; a água é outra em cada onda, a água da maré alta se embebe na areia onde se filtra, e a outra onda que vem é água nova, caída das nuvens da chuva. E as folhas do ano passado amarelaram, se esfarinharam, viraram terra, e estas folhas de hoje também são novas, feitas de uma seiva nova, chupada do chão molhado por chuvas novas. E os passarinhos são outros também, filhos e netos daqueles que faziam ninho e cantavam no ano passado, e assim também os peixes, e os ratos da despensa, e os pintos... tudo. Sem falar nas moscas, grilos e mosquitos. Tudo.

Gente também vem outra para o lugar de quem parte, mas a mania das pessoas é achar que a gente nova não tem direito ao lugar da gente velha, como se cada vivente humano tivesse o seu lugar separado e não fosse para se botar mais ninguém no nicho dele.

Aí é que está o erro, ninguém querer aceitar os substitutos; a gente recebe os novos e até gosta deles, mas sem abrir mão dos velhos. E isso não pode, como é que ia ficar o mundo? Deus sabe o que faz, e o que vale é que mesmo se a gente se desespera (como é o meu caso — ou foi) um dia por fim chega a nossa hora e a gente vai embora por sua vez e os que ficam que se desesperem. Se se desesperam. Porque tem os que vão embora e só deixam aquele alívio, imagine se eles ficassem eternamente, graças a Deus se foram e alguns até mesmo já se foram tarde.

SENHORA. PASSO ÀS vezes um mês, mês e meio — e sem ninguém falar nela passo muitos meses, ah, passaria até anos sem me lembrar de Senhora. Mas teve um tempo em que ela me doía e me feria e ardia como uma canivetada aberta.

Senhora. Aos poucos, quase sem querer, fui me acostumando a dizer o nome dela como todo mundo; o nome de mãe que eu tentei e ela não me obrigou; e depois, se estivesse viva e me forçasse e eu mesma me forçasse, não me haveria de sair da boca. Com aquele olho agateado, que não era azul nem verde, a cor muito branca da pele, o rosto corado, o peito seguro, o andar firme nas pernas grossas. Tão moça ainda, não fossem as mãos que começavam a ficar velhas, um pouco encordoadas de veias azuis; daí não eram só as mãos: no pescoço também já havia marcas se cortando e se cruzando e amarrotando a pele. Mas a voz era clara como uma sineta, os dentes eram brancos. Acho que morreu com aqueles dentes brancos sem perder nenhum.

Pois a mesma Senhora, que eu pensei que ia carregar comigo, encravada em mim pelos séculos dos séculos, nem precisou morrer para ir passando, foi morrendo para mim cada dia um pouco, e quando veio a notícia da morte de verdade quase dei um suspiro aliviada, agora estava tudo certo, nossas contas quites.

As mágoas que me restassem ou talvez algum remorso, pronto, estava tudo enterrado. Houve um tempo em que eu pensei que, morrendo ela, era como se me tirassem de cima uma pedra de cem quilos, mas engraçado, a pedra tinha se gastado sem que eu sentisse; talvez não fosse propriamente uma pedra, era quem sabe uma pedra de gelo que o tempo foi derretendo e só deixou água fria. Aquela água fria.

E Laurindo. Já então eu pouco falava nele e pouco nele pensava. Mas um dia o Comandante teve um repente, quem sabe se de ciúme, e me perguntou por Laurindo. Eu detestava que alguém me perguntasse por ele, e logo então o Comandante piorou muito. Me veio logo à boca uma resposta petulante:

— Quem? O finado Laurindo? — Ou: — Quem, Laurindo, meu marido? — Ou: — Quem, meu primo Laurindo? Tudo isso ele era, finado, marido e primo. Tudo ele merecia, o esquecimento e a petulância. Quem não merecia era o Comandante, e então eu engoli aquele gosto meio amargo de bofe e sangue que o nome de Laurindo ainda me fazia subir da garganta para a boca.

Nós — o Comandante e eu — estávamos na barca para Niterói, debruçados na amurada, eu olhei para baixo, para o mar entre azul e marrom que subia e descia como um bicho vivo, respirei a maresia, procurando tirar o gosto ruim do peito, me virei para ele que estava um pouco atrás de mim, botei a mão no seu braço com amor:

— Laurindo? Laurindo hoje me parece um nome de uma história contada por outra pessoa.

*

Parecia agora, mas nem sempre. No tempo em que ele era vivo estava vivo por si, carne, osso, nervo, sangue quente. Entrando e saindo, pedindo coisas e ocupando as pessoas. Falando claro, gostava até de cantar. Botava no piano umas valsas velhas, *Patinadores*, *Quando o amor morre,* me lembro ainda dessas. De vez em quando faltava uma nota no piano velho. Senhora vendeu aquele piano para Maria Mimosa, professora e mestra do coro da igreja das Aroeiras, depois que Laurindo morreu. Aliás, depois também que eu fui embora. No pouco tempo em que fiquei por lá ela não mexeu em nada, pra mim a vontade dela era que ficasse tudo parado com aquela morte, nem o sol nascesse nem o vento ventasse. Até varrerem a casa lhe doía, um menino que corresse no corredor ela batia a porta e se trancava no quarto do oratório. O povo pensava que era rezando, mas eu sabia. E talvez Xavinha também desconfiasse.

Já falei em Xavinha? Xavinha, moça velha, parenta longe, branca, sardenta, olho azul de anil lavado, o queixo maior que a boca, sobrava dente de baixo que apontava amarelo em cima do beiço fino. Toda vida teve Xavinha lá na fazenda Soledade, costurando na máquina New Home; me lembro quando eu aprendi a ler disse pra ela que aquela máquina estava errada, máquina mais burra, *Home* quem diz é analfabeto, se escreve é *Homem*. E quando eu era ainda menor, gostava de perguntar de longe, pra me mostrar às mulheres na cozinha:

— Xavinha, teu nome é Chave?

E ela dava cavaco sempre, se eu estivesse perto me torcia beliscão.

— Meu nome é Francisca Xavier Miranda. Xavinha é apelido. — Ela dizia assim, "apelídio", achava bonito falar explicado; dizia "o bules", "o *filho* de arame". De menina eu detestava Xavinha, foi outra coisa que o tempo gastou, esse detesto. Senhora a tolerava; daí essa palavra podia bem ser o retrato de Senhora — Senhora só tolerava — em geral deixava passar, ficasse de lado. Só pisava no que lhe atrapalhasse o caminho.

Xavinha costurava na máquina New Home a minha roupa de andar em casa, os sungas das crias, os vestidos das cunhãs, as anáguas de Senhora com os babados abertos de renda. Depois teve que costurar as cuecas e os pijamas de Laurindo, mas tinha ódio costurar roupa de homem, ceroula de homem:

— Eu sou moça, Madrinha. Donzela. Costurar roupa de baixo pra homem nunca pensei. Ceroulas!

Senhora botava nela os olhos frios agateados:

— Cavilação. E não diga ceroula, diga cueca. Ceroula não se usa mais. Vá trabalhar.

Podia mesmo ser cavilação de moça velha e no fundo Xavinha adorasse. Caprichava nos pijamas de Laurindo, a gola e as sobrecosturas francesas, as braguilhas numesponto tão miúdo que não se enxergava, as casas eram um bordado. Depois enfiava o cordão, lavava, passava a ferro ela mesma, pedia licença para entrar na alcova e botar a roupa dele no gavetão.

Alcova, lá, era o quarto de casal que vivera fechado por anos e anos desde que meu pai morreu. Tinha uma cama das que se chamava de bilros, torneada, um guarda-roupa e uma cômoda. Vivia trancada, só se abria pra varrer, e as meninas tinham medo de entrar lá de noite, por causa da alma de meu pai. Eu ficava com ódio quando elas diziam isso, achava falta de respeito falarem "a alma de seu pai". E embora eu também de noite não entrasse, de dia gostava de me fechar na alcova, sozinha, e pensar no meu pai, ali, como ele era no seu retrato da sala, com o bigode retorcido, a gravata grande com um alfinete de coral rodeado de brilhantes miúdos. Um dia, de surpresa, Senhora deu aquele alfinete de gravata a Laurindo dizendo que era joia de homem. Eu não gostei, tinha sido de meu pai, por que ela não me entregou para eu dar? Mas não falei nada, já tinha começado o tempo em que eu não falava mais nada.

NA SEMANA DO MEU casamento eu mesma tinha preparado a alcova para nós. Senhora queria aprontar o chalé do Umbuzal dizendo que era mais próprio para a lua de mel. E ela falava "lua de mel" apertando os beiços, como se amargasse. Mas eu disse que da minha casa não saía, que no chalé tinha morcego e estavam quebrados os vidros vermelhos das janelas e também tinha rato e o fedor de Neném Sampaia e o seu cachimbo e seus pintos, senhora da casa desde que Tia Iaiá e Tio Doutor tinham morrido de velhos com dois meses de diferença um do outro. Primeiro Tia Iaiá, depois Tio Doutor. Fazia tanto tempo que deles eu só me lembrava de os ver no cabriolé saindo para a missa do domingo, ele tinha uma corrente de ouro passando por cima do colete e ela levava uns tamancos para o caso em que o cabriolé atolasse no riacho e fosse preciso apear; e ela aí calçaria os tamancos para não sujar de lama os sapatos de camurça branca pintados de alvaiade. Mas nunca precisou apear, a bestinha que puxava o cabriolé gemia mas vencia a areia molhada, e assim jamais pude ver Tia Iaiá de tamanco e vestido de seda palha, que era a sua roupa de ver-a-Deus.

Eu falei:

— Fico aqui, que é a minha casa. Vou arrumar a alcova.

Senhora teve um sobressalto, talvez nunca lhe ocorresse antes que eu pudesse querer a alcova. Mas não resistiu.

Areou-se o soalho com areia do rio. Trocou-se o vidro quebrado da janela de guilhotina que dava para o meu jardim de resedá, jasmim e cravos. Caiou-se a parede, aliás caiou-se a casa toda, até a cozinha. Seu Alvino Seleiro, das Aroeiras, aceitou reformar o colchão velho de crina de cavalo, onde eu tinha nascido, me contou Xavinha. E onde eu tinha sido gerada, pensei comigo, porque moça não dizia esses pensamentos.

O Alvino novo veio num burro buscar o colchão que enrolou como um defunto e botou atado no meio da carga. Mas depois da reforma não dava mais para enrolar e o colchão veio na carroça da rua, embrulhado de jornal e coberto com um oleado para não estragar a cobertura nova, de listas azuis.

Mandei levar para a alcova o meu baú novo de cumaru, cheiroso, forrado de chita, onde nós tínhamos guardado a minha roupa que Xavinha e duas sobrinhas dela, chamadas de propósito, passaram os seis meses do meu noivado costurando à mão e na máquina New Home. As camisolas, os pijamas, as combinações bordadas e abertas de renda valenciana, as calcinhas, os três robes, um de sedinha cor-de-rosa, um de cetim azul e o outro de *voile* branco e mangas perdidas, aberto de labirinto e riscado de nervuras. Esse era lindo e eu separei para a primeira noite.

Vendo passar as meninas com o baú, Senhora falou:

— Já se viu botar baú na alcova; por que não guardam a roupa nos gavetões?

Eu respondi que os gavetões do guarda-roupa eram para as coisas do noivo e os gavetões da cômoda eu deixava para o enxoval.

Senhora aí levantou a ponta do lápis da caderneta das compras e perguntou, como quem não compreendia:

— Enxoval?

E eu disse que ninguém tinha mandado fazer enxoval de cama e mesa para mim e por isso entendia que agora era meu o enxoval do casamento dela, ainda guardado: os lençóis de linho bordados à mão, as fronhas de labirinto, as toalhas de rosto de cambraia abertas de crivo, e a toalha branca de mesa, adamascada, com os seus vinte e quatro guardanapos. Eu queria tudo.

Senhora fechou a caderneta, levantou-se devagar:

— Eu pensei que você, morando aqui, não quisesse separar roupa sua da roupa da casa...

Mas tirou do bolso do robe a cambada de chaves que pareciam de prata brilhante (as coisas de metal em que ela pegava sempre, não mareavam nada sendo de prata, e não enferrujavam sendo de ferro), e fez caminho para o quarto das malas, uma camarinha pequena, só com uma porta, e que apenas uma telha de vidro clareava.

Senhora abriu o grande baú de cedro, forrado de um papel antigo de florinhas. E de um em um foi tirando os lençóis de linho guardados entre molhos de capim-santo:

alguns parecia que nunca tinham sido usados e estavam amarelos nas dobras. Saíram as fronhas quadradas, as toalhas de mão, os paninhos de mesa de cabeceira, a tal toalha adamascada e as duas dúzias de guardanapos.

No fundo do baú ficou um jogo de crivo, o mais bonito, que eu conhecia e cobiçava desde menina. Vendo que Senhora fechava a tampa do baú e girava a chave, perguntei sobre o jogo de crivo; mas Senhora deu outra volta na fechadura, inclinou a cabeça em cima do ombro e falou piscando para a telha de vidro:

— Esse eu não entrego. Esse foi o da minha primeira noite, quando me casei com seu pai.

Eu estava com raiva:

— É para botar no seu caixão quando a senhora morrer?

Senhora guardou as chaves no bolso, chegou à porta do quarto mas, antes de sair, me encarou pela primeira vez:

— Pode ser.

*

Eu tinha contado ao Comandante que Laurindo era meu primo, o que era mais um modo de falar. Pelo menos primo legítimo não era, ou primo-irmão, como também se diz. Nem primo segundo, nem terceiro, mas parente longe. E quando o Dr. Fenelon, o dono da fazenda Arábia, que extremava com a nossa, trouxe aquele moço como agrimensor para fazer medição nas terras da meia légua do rio, Laurindo, que era o moço, disse para Senhora, com aquele seu ar inocente e aquela sua fala meio surda:

— Minha mãe explica sempre que nós ainda somos primos — longe —, ela é filha de Francisca Helena, que chamavam de Neném. Casada com o Major Quirino, dono de sítio na serra, o Bom Recreio, no Mulungu...

Ora, claro, Senhora se lembrava da prima Neném e do Major Quirino muito bem, ele usava cara raspada como um padre naquele tempo em que todo mundo andava de bigode. Quando menina, ainda pequena, tinha ido ao casamento de uma das moças no Bom Recreio. Três dias de festa, parece que foi o casamento de Leonila.

— Eram tantas moças e eu muito pequena...

E aí Laurindo abriu o sorriso — ele tinha um sorriso curto, repentino:

— Pois Leonila é minha mãe.

Senhora também sorriu e entrefechou os olhos, postos no rosto do moço:

— Meu Deus, você é filho de Leonila, imagine!

— E sou o caçula. Minha mãe já tem uma porção de netos, aliás mora com minha irmã casada em São Luís do Maranhão.

Senhora não acabava de se admirar:

— No Maranhão! Eu nunca soube. Com o tempo a gente vai perdendo todo contato com os parentes...

E ele então passou a tratá-la de "Prima Senhora", e ela lhe disse que o certo era chamar de tia, prima velha se chama tia e se toma a bênção. Tão faceira e rosada falando aquilo, mal passava dos quarenta anos, o lindo cabelo alourado meio se desmanchando no coque de grampos de tartaruga, o vestido de linho de mangas curtas descobrindo os braços redondos, o decote aberto, o colo macio. Tia!

Laurindo tornou a abrir e fechar o sorriso:

— Acho mais jeito em dizer Prima Senhora.

Pensei nele tomando a bênção a Senhora. Eu, por mim, já deixara disso muito tempo antes; uma vez dormi e acordei, quando passei por Senhora dei bom-dia e ela não reclamou e quando fui dormir dei boa-noite; só no dia seguinte, na mesa, mexendo o café, foi que ela disse:

— Que história é essa de bom-dia? Cadê a bênção?

Olhei nos olhos de Senhora e sabia que estava sendo insolente; fiquei parada assim um instante, depois baixei a vista para o pão de milho:

— Maria Milagre conta que negro cativo era que tomava bênção de manhã e de noite. Senão levava peia.

— E você se regula pelo que lhe conta a negra velha?

— Também nos livros. Em livro nenhum que eu li nunca vi as moças tomando bênção. Podem estar falando com pai, mãe ou avó — até madrinha — só dão bom-dia e boa-noite.

Xavinha quis fazer graça e perguntou se também não davam boa-tarde. Mas Senhora não escutou e respondeu naquele jeito dela, falando pras paredes, pra mesa, pra louça, sem encarar a gente nunca:

— O meu mal foi ter gasto o dinheiro que gastei botando você em colégio, pra só aprender essas besteiras.

Eu tive vontade de dizer: "O seu mal é um só: foi eu ter nascido; e, depois de nascer, me criar." Mas tive medo. Por esse tempo eu já tinha deixado de chamar Senhora de "mamãe". Ainda não tomara coragem pra dizer "Senhora" como nome próprio, na vista dela — dizia "a senhora", o que era diferente. Mas de mãe não a chamava. Se ela percebeu, não sei. Nas ausências, quando dava um recado para os outros ou contava um caso em que Senhora comparecia, eu dizia "Ela". Todo mundo entendia; sabe, eu penso mesmo que muitas das crias de casa que ela tinha ensinado a lhe chamarem "Minha Madrinha", também ficavam nisso de dizer "Ela" nas suas costas. As caboclas velhas, quando não a tratavam de "comadre", diziam "a dona". Mas a velha Maria Milagre, que vinha do tempo do cativeiro, chamava Senhora de "Sinhá". A mim ela também pegou a tratar de "Sinhazinha" e eu ralhei que acabasse com aquilo, com medo de que me pegasse o apelido: Sinhazinha, imagine. Já me bastava o Dôra. Pois, nos meus quatorze anos, o nome que eu queria ter era Isolda. Mas vai ver se jamais na vida Senhora me botaria o nome de Isolda. Talvez meu pai, não sei, ele morreu tão cedo, não deu para eu conhecer o que ele gostava ou não. Não deu para eu conhecer nada. Mas eu era capaz de jurar — isso jurava mesmo — não tinha sido meu pai quem escolhera para a filhinha dele aquele nome horrível de Maria das Dores.

E também esse caso do meu nome foi outra discussão na mesa. Creio até que se deu antes do entrevero da bênção. Foi, foi. Era igual toda a vida nos bate-bocas entre mim e Senhora: invariável na mesa do café. Acho que eu amanhecia azeda, ou ela, ou nós duas. Às vezes eu sonhava coisa ruim e acordava emburrada. E ela — quem saberá nunca o que ela sonhava? — vinha pra mesa toda cheirosa e corada, às vezes até de cabelo solto, uns quimonos de babados que arrastavam pelo chão. Depois do café é que tomava banho, calçava uns sapatos rasos e vestia os seus vestidos de linho branco, ou estampados de azul e verde — jamais trajava vermelho ou rosa ou amarelo porque não eram cores de viúva. Adorava era o lilás, mas não me lembro de que ela tivesse vestido lilás de andar em casa — decerto achava tão lindo que guardava a cor para os de sair.

Xavinha é que fabricava às meias dúzias os vestidos caseiros de Senhora e os meus, tirando modelo de figurino; mas que esperança, os meus pelo menos nunca ficavam nem parecidos com os do figurino, nunca. Os de Senhora também eram quase um modelo só, decote grande por causa do calor e abotoados de alto a baixo. Para Senhora saíam sem defeito, mas a aduladeira da Xavinha, quando ia provar os meus, reclamava com a boca cheia de alfinetes:

— Bota enchimento nesse peito, menina, como é que eu posso assentar uma blusa numa coisa batida assim?

E eu dizia, furiosa:

— Não sou vaca amojada pra ter úbere.

E espiando pra ela com as suas blusas de gola fechada e a eterna saia de pregas:

— Logo quem fala, esse pau-de-virar-tripa.

Xavinha não usava sutiã como todo mundo, mas corpete de bramante pespontado, arrochado como um espartilho. Gostava de se exibir à gente à noite, pelo corredor, de corpete e saia branca.

— Não tenho o meu seio para mostrar ao povo...

E Maria Milagre resmungava:

— Podia alguém até morrer de paixão, vendo tanta beleza!

Porém na hora das provas Xavinha encerrava a discussão com a resposta que tinha para tudo:

— Mas eu não tenho importância, eu não sou rica!

Quando Senhora inaugurou o rádio na sala com uma bateria de caminhão, Xavinha não se embelezou muito com as cantorias mas ficou louca pelas peças do que se chamava "Teatro Cego". Apaixonou-se pelo Celso Guimarães, chorava e sapateava quando chegava visita de cerimônia e Senhora não acendia o rádio.

— Só fazem isso comigo porque eu não sou rica!

Nessa época ainda faltavam anos e anos para inventarem rádio transistor. Chego a ter pena de Xavinha não possuir o seu transistor pequenino naquele tempo. (Muito depois ganhou um que lhe mandou o Comandante, quando eu contei a paixão dela pelos artistas, mas já então ela tinha perdido esses assomos femininos, coitada.) No auge do César Ladeira e da Ismênia dos Santos, se já existisse radinho de pilha, Xavinha haveria de economizar tostões e vinténs para adquirir o seu, e iria dormir com ele dentro da rede, melhor que um homem acharia. A voz carioca, sussurrada "deste locutor que vos fala", os amores violentos das novelas, ai, ela morria, talvez varasse a noite toda escutando em surdina.

Mas como eu ia contando, naquela manhã nós estávamos na mesa do café, me lembro que tinha um prato de sequilhos e eu rodava distraída a colherinha na xícara do café com leite e escutava o galo-de-campina que todo dia, àquela hora, vinha cantar nos galhos do jucá junto à janela; por isso me assustei ouvindo a voz de Senhora:

— Acorda, Maria das Dores. Come.

Estremeci, encarei a Senhora e falei com raiva:

— Não sei qual dos nomes que me chamam é mais horrível: Dôra ou Maria das Dores. Se nome fosse sinal pregado na pele eu arrancava o meu nem que fizesse sangue.

Xavinha lambeu com delicadeza a manteiga na ponta da faca e se meteu:

— Fosse eu, só atendia por Dorita. Dorita eu acho lindo!

Senhora não tinha paciência com Xavinha e cortou logo:

— Ora não seja idiota, Dorita, Pepita, Ninita, isso é nome de cachorrinha de balaio. Imagine, filha minha chamada Dorita! Só se saísse do meu poder e desse pra rapariga.

Senti mais raiva ainda, porque eu não confessava pra não dar ousadia a Xavinha, mas bem que me agradara a ideia de Dorita. E agora, claro, Dorita estava estragado para sempre, depois de Senhora dizer que era nome de cachorra de balaio. Ou de rapariga.

Empurrei a xícara cheia, respingando a toalha e eu sabia que isso irritava Senhora ao máximo. Pus os cotovelos na mesa e segurei o rosto entre as mãos:

— Eu tenho ódio, mas ódio desse meu nome e de todos os seus apelidos: Maria das Dores, Dôra, Dasdores, Dôrinha, Dôrita. Se eu pudesse, ia no cartório do registro e riscava, ia no livro do batistério e rasgava.

Senhora não respondeu, ficou mordendo os lábios e me olhando, parecia até esperar que eu me afundasse mais para ela então punir. E eu ainda arrisquei:

— Esse nome — esse nome — a senhora só botou em mim pra me castigar. Maria DAS DORES! Como dizendo que eu sou as suas dores!

Senhora falou baixo e me admirou, porque a voz dela era mais triste do que zangada:

— O nome foi promessa, já disse tantas vezes. Me vali de Nossa Senhora das Dores pra não morrer de parto. Não sei se você sabe, mas quase me matou.

Eu me encolhi e ela insistiu:

— No medo da morte, me agarrei com a santa e fui atendida. Escapei mesmo por milagre — eclâmpsia!

Eu ainda não tinha o que dizer e Senhora rematou, já com a sua voz natural:

— Além do mais, Maria das Dores é um nome muito bonito para uma moça.

— Eu detesto! E Dôra é ainda pior!

— Por mim, só lhe chamavam mesmo pelo seu nome de batismo. Quem inventou de lhe chamar Dôra foi sua avó. E eu não discutia com minha sogra.

— E meu pai, como é que me chamava?

De repente eu tinha que saber como é que meu pai me chamava, seria a palavra de meu pai contra a palavra de Senhora.

Mas Senhora não respondeu e eu já ia me levantando e me preparava para dizer — nem sei mais o que eu queria dizer, quando lá da ponta da mesa veio de novo a voz de Xavinha e me trespassou:

— Seu pai levantava você nos braços, bem alto, e lhe chamava Doralina — "Doralina, minha flor!" — lhe fazia cócegas, você dobrava a risada, era tão pequenininha que ainda estava dizendo: "angu, angu!", seu pai fazia você saltar nas palmas das mãos e gritava: "Gente, corre! Doralina quer angu!"

Senti os olhos quentes e tinha me sentado de novo para não interromper a história de Xavinha, mas a voz de Senhora foi aquela chicotada:

— Vá se ajoelhar no oratório e peça perdão à Nossa Senhora das Dores, sua madrinha. Reze o Eu Pecador e três ave-marias.

Eu quis me revoltar, não estava me confessando nem tinha padre ali para me impor penitência. Mas Senhora nem levantou a voz, só fez repetir:

— Vá, ande. O Eu Pecador e três ave-marias. E diga mais: "Nossa Senhora das Dores, minha santa madrinha, perdoai minhas heresias porque eu não sei o que digo."

Fui mas não rezei. Fiquei ajoelhada olhando a santa. Inclusive eu não gostava daquela Nossa Senhora nova que Senhora tinha trocado em Fortaleza, não fazia nem dois anos. Era um busto de gesso, pintada de rosa, azul e dourado e desde que a tiraram da caixa achei que parecia com Senhora. A Nossa Senhora velha que era a minha madrinha, estava agora numa cantoneira no quarto de Xavinha: pequena, escura, de madeira, e do coração dela atravessado pela espada pingava sangue escuro e não ouro. Parecia mesmo um coração de verdade. Pra mim, Senhora tinha trocado (*trocado* não, *comprado*, por que não dizer a palavra certa?) tinha comprado a santa nova por causa da parecença. Lhe tocou na vaidade. Pois não rezei mesmo. Fiquei foi dizendo: "Doralina, Doralina, Doralina, minha flor", como meu pai me chamava. E se não comecei a dizer também "angu, angu", feito a menininha de meu pai, foi só porque tive vergonha.

*

E então aconteceu aquela tarde em que o Dr. Fenelon nos trouxe em casa Laurindo, pela primeira vez.

A fazenda Arábia, que era do Dr. Fenelon, e a nossa fazenda Soledade tinham uma questão de extremas que já vinha de avós e bisavós. A meia légua da escritura começava na beira do rio, partindo dali o travessão nascente-poente até encontrar a outra extrema do lado sul. Mas aconteceu que num ano de grande inverno o rio mudou de leito (isso ainda foi nos tempos do rico velho Raimundo Cirilo, que foi pai da tal baronesa, tia-avó de Senhora — que ela alegava às vezes, e dele é que tinha vindo toda a herança) e então uns queriam que o travessão partisse do rio novo já que estava dito na escritura que o travessão começava no rio, não era? Mas os outros queriam que o marco ficasse ao pé do leito do rio velho, que era de onde se tinha tirado a extrema desde a data de sesmaria, concedida naquela ribeira toda a D. Emerenciana, tronco da família do velho Cirilo, e por isso aquelas terras ainda hoje se chamam "a data da Emerenciana".

Dr. Fenelon, sentado numa rede de corda no alpendre, traçava, com a ponta do chicote, no ladrilho do chão, o risco do rio velho e o desvio do rio novo; a ideia dele era cortar o nó e que se abrisse o pique umas cem braças entre o rio novo e o rio velho. Por anos e anos Senhora não aceitara acordo — dizia que obedecia ao pai dela; se o rio mudara de leito fora a vontade de Deus lhe aumentar as terras; pois sendo o rio a marca da extrema, onde o rio fosse ia a terra.

E Senhora hoje afinal cedia — sem se entender como o coração lhe deu aquela volta. Quem sabe porque o Dr. Fenelon tinha ajudado no inventário de meu pai — com o casamento, meu pai adquiriu direito à meação e, por morte sua, o povo dele queria ter parte; mas o Dr. Fenelon deu opinião de que havendo família — que era eu — a herdeira era a filha, e a gente dele não tinha direito, e na justiça deram razão ao Dr. Fenelon.

Dessa história eu só gostava de saber que já era herdeira da metade pertencente a meu pai na Soledade — o que aliás não se chama metade, se chama legítima. Eu achava linda aquela palavra "a legítima" de meu pai e passava horas pensando em tudo que era meu na terra da Soledade. Senhora explicava sempre que, por ocasião do inventário, tinham combinado tirar minha parte nas terras de mata e lagoa nas extremas ao poente; mas sempre que ouvia isso eu tinha um acesso de choro e raiva e gritava que não aceitava essa partilha de terra velha do lado de lá — eu queria era a metade de tudo, da casa e do açude, eu queria era escolher as árvores de que eu gostasse, os pedaços de caminho e os sombreados e os riachos; e metade do pomar e metade da horta e metade do baixio de cana. Senhora não se zangava, o que era de admirar. Era de admirar e não era — só depois eu entendi.

— Se você faz questão assim, fica indiviso. Por minha morte será tudo seu.

— Mas quando eu me casar, como é?

E aí Senhora punha os olhos em mim, de alto a baixo — meus fiapos de perna, as ancas finas, o peito batido, o cabelo comprido estirado:

— *Se* casar.

*

Bem, confessar é preciso, eu mesma não tinha grandes esperanças de me casar. Quando ia à cidade, assunto de médico ou dentista, namorado nunca achei. Verdade que não andava à solta, me hospedava na pensão de D. Loura, viúva séria com uma filha menina, que se dizia nossa parenta, o que Senhora confirmava. Uns anos atrás, pouco tempo depois de lhe morrer o marido, D. Loura apanhou uma congestão pulmonar, cuspinhou sangue e escreveu uma carta apavorada a Senhora:

"...querida amiga e parenta, é com o coração nas mãos que tomo a ousadia de lhe pedir que me deixe eu passar uns dois meses de inverno na sua Fazenda, para tomar leite e ver se engordo um pouco, eu junto com a minha filhinha. Estive muito mal, graças a Deus escapei mas o médico acha que eu preciso completar a cura passando uma temporada no bom clima e com os bons alimentos do sertão..."

Depois da assinatura botou um P.S.:

"Peço que não tenha receios de contágio porque não estou fraca do peito, só tive uma congestão pulmonar, tenho comigo o atestado do médico. A mesma."

Senhora passou um telegrama — até me admirei, mas passou — dizendo à Prima Loura que viesse, mandou separar uma vaca para o leite das visitas e preveniu Dr. Fenelon para o caso de alguma recaída.

Foi um tempo alegre na Soledade. Xavinha e eu cuidávamos da menininha, que por sinal era muito magrela, fastienta e manhosa. Dávamos banho, lhe botávamos laço de fita nos cachos, e a coisinha-ruim ia enredar à mãe que a gente tinha puxado o cabelo dela. D. Loura, apesar das suas tristes condições, era mulher divertida, sabia cantar tudo quanto era tango argentino, me ensinou *Mano a Mano*, *Muchacho de Oro*, acho que ainda hoje me lembro dessas letras e em castelhano!

Pediu licença a Senhora para tocar o gramofone que era do tempo de meu pai:

— Esses discos são da era em que o Judas era sargento! — E assim que chegou de volta à cidade me mandou três discos novos com músicas do Mário Reis, que ela adorava, e que aliás não deram para tocar no gramofone.

Me ensinou a cortar roupa mais na moda, me livrando da tirania dos babados de Xavinha. Me penteava, me passava pó e um pouquinho de ruge (Mandarine!) e dizia para me consolar:

— Senhora, bote uns cinco quilos nessa menina e verá que moça mais linda!

Senhora me olhava com os seus olhos frios e decretava:

— Quem puder que bote nela meio quilo ao menos. Essa eu já perdi as esperanças. Puxou à raça do pai.

Pois foi depois dessa temporada na fazenda, chegando à cidade mais forte e com cores no rosto, que D. Loura abriu a pensão, alugando uma casa grande na Rua Tristão Gonçalves e usando os poucos recursos que lhe sobraram depois de liquidar os negócios do finado.

Senhora tendo que ir à cidade, hospedou-se lá e chegou satisfeita:

— Agora temos um ponto onde ficar; e pagando, muito melhor do que receber hospedagem de favor em casa de parentes.

Embora daquela primeira vez D. Loura não aceitasse um tostão:

— Tinha graça, a casa é sua, Senhora. A casa e a dona e a filha da dona! Muito mais lhe devo eu, nem torrada lhe pagava. Tenha dó!

Senhora aceitou, mas disse com aquele jeito seu de fazer como queria e os outros obedecerem:

— Por esta vez está bem. Mas no futuro tem que receber, quer de mim quer da menina.

E como D. Loura não queria prometer:

— Se lembre, Senhora, do que lhe devo, o bom trato, o carinho, a casa franca, tantos meses!

— Isto aqui é o seu meio de vida, lá em casa não era o meu. Não me custou nada o que você comeu e bebeu, era tudo da lavra, e eu não pago aluguel a ninguém. Aqui você paga tudo, até a água! O carinho, sim, pode dar de graça e já é muito.

Senhora mesma foi que nos contou isso à mesa, explicando que agora se tinha um ponto na cidade. E imitava a fala de D. Loura, as suas pequenas afetações — Senhora quando queria podia imitar qualquer pessoa, mas era muito raro ela estar pra brincadeiras, pelo menos na minha frente.

Xavinha ainda disse:

— Fosse eu, não aceitava nada, nem à força. Imagine! Depois de tudo que teve aqui!

Mas Senhora cortou, impaciente:

— Não me venha com as suas asneiras! Sabe lá você o que a vida custa na cidade?

*

Mas naquele dia da primeira visita de Laurindo não se falou no inventário de meu pai, só nas mudanças de leito do rio velho; eu não tive motivo para me zangar e não dizia nada; ficava embebida olhando Laurindo, sentado na cadeira de vime, de culote e perneiras, camisa cáqui americana, cigarro sempre aceso na mão. Cigarro já fazia parte do corpo dele, não era só na respiração e na boca, mas nas mãos, na roupa, na pele, se acaso dessem um talho nele, com o cheiro próprio do sangue que escorresse tinha que vir também o cheiro do cigarro. Até depois de morto ele ainda cheirava a cigarro — eu mesma senti.

Os dois mais velhos continuavam debatendo, riscando o rio no chão. Laurindo olhava e escutava, mas não dizia nada; sendo ele o agrimensor, seria responsável pelas medições e então, por onde passasse, era o risco dele que tinha de valer. Antes de medir não lhe cabia dizer esta nem aquela.

Hoje, tantos anos passados, me pergunto se Laurindo tinha mesmo aquela boniteza que me pareceu; não, não tinha. Ou tinha, porque afinal quem pode dizer as regras do que é bonito em gente; uma pessoa não é uma casa ou uma igreja, de que se traça a planta no papel, se mede na régua, conta os metros e os centímetros, enfeita com mármore e madeira lavrada e manda dourar e depois fica lindo. Uma pessoa tendo a boca, o nariz e as orelhas, cada coisa no seu lugar certo, não existe mais medida nenhuma que lhe governe a beleza. Pode ser tudo certo e não ser bonito, embora não se tendo tudo certo na proporção exata não pode ser bonito; como no caso de Laurindo, por exemplo, que nem era muito alto, nem tão largo de peito, nem tinha olho verde ou negro que se considera lindo, nem a qualidade de pele rosada como certos homens conhecidos por bonitos. Nele era mais a postura do corpo de carne enxuta, um ar de trato e limpeza, o sorriso curto e de repente. Mas eu, naquele tempo, nem retrato de mocinho de cinema tinha visto que vencesse a ele. E além do mais, muito me seduzia a voz dele que não se alterava e, mesmo numa roda de muitas pessoas, parecia que ele estava falando só com você. Até quando bebia — e quantas ocasiões mais tarde eu vi Laurindo bebido — quando bebia e se zangava ele não gritava, falava ainda mais baixo, mais surdo, às vezes até numa espécie de soluço.

Marcaram dia e hora na semana seguinte para a abertura dos piques. Só então consultaram Laurindo que tirou um caderninho do bolso, leu umas datas e disse que estava tudo muito bem. Senhora não ia com eles, mandava por si o vaqueiro Antônio Amador.

— Ou precisam de mim nesses primeiros dias?

Dr. Fenelon disse logo que não, nos primeiros dias iam só abrir as picadas.

Senhora fez um gesto com a mão:

— Nisso tudo, peço que se lembrem de que eu não tenho quem chore por mim; sou uma *viúva sozinha.*

(E eu? Eu já estava com vinte e dois anos, mas comigo ela não contava. Era a viúva sozinha!)

Nesse ponto então Dr. Fenelon riu-se, olhou Senhora de alto a baixo, achei até atrevido, como se avaliasse a mulher:

— Viúva pode ser, Senhora, mas sozinha e só porque quer! E tem ainda os seus capangas, esse vaqueiro Amador que mata e morre pela senhora... Sem contar aqui com o Dr. Laurindo, até já descobriu que é seu primo! — Soltou uma risada grossa: — Se eu tiver juízo, acho melhor me procurar outro agrimensor!

E então os homens se levantaram, mas quando já se passava da sala para o alpendre, Dr. Fenelon pediu a Senhora uma palavrinha em particular. Decerto era dinheiro para o começo dos trabalhos, Dr. Fenelon não facilitava nunca com dinheiro:

— Desculpe, Laurindo, é só um instante.

Senhora levou Dr. Fenelon para a saleta das contas onde estava a pequena secretária de meu pai com suas gavetas de segredo, usadas por Senhora para guardar dinheiro e joias. Eu continuei caminhando para o alpendre e o jardim, na direção dos cavalos que esperavam debaixo do grande pé de mulungu, pra lá da cerca.

Laurindo andava atrás de mim, e a cada passo que eu dava sentia também a passada dele calcando o chão. Vinha bem um metro atrás, mas eu tinha a impressão de que o fôlego do homem tocava o meu cabelo. De repente, já no jardim, ele parou junto ao pé de rosa-amélia que tinha quatro botões meio abertos. Chamou meu nome e eu também parei. (Nesse instante escutei, lá na saleta das contas, tocar a campainha da fechadura de segredo que abria a secretária de meu pai. Era dinheiro, sim, que o Dr. Fenelon queria.)

Encarei Laurindo que, estendendo a mão, num daqueles gestos seus inesperados com que depois eu vim a me acostumar tanto, quebrou o talo do botão mais bonito; e aí me entregou a flor, sério e sem dizer uma palavra. Eu fui que tentei um sorriso, devagar, porque não sabia o que fizesse; acabei recebendo o botão de rosa e às pressas enfiei o talo pela chanfra do decote, e senti que um espinho da rosa me arranhava a pele do colo.

Guardei aquele botão de rosa como se fosse um botão de ouro que ele tivesse me dado — ou como quem guarda um anel de pedra, um anel de noiva?

Só muito tempo depois, quando já nem existia mais sinal da rosa, foi que pensei e reparei: ele tinha tirado o botão do *meu* jardim e, assim, o primeiro presente que Laurindo me deu foi de uma coisa que já era minha!

Eu tinha vinte e dois anos, ela tinha quarenta e cinco — e Laurindo casou comigo. Um dia, antes do noivado, eu vinha pelo corredor e escutei uma das mulheres dizendo na cozinha:

— A viúva se enfeita toda, mas é a menina que pega o moço.

Xavinha, que tomava gemada numa tigela, trepada num tamborete alto, deu a sua risadinha:

— Meu Deus, perdoai-me!

Mas até hoje não posso jurar se Senhora quis mesmo casar com ele; penso mais que não. Casar foi coisa que ela nunca pretendeu depois de conhecer a sua força de viúva. Dizia muitas vezes com ar de queixa, mas eu sabia que era mostrando poder:

— Mulher viúva é o homem da casa. — Ou então: — Mãe viúva é mãe e pai.

Eu tomava aqueles ditos para mim, contra mim. Hoje penso que ela falava em geral, para todos. Naquela senzala nossa ela queria ser tanto a Sinhá como o Sinhô.

E Laurindo, teria também pensado nisso? Um dia, dois meses depois do casamento, Xavinha foi fazer compras nas Aroeiras e, mal chegou, logo se viu que estava estourando com uma história nova. Foi começando a falar com Senhora:

— Por isso é que eu tenho raiva daquele povo das Aroeiras, nunca se viu gente pra gostar mais de mexerico, nem respeitam as pessoas!

Senhora virou a cabeça pra ela e indagou conforme era esperado:

— Que foi que disseram hoje?

Xavinha porém ficou vermelha, não respondeu, disfarçou:

— Nada, só as coisas de sempre. Vou tomar meu banho! — E saiu para a cozinha.

Senhora comentou com enfado que o pior de moça velha são aqueles vapores. De um argueiro fazem logo um cavaleiro.

Não sei, mas senti que Senhora não queria especular na minha frente o novo mexerico de Xavinha; era como se já estivesse inteirada e procurasse desviar meu interesse.

Deixei passar a hora da ceia, Senhora foi para o quarto dela, e eu atravessei o corredor, cheguei ao quarto de Xavinha, abri devagar a porta, que sempre dormia encostada. Dizia ela que não se trancava porque tinha medo da lamparina pegar fogo na varanda da rede e ninguém poder entrar para acudir, e ela morrer torrada...

Xavinha estava sentada na rede, a camisola comprida de madapolão fechada no pescoço, o cabelo trançado em dois rabos de rato escorridos por cima dos ombros. No tamborete, lá no canto, a lamparina acesa; ela tinha o terço na mão e rezava batendo os beiços.

Entrei de manso e assim mesmo assustei Xavinha:

— Credo em cruz, menina, que foi? Alguma dor?

Eu disse que tinha ido beber água, vi a réstia de luz da lamparina por baixo da porta dela e me lembrei do tal falatório das Aroeiras:

— Que foi mesmo que lhe disseram? E por que você teve medo de contar a Senhora?

Ela deu um embalozinho na rede, passou a língua nos lábios, com gosto:

— Bem, achei que Madrinha Senhora podia não gostar. Esse povo das Aroeiras não respeita mais nem os ricos... De primeiro era só com a Iaiá deles...

— Mas qual foi a história, Xavinha? Era comigo?

Aos poucos, com muitas mordidas de beiço e palavras sussurradas, o caso foi saindo. Não vê, ela encontrou D. Dagmar na farmácia — encontrou, não, a mulher tinha que estar lá, já que a farmácia é dela, o marido vive na rua, não quer saber de balcão:

— Quando eu pedi um vidro de Elixir Paregórico ela perguntou logo se era para a "noivinha" — se a noivinha já estava com os seus antojos...

Já daí Xavinha não gostou andarem especulando as coisas da fazenda, de gente especula ela tem ódio; e assim foi respondendo séria que na Soledade por enquanto ainda não se fala em menino novo. E então D. Dagmar disse que na rua foi a maior admiração com o resultado do casamento, tinha gente nas Aroeiras que até fez aposta como casava a velha e não a moça. Seu Carmélio de Paula foi um. Mas o tabelião, aquele Esmerino, tinha dito ali mesmo no balcão da farmácia que cobria qualquer aposta: Laurindo casava era com a moça:

— Não vê que casando com a viúva ele só pega metade da meação dela, porque a outra metade é a herança da filha? Mas casando com a moça leva logo a legítima do pai e depois vem a herança da mãe, direta, sem repartimento...

E Seu Carmélio disse que podia ser, de herança ele não entendia, mas entendia de gente, e duvidava muito que de qualquer jeito o agrimensor botasse a mão num vintém de nada, a não ser por morte da velha...

Dei as costas e fui embora sem esperar que Xavinha acabasse a lenga-lenga; saí andando para o quarto, meio trêmula, com um gosto ruim na boca. Entrei na alcova devagarinho, mas escusava o meu cuidado: Laurindo ainda não se deitara, estava na sala jogando paciência, debaixo da lâmpada belga.

TINHA SIDO UM NAMORO misterioso depois do caso do botão de rosa. Laurindo vinha à Soledade com o Dr. Fenelon, ficavam para almoçar, ou às vezes vinha ele merendar sozinho.

Sentava na mesa defronte de mim, Senhora à cabeceira, e ele quase só falava com ela. Xavinha achava o moço finíssimo, que educação, parece até que veio do Rio.

E ele trazia as cartas que Prima Leonila lhe escrevia de São Luís. Nunca pensei que mãe longe escrevesse tanta carta. Tinha uma delas que dizia:

> *"Meu filho, espero que trabalhe e vença na vida, faça fortuna e realize minhas esperanças que me sacrifiquei tanto pelos seus estudos."*

Fosse eu não mostrava, também não sei se ele mostrou por engano; Senhora leu aquelas linhas em voz alta, Laurindo ficou meio corado e disse depressa:

— Não, o recado para a senhora é mais embaixo...

Senhora procurou a linha, leu:

"Diga a Prima Senhora que muito lhe agradeço a recepção que deu ao meu filho na casa dela, que eu podendo ir ao Ceará irei visitá-la e mando um abraço para a sua mimosa filha..."

Encabulei um pouco e perguntei, meio de brincadeira, se ele contava à mãe tudo que fazia. E Laurindo:

— Escrevo todas as semanas. Sou muito agarrado à minha mãe. Assim que eu puder ela vem morar comigo.

Pois sim. Essa podia ser a ideia dele, mas não era a minha. Mãe já me bastava uma, e quanto! Deixa quem está bem ficar onde está bem. Não dizia sempre a Prima Leonila nas suas cartas que se dava otimamente em São Luís e mal sentia o calor?

Senhora devolveu a carta, comentando que Prima Leonila tinha a letra bonita, conhecida das alunas do Colégio das Irmãs. Laurindo meteu o envelope no bolso, confirmando que a mãe tinha mesmo uma letra linda.

Já a letra dele, além de não ser linda era muito difícil de ler, mormente nos bilhetes escritos a lápis, que ele jogava pela janela do meu quarto ou dava a um moleque para me entregar escondido. Não traziam em cima o meu nome, nem o dele assinando — nem sequer começavam por "meu bem" ou "querida". Só um deles terminava com um "beijo". Mas esse me foi entregue à mão, de noite, no alpendre escuro.

Sei de pessoas que têm o amor descoberto, ou franco, ou até mesmo arrogante. Aquele meu era secreto e ciumento e dava-se muito bem com o sistema oculto de Laurindo. Imagine se eu ia dividir a menor parte, quer do namoro, quer de Laurindo, com Senhora ou com ninguém! Era a primeira vez na minha vida que uma coisa para mim vinha de graça, sem que eu lutasse por ela, pois tudo partia dele: ele que me procurava com a mão e com os olhos, disfarçado sempre mas constante. Ele que me vinha em casa, já agora todo dia. Ele que me dava as suas promessas e a sua pessoa, de vontade própria, sem que eu precisasse disputar ou rogar.

Com Senhora, sempre me tinha parecido desde pequena que eu tinha de brigar até pelas horas de sono; sequer na mesa ela servia — cada um fizesse o seu prato. Eu menininha, ela sempre mandou alguém me lavar, vestir, pentear minhas tranças lisas. Mas mandava qualquer uma — eu nunca tive uma ama só para mim e me recordo de que um dia reclamei e Senhora ralhou:

— Nada disso! Ama só serve pra botar manha em criança.

Pra dizer tudo, naquela casa da Soledade nunca me senti propriamente uma dona, mais como uma hóspede que não tinha ninguém por mim nem possuía nada de meu. Eram tudo as comadres de Senhora, as cunhãs de Senhora, os cabras de Senhora. A casa de Senhora, o gado de Senhora. Aliás, ninguém no geral da fazenda nem mais dizia Senhora — só "a Dona". "A Dona quer", "a Dona mandou".

Eu não tinha pai, nem avô nem avó, nem madrinha nem tio, nem irmão nem irmã. Todo dia ia para a escola de charrete — acho que naquele tempo ainda não usava charrete com roda de pneu, era cabriolé de rodas altas de ferro, como o de Tio Doutor. Daí quem sabe até era o mesmo cabriolé do Tio Doutor? Podia ser herança, creio que a uma certa altura dos meus estudos os dois velhos já tinham morrido.

Compadre Antônio Amador me levava e não trazia, junto com os latões do leite que se vendia às freiras; dizia ele que era esse leite que pagava pelo meu colégio.

Fiquei lá até aos dezessete anos e era sempre a menor da classe, magrela e calada; as outras quase todas já eram moças formadas, boas de casar. No primeiro ano saiu uma para se casar com um viúvo; e no último ano, que era o quarto, deu aquela epidemia de casamento, três alunas deixaram o colégio antes de receberem o diploma — os noivos achavam que elas já estavam sabidas o bastante e, mesmo, para criar menino não se exige anel de grau.

Eu nunca me dei bem no colégio nem gostava de lá. Se fosse interna talvez me acostumasse, mas Senhora não queria. Teve um domingo, no meio do ano, as freiras trouxeram as alunas para fazerem um piquenique na Soledade. Para mim foi uma agonia, quis me trancar no quarto e Senhora ralhou que eu não fazia as honras da casa. E veio uma menina com um buquê e disse uns versinhos chamando Senhora de nossa benfeitora. Mas eu já conhecia aqueles versos que tinham saído para muita gente e eram sempre os mesmos, ou quase, só variava a menina que recitava. E no outro dia contei isso na mesa — contei pra Xavinha mas foi pra Senhora ouvir, e vi que ela não gostou mesmo. Pelo menos isso salvou-se da visita.

E ENTÃO DEU-SE, QUANDO eu andava pelos meus quatorze anos, apareceu na Soledade um homem, um estranho, por nome Raimundo Delmiro.

Aliás tinha outro nome, contudo esse ele só me disse mais tarde e bem no ouvido e eu jurei nunca repetir a ninguém — jurei e cumpri. O seu nome segundo era Lua Nova, mas isso já fica sendo um caso dentro do outro e terá que vir depois.

Raimundo Delmiro chegou lá em casa montado num jumento velho, em osso; mal segurava um cabresto feito com um pedaço de corda fina. Camisa e calça muito sujas e rotas, sem chapéu. De melhor, trazia em cima de si umas boas apragatas de sola, pespontadas e bordadas de ilhós.

Parou o burro no terreiro, salvou; eu estava no alpendre, preguiçando com uma almofada de renda onde um biquinho amarelava; no tempo das férias Senhora tinha a mania de me obrigar a fazer renda — "ocupação de moça branca, em vez de sair correndo pelo mata-pasto, junto com as molecas".

Sim, era férias, pleno dezembro e o sol tirava fogo das pedras; a gente não sabia se era a força da luz que fazia tremer as figuras ao sol ou se era mesmo o homem que estava cambaleando. Mas era ele, sim; porque de repente caiu de face sobre o pescoço do jumento, largando de mão o cabresto. E então foi escorregando devagarinho, chegando até o chão, onde se estendeu.

Nós corremos, eu e umas duas meninas, Luzia e Zeza, acho, que estavam comigo no alpendre, mas paramos a uma pouca distância, com medo de que o homem estivesse morto. Não, morto não estava. Respirava forte, gemia e variava, caído do lado esquerdo; a manga direita da camisa dele tinha sido arrancada e o braço se dobrava pra dentro de um lenço de cor, todo manchado e atado em tipoia. E do ombro ao cotovelo aquele braço era uma massa escura de sangue e sujo, coberto com uns pedaços de folhas de mamona, mal-amarrado com umas tiras.

Olhei para trás, procurando ver se acaso Senhora não andaria por perto; mas não descobri sinal dela. Quem vinha chegando era Antônio Amador depois de tomar um café na janela da cozinha como era seu costume, a toda hora. Amador também viu o homem caído, chegou-se, e nós nos chegamos com ele; acocorou-se, espiou de perto a cara maltratada, a barba de dias, tocou-lhe com a mão na testa:

— Está se cozinhando em febre.

E eu pedi:

— Vamos tirar esse pobre do sol.

As cunhãs ajudaram Amador e, meio carregado, meio arrastado, estiraram o homem na calçada do oitão, à sombra.

A fala rouca que passava por entre os beiços inchados parecia pedir "água", "água". Mandei Luzia buscar um caneco cheio na cozinha, e com a minha mão fui derramando a água fresca na boca aberta do coitado, devagarinho; mas ele não conseguia engolir, a água lhe descia pelo pescoço abaixo e o pobre do homem mal podia lamber algumas gotas por cima dos lábios. Antônio Amador me pediu licença, segurou a nuca do padecente e lhe pôs o caneco à boca; então ele bebeu um gole curto, depois um gole mais largo, e por fim com a mão esquerda segurou o caneco e conseguiu tomar todo o resto. Aí deu um suspiro consolado, disse alguma coisa que eu entendi "chegou", e Amador de novo o estirou no chão.

O mal dele era da cana do braço para o ombro; um vergão feio descia do cotovelo até a mão — e o inchaço engrossava o pescoço e tomava o peito, que a manga arrancada deixava descoberto.

Moça da fazenda tem treino de enfermeira. De pequenina a gente começa a ver a mãe e as tias fazendo curativos nos caboclos — cortes, feridas, tumor que é preciso rasgar; arrancando espinho reimoso, felpa de pau de estrepada. Eu ficando mocinha, Senhora foi me entregando as obrigações ao meu alcance, e assim eu já curava umbigo de recém-nascido com mercurocromo, antes que as comadres lhe pusessem emplastro de pele de fumo com picumã; já tratava das perebas da meninada, talhos pequenos de faca, cortes de caco de vidro, essas coisas. E uns meses atrás, estando Senhora ausente, fui eu que fiz o primeiro curativo e depois tratei durante duas semanas do pé de Luís Chagas, que tinha arrancado fora o dedo mindinho com um golpe desastrado de foice. Cuidei de Luís tão bem que ficou uma cicatriz lisa e limpa no lugar do dedo, e ele ria alto mostrando o pé, e até Senhora elogiou.

E pois eu calmamente assumi a autoridade naquela hora, e disse para Amador que era preciso botar o homem numa rede e tratar daquele ombro.

Mandei Luzia buscar em casa uma rede de cor, das separadas pra se emprestar a algum passageiro que pedisse rancho na Soledade e não houvesse trazido rede sua; mandei que a armasse no último do correr de quartos do paiol que fica algumas braças além do oitão, à direita da casa-grande.

Eu mesma fui na despensa buscar a bacia branca de esmalte e disse para Zeza, a outra menina, trazer um jarro de água morna. Peguei algodão, água oxigenada, iodo, e umas ataduras de lençol velho que Senhora mandava rasgar em tiras, ferver, secar no sol e guardar num bauzinho de flandres, no armário dos remédios.

Quando voltei Amador já tinha posto o homem na rede e lhe arrancado os restos da imunda camisa. Botei água morna na bacia e Amador lavou o rosto da criatura, o pescoço, o peito, tudo encoscorado com placas de sangue preto.

Foi-lhe aparecendo a feição de cor fechada, mais para mulato que para caboclo. Não era homem novo — talvez já andasse para além dos cinquenta. Mas tinha um pescoço grosso de touro, o peito largo e os braços encordoados de veia e músculo. O cabelo já estava salpicado, sal e pimenta.

Em seguida ao rosto chegou a vez do ombro ferido: eu mesma desatei os nós da tipoia, e quando o braço caiu solto o homem soltou um grito rouco. Botei-lhe o braço dobrado de novo, devagarinho, sobre o peito; apalpei de leve a cana do osso, debaixo do ombro, e me pareceu que não tinha ali nada quebrado. Mas no ombro, Deus Senhor, não se sabia mais onde era nada debaixo do emplastro de sangue seco. Molhei tudo bem pra ver se desmanchava os coscorões de sangue, cortei as tiras, despreguei pacientemente os pedaços de folha de mamona. E então vi a ferida, pequena de entrada mas rasgando as carnes do sovaco e das costas na saída. Tudo inchado e roxo, porém não se via ponta de osso — se tinha alguma coisa fraturada era por dentro. Banhei aquelas carnes maltratadas com água oxigenada, enxuguei a fervura branca, molhei chumaços de algodão no iodo e enchi com eles as feridas; já estava tudo tão inchado — ou arruinado? — que o homem nem pareceu sentir o ardor do remédio. Depois atei peito e ombro com os panos limpos.

O homem tornou a se agoniar pedindo água. Amador lembrou que a gente lhe desse leite morno com açúcar, e eu ainda dissolvi no leite uma aspirina, por causa da febre; o pobre engoliu tudo num segundo, devia estar varado de fome, e então nós repetimos a dose do leite.

Mas ele aí só tomou uns dois goles, descaiu a cabeça e fechou os olhos. Por trás de nós, Zeza perguntou com medo:

— Morreu?

Antônio Amador nos acalmou:

— Não, deu na fraqueza, pegou no sono. Agora ele vai dormir uma porção de horas.

Faz tanto tempo e parece que estou vendo tudo o que se passou naquela hora, nunca pude esquecer, e olhe que tratei de tanta gente, mais tarde. Também era o meu primeiro caso importante afora o dedo do pé de Luís Chagas — e ainda não era só isso, houve outras razões de me lembrar, como se há de ver.

Claro que Senhora não gostou de saber que eu tinha tomado a ousadia de acudir aquele passante sem nome e sem cara, botá-lo num quarto, tratá-lo — e tudo sem ordem dela. E me interpelou quando eu vinha do quartinho do paiol com as coisas da farmácia na mão:

— Você agora está dando coito a todo cigano extraviado que aparece, e nem ao menos me pediu licença?

Passei por ela sem responder, como já ia ficando meu costume. E no que lhe dei as costas ela se virou para Antônio Amador:

— Foi você que pegou o cabra caído e levou lá para dentro? Quem é? — algum bêbedo?

Entrei em casa e fui lavar as mãos sem ouvir o resto. Antônio Amador que se explicasse.

Durante três semanas tratei do desconhecido. Antônio Amador, que o despira e revistara por ordem de Senhora, não lhe encontrou nada no bolso das calças senão uma nota suja de dinheiro miúdo e um molho de medalhas de alumínio, todas com o Padre Cícero no verso e Nossa Senhora das Dores (minha madrinha!) no reverso.

O jumento em que ele veio ficou uns tempos parado pelo terreiro, com o cabresto arrastando; depois, no meio da confusão, saiu andando, sumiu.

*

Com três semanas as feridas foram fechando e a febre passou. No fim dessa terceira semana eu disse na mesa — aliás foi Xavinha quem puxou o assunto — que Seu Raimundo Delmiro já se dava por bom, estava só muito fraco. O ombro ainda se mostrava duro, mas o braço já se mexia do cotovelo para baixo.

Logo depois Senhora, na hora dela, que era o sair do banho, atravessou o terreiro da frente, puxou a porta do quartinho sem pedir licença, também segundo o seu costume. Tinha tudo como seu ali, nem a parente nem a morador cabia direito a porta fechada.

Pensei em sustentar opinião e não ir atrás, porque o doente era meu e ela não tinha me chamado; mas também não podia tirar a minha proteção do infeliz — com Senhora ninguém estava seguro — e sendo criatura minha, então. Corri atrás dela.

Raimundo Delmiro estava sentado na rede e, pelo que parecia, rezando. Um registro pequeno de Nossa Senhora das Dores, que Zeza tinha lhe emprestado, fora posto em cima do tamborete e ele bulia os beiços, a cabeça baixa, o braço doente no colo, a mão esquerda batendo no peito. Quando viu que a porta se abria, levantou-se, mas Senhora não lhe deixou tempo para dar nem bom-dia.

— Então já ficou bom? Já pode fazer caminho?

Delmiro só fazia olhar para Senhora, piscando, encandeado. Eu fui que passei à frente dela, fiz o homem se sentar de novo na rede, tirando-lhe o peso do corpo das pernas trêmulas. E eu que falei:

— O ombro já sarou, mas Seu Delmiro ainda está muito fraco.

Senhora cruzou os braços no peito e se virou para mim:

— *Você* sabe o nome dele, mas a mim ainda não me disseram nada.

Mudou a vista para o homem e metralhou:

— De onde é que o senhor vem e quem lhe estropiou o ombro? Foi briga? Anda sozinho ou de bando? Cadê seus companheiros?

E eu teimei em responder:

— Ele se chama Raimundo Delmiro e é do Riacho do Sangue. Foi ferido numa briga...

Mas Senhora me cortou, como sempre:

— Ele tem boca, deixe o homem falar.

Aí Delmiro, meio gaguejando, contou a Senhora o que já me contara: era filho do Riacho do Sangue, onde nasceu e se criou. Trabalhava com animais e gado; fazia ano e meio tinha ido a Picos com uma burralhada, quando então os revoltosos passaram pelo Piauí e se encontraram com ele. Foi iludido com as conversas dos revoltosos, lhe jurando que o Governo já tinha perdido a guerra, que a revolução estava vencedora e que até mesmo o Padre Cícero tinha mandado o seu pessoal combater do lado da Coluna Prestes. Ele se entusiasmou, entregou os burros (recebeu um papel de requisição), deram-lhe arma e munição e ele seguiu acompanhando o bando. Mas na viagem, até a chegada ao Ceará, foi descobrindo as mentiras: a Coluna não estava vencendo nem nada, estava era sendo perseguida, tinham até prendido o Juarez que todo mundo tinha grande fé nele, e agora estava tudo desanimado. E o pior é que o Padre Cícero continuava contra os revoltosos e tinha mesmo abençoado os provisórios do Governo para combaterem a Coluna.

Com tudo isso Delmiro se desgostou, foi ficando triste, procurando um jeito de se escapulir. Certa tarde, anoiteceu e não amanheceu. Mas o sargento logo deu pela sua falta, mandou uma patrulha atrás dele — andaram quase uma semana no rastro do desertor — e ele, que tinha fugido sem armas com medo de ser reconhecido como revoltoso, não pôde nem reagir quando foi encontrado. E só foi mesmo pego porque a burra em que fugiu se estropiou e quase não andava; e os da patrulha o derrubaram a tiro, lhe deram umas coronhadas, o deixaram como morto e ainda lhe carregaram a burra.

Tornando a si, sabe lá quanto tempo depois, estava zonzo, todo doído, o ombro latejando, o braço morto. Por fortuna era canhoto, sendo o braço ofendido o direito. Só o que pôde fazer foi atar uma tipoia com o lenço do pescoço, tapar a ferida com umas folhas de carrapato tiradas de um pé de beira de cerca. Passou por uma casa, pediu água, lhe deram, mas logo lhe bateram com a porta na cara, assustados. Que ele também nem podia pensar em se demorar em lugar nenhum, com medo dos revoltosos. Andou dois dias, com fome, depois dormiu, nem sabia por quanto tempo, devido à febre provocada pelo ombro baleado; nem sabia também os dias, depois, em que marchou para a frente.

Numa casa uma mocinha lhe deu um prato de feijão. E ainda teve a sorte, logo depois, de encontrar aquele jumento velho solto no meio da estrada; montou em osso, mas era difícil fazer o animal andar sem rédea nem cabresto. Passando por uma casa fechada descobriu pendurados numa forquilha da latada dois pedaços de cordinha — e com eles fez mal-e-mal um cabresto. Aí foi andando para onde o jumento queria ir, às vezes caía por cima do pescoço do animal e continuava marchando assim mesmo, parou na beira de um açude onde o bicho bebeu e ele bebeu também — e foi o maior sacrifício para montar de novo. Não sabia quanto tempo caminharam até chegarem ao pátio daquela fazenda, e então o jumento parou debaixo do pé de mulungu e ele sentiu que escorregava para o chão. Perdeu os sentidos, e quando deu acordo de si, tinha um anjo de Nosso Senhor lhe socorrendo.

Senhora, que ouvira tudo calada, só com uma pergunta curta uma vez e outra — "...e daí?..." — "onde mesmo?" — "por quê?", então descruzou os braços:

— Que anjo? Essa aí? É minha filha, e você está na minha fazenda Soledade.

Mas falou sem zanga, o que me admirou. Só depois lembrei que Senhora tinha tomado ódio aos revoltosos ao saber que eles chegavam nas fazendas, requisitavam criação e gado, deixando o tal "recibo de requisição" para ser pago "depois da vitória das armas revolucionárias". Ela não gostava de Governo, mandava sempre votar na oposição, ai do eleitor seu que se atrevesse a dar um voto ao nosso inimigo, o prefeito das Aroeiras. Senhora costumava até mandar recados ao homem: "A revolução vem aí!"

Mas na voz de lhe tomarem o que era dela, ficou contra todo mundo: não queria parte com Governo nem com revoltoso, dizia que um e outro vindo ocupar a sua terra, viva não a apanhavam, preferia tocar fogo em casa, roçado e mata.

Bem, na verdade aquela era a história "oficial" de Delmiro. A outra versão eu fiquei conhecendo pouco antes de vencer a minha grande batalha com Senhora, e conseguir dar morada ao estranho na casa velha do finado João de Deus.

(Esse velho João de Deus era rezador e ladrão de bode, conforme se apurou depois dele morto: o filho único sumiu logo em seguida ao enterro do velho e Senhora mandou alguém tomar conta da casa e do roçado do defunto. E então, bem disfarçados dentro das moitas de mofumbo, na planta encapoeirada, foram descobertos cinco chiqueiros onde eles escondiam os bodes alheios, que o filho levava arrastados, na noite de sexta para sábado, a fim de os vender na feira. Por isso o velho João tinha feito a sua casa em lugar agreste, quase no meio da mata; e depois que ele morreu e o filho sumiu, aquele canto tomou fama de mal-assombrado.)

Numa manhã em que acompanhei Luzia com o prato de cuscuz com leite para o meu doente, Delmiro me disse que se sentia quase bom:

— No poder de minhas posses, que dora em vante serão poucas. Agora é tratar de ir embora, procurar um cantinho onde plante uns pés de milho e um lastro de feijão, levantar um rancho onde esperar a morte... A senhora está vendo: com esse braço morto, que outro futuro posso ter?

E então eu me lembrei da tapera abandonada de João de Deus, e ofereci para ele ir morar lá.

Fui a cavalo lhe mostrar o local em passo vagaroso, porque Delmiro ainda não estava muito firme nas pernas, nem mais era dono do seu fôlego; e quando chegamos na tapera encoberta pelas jitiranas e tudo rebentando em flor, o lugar era tão calmo, tão bonito e triste que apertava o coração. Delmiro me pediu licença para se sentar numa tora de pau jogada ao meio do terreiro. Esteve um tempo olhando em redor, tomando tenência. Depois levantou os olhos para mim, ainda a cavalo que eu estava, e me disse que tivera um sonho.

No sonho tinha visto aquela casa velha, assim mesmo com as paredes tombando e a telha selada, e agora estava sabendo que fora trazido de longe para vir morar ali.

Mas no sonho, também uma voz lhe disse que ele não podia continuar com mentiras e verdades encobertas, e era preciso fazer confissão completa como aos pés do padre. Se fosse perdoado, ficasse; se não fosse perdoado, fizesse caminho; e nesse caso tinha que ficar penando pelas estradas, comendo de esmola, até a hora de cair morto e esperar pelo Dia do Juízo.

Assim pois, batendo nos peitos, gemendo e chorando, me relatava tudo pela vontade de Deus.

A história que tinha contado à dona era certa em quase todos os pontos, menos um ou dois. Sim, ele tinha sido perseguido, ferido e maltratado e deixado moribundo caído no chão da estrada. Mas não vinha só, vinha com três companheiros. E desses três ditos companheiros, um tinha sido morto e os outros dois presos, sendo um ferido num tiroteio com a polícia. Ele, Delmiro, ficou junto com o morto, desacordado, dado como morto também, no que os soldados levaram os presos. E quando os homens da polícia voltaram para enterrar os defuntos, já não o encontraram, que tinha tornado a si e aproveitado pra fugir.

Naquele dia, na noite seguinte e no outro dia, ele conseguiu ficar oculto, encolhido numa cova ao pé de uma cerca de ramada. O ombro não doía muito, tinha ficado dormente; o pior mesmo era a sede.

Na segunda noite arrastou-se por debaixo dos ramos, saiu, andou até o amanhecer, e daí por diante tinha se passado tudo como ele contou à dona: as folhas de carrapateira, o caneco d'água, o prato de feijão, o jumento roubado.

Mas agora um ponto importante: aqueles seus companheiros *não eram* soldados revoltosos — ele mesmo, Delmiro, nunca tinha botado os olhos em cima de um revoltoso; tudo que sabia deles era pelo falar do povo, que andava assombrado com a Coluna. O grupo com quem andava é verdade que se aliou com os provisórios, mas logo se fizeram de bandidos, aproveitando a ocasião, a munição e as armas. Começaram roubando uns cavalos, depois se passaram a roubar gado, aí começou a perseguição e se viram obrigados a largar os animais e entrar a pé na caatinga. Assaltaram uma bodega, e então a polícia formou um volante, expresso pra dar caçada a eles; brigaram muitas vezes com os soldados, escapavam, mas sempre perdendo um companheiro, e dos nove que eram em começo, no fim só estavam em quatro.

O sargento do volante era um sujeito, além de muito perverso, opinioso; antes de entrar na polícia tinha andado no cangaço, foi preso e, pra ser perdoado, sentou praça. Mais cru que um condenado. Naquelas correrias com ele, o bando de Delmiro se afastava cada vez mais de terreno conhecido e então, sem um amigo, sem um coiteiro, sem ninguém — e era mesmo o que o sargento queria — acabaram se liquidando naquele último encontro.

Eu porém que não tivesse medo de me aparecer um volante de polícia na Soledade. Ninguém no bando ou fora dele conhecia Delmiro pelo nome; no bando ele recebeu um nome de guerra: era chamado *Lua Nova* por causa das suas falas poucas e da sua cara fechada; em noite de lua nova tudo é parado e escuro, nem galo canta.

E antes do derradeiro encontro com a polícia eles cortaram o cabelo uns dos outros, que até então o usavam pelos ombros; já estavam querendo se disfarçar, quem sabe pegar um trem que os levasse à sua terra; embora ele mesmo não pensasse em nunca mais voltar ao Riacho do Sangue, se de lá já tinha saído por causa de uma vingança.

Ninguém lhe vira a cara por perto — o assalto da bodega tinha sido à noite e eles aprenderam um uso de puxar o cabelão pra cima do rosto, encobrindo assim a feição e ficando ainda mais medonhos.

Ao deixarem os dois defuntos na estrada — o falso e o de verdade — os soldados da polícia tinham carregado as armas deles, as cartucheiras, as facas rabo-de-galo de dois palmos; até um punhal pequeno, que ele usava enfiado no cinturão, tinham levado também. E, junto com as cartucheiras, claro, o cinto de papo de ema onde guardava o seu dinheiro — que passava de três contos de réis. Dinheiro é o que eles procuram logo e nunca entregam.

Agora, arrependido, aleijado, estava querendo com os poderes de Deus ficar naquele lugar — achava mesmo que não queria nada mais neste mundo. Tinha feito a confissão conforme fora mandado. Nas minhas mãos se abandonava.

Se eu quisesse podia denunciá-lo a Senhora, que o entregasse ao delegado: ele prometia ir embora sem dar alteração na nossa casa, mesmo sabendo que, mal se encobrissem no caminho, os soldados o matavam, "resistindo à prisão".

Se eu resolvesse lhe deixar a vida, jurava nunca mais pegar em arma e fazer penitência, como lhe fora ordenado lá de cima.

Estava velho, já não possuía mais ninguém de seu, nem pai nem mãe nem mulher; dele só se lembravam os inimigos que tinha espalhados pelo mundo. Não era o medo da morte que o obrigava a me pedir proteção: só tinha medo era de morrer como um bicho antes de purgar os seus pecados e depois ir assar no inferno por todos os séculos dos séculos.

E aí Raimundo Delmiro, por alcunha Lua Nova, deixou-se escorregar de joelhos e levantou os olhos para mim, que o escutava sempre montada no meu cavalo:

— E eu aqui estou aos vossos pés, na figura de um cordeiro, e aceito o que a senhora ordenar porque a tenho pelo meu anjo salvador, e a palavra que sair da sua boca para mim é palavra do céu. Esconjuro o nome velho e a vida velha; lhe prometo nunca mais botar a mão numa arma, só se for pela sua ordem e para a sua garantia. Jesus Cristo Messias e Nossa Senhora das Dores, madrinha do Juazeiro, e o nosso santo Padrinho Padre Cícero me guardem na sua mão e de mim tenham misericórdia, juntamente com a senhora. Amém. Amém. Amém.

*

Tive a briga com Senhora e garanti a tapera a Delmiro. O velho se mudou no mesmo instante, levando a rede que lhe dei, um pote pequeno desbeiçado que arranjei com Maria Milagre, um prato de alumínio, um caneco e uma colher. Faca, Zeza só se lembrou quando ele ia longe e fomos correndo levar-lhe uma faquinha velha, mas Delmiro só a aceitou de minha mão, não da menina, pra não quebrar a jura, porque faca era arma.

Trabalhando devagar com o seu braço canhoto, Delmiro aos poucos levantou a tapera, remontou um bom pedaço da cerca do finado João de Deus, fechando um roçado pequeno. Brocou a capoeira, encoivarou e queimou; quando vieram as chuvas me pediu semente, plantou meia tarefa de fumo, um lastro de feijão e uns dois litros de milho, umas manivas de mandioca. (Enquanto não teve nada era eu que o sustentava, roubando as coisas da despensa, com a ajuda de Maria Milagre. Não sei o que Senhora pensava de onde Delmiro comia.) Trazia ele tudo tão bem tratado e limpo de mato que na safra a sua planta deu mais que certos roçados grandes dos outros.

Vivia só, sem ao menos um cachorro, sem amigo nem mulher. O povo da fazenda foi se acostumando com ele, até Senhora. Um dia em que Dr. Fenelon comentou com ela a presença daquele solitário em terra nossa, indagando por que não o mandava embora, "ninguém o conhece e não serve mesmo para nada, não é?", Senhora respondeu meio ríspida:

— Ora, tem tanta raposa, tanta cobra na minha terra. Deixa lá o velho, não faz mal a ninguém.

ASSIM MESMO O POVO acabou tendo cisma de passar por lá; também Delmiro não procurava ninguém, e todo ano levantava um pouco mais a cerca de entranço que lhe fechava o roçado e a casa, sem porteira nem passador. Deixou crescer a barba que embranquecia, andava vestido numas calças velhas que eram mais uma tanga, nu da cintura para cima.

Eu é que um dia, outro dia, levava o meu cavalo para aquelas bandas, me encostava na cerca e gritava por ele. Daí a pouco Delmiro aparecia, trazendo sempre algum presente que guardava para mim — um pé de flor numa panelinha, um par de cabaças para eu nadar com elas no açude, bem iguais no tamanho e formato, atadas com uma trança de malva; ou era uma gamelinha de emburana, do tamanho de uma tigela de louça, fina que era quase transparente, e lixada com folha de cajueiro bravo, "que era para eu tomar a minha coalhada".

E se de antecedência não tinha nada guardado ou preparado, me dava nem que fosse um ramo de manjericão ou uma cuia cheia de rapa de juá para eu lavar meu cabelo.

Quando eu tinha mais tempo ele levantava um pedaço de cerca para me dar passagem e ao cavalo e ia me mostrar os passarinhos. No frechal baixo da casa pendurava-se uma porção de cabaças, com uma janelinha aberta como em casa de maria-de-barro, onde os passarinhos vinham se aninhar. Outros faziam o seu ninho por conta própria — só sei que se via ali passarinho de toda qualidade, cabeça-vermelha, canário, rouxinol, até cancão.

Delmiro plantava um pedacinho de arroz, só pra dar às rolinhas; e ultimamente criava uma marreca-viuvinha que apanhara na lagoa ferida de tiro, e curara e amansara. Uns tempos antes criou um veadinho enjeitado que depois cresceu e voltou para o mato. Eu perguntei por que ele não amarrava o veado — mas perguntei porque quis, sabia muito bem que Delmiro tinha horror a trazer preso um vivente, por mais bruto —, um peba ele não prendia. Os passarinhos iam e vinham como queriam, tal como as lagartixas que moravam no vão da taipa; até sagui aparecia ali.

Com o tempo, Delmiro foi ficando cada dia mais esquisito e solitário. Quem passava perto da casa dele, sendo de noite ficava assombrado, escutando aquela voz "rouca como dum bicho" que cantava os seus benditos, cada qual mais penoso.

Um dia, lá pela cozinha, peguei as mulheres contando um caso, às gargalhadas: imagine, Eném Sampaia, aquela doida que morava no chalé do Umbuzal e era a nossa mulher da vida, mãe de dois filhos a quem davam como pai todos os homens dos arredores, pois a maluca de Eném Sampaia apostou cinco mil-réis como era capaz de virar a cabeça de Delmiro.

E lá uma manhã se encostou na cerca dele, gritando e chorando:

— Me acuda, Seu Delmiro, me acuda! Bati numa casa de boca-torta, os marimbondos tomaram conta de mim, estão me matando! Me acuda!

E assim que a cabeça de Delmiro assomou por cima da cerca, Neném berrava:

— Entraram pela minha roupa! — E foi levantando a saia, a blusa, e se pondo nua, esfregando a mão pelo corpo como tentando se livrar dos marimbondos.

Então Delmiro falou:

— Espere aí que eu vou buscar uma coisa.

Neném continuou se esfregando e gritando, o corpo todo de fora, até que ele voltou com uma vassoura velha que tinha molhado e botado no fogo e agora soltava um nevoeiro de fumaça. E dizendo:

— Marimbondo se espanta com fumaça. — Chegou a vassoura junto ao corpo da mulher, que ficou toda envolta no fumo como numa nuvem. Sufocada e tossindo, Neném se deu por vencida e baixou a saia.

— Chega, Seu Delmiro, chega, os bichos já foram embora!

Delmiro tornou a saltar a cerca e, sem dizer uma palavra nem olhar para trás, foi-se embora com a vassoura no ombro, feito uma espingarda, e ainda fumegando.

Lá uma vez entre sete semanas me aparecia ele na fazenda na hora da sesta, quando Senhora dormia, trazendo um meio saco de feijão ou milho, uma cordinha de fumo, que eu fazia trocar no Fornecimento por sal, fósforo e rapadura. Antônio Amador lhe deu um jumentinho velho para os seus carretos. Nas festas eu mandava Xavinha lhe fazer uma roupa; de longe em longe lhe dava uma rede.

Mas sempre tive o cuidado de mandar pesar e fazer o preço do que ele me trazia, prevenindo reclamação de Senhora. Que aliás não faltava. Aí eu juntava conta com conta, Delmiro sempre tinha saldo. E Senhora resmungava:

— E quem me paga a renda do roçado?

Um dia criei coragem:

— Ele não deve nada à senhora. Mora e planta no que é meu.

— Seu — seu? Onde é que é o seu?

Mas eu já tinha a minha resposta pronta há muito tempo:

— A senhora combinou comigo que ficava tudo indiviso. Pois então o meu é onde eu disser que é meu.

*

Depois que eu me casei, Delmiro deixou de aparecer na fazenda à luz do dia. Levava ainda o milho e o feijão para a troca, mas altas horas da noite; largava o saco na porta do armazém e na noite seguinte eu mandava Amador botar o café, o sal e o doce na forquilha do pé de mulungu, para livrar dos bichos (naquele mesmo pé de mulungu debaixo dele Delmiro caíra, semimorto, tantos anos passados). No dia seguinte não se via mais nada lá.

Laurindo quis conhecer Delmiro, intrigado com as histórias que corriam sobre o doido solitário, meu protegido.

E eu levei meu marido até encostado à cerca mas Delmiro não apareceu. Chamei, chamei, e ele se fez de mouco. Laurindo impacientou-se e quis pular a cerca, mas eu aconselhei que não:

— Está se vendo que ele saiu, foi talvez com o burro apanhar água. E é melhor você não entrar sozinho — com a mania que ele tem por bicho, é capaz de estar criando alguma cobra.

Eu sabia que Laurindo tinha pavor de cobra, só matava alguma obrigado, e assim mesmo de longe, a tiro.

Ele desistiu, mas deu para passarinhar pelas bandas do roçado do velho e quase sempre voltava de lá trazendo no alforje uma rolinha ou uma juriti.

Mais adiante eu fui sozinha visitar Delmiro; chamei, ele apareceu logo, depois foi buscar um favo de mel que trouxe enrolado numas folhas, e pediu:

— Diga ao seu moço que tenha dó dos meus bichinhos.

Cheguei em casa, dei o recado, Laurindo riu-se:

— Sua mãe diz que esse velho é seu capanga!

E eu então tive raiva:

— Até hoje não precisei de capanga. Mas se precisar, quem sabe? Apesar dele velho...

— Com o braço direito aleijado? — E Laurindo saiu, assobiando.

Pelas noites, na Soledade, era costume antigo se reunirem os homens no alpendre da fazenda para um café e conversa. O vaqueiro dava conta dos sucedidos no dia — a vaca que faltou, a ovelha que sumiu, o rombo na cerca, a novilha de bezerro novo. Senhora distribuía as suas ordens para o dia seguinte, eu ficava ouvindo, me balançando na rede de corda.

Com a chegada de Laurindo a conversa se alongava — agora havia um dono da casa e os homens se sentiam menos tolhidos do que só na presença de Senhora, como antes. Segundo Maria Milagre, nos tempos de meu pai a conversa ia até noite alta, cada um contando o seu caso de assombração, que Sinhozim apreciava muito. Visagem, marmota, aparecia tudo.

Era o passeio dos moradores aquela visita noturna, as mulheres com as crianças demandavam a cozinha e os homens se espalhavam pelos bancos do alpendre. Vinha quem queria mas nunca eram poucos, quase sempre faltava lugar nos bancos e se via gente empoleirada pelos parapeitos.

Senhora se sentava na sua rede, Laurindo tomou a minha, no antigo lugar de meu pai. Eu então me sentava na beirada da rede dele — no começo era aconchego de noivos, depois ficou por costume.

Era escuro ali no alpendre, mesmo nas noites de lua o luar só banhava o jardim e o terreiro. Deixava-se a lâmpada belga acesa na sala, sem trazer luz para mais perto e não juntar muito bichinho, besouros e mariposas.

Não me lembro como, uma noite a conversa caiu em Delmiro. Laurindo estava segurando a minha mão direita, mordiscando os dedos de leve, e interrompeu o carinho para indagar:

— Além de ser capanga de Dôrinha, de onde ele é e quem é?

Eu retirei a mão, enfadada, e logo Senhora, com alguma malevolência, contou a história dos revoltosos. Felizmente era só a que ela sabia.

Do seu banco os homens puseram-se a fazer suposições, e compadre Eliseu, que tinha fama de inventivo, achava que o camarada nascera em Canudos e era filho de jagunço...

Eu me virei de brusco:

— Quem lhe disse?

Compadre Eliseu se assustou um pouco com a minha aspereza — eram histórias que tinham lhe contado na rua:

— Seu Jerônimo da padaria outro dia estava dizendo que apareceu muito filho de jagunço extraviado por este sertão, depois da guerra. Espalhou-se a notícia de que mataram todo mundo e no dia em que os soldados entraram no Monte Santo não tinha lá mais um vivente; mas a verdade é que fechada a noite, escapava muita mulher e muito menino, que os homens faziam sair na escuridão, por veredas escondidas.

Eu não estava gostando da conversa e ainda assim tinha a tentação de assombrar aquele pessoal todo, até Laurindo, contando a verdadeira história de Lua Nova, o bandido da cara escura. E imaginava a raiva de Senhora — mas os cabras acho que acabariam ficando por ele.

E falei em vez o que devia, amontoando explicações miúdas:

— Não tem mistério nenhum com Delmiro: ele é filho do Riacho do Sangue, sempre viveu por lá até que fez a tal viagem ao Piauí, encontrou os revoltosos e se meteu na Coluna Prestes. Ainda deve ser conhecido na terra, não faz muito tempo que o pai morreu. Pelo que ele me disse, o velho é que se chamava Delmiro, ele foi batizado por Raimundo, Delmiro não é sobrenome e sim o nome do pai.

— Bem, talvez não seja bandido — rematou Laurindo —, mas que é maluco de atirar pedra isso ninguém pode negar. Nem você.

Eu suspirei.

*

Daí a uns cinco dias Laurindo matou a marreca-viuvinha que Delmiro criava. Ele chegou com a espingarda a tiracolo, rodeou a casa, entrou pela cozinha bem disfarçado, jogou o bissaco em cima da mesa e deu ordem:

— Me preparem essa marreca para o almoço.

E ia saindo, quando uma das cunhãs de Senhora, puxando o bicho morto da sacola, olhou de perto, conheceu e gritou:

— Deus que me perdoe, é a viuvinha do velho Delmiro!

Eu vinha passando pelo corredor e escutei. Entrei zunindo na cozinha, tomei a marreca da mão de Zeza, que era ela que tinha gritado, perguntei:

— Como é que você conhece?

A menina até gaguejava adivinhando o alvoroço que ia sair dali, mas não recuou:

— Olhe aqui, madrinha Dôra, a asinha quebrada que Seu Delmiro remendou — veja, tá aqui o nó do osso, coitadinha... Tão mansinha que ela era!

Me virei como uma cobra para Laurindo que ainda estava encostado na porta com um ar de riso na boca e se desculpou:

— Como é que eu ia saber? Marreca na beira da lagoa eu atiro, e acertando, mato. Caça é caça...

Eu contestei, de beiço branco:

— Laurindo, esta marreca não foi morta na lagoa. Você não veio nem dos lados da lagoa — veio do lado de cá, das bandas do Delmiro.

— E você sabe por acaso os rodeios que eu dei? Passei por cá na volta.

As mulheres da cozinha estavam agora caladas, olhando a gente, disfarçando e sem querer perder nada da discussão. Uma das meninas escapuliu e foi chamar Senhora, que apareceu na porta do corredor e me viu com a marreca morta na mão, no momento exato em que Laurindo ia dizendo:

— Se a marreca era dele, por que aquele doido velho não botou uma marca nela? Eu é que não tive culpa — amarrasse um cordão no pé da marreca, um laço de fita no pescoço, até um chocalho!

E aí Senhora meteu a sua colher, não podia demorar:

— Aqui não tem marreca de ninguém, bicho da fazenda é da fazenda, mormente bicho do mato. Quando é que Seu Delmiro teve ordens pra fazer criação de marreca em que ninguém pode tocar?

E me encarou de testa franzida, como no meu tempo de menina, quando me fazia medo:

— Deixe de cavilação, Maria das Dores. Luzia, limpe essa marreca e mande torrar para o almoço.

Luzia já ia me tomando da mão a viuvinha; eu lhe dei um safanão, arrebatei a bichinha morta, ainda quente, o pescoço quase cortado pelo chumbo, o bico aberto, a plumagem escura furta-cor macia na minha mão.

Saí correndo de casa afora, chorando, chorando mesmo de raiva e de pena. Quantas vezes eu tinha brincado com aquela marrequinha, lhe dado xerém de milho e feijão cozido, sob as vistas de Delmiro, no seu terreiro.

Tornei pela vereda que levava à casa dele, na mesma carreira desabalada. Abri a boca, respirava com força, corria sempre. Afinal cheguei lá, com as pernas bambas, sem fôlego, e me encostei na cerca:

— Delmiro! Delmiro!

Ele deveria estar perto porque apareceu sem demora e tirou o seu caco de chapéu de palha. Eu lhe botei nas mãos a marrequinha e solucei:

— Desculpe... Seu Laurindo matou a bichinha por engano... Tenho muita pena... ele não sabia!

Delmiro pôs-se a alisar as penas da viuvinha, de cabeça baixa, sem olhar para mim:

— Já me matou um cancão, matou três juritis, matou quatro rolinhas... Tudo criado aqui... o cancão ele rebolou fora — depois achei e enterrei. As outras levou na mochila. Eu vi. Quando ele aparece por cá eu fico pastorando por trás da cerca. Uma vez ele ainda queria pular a ramada, olhou pra um lado e outro, mas aí mudou de ideia e fez caminho.

Eu ouvia, assombrada. Ou estaria assombrada mesmo, será que não esperava por aquilo da parte de Laurindo? Delmiro estava mesmo transtornado:

— Hoje ele aproveitou que eu tinha ido pra mais longe catando uns paus de lenha...

Dei meia-volta, saí devagar pela vereda, me acalmando, pensando. Entrei em casa direto para a alcova, bati a porta e me atirei de bruços na cama.

No alpendre, do outro lado da parede, Senhora e Laurindo conversavam, os dois muito calmos. Ouvi Senhora lendo em voz alta um bilhete que tinha recebido do Dr. Fenelon. Como se não tivesse acontecido nada.

*

Gente nova não adivinha nem quer adivinhar certas coisas; e mesmo quando tem um aviso, dez avisos, não acredita. Eu confesso que comigo, então, era aquela arrogância: achava que podia levar tudo do meu gosto, viesse Xavinha com as suas histórias, sentisse Laurindo me escorregar entre os dedos sem que eu tivesse como prender a criatura.

No entanto — que sinal mais sério, por exemplo, do que os mexericos que Xavinha dizia andavam fervendo nas Aroeiras?

Ou, pior que tudo, aquela frieza de mim pra ele — e dele pra mim?

Eu pensava que casamento não tem jeito, uma vez a gente casando é igual à morte, definitivo; ou não: eu pensava que casamento era como laço de sangue, como pai e filho — a gente pode brigar, detestar, mas assim mesmo está unido, ruim com ele, pior sem ele, o sangue é mais grosso que a água, essas coisas. Com o nó do padre e do juiz eu teria ganho a minha vitória para sempre e ele agora era meu assinado no papel.

E assim ia notando mas não me alarmava — ou não me alarmava *muito*. Também como é que eu ia saber o que era um homem, as partes de homem, as manhas de homem. Naquela casa, como lhe resmungava pelas costas quem tinha raiva dela, "só havia um homem, que era Senhora".

E as distâncias que Laurindo ia tomando de mim eu, inocente, achava que devia ser "coisa de homem", como Xavinha dizia.

Como também a bebida. Às vezes em que ele chegava da rua tão bebido que quase caía do cavalo, na minha mente aquilo era natural em homem; tratava de o deitar na rede, lhe tirava as botas, desabotoava a roupa, lhe refrescava o rosto com uma toalha molhada, pra mim eram essas as obrigações da boa mulher. E ainda procurava fazer tudo escondido de Senhora, e à toa, porque ela sempre descobria e me punha os olhos verdes com um riso de pouco caso.

Xavinha me ajudava quando eu não podia com ele sozinha e, me vendo de cara vermelha e os olhos queimando, tentava me consolar:

— Ora dê graças a Deus que ele bebe e dorme. Tem homens que dão é surra na mulher e quebram as coisas dentro de casa.

De manhã cedo eu mesma lhe levava um chá (estando de ressaca ele recusava o café), dava bom-dia como se não tivesse acontecido nada, punha a xícara fumegando no tamborete ao pé da rede.

Porque ele agora dormia sempre numa rede, no quarto pegado à alcova. Com tanto móvel dentro, especialmente a grande cama de casal com seus quatro postes de bilros, e o cortinado de filó bordado, enorme se espalhando pelo chão, a nossa alcova não dava lugar para armar uma rede.

E Laurindo não gostava mesmo de cama, tinha um dizer que cama era um traste que só prestava "pra amar, parir e morrer"; logo nas primeiras semanas de casado reclamou uma rede. E a rede não cabendo na alcova, eu lhe armei uma no quarto vizinho, desocupado, comunicante com o nosso, que passou também para o nosso uso.

Senhora aprovou a alteração e "pra completar a mobília" trouxe para Laurindo um cabide de pé que tinha sido de meu pai. Contou na hora que meu pai era tal e qual, não largava a rede e só aceitou cama quando já estava no fim.

(O que mais me doía era que os casos e as lembranças de meu pai eu só apanhava assim atirados aos retalhos, que eu ia remendando, sempre com cada falha enorme entre um e outro; por muito que eu pedisse e rogasse quando pequena, me sentasse aos pés dela no chão, suplicando "me conta coisas de meu pai", Senhora se recusava e o mais que concedia era assim: "Seu pai era um homem muito bom, mas morreu muito moço e me deixou com uma carga por demais pesada às costas. Não tem nada que contar, a vida de todo mundo é igual." Crescendo, foi que aprendi a ficar de orelha arrebitada pronta para apanhar e esconder comigo, como quem furta, algum pequeno sucedido, recordação, palavra dele, a cor dos olhos, um ar de riso, o número do sapato...)

Laurindo, ouvindo Senhora, piscou para mim e disse que com ele era um pouco diferente. Gostava de uma cama no começo da noite:

— Mas depois eu quero mesmo é a minha rede.

Eu fiquei vermelha, Senhora também não gostou da tirada e olhou duro para ele como se não entendesse.

TRÊS ANOS, DOIS MESES e dezessete dias levei casada com Laurindo. Contando de um em um foram 1.172 dias, 1.172 dias e 1.172 noites também.

Na Soledade ele se instalou como filho da casa — natural, não era o genro, o marido? e nem Senhora nem eu pensávamos diferente, o homem da casa tinha direito a tudo.

Trabalhava quando trabalho aparecia, mas não corria atrás dele. Saía no seu cavalo, que era aliás o que trouxera de seu, mais a roupa do corpo e os apetrechos de agrimensor. Um cavalo ruço apatacado, por nome Violeiro, muito alto, que o dono dizia raceado de puro-sangue de cavalo de corrida; em razão de que só andava de trote, e Xavinha gozava:

— Senhor meu Jesus Cristo, pode Seu Laurindo dizer que essa marcha é "trote inglês", mas na minha terra toda vida isso se chamou foi de chouto. Chouto pé-duro e olhe lá!

Mas eu adorava ver Laurindo muito firme nos estribos, subindo e descendo no selim inglês (era outro luxo dele, detestava sela de vaqueiro), de botas altas, culote, camisa americana de brim de mescla, rebenque fino na mão, parecia um artista de cinema!

O sonho de Laurindo era comprar um carro, embora o carro só fosse lhe servir para ir da Soledade às Aroeiras e assim mesmo com muito solavanco. Para o ofício dele só se já tivessem inventado jipe, como veio a acontecer depois da guerra. Carro nenhum desse tempo, Overland ou Ford-de-bigode, seria capaz de cortar pelos piques abertos a machado e foice, onde até os animais se arriscavam a uma estrepada e se estropiavam infalivelmente pisando nos tocos e nos pedregulhos.

Atrás do cavalo Violeiro marchava uma burra de carga, tocada pelo "secretário" de Laurindo, que Senhora lhe arranjara: o nome do cabra era Luís Namorado, que de menino lhe botaram o apelido, pelo costume que tinha de andar de chapéu à banda, como chifre de vaca namorada. A burra também tinha sido presente de Senhora, porque a dele, de antes — Laurindo confessava mesmo, rindo — tinha precisado vender pra comprar o enxoval do casamento. O arreio da burra era uma espécie de cangalha aparelhada de sola e acolchoada como uma sela: ali se arrumava o teodolito, as balizas e uma caixa pintada de verde, onde se guardava a trena grande de 250 metros, os cadernos, os mapas e o resto da tralha miúda de agrimensor.

Então, por quinze ou vinte dias, mal se via o homem em casa, só de longe em longe, pra tomar seu banho, trocar de roupa, engraxar as botas e sair de novo, pela madrugada.

E ele ausente, a casa da Soledade parecia voltar ao que antes fora, quero dizer, a antes do casamento. Eu ia tratar das minhas plantas que tinham aumentado muito, já crescia um partido de nove laranjeiras de enxerto, me entretinha podando, aguando, adubando. Ou cuidava da minha criação de paturis, em grande prosperidade. Ou me trancava no quarto, quando arranjava um romance novo; ou, em último caso, me sentava com um bordado na rede de corda do alpendre.

Senhora era na sua lida, determinando o trabalho dos homens junto com Antônio Amador; ou na queijaria botando o coalho no leite, serviço que ela não confiava a ninguém; ora ralhando com as cunhãs:

— Menina, varre esse terreiro direito, menina, manda Xavinha botar abaixo a barra da tua saia que já estás andando com os gorgomilos de fora! Zeza, vai mudar a água das flores no jarrinho da santa lá na sala, Luzia, me dá um caldo, Luzia, me coa um café.

Mas com Maria Milagre não bulia muito, a negra velha era independente, vez por outra as duas se estranhavam. Em geral por minha causa, Senhora reclamando que Maria Milagre tinha me botado a perder de luxos.

Sábado de tarde Senhora ficava horas e horas na salinha das contas preparando a féria dos homens, anotando os dias de trabalho, descontando os adiantados e as compras na caderneta do Fornecimento, decifrando os garranchos de Antônio Amador.

Podia passar dias e dias sem se lembrar de que eu era viva, mas se chegando a mim, tinha que ser para reclamar:

— O seu tempo de princesa acabou, você agora é uma dona de casa!

(Imagine eu dona de casa, na casa dela!)

— Desculpe lhe interromper, mas esta camisa de seu marido se rasgou nas costas e Xavinha não tem mais olhos para serzir invisível.

Xavinha, de óculos pra perto ou sem óculos, continuava a ter olhos de lince. Mas a intenção de Senhora era me puxar a brida e fazer doer.

Dia de domingo, então, voltava até a rotina velha da leitura do *Flos Sanctorum*, que vinha desde os meus tempos de criança. Pois que a Soledade ficando a mais de légua da rua, o vigário dispensou Senhora e os de sua casa da obrigação da missa dominical; mas impôs que, na falta da santa missa, a gente se reunisse, fizesse alguma leitura piedosa e rezasse um terço.

Em matéria de leitura piedosa só havia na Soledade o velho *Flos Sanctorum* que fora de minha bisavó Olivinha e era guardado, embrulhado em jornal e atado com barbante, na gaveta da mesa do oratório, junto com o terço de Senhora, as palhinhas bentas de Domingo de Ramos e um pacote de velas de cera para as almas.

Embora assim o chamassem, o *Flos Sanctorum* trazia impresso na capa era outro nome: Santuário Doutrinal. Continha (continha não, contém, porque ainda o possuo), contém as vidas de todos os santos, cada uma indicada para o seu próprio dia do ano; e então se lia a vida do santo daquele domingo, e de mais algum outro, se acaso ocorresse algum santo importante durante a semana.

Desde que aprendi a ler, a leitura da vida do santo passou a ser minha obrigação. Eu me sentava com aquele grande livro aberto na mesa da sala, o mulherio em redor ouvindo, às vezes até algum homem. E depois da história do santo, contada desde o nascimento até a morte bem-aventurada, ainda se lia o pedaço das "Conclusões e Moralidade"; então eu fechava o livro, que de novo era enrolado e amarrado, e nós passávamos para o quarto do oratório; e lá, já aí de joelhos, se rezava um terço inteiro, com os mistérios e a ladainha, que Xavinha tirava.

Foi aquele *Flos Sanctorum* o primeiro livro que li na minha vida — e com que paixão! Senhora não me permitia pegar nele durante a semana, mas nas noites de domingo, quando estava de bom humor, ela deixava que eu o fosse apanhar na gaveta — os dois volumes, com encadernação de papel lavrado, lombada de couro, gravada com letras douradas: SANTUÁRIO DOUTRINAL — O.M.P. Esse OMP me enganou muito tempo, eu pensava que fosse alguma fórmula religiosa; só depois de moça vim a saber que eram as iniciais da bisavó: Olívia Miranda Pimentel.

*

Até a comida da mesa ficava mais simples com Laurindo fora porque eu só gostava de beliscar bobagem e, Senhora, o seu alimento era na base do leite — coalhada, jerimum ou cuscuz com leite, mugunzá, queijo com café e, sendo tempo de milho-verde, a canjica e a pamonha.

Laurindo na mesa, vinham os peixes de forno, as cabidelas de galinha, as caças que ele matava, as buchadas de carneiro que eu detestava.

E cerveja refrescando à janela na meia molhada, e uma garrafa de vinho que ficava aberta de um dia para o outro, azedando no aparador.

Era outro movimento. Era o senhor macho naquela casa de mulheres, parecia até que os ares mudavam. Se bem que ele não fosse o dono nem mandasse em nada e pedisse tudo por favor (pois nem ele tinha a ousadia de disputar o lugar de Senhora), mas era o filho querido, o sinhozinho a quem todo o mulherio fazia os gostos, correndo.

*

Talvez só eu já não corresse. Às vezes até me impacientava aquele paparico das mulheres com Laurindo, como se todas elas tivessem nele a sua parte.

E então eu fingia que não ouvia quando ele varejava de casa adentro me chamando, remanchava para atender — deixasse ele ver que eu, eu pelo menos, não era negra de ninguém.

Na verdade nunca foi a nossa vida uma vida igual à dos outros casais na sua casa. Começava por aquela não ser a nossa casa, e se poderia dizer que nós éramos mais como um casal de meninos, brincando emprestado de marido e mulher.

Dinheiro, por exemplo, ele nunca me deu. Me dava presentes, cortes de fazenda, par de sapatos, latas de biscoito inglês e marmelada Colombo, água-de-colônia. Também nas despesas da casa não entrava com nada — mas igualmente dava os seus agrados a Senhora. Sempre trazia os presentes juntos, para ela e para mim; os embrulhos de papel colorido, atados de fita (foi quando eu conheci papel de presente), e um era quase sempre a duplicata do outro.

Ele tendo dinheiro no bolso era mãos-abertas com o pessoal e espalhava as gorjetas. Mas nem sempre tinha o que gastar, porque a vida de agrimensor é incerta, só se ganha quando chamado. Laurindo reclamava que naquelas fazendas velhas do município já estava tudo medido, e só em caso de herança nova, questão velha reaberta, ou venda pra gente de fora, era chamado o agrimensor e podia faturar. Se ele fosse ambicioso, decerto não lhe seria impossível angariar serviço por longe; mas antes preferia ficar no seu cômodo, e quem quisesse lhe batesse à porta — era isso o que ele dizia.

Se eu desejava fazer alguma despesa grande, nem de longe me lembrava de pedir nada a Laurindo. Às vezes eu queria o dinheiro para gastar com ele mesmo — como no aniversário, quando lhe dei o relógio de pulso — ou então gastar comigo, e foi assim na ocasião em que tratei dos dentes em Fortaleza; nesses casos mandava Antônio Amador vender alguma rês do meu gado — uma ou duas, conforme a precisão.

Na crise da minha criança morta, deu um horror de despesa com médico e sala de operação e diária de hospital e viagens de carro. Laurindo estava sem trabalho havia mais de dois meses; só sei que depois de tudo, já eu em casa ainda muito amarela e chorosa esperando a volta da saúde, quase sem me levantar da rede no alpendre, sem coragem nem de ler nem bordar nem de nada, uma tarde chegou-se a mim Senhora com o seu livro de notas e me deu conta da situação:

— Mandei vender um gado solteiro pra pagar suas despesas de doença. Seu marido não queria e falou em levantar um empréstimo. Eu que não deixei: quem tem gado no campo tem dinheiro no banco. Foram ao todo quatro reses.

Não discriminou que gado tinha sido nem eu perguntei. Falei só:

— Está bem. Fez bem.

Mas eu conhecia o meu gado, entre vacas, bois, bezerros e garrotes. E ela conhecia o gado todo, meu e dela, ainda melhor do que eu. Podia ter me dito, foi o boi esse, a novilha aquela, vendi a Fulano de Tal. Mas não lhe perguntei, não queria dar o gosto. Deixei pra saber de Antônio Amador, mais tarde, nas costas dela. Tinham vendido três reses solteiras, sim, mas a quarta era a minha melhor vaca de leite, raceada de holandês vermelho, parida de novo e por nome Garapu.

E o engraçado é que o comprador do lote todo — quem seria? — era Senhora mesma. Os bichos de corte revendeu ao magarefe, mas a Garapu ficou no curral da fazenda, sua. Só o que não pôde foi apagar a minha diferença — um traço por baixo da marca de fogo da fazenda, que era o S da Soledade, deitado, com flor aberta em cada ponta. Mas eu sou capaz de jurar que ela pensou nisso.

E eu fiquei sentida, fiquei danada, sei lá. Me doeu. E quando no curral eu via Senhora perto, chamava a vaquinha Garapu que vinha se encostar na porteira e chegava a cabeça perto de mim para eu lhe coçar a cernelha. Senhora saía logo, se fazendo de desentendida.

*

O verão estava firme, folha no mato já não tinha mais nenhuma, o milho virado, o feijão colhido e já passara o arrojo maior da apanha do algodão.

Queijo já não se fazia, os garrotes apartavam e as vacas estavam soltas amojando as crias novas. Os homens nos roçados remontavam as cercas, iam começar as coivaras.

Uma noite, Senhora tinha despedido os homens no alpendre pelas nove horas como de costume, e nós fomos para a mesa da ceia.

Eu andava por esse tempo com uma dorzinha do lado, que parecia fígado ou quem sabe apendicite? Sempre tive medo de apendicite. Não comi coisa nenhuma, pedi um chá de erva-cidreira que era calmante e dava sono.

Mais tarde Laurindo me procurou na cama, eu me vitei de costas, enfadada e sonolenta. Ele também não insistiu, deu boa-noite e foi para a rede dele e até, como fazia às vezes, cerrou a porta de comunicação, não querendo me incomodar com a luz da vela enquanto chamava o sono com um livro.

No meio da noite acordei; com pouco o relógio da sala bateu doze horas; bateu depois a meia hora. Passou-se ainda algum tempo e aí eu escutei um raspar de leve de chinela no quarto ao lado, como se Laurindo estivesse se levantando. Esperei, esperei me pareceram horas e ele não voltava. Fiquei inquieta, quem sabe ele tinha tido alguma coisa no banheiro? Me levantei e cheguei à porta — ele vinha de volta. No escuro não o vi, só escutei os passos. E, coisa maluca, a impressão que eu tinha é que ele vinha do lado oposto, da frente da casa e não do fundo do corredor, onde o banheiro ficava. Senti aquele arrepio esquisito, que é que Laurindo andaria fazendo pela casa de noite no escuro? E corri para a cama sem querer que ele me pressentisse.

Ouvi quando ele entrou, e depois quando entreabriu a nossa porta de comunicação que rangeu de leve, como sempre.

Eu procurava respirar bem natural e decerto ele pensou que eu dormia; escutei ainda quando se deitou na rede, o armador gemeu e ele então se estirou, com um suspiro.

Uns dias depois a dor veio de novo com febre e vômitos. E aí fui ao médico nas Aroeiras — não o Dr. Fenelon, que eu não tinha fé nele, o povo dizia que ele só dava pra veterinário, mas a um doutor novo que operava no hospital. O meu mal era vesícula, disse ele; algum resto da inflamação do ano passado, me passou umas gotas e eu perguntei com medo se ia ter que me operar (aquele tempo do hospital e a criança perdida tinham ficado na minha lembrança como um horror inesquecível), mas o médico riu e disse que operar só quando eu estivesse velhota e a vesícula carregada de pedras. Por agora era só uma irritação à toa.

Daí por diante, me bastava comer qualquer coisa carregada, a dor voltava, violenta. Como numa sexta-feira em que o jantar foi curimatã de forno e todo mundo sabe que curimatã é o peixe mais reimoso do mundo, segundo Xavinha não se esqueceu de lembrar. Mas teimei, comi e de noite lá estava eu me vendo. Nem mais cheguei à mesa, e enquanto os outros tomavam a sua coalhada da ceia, fui buscar o remédio — Atroveran — que então era novidade e vinha numa caixinha encarnada. Pinguei as trinta gotas no cálice e tive dificuldade em guardar na caixa, de volta, o vidro e o conta-gotas, porque a bula mal dobrada fazia volume demais. Retirei o estorvo e joguei a bula em cima da mesa.

Laurindo pegou o papel, abriu-o e ralhou:

— Remédio sem bula é um perigo. É ignorância jogar a bula fora. De outra vez você quer verificar a dose a tomar e não tem como saber.

Eu expliquei que tinha outra bula guardada na gaveta — a do primeiro vidro, aquele já era o terceiro.

E então Laurindo alisou o papelzinho impresso:

— Terceiro vidro? Nesse caso você já está viciada! — E depois de ler: — Este remédio é à base de papaverina — tenho pra mim que *papaverina* é papoula... E papoula não é ópio?

— Pelo menos passa a dor e me faz dormir — respondi de mau modo. Ele riu-se:

— Quer dizer que você já está é mesmo *papaverinomaníaca*!

Eu não achei graça, engoli o cálice com dois dedos de água e as trinta gotas do remédio, me deitei, esperei, mas não tive o alívio que esperava, muito menos o sono pronto das outras vezes. Fiquei rolando na cama, com aquela pontada ruim de lado, pensando se Laurindo não tinha razão e eu já estava mesmo viciada e o remédio perdendo o efeito.

Afinal dormi; e tal como naquela outra noite, acordei com o relógio batendo, mas não me deu para contar as horas.

Eram duas, eram três? Fiquei entre a preguiça de ir olhar o relógio e esperar a outra batida, mas a primeira que vinha devia ser a meia hora, uma batida só, não explicava nada. Fiquei mais tempo naquela lassidão, já sem a dor. E daí escutei o tropel leve de um animal, um jumento talvez no terreiro que ficava entre a casa-grande e os quartos do paiol. Bem perto era também o cercado com as minhas laranjeiras-da-baía, e a inquietação por elas me obrigou a saltar da cama a fim de ir ver se o bicho não estaria fazendo algum estrago por lá.

Atravessei descalça o corredor e espiei pela vidraça da janela de guilhotina, na sala; era uma noite de luar muito claro e se avistava tudo lá fora.

Vi logo o jumento, sim. Mas vinha com uma carga e, ao lado dele, Delmiro botava a carga abaixo — um saco quase cheio posto em cima da cangalha.

Ri comigo de Delmiro e suas assombrações e tive medo de que Laurindo ou Senhora acordassem. Abri devagarinho o ferrolho da porta da sala com o maior cuidado, pra não alarmar a casa.

Delmiro, como sempre fazia, arrumava agora o saco no parapeito baixo do alpendre que rodeava os quartos do paiol, e lhe pôs em cima uma fruta comprida — um melão, uma melancia? No saco, olhei depois, pouco acima de meio, vinha feijão e era para negócio. O melão era presente para mim.

O velho se assustou quando viu se abrir a porta; virou-se depressa mas logo alargou um sorriso, verificando que era eu. Tirou o chapéu de palha e ia dizendo qualquer coisa, mas eu tive medo da sua fala grossa e rouca — fala quase de mudo, fala de quem pouco a usava e lhe perdera o governo do tom — e levei um dedo aos lábios. Já me bastavam as encrencas com Senhora por causa do *meu maluco.*

Ele agora punha outro pacote pequeno ao lado do saco e eu fui ver, era um punhado de jeriquiti, num saquinho de pano; e enchendo a mão em concha com as contas vermelhas, eu disse rindo, quase no ouvido de Delmiro:

— O que você não inventa!

E ele também se pôs a rir, agradado; e eu voltava a escorrer as contas lustrosas de uma mão para a outra, quando de repente se ouviu um som abafado, um som de voz, no quarto defronte — que era o quarto de Senhora, pegado à sala.

E escutei a fala dela (que nunca na vida tinha conseguido falar baixinho), sim era a fala dela:

— Vá embora!

E depois a voz de Laurindo, protestando:

— Ela tomou o remédio. Não tem jeito de acordar.

Delmiro não sei se escutou tão bem quanto eu, mas vi que entendeu. E eu, eu saí correndo pelo terreiro, descalça e de pijama, no pavor de que os dois me descobrissem. Do lado de lá dos quartos do paiol, caí sentada num monte de tijolo e rompi num choro que era mais um soluço fundo — eu tremia com o corpo todo e me vinha aquele engulho violento — eles dois, eles dois.

O velho tinha me acompanhado, mais devagar. Ficou de pé, talvez esperando que aliviasse a força do choque, me olhando sem dizer nada. A lua clara como uma luz de rua.

Eu afinal me acalmei e lhe disse a mesma palavra que acabava de ouvir da outra:

— Vá embora.

Delmiro virou-se e foi buscar o burro que obedeceu ao cabresto e veio caminhando macio, como se também quisesse respeitar o segredo da noite.

Chegando perto de mim o velho me tocou no ombro, de leve — eu tinha me dobrado de novo sobre os joelhos com o rosto entre as mãos — e me aconselhou num sussurro de rouco:

— Entre pra casa. Olhe o frio. Vá.

Deu um puxão no cabresto, fez um passo, voltou-se:

— Deus dá um jeito.

Eu levantei o rosto a essa palavra e disse as minhas palavras também:

— Jeito, só a morte.

*

No dia seguinte amanheci de cama. Ninguém estranhou, pensaram decerto que eram os meus achaques. Bílis! Laurindo saiu cedo para a rua, ver um homem que lhe tinha tratado uma medição para os lados da Serra Azul.

Pelas dez horas Senhora me chegou à porta, alva, limpa e cheirosa, um bogari no cabelo. Perguntou que é que eu sentia e eu não pude falar nada, cobri o rosto com a ponta do lençol.

Dois dias fiquei assim, sem me levantar nem comer, tomando chá na cama e sem responder a ninguém. Amador me mandou recado que tinha pesado o feijão de Delmiro e perguntava o que era pra dar em troca — eu respondi que desse o que quisesse. Ele botou no galho do mulungu fumo e rapadura que Delmiro não veio buscar e no outro dia amanheceu cheio de formiga.

Laurindo só voltou na terceira noite e eu já andava pela casa, embora ainda mal falando com ninguém. Me beijou como se nada houvesse (e para ele não havia nada mesmo, só o trivial; aliás nem para ela também, o mundo só tinha se afundado era debaixo dos meus pés).

Disse que chegava imundo, exausto, queria um banho, comida e rede.

Deixei que Senhora providenciasse tudo. Ele se lavou, comeu e bebeu, conversou que não sabia como é que ia dar conta daquela medição, não estava agourando bem, eram umas extremas contestadas. Os donos da terra saíam para abrir os piques de revólver na cintura e os cabras deles, além das foices, portava cada um a sua grande peixeira.

Xavinha veio logo lembrando que a Serra Azul era lugar violento de brigas e mortes, não vê o finado Antônio José... mas Senhora cortou:

— Agrimensor não tem nada com briga de terra. A briga acontece primeiro e ele só é chamado depois, na hora do acordo.

Laurindo se espreguiçou e riu:

— Sou o alfaiate do primeiro ano, eles me dão o molde e eu vou cortando o pano...

Tudo parecia que voltava ao natural. Só tinha uma coisa: eu ainda não conseguia olhar de frente nem Senhora, nem Laurindo. O que aliás não causou impressão em nenhum dos dois, já que entre mim e Senhora nossos olhares sempre tinham sido poucos, e Laurindo tornou a sair de madrugada, montado no Violeiro, com a burra, a carga e Luís Namorado, prevenindo que não sabia quando voltava pra casa.

Voltou no fim da semana. De noite, eu ainda me sentindo toda arrepiada quando ele me chegava perto, dei desculpas de doença. Ele também não insistiu, tinha o seu orgulho, e foi para a sua rede. Pensei, de coração batendo, se ele iria procurar outros consolos. Mas tapei a cabeça com o travesseiro para não escutar nada.

Domingo amanheceu com sol forte, oito horas já dava impressão de meio do dia. Pelas dez horas Laurindo saiu com a espingarda dizendo que ia buscar o almoço.

Xavinha ainda brincou:

— A uma hora dessas, almoço? Só se for a janta!

E ele ajeitou à bandoleira a mochila de brim pardo que eu lhe tinha bordado com as suas iniciais "L.L." em ponto cheio. Fez uns floreios com a espingarda, atravessou todo o pátio naquele seu andar ligeiro, tão airoso, mal empregado e no fim do pátio tomou a vereda que levava para a casa de Delmiro.

Pensei nos bichinhos do velho, quis recomendar, mas não sentia ânimo de começar tudo de novo. Que pra Laurindo não tinha havido nada: "Por que não botaram um chocalho na marreca?" — todo mundo riu, pronto, acabou-se a história.

Aquele era feito de vidro, através não passava nada, nem choro, nem amor, nem pedido, nem rogo, nada lhe deixava risco ou fazia marca. Isso eu já tinha entendido. Liso, duro e transparente.

Luzia ainda chegou e gritou que tinha visto levantar umas nambus no caminho da lagoa. Mas ele não ouviu e eu fiquei na rede, olhando.

Na hora do almoço, nada de Laurindo. Senhora mandou esperar até doze e meia, o que para nós era muito tarde. Afinal serviram sem ele e lhe guardaram no aparador a galinha e o macarrão.

Naquela calma do domingo não aparecia uma criatura que se mandasse sair em procura dele. Estava tudo que era homem na rua, nas suas cachaças, dizia Senhora já inquieta, entrando e saindo do corredor para o alpendre. Eu voltei a me sentar com uma revista na mão.

Pela uma hora fui a primeira a avistar Delmiro que chegava apressado, respirando forte. Mas o velho não se dirigiu a mim, nem me olhou. Tirou o chapéu pra Senhora, que vinha surgindo na porta da sala:

— Dona, teve um desastre.

Saltei da espreguiçadeira e corri para ele. Senhora, sem cor no rosto, indagava:

— Desastre? Desastre como?

Delmiro continuava sem olhar para mim:

— Parece que a espingarda do moço disparou sozinha. Não sei. Ele está caído junto da cerca.

Senhora ficou uns segundos olhando o velho, como se o não enxergasse, passou a mão pelo rosto e se pôs logo a andar:

— Vamos ver.

Eu segui atrás dela cortando o pátio, e nem sei como podia correr tanto com aquelas pernas trêmulas, mas logo ultrapassei Senhora. Entramos pela vereda estreita e Delmiro fechava a marcha, resfolegando.

No meio da corrida, Senhora virou-se para ele:

— Está vivo?

E Delmiro — eu também tinha me virado à pergunta de Senhora —, vi que ele abanava a cabeça, sem falar.

Realmente, lá estava Laurindo caído ao pé da cerca, de bruços, o rosto na terra. Eu tinha parado a uns dez passos, Senhora me cortou a frente, chegou até ele, ajoelhou-se, virou-o.

Sim, estava morto, estava morto. Sem dúvida. Os olhos abertos, na boca um resto de espuma rosada.

Senhora foi lhe apalpando o peito, procurando o coração se ainda batia, mas depressa retirou a mão toda suja de sangue. No lado esquerdo da camisa, bem em cima do coração, tinha aquele buraco redondo do tamanho de uma moeda e a queimadura preta em redor, alargando. Era dali que o sangue saía.

Caí também ajoelhada do outro lado de Laurindo mas sem me atrever a tocar nele. Senhora ergueu a mão e, com um gesto leve, quase como um carinho, lhe fechou os olhos muito abertos; depois se virou para Delmiro e perguntou com fala estranha, sumida e forçada:

— Você viu como foi?

Delmiro chegou-se mais, olhando não para ela nem para mim, mas para o morto:

— Não senhora. — A respiração tinha-lhe voltado ao normal. — Eu estava lá em casa e só escutei o tiro. Corri pensando que o moço tinha atirado de novo em algum bichinho meu. Mas não achei ninguém, e já ia-me embora, quando vi o pé da bota por detrás da cerca. Pulei a cerca e achei o moço. Mas já estava assim, morto.

Senhora, ainda ajoelhada, continuava o interrogatório:

— E o que é essa mancha de pancada na testa dele? O tiro foi no peito.

Eu tinha visto a mancha também — era uma contusão vermelha, do tamanho de um punho, esfolando um pouco a pele da testa. Delmiro chegou mais perto, curvou-se para olhar:

— Pra mim ele ia pular a cerca, como às vezes fazia. A cerca é alta, ele é de ter dado um mau jeito, quem sabe caiu por cima da espingarda e o tiro disparou. A pancada — só se ele bateu com a testa naquela pedra ali, quando caiu de bruços.

Mudei os olhos lentamente para a pedra. Sim, estava ali, podia ser. Delmiro apanhou no chão a espingarda que nós mal tínhamos visto, e resmungou:

— Espingarda mocha... é um perigo.

Senhora parecia agora que só tinha vida pra perguntar, descobrir, entender. Mordeu os lábios, cavou na memória e recordou:

— Sim, essa espingarda uma vez atirou sozinha, escapou da mão dele, o tiro partiu. Você não se lembra?

E eu me pus a gritar de repente:

— Vamos tirar ele daqui! Vamos chamar gente! Vamos tirar ele daqui!

E então pela primeira vez toquei em Laurindo morto, lhe meti as mãos debaixo dos ombros, levantando o corpo mole que escorregava e parecia mil vezes mais pesado do que em vida, a cabeça tombando sobre o peito.

Senhora continuava a falar naquela calma forçada, arrancando as palavras de uma em uma, o que parecia pior que se gritasse:

— Não adianta, nós não podemos. Nem pode o velho, aleijado.

Delmiro ofereceu:

— Posso ir buscar o meu burrinho.

Não esperou resposta, saltou a cerca rápido e se sumiu entre os pés de milho seco.

Nós ficamos as duas ajoelhadas, de um lado e do outro do corpo; nem eu nem ela chorávamos; mas respirávamos com força, como se a nós duas nos faltasse o ar, como dois que brigam parando para um momento de descanso. Eu tirara as mãos de cima dele e me apoiava com força no chão, os olhos no rosto de Senhora. E Senhora não tirava dele os seus olhos, mas também não o tocava — segurava a própria garganta com ambas as mãos. Como sufocando um grito.

Nesse momento ouviu-se um tropel, correria e um choro alto:

— Meu Jesus misericórdia!

Eram as mulheres da fazenda; um menino tinha visto do alpendre a chegada de Delmiro, e partiu a dar a notícia na cozinha; elas se alvoroçaram, aos gritos, e correram no nosso rastro.

— Minha Nossa Senhora, é Seu Laurindo caído no chão, Jesus valei-nos!

Eu olhava para elas, tonta. E Senhora, ainda ajoelhada, virou-se enfurecida:

— Calem a boca! Não quero gritaria!

Foi como se calasse o mulherio com um chicote. E, no silêncio, Senhora respirou fundo e indagou:

— Cadê Amador?

Luzia respondeu, fungando e choramingando:

— O menino foi chamar na casa dele.

Delmiro chegava com o jumento, do lado de lá da cerca; e com grande rapidez foi arrancando as varas até abrir uma brecha por onde o animal passasse. O jumento vinha em pelo, só com o cabresto.

Nós quatro levantamos Laurindo, tentando pô-lo montado, mas não se conseguia. O grande corpo pesado escorregava para um lado e para o outro, era horrível. Senti que ia começar a gritar.

Delmiro até aí ficara parado, segurando o cabresto do burro que se assustava e recuava com medo daquela carga de mau agouro; mas vendo que a gente não conseguia nada, o velho então largou a corda, amparou as costas de Laurindo no seu ombro doente, com a mão direita puxou a perna que nós tínhamos passado para o lado de lá, e deitou o corpo de bruços, atravessado no lombo do animal, a cabeça pendendo de um lado, os pés do outro.

Senhora empurrou Delmiro:

— Assim não! — E procurou levantar o corpo que lhe escorregou das mãos e já tocava a terra com os pés, do outro lado.

Mas Delmiro de novo o dobrou de borco, dizendo com autoridade:

— É o único jeito de se carregar um defunto num animal, dona. Não tem outro.

Chegava mais gente. Apareceram dois homens correndo, com uma padiola de zinco; um deles era Amador, explicando aos arrancos:

— Custei por isto. O quarto dos ferros estava trancado.

Tiraram Laurindo daquela posição horrível em cima do burro e o deitaram na padiola que era curta — a cabeça e as pernas ficavam balançando também; Amador apanhou no chão um pau da cerca que enfiou por cima das varas da padiola, por sob a nuca de Laurindo, e a cabeça se sustentou. Pegaram outro pau, fizeram o mesmo com as pernas, metendo o pau debaixo dos joelhos.

Saíram andando devagarinho. Senhora marchava ao lado, eu tinha voltado para o chão e olhava tudo sem me mexer, ajoelhada. Saído o cortejo, baixei a cabeça para a terra, o rosto no resto de mato seco do pé da cerca, que me maltratava a face. Um soluço áspero sacudia as minhas costas e não me saía grito nenhum da boca, parecia que eu ia morrer sufocada.

As meninas me levantaram à força. Vi Xavinha que me amparava de um lado:

— Meu benzinho tenha paciência!

E as outras repetiam:

— Tenha paciência!

Fui com elas. Na nossa frente o cortejo vagaroso já se sumia pela vereda, mas ainda se avistavam os vultos entre o mato desfolhado. Apressei o passo até que os alcancei. E quando a vereda se abriu no pátio e a fila de gente se desmanchou, me arranquei das mãos das mulheres, passei adiante da padiola, saí correndo até a fazenda e lá fiquei na porta, esperando que chegassem.

*

Puseram Laurindo em cima da mesa de jantar. Senhora lhe tirou uma bota, Amador a outra. Xavinha foi buscar a colcha da minha cama e cobriu o corpo com ela.

Amador disse para Senhora em voz baixa, mas escutei:

— Antes de sair mandei um portador chamar o Dr. Fenelon. Podia ser que ainda estivesse com vida.

Ficamos ali amontoados, meio dormentes. Do corredor vinha um choro agudo de menina, que eu mandei calar com um gesto irritado.

Deixei que me sentassem numa cadeira, mas empurrei as mãos que procuravam me amparar, me dar um copo de água, me levar para o quarto. Senhora também se sentou pesadamente na cadeira que lhe chegaram. Bebeu um copo de água com açúcar que Xavinha lhe trouxe para passar o susto. Corria pelas pessoas — não por mim — o seu olhar esgazeado. Se alguém levantava a voz, no choro fácil das mulheres, ela botava na criatura aquele olhar de ultraje — e o silêncio voltava.

Passou-se um tempo enorme — não sei quanto. A tarde já tinha quebrado quando o automóvel do Dr. Fenelon encostou na calçada e ele entrou pela sala sem falar com ninguém: levantou a colcha, olhou o rosto morto de Laurindo, abriu-lhe a roupa, apalpou-lhe o peito, tirou os óculos do bolso e, com os óculos postos, examinou bem a ferida e o chamusco de pólvora no pano da camisa.

Afinal endireitou-se, guardou os óculos, olhou em redor e falou para nós:

— Aqui eu não posso fazer nada. Mandem chamar a polícia.

Daquelas horas de horror a maioria das coisas me recordo como se fosse agora, mas outras coisas importantes, passadas naqueles mesmos dias, podem me matar que eu não me lembro.

Mas lembro que o Dr. Fenelon falando aquela palavra "polícia", Senhora se levantou:

— Polícia? Polícia pra quê? Foi um desastre.

E ele então explicou que em caso de morte acidental também se é obrigado a chamar a polícia:

— E quanto mais depressa melhor, porque têm que trazer o médico deles, que é só quem pode dar o atestado de óbito.

E ele se chegou para mim, desceu a mão ao meu ombro:

— Vá se deitar, minha filha, que eu lhe dou um calmante.

Eu não queria me deitar nem tomar calmante, queria ficar ali e ver tudo. Abanei a cabeça, de dentes trincados. Dr. Fenelon insistiu:

— Vamos. Você sofreu um choque muito grande. Deixe estar que sua mãe e eu cuidamos de tudo.

Mas não fui. Fiquei ali no meu canto, de cabeça baixa, calada, sem chorar. E se alguém chegava perto para me fazer um gesto de consolo eu empurrava a criatura com mão impaciente.

Foram mais horas, horas e horas. Afinal chegou a polícia e era noite alta. O delegado entrou fardado e deu pêsames. Disse assim mesmo me estendendo a mão:

— Meus pêsames.

Acho que era a primeira vez em que eu ouvia aquela palavra, nem entendi direito. Dali o tenente foi olhar por baixo a colcha, em cima da mesa; apresentou o outro doutor ao Dr. Fenelon e pediu que todas as pessoas se retirassem da sala para o médico-legista examinar o cadáver. Cadáver! E era Laurindo.

Eu me levantei logo, Senhora quis ficar, mas vi o Dr. Fenelon lhe falando no ouvido; e foi com ela até ao quarto, lhe segurando o cotovelo.

Senhora disse então bem claro, como para todo mundo ouvir:

— Vou rezar no oratório.

Eu entrei na alcova, bati a porta e me atirei de bruços na cama, num cansaço mortal. Mas não dormia, não chorava, era como se estivesse suspensa no ar, sem segurança, afundando, afundando.

Aí o carro da polícia saiu. Levaram com eles Delmiro e lá na delegacia o botaram debaixo de confissão. Mas o velho só tinha uma história, a mesma, pra contar:

— Foi como eu disse à dona. — E repetia tudo, sem trocar palavra.

Isso eu soube mais tarde, contou-me Antônio Amador, a quem levaram também. Queriam apertar o velho, foi Amador quem o livrou explicando que o pobre coitado era meio maluco mas de natureza boa, não fazia mal a ninguém, nem a uma lagartixa. Até pelo contrário, a casa dele era um asilo dos bichinhos brutos. Ademais, aleijado de um ombro.

O doutor médico-legista é que a princípio se mostrou meio cismado com aquela pancada da testa que tinha se dado *quando Laurindo vivo*: nesse ponto ninguém engana um médico. Sendo assim, quando foi o tiro? Podia alguém ter agredido o rapaz à pancada e depois lhe dar o tiro à queima-roupa...

Mas o delegado para ele o acidente era fora de dúvida e foi convencendo o doutor — não seria possível a versão do velho, o moço ter caído com a testa em cima da pedra, já baleado mas ainda vivo?

E afinal o doutor não tinha argumento contra, se o delegado achava, por que não?

— Sim, realmente o hematoma da testa pode ter sido feito quando a vítima caiu, ainda com vida, batendo com a fronte naquela pedra.

Quanto à espingarda — já não houvera com ela um caso anterior de tiro perdido?

Também isso me foi dito depois, pelo doutor em pessoa, no outro dia, ao sair do enterro. Queria me explicar por que demorara tanto em assinar o atestado de óbito:

— Em casos assim é preciso prudência, em benefício justamente da família enlutada. Para afastar qualquer suspeita.

Mais tarde também me disseram, quem, não me lembro, talvez fosse o Dr. Fenelon, que a polícia dispensara a autópsia em vista do tiro acidental ser tão evidente.

Por mim, creio que também influiu na decisão o medo que eles tinham de irritar Senhora ainda mais; a malquerença de Senhora era um risco péssimo para qualquer autoridade das Aroeiras; já bastava o ódio que lhe dera a presença da polícia na sua casa. Polícia, na Soledade, só entrava de chapéu na mão e pra pedir favor.

E também, quem iria mesmo matar Laurindo, moço bom, bem-educado, de boa família, que não possuía no mundo um só inimigo?

Mas de noite, no escuro, me revirando na cama, eu pensava na primeira ideia do doutor legista: Laurindo botando a cabeça por cima da cerca e alguém que estava escondido atrás da ramada grossa, com um pau na mão, derrubando-o com uma pancada na testa, dada com aquela forte mão canhota...

*

No *Flos Sanctorum*, que a gente lia aos domingos, vinha, no dia 29 de dezembro, a vida de São Tomás de Cantuária, arcebispo e mártir, nascido na Inglaterra. Muitas vezes li aquela vida, caía perto do Ano-Bom, Senhora apreciava.

"Nasceu na fria Bretanha, como então se chamava a sua pátria, de cujo rei fora companheiro nas loucuras da mocidade, embora filho de simples mercador. Mas o rei, por astúcia política, nomeou a Tomás para o cargo de arcebispo de Cantuária (o primaz de Inglaterra), obrigando-o para isso a tomar as sagradas ordens. Esperava assim o príncipe, por intermédio do amigo, governar ao seu talante a Igreja de Inglaterra. Tomás, todavia, por conversão sincera e pela virtude e graça do sacerdócio recebido, levou a peito sua missão pastoral; virou-se contra os desígnios do rei, opondo resistência heroica à prepotência real. Toda a antiga amizade do rei volveu-se então em ódio e deu ele de perseguir o arcebispo, obrigando-o a procurar o exílio em França, por duas vezes.

Até que uma noite, o rei, ao tomar conhecimento do que chamava 'um novo desafio do arcebispo', irado ao extremo, soltou estas amargas palavras: 'Triste rei sou eu que não tenho vassalo fiel capaz de livrar-me de um vil traidor!'

Dois cavaleiros da casa real ouviram a queixa do rei e cuidaram que com eles falava o soberano e indiretamente os mandava matar o prelado. E assim, com escolta armada, invadiram o paço do arcebispo; e como fora o santo homem refugiar-se ao pé do altar na sua própria Sé Catedral, ali mesmo o caçaram os assassinos, o assomaram com as suas espadas e lhe tiraram a vida.

Sofreu o rei grandes remorsos por aquelas palavras imprudentes que dissera na sua cólera; e mandou prender os malvados nobres e os entregou ao carrasco. Ele mesmo fez uma peregrinação de penitência, indo a pé, em camisa de estamenha, pela neve, cabeça descoberta e com uma corda ao pescoço, desde o seu castelo até a igreja onde estava enterrado o santo. Junto ao túmulo mandou que lhe açoitassem as costas nuas até fazer sangue e por três dias ali jejuou e orou, pedindo perdão do seu grande pecado."

*

Sirva Deus de testemunha, eu naquela noite não pedi a morte de ninguém. Se disse alguma palavra, foi de dor, não foi de ira.

O final que houve eu nunca esperei.

AINDA CONSEGUI DE MIM ficar até a missa de cova. Veio um carro me buscar, eu vesti a roupa preta mas recusei o véu chorão (o dela, o do luto do meu pai!) a que Senhora queria me obrigar.

Em casa, fiz sala às visitas de pêsames que vinham de todos os lados, algumas de léguas de distância, na curiosidade da tragédia. Me mandavam chorar, porque eu não chorava. Diziam que choro recalcado envenena o sangue — como se eu não soubesse.

Xavinha comentava que jamais na vida tinha visto natureza de gente assim — aquela desgraça toda, e não se ouviu um grito, ninguém deu um ataque! E quando elas começaram a comentar os ataques mais famosos nas diversas mortes conhecidas, aí não aguentei mais, fui me trancar no meu quarto, senão quem dava o ataque era eu.

Sim, eu ia ficar até a visita de cova, porque tinha jurado; mais não podia. Na noite do sexto dia, quando todo o mundo de fora já saíra, cheguei-me até onde estava Senhora, vestida de luto como eu, e lhe dei parte de que ia embora.

Senhora pela primeira vez me encarou:

— Quando?

Eu queria ir no dia seguinte. Mas estava tão exausta, havia as arrumações — então daí a três dias.

Senhora viu que não adiantava protestar e forçou a natureza para me pedir:

— Não vá só. Leve ao menos Xavinha. Senão o povo estranha e mete a língua.

Encolhi os ombros. Naquelas alturas, que é que me importava a língua do povo? E ora se eu iria me acompanhar da idiota da Xavinha. Mas não respondi nada e Senhora não insistiu.

Tirei o luto para a viagem. Se pudesse tirava a pele, arrancava os cabelos, saía em carne viva.

Senhora protestou ao me ver com o meu costume azul:

— Você faz questão de causar escândalo?

Cerrei a boca com força, não respondi, mas não mudei de roupa. Atravessei toda Aroeiras, comprei passagem, esperei, tomei o trem, vestida de azul.

Fim do

Livro de Senhora

II

O Livro da Companhia

ANDARIA EU PELOS MEUS vinte anos quando pela primeira vez me hospedei — sozinha — na pensão de D. Loura. O pretexto da viagem era o dentista; mas na verdade eu estava me arriscando a uma expedição muito mais séria.

De meninota vinha me preparando, criando coragem para aquela aventura. Senhora, em casa, me trazia prisioneira de canto chorado: um passeio de mês e mês à rua para fazer compras, e alguma rara, raríssima dormida nas Aroeiras, em casa de Genu e Peti Miranda, duas irmãs solteironas, bordadeiras à máquina, parentas longe que chamavam Senhora de tia e lhe tomavam a bênção. E assim mesmo com Xavinha me acompanhando. As ocasiões eram a coroação de Nossa Senhora no fim do mês de maio, a festa da padroeira em agosto, a missa do galo no Natal. E só então podia eu me atrever a um cinema — por sorte Xavinha também adorava.

Baile nunca fui, tinha o clube e nos mandava os convites, mas vai ver se Senhora admitia filha dela botar o pé em bailes daqueles, onde todo mundo entrava e qualquer molecote caixeiro de loja podia me tirar para dançar! Lá num casamento, num aniversário ou numa bodas de prata, se dançava em casa dos parentes; então eu ia e brincava, mas não seriam essas festinhas de família que iriam me consolar. O que meu coração pedia era conhecer o mundo. Teatro! Mas *teatro de verdade*, não aqueles draminhas do tempo do colégio, nem as representações de amadores, as peças de Ancilla Domini que o padre fazia encenar na casa paroquial. Comédia, balé, opereta, com artistas do Rio de Janeiro, no teatro José de Alencar, Fortaleza.

Na Soledade só se assinava o jornal do bispo, O *Nordeste*, mas até nele saía propaganda das temporadas teatrais. Eu recortava aqueles anúncios, até parecia mocinha apaixonada que recorta e guarda soneto de amor.

Pois justamente naquele mês de setembro se anunciava a temporada da Companhia de Operetas Vienenses Vicente Celestino — Laís Areda, minha velha conhecida de vários anos, de muitos recortes. A publicidade do jornal dos padres era escassa, nos comentários faziam muitas censuras à moralidade das peças e eu então mandei comprar no trem os outros jornais; fiquei em mão com recortes até de meia página, tudo muito bem explicado, o nome dos artistas incluindo os figurantes, o repertório na ordem das representações, o preço das assinaturas e os pontos onde podiam ser compradas com antecedência.

Então eu pensei: é agora ou nunca. E toquei o plano que já vinha aperfeiçoando por anos. Primeiro fiz uma carta a D. Loura, lhe pedindo que reservasse assinaturas para a temporada do Vicente Celestino, duas pessoas — que seriam ela e eu. (Uma das minhas dificuldades no planejamento era quem seria o meu acompanhante? Corria um e outro conhecido, nenhum era de segredo, quando num estalo me ocorreu: a própria D. Loura, em que eu só tinha pensado como hospedeira e acabava sendo a companheira e cúmplice ideal, era louca por música, vivia se queixando de que não tinha com quem sair nem dinheiro pra divertimentos, e afinal já dera algumas provas de me querer bem.)

E assim, depressa, sem deixar tempo pra me arrepender, mandei a carta, tinha acrescentado um P.S. explicando que o pagamento eu faria quando chegasse lá: no anúncio dizia que bastava "reservar" as entradas com antecedência, o pagamento podia ser feito até a véspera da estreia. Botei Xavinha no segredo, não por gosto mas por necessidade, e pedi a D. Loura que mandasse a resposta endereçada a ela.

Daí parti para a segunda parte do plano. Arranquei com agulha grossa a obturação que já estava frouxa no último queixal e fui mostrar a Senhora a necessidade do dentista — achava que ainda tinha outras cáries além dessa, sentia umas pontadas de vez em quando.

Senhora caiu, mandou Antônio Amador vender um boi do ano (meu) para as despesas e eu pedi:

— Podia mandar vender mais aquele novilhote (também meu), que o povo se queixa que é ladrão — a senhora sabe como dentista está caríssimo...

Senhora concordou e na noite da feira, sábado, Amador me entregou o dinheiro. No outro dia chegou a resposta, D. Loura muito encantada por se meter na conspiração. Xavinha, coitada, levou três dias costurando até de noite, me fazendo roupa de baixo e algumas blusas. Na quarta-feira (a estreia seria no sábado) tomei o trem da cidade.

Chegando lá atacamos o problema dos vestidos, que de antes já vinha me mortificando. D. Loura foi um anjo, nos três dias de antecedência fizemos dois vestidos para mim, e depois um terceiro, que era pra eu não ficar só repetindo. Nem se falou em modista, o meu dinheiro não dava para isso. (Com ela não havia essa questão, tinha o seu pretinho de seda com o toque de veludo, guardado para as ocasiões. Viúva tem essa vantagem, não precisa variar.)

D. Loura e eu trabalhávamos até de noite feito Xavinha, e a própria Osvaldina ajudou nas bainhas e chuleios. A moda do tempo era simples, não fazia cintura, o cinto se atava nos quadris, saia reta, manga cava, joelho de fora, pronto. Compramos crepe-da-china e crepe georgete rosa, amarelo-limão e verde clarinho, eu tinha aqueles vinte anos em que falei e me achei linda, ai!

*

Saiu tudo como eu sonhava e ainda melhor do que eu sonhava; tanto para mim como para D. Loura, estreante como eu. Naquela sua vida duríssima, a pobre não tinha tempo pra devoção, só obrigação, que dirá diversão! O máximo a que ia era um cinema em matinê de domingo pra levar a menina; ou em alguma rara noite, uma vez na vida outra na morte, quando acaso um casal de hóspedes convidava. Teve que fazer muita cama, servir muita sopa, lavar muito prato, a fim de pagar os estudos de Osvaldina no Colégio das Doroteias. Na Escola Normal o estudo era de graça. Mas D. Loura tinha preconceito contra normalista; *moça de bem* tinha que frequentar colégio de freira:

— Já lhe basta, coitadinha, ser filha de dona de pensão!

Assistimos a todas as peças do repertório (menos uma); deliramos. *Princesa dos Dólares, Conde de Luxemburgo, Viúva Alegre, Mazurca Azul, Duquesa do Bal-Tabarin.* A que se perdeu foi a *Casta Susana*, porque tinha fama de muito imprópria e D. Loura achou que ficava mal a gente ir. Cedemos as entradas da assinatura a dois hóspedes, estudantes, "dois rapazes muito sérios, bons pagadores, de uma boa família da Granja", que D. Loura gostava de agradar.

*

Agora, tantos anos depois da nossa histórica temporada, eu chegava outra vez. Telegrafei pedindo o quarto e D. Loura, que tinha lido no jornal a notícia da morte de Laurindo, veio muito solene com a filha e o genro me receber na estação.

Porque a menina Osvaldina estava casada; pouco havia melhorado desde os tempos de criança: magrela, lourinha, enjoadinha. Nunca estudou que prestasse, mas as freiras davam jeito a que todo fim de ano subisse de classe. Aos dezessete anos pegou um namoro com um moço da rua, telegrafista, baixinho e guenzo igual a ela; aos dezenove recebeu o diploma e casou.

D. Loura, ao tempo, nos escreveu comunicando o casamento e pedindo desculpas por não ter mandado convite; a cerimônia fora à capucha, por exigência do noivo.

Ficou tudo morando na pensão, D. Loura não queria se separar da filha, nunca lhe passara o medo de a ver tuberculosa, pouquinha e pálida como era. O telegrafista concordou, feliz — não seria com o salário do seu nível que ele ia poder montar casa pra Osvaldina.

Agora ela tinha uns vinte e dois anos, ele não completara os trinta, mas já pareciam um casal antigo apegado aos seus costumes miudinhos: domingo iam no culto, porque o telegrafista era crente e converteu Osvaldina a protestante. Cinema às quartas-feiras, na sessão colosso do *Majestic*, que levava dois filmes grandes, um caubói e cinco complementos. No mais ela não fazia nada, sempre do quarto para a sala arrastando as chinelas, e ele telegrafava.

D. Loura havia de ter pintado outros sonhos com a filha, mas agora, se achava ruim, não dizia. Nem sequer lamentava a falta de um neto; a pensão lhe servia de família, os hóspedes fixos davam a garantia, e os de passagem eram o movimento e a distração.

E com aquela nossa temporada teatral, D. Loura tinha tomado gosto por teatro. A gente — eu e Osvaldina caçoávamos que ela era apaixonada pelo Vicente Celestino, só faltava desmaiar quando o via de casaca. O fato é que ela deu de juntar dinheiro para ir ao menos a um espetáculo, sempre que havia companhia nova no José de Alencar. Às vezes me escrevia contando o que tinha visto, eu suspirava de inveja mas tinha de me consolar com os suspiros.

Contudo, hospedar cômicos em casa, D. Loura nunca pensou, até que se viu constrangida a ceder ao pedido de uma colega. Essa colega era a viúva de um juiz, D. Silvina, mãe de duas filhas professoras de música, e que instalara a sua pensão na grande casa de jardim e porão habitável da Praça Coração de Jesus; lá morara com o juiz, fora-lhe a única herança do finado.

D. Silvina telefonou:

— Lourinha, meu bem, me resolva um problema! Estou com a casa cheia, gente até no corredor — queria que você recebesse um casal muito distinto, que eu não pude acomodar. São artistas, mas não tenha medo, educadíssimos — e casados! Ninguém diz que são de teatro, pode hospedar sem susto.

E logo depois lhe bateu à porta um gaúcho corpulento, a alma da simpatia, trazendo a mulher consigo, uma ruiva alta, bonita, mas já meio passada; ele se chamava Brandini, era o empresário — diretor da Companhia de Comédias e Burletas Brandini Filho; a esposa era D. Estrela.

Foi ele entrar e obrou-se o encanto; conquistou todo mundo, ficou dono do coração de D. Loura, que nem se lembrava mais das suas reservas contra cômicos. Antes até se ofenderia se, havendo companhia de teatro na cidade, não viessem alguns artistas (os direitos, os *casados*, claro) ocupar quarto e mesa na sua pensão familiar.

O protestante de começo não concordou muito com aquelas novas facilidades sociais, mas era tímido, não pagava casa nem comida, tinha a boca tapada. O mais que podia fazer era impedir Osvaldina de ir ao teatro com a mãe, quando os hóspedes lhe davam entradas de graça, o que era sempre.

*

D. Loura reservou para mim um bom quarto de frente, janela para a rua, cama de tela e guarda-roupa com porta de espelho; e o lugar de honra na mesa, ao lado da dona da casa.

Sentada na cama, enquanto D. Loura desarrumava a minha mala — "Deixa eu fazer, minha filha, você está tão abatidinha!" —, eu tive que lhe contar a morte de Laurindo com todos os seus detalhes. O telegrama anunciando a minha vinda apanhou D. Loura de surpresa, e surpresa maior ela teve quando eu disse que tinha vindo pra ficar.

— Não aguentei mais, não aguentei, D. Loura. Acho que se eu ficasse mais tempo ali, morria também.

Ela não fez demonstrações; pendurou na cruzeta o vestido que tinha na mão, chegou perto de mim, puxou minha cabeça para o seu colo e me deu um beijo no cabelo:

— Eu sei, meu bem. Eu sempre senti os espinhos entre você e sua mãe.

Ao partir, eu tinha mandado Antônio Amador vender o resto do meu gado e a minha parte nas ovelhas e nas cabras. Acho que tudo ou quase tudo — como naquela ocasião da minha doença — foi mesmo Senhora quem comprou. Me restava uma raiz de algodão, do tempo em que Laurindo se empolgou por fazer um campo aradado, mas a produção já era fraca, mal pingava um pouco na safra.

Depositei o apurado na Caixa Econômica, e tudo junto não era muito; nem ia me dar grande tempo para pagar quarto e comida, vestir e calçar e o mais que fosse.

E então D. Loura, que via longe, logo no segundo mês me fez uma proposta de mãe para filha: eu passava a dormir com ela no quarto grande, ocupando a cama e o guarda-roupa que tinham sido de Osvaldina em solteira. Podia ajudar fazendo a escrita da pensão, tirando as contas dos hóspedes, pagando imposto, luz, armazém, na rua, tomando nota dos extraordinários, mormente as bebidas que eram a sua maior dor de cabeça; e ainda manter em dia, para serem apresentadas à polícia, as fichas dos hóspedes que entravam e saíam. A casa e a comida eu pagaria assim, "e longe, e ainda está me fazendo favor".

E D. Loura rematou:

— Qualquer dia desses, também, eu mando Osvaldina passar umas férias na Soledade, tomando leite e engordando, e Prima Senhora que aguente!

Mal sabia ela que a minha saída de casa não tinha sido um desgosto dos que passam. Que eu tinha cortado o cordão do umbigo que me prendia à Soledade para sempre e nunca mais. Da Soledade e a sua dona, eu agora só queria a distância e as poucas lembranças.

Mas D. Loura estranhou não me ver de luto.

— Na estação eu não disse nada, mas realmente estranhei...

Eu lhe expliquei que tinha horror por luto, me diziam que meu pai já era assim, nem luto pela mãe não botou, e naquele tempo! Dor já basta o que nos rói por dentro, pra que a gente se sufocar em preto? Podia prometer não vestir cores vivas, ficava no azul e no branco, mas preto ela não me pedisse não!

D. Loura, que passados tantos anos da morte do marido ainda não se atrevia a mais do que a um estampadinho branco e preto, procurou logo uma explicação para mim.

— É, luto é mais religião, e você nunca foi religiosa. Além disso não tem filho — filho é que acha ruim essas coisas.

Eu levava a sério o pagar em serviços a minha cama e a minha comida. Ajudava em tudo como filha da casa, ou "gerente", no dizer da quarteira Socorro, cabocla ainda nova de olho de bugra. Os estudantes da Granja brincavam com Socorro, gritavam por ela: "*Help, Help!*", e quando a moça vinha saber a razão da alaúza, eles explicavam que não era nada, queriam só uma toalha:

— Você não sabe que *help* é *socorro* em inglês? Nunca viu no cinema?

Socorro ficava danada, dizia que o nome dela era Maria do Perpétuo Socorro, bando de rapaz mais burro.

*

Já fazia meses que eu morava com D. Loura — só sabia notícias da Soledade por algum bilhete de Xavinha a que eu não respondia — quando chegou na cidade, para a sua temporada anual, a Companhia de Comédias e Burletas Brandini Filho.

Para a nossa casa vieram três elementos da Companhia, o casal Brandini, já freguês antigo, e mais a ingênua da trupe, uma moça pequena, bonita e gênio de fera, Cristina Le Blanc. Tinha muito orgulho do nome que era dela mesmo e não nome artístico, herdado do pai francês.

A mulher de Seu Brandini, D. Estrela, ninguém diria que fosse a mesma Estrela Vésper, dama galã da Companhia. Era delicada, calma, não tinha enjoo na mesa nem dava trabalho a ninguém. Seu Brandini, quando falava, o seu sotaque gaúcho tremia no ar, cheio de rrr. Com dois minutos já era seu amigo de infância, com uma hora de amizade já se era seu irmão. Quando tinha dinheiro pagava, quando não tinha dava o beiço, mas dizia Estrela que ele era capaz de roubar alguém para acudir a outro num aperto. Vivia com as contas encrencadas com o pessoal da Companhia. Tinha um charme danado com as mulheres, até Cristina lhe dava bola; não que ele aproveitasse até ao fim: ficava por uns carinhos, uns beijos no pescoço.

Trazia presentes para D. Loura, lhe dava entradas de graça até nos espetáculos de benefício dos outros artistas, o que aliás era proibido.

Está-se a ver que D. Loura o adorava; ela mesma me contou que na temporada do ano antes ele tinha lhe pago a conta com um cheque: foi receber, era sem fundos. D. Loura passou telegrama para o Pará, onde estava a Companhia, e recebeu de resposta que o cheque não era sem fundos, era *pré-datado*; mas que ela o guardasse e no fim do mês lhe remetia a importância. Realmente remeteu, não tudo, mas quase tudo. E para se ver na verdade quem era ele, nunca reclamou o tal cheque; pior, quando, na primeira oportunidade, D. Loura me mandou que o devolvesse, Seu Brandini riu-se:

— Fica com o cheque, guria. Se por acaso o banco te der alguma coisa por ele, guarda o dinheiro.

Era assim Seu Brandini.

Também tinha encrencas com a autoria das peças, aqueles "arranjos de Brandini Filho" como saía impresso nos programas. Um dia apareceu até polícia para sustar o espetáculo, porque o autor furioso botou advogado, alegando que ali não havia arranjo nenhum, a peça era toda sua, estava sendo roubado.

Seu Brandini exibiu os seus originais manuscritos, convenceu o investigador de que só as ideias das duas peças coincidiam, até os nomes dos personagens eram opostos:

— Na peça dele a moça se chama Pureza, na minha se chama Dalila, por aí o senhor vê!

Levou o homem aos camarins onde as atrizes, de combinação, se maquilavam, deixou-o até ficar um pouco a sós com Estrela — "a nossa grande Estrela Vésper" que, de robe mal fechado, arranjava no espelho uma peruca de cachos sobre os seus cabelos curtos. Estrela sorria, intimidada, e bravamente entreteve o polícia, até que Seu Brandini apareceu com o texto completo datilografado da sua peça, "praticamente" aprovada pela censura.

Aí o espetáculo começou, o polícia ficou assistindo da coxia que era muito mais divertido, depois foi cear com os artistas num restaurante de peixe na praia de Iracema; nessa altura, claro, também já era irmão.

Agora, quando a Companhia estava para chegar, Seu Brandini lhe passava um telegrama, e o Inspetor Jonas era o primeiro que se avistava na Ponte Metálica, quando o navio ancorava, para ajudar em qualquer problema do desembarque.

Não se passaram três dias e eu praticamente já era "auxiliar" de Seu Brandini. Comecei por copiar os papéis de uma peça nova que ele estava "adaptando", e na verdade era a tradução portuguesa, mas portuguesa mesmo, de Portugal, de uma comédia espanhola.

Seu Brandini tinha "traduzido" as falas botando tudo em gíria carioca e alterando aqui e ali uma cena, principalmente cortando personagens, porque o elenco dele era mínimo.

Palavrão grosso não dizia, mas insinuação safada era muita e algumas vezes eu encabulava. Meu trabalho era demorado, exigia boa letra e paciência, eu tinha que copiar cada papel num caderno diferente, em cada cópia só as falas do personagem, com a última palavra do outro que era a deixa, entre parênteses, separando cada fala. Agora se faz isso à máquina, mas na Companhia Brandini Filho era tudo à unha mesmo.

Acontece que eu trabalhava com gosto, estou por ver mulher que não se interesse por intimidades de teatro. Mormente eu, que a bem dizer saía de um cárcere privado no meio dos matos e estava ansiosa por conhecer o mundo.

Passei depois a assistir aos ensaios — Seu Brandini também era o diretor-ensaiador (ele dizia "*régisseur*").

O cartaz tinha que mudar todo dia, só das peças melhores se dava reprise. Não existia isso de fazer temporada toda com uma peça só, como agora. E eram uns ensaios muito atabalhoados, não havia disciplina, quem sabia bem o papel não queria vir.

A tal de Cristina Le Blanc era uma que faltava de propósito sem nem sequer tomar o trabalho de inventar explicação. Eu muitas vezes disse as falas dela, lendo no caderno, enquanto Seu Brandini ensaiava com os outros artistas mais crus. Especialmente os figurantes contratados, como o guarda-civil que veio fazer um guarda-civil mesmo, os estudantes da pensão que figuravam como clientes do cabaré, bebendo champanhe (era guaraná em garrafas velhas de champanhe francês, Seu Brandini queria botar água pura mas os rapazes exigiram pelo menos guaraná!).

Até Socorro fez uma ponta de criadinha, e Seu Brandini inventou um caco com ela: a pequena figurava na peça com o nome mesmo de Socorro, e ele só a chamava *SOS*, que é o pedido de socorro dos navios no mar. Mas ficou danado porque o público não entendeu e nem riu.

Socorro aparecia de uniforme preto e espanador na mão, e o seu papel era mandar entrar e sair os cobradores, em uma burleta por nome *O Rei do Calote* (que a Cristina dizia era o próprio retrato de Seu Brandini). Adorou o palco e vivia rondando Seu Brandini, dizendo que tinha vontade mesmo era de representar de maiô de cetim, e ele pedia para ela mostrar as pernas que não eram lá essas coisas, e Seu Brandini então abanava a cabeça e lhe dizia que era melhor ela continuar no avental, rara é a peça sem copeira de avental.

Como se vê, nos tempos em que a Companhia Brandini Filho parava na cidade era como se um vento alegre soprasse pela pensão, animando tudo.

Só o telegrafista ficava de fora com a pobre da Osvaldina. Por ela, bem que iria conosco toda noite para o teatro, ou à volta ficaria até altas horas na sala, ajudando a improvisar uma ceia, quando Seu Brandini estava de caixa baixa e não podia enfrentar o restaurante. Ovos mexidos, omelete de sardinha, os restos da canja do jantar, cerveja e café. Na nota só se botava a cerveja, o resto era por conta da casa, D. Loura procurava retribuir as gentilezas de Seu Brandini. O telegrafista uma vez me disse que graças a Deus o homem era casado (o que aliás não era, pelo menos com Estrela, depois eu soube), senão a sogra era capaz de ir-se embora com a Companhia, virada cômica!

De Fortaleza o roteiro deles era Belém do Pará, "fazer o Círio" — aproveitando a temporada das festas da padroeira, Nossa Senhora de Nazaré. Já tinham um contrato anual com um teatrinho situado no próprio arraial de Nazaré, no terreiro da Basílica — pelo menos era o que Seu Brandini dizia — e, se dava sorte, salvavam o pior dos prejuízos do ano.

Me convenci de que essa história de mambembe, dando espetáculo de cidade em cidade, eles faziam mais por amor à arte, pelo lucro não seria — no frigir dos ovos estava sempre dando prejuízo; o orgulho de Seu Brandini era jamais ter abandonado os seus artistas durante a turnê, por falência da Companhia. Falido ou não, arranjava sempre um jeito de devolver o pessoal ao Rio, sua base.

E aí chegou o dia em que já estava tudo preparado para a viagem ao Pará. Cada artista tinha feito a sua noite de benefício — não sei se ainda se usa isso hoje em dia, suponho que não. No fechar da temporada se reservava uma noite para o benefício de cada um dos artistas mais importantes, que então se interessava especialmente pela bilheteria e fazia números especiais ao fim da peça ou nos entreatos, para atrair público. E a bilheteria era dele, descontando as despesas, claro.

Pois já se tinha feito o benefício de todo mundo, só faltava o de Estrela, para quem Seu Brandini tinha reservado a melhor peça, como fecho da temporada; nos entreatos Estrela em pessoa vinha vender postais com o seu retrato, com a fantasia de Dama de Copas, usada na burleta por nome também *Dama de Copas*, uma história de carnaval. Cristina zombava, dizia que aquele negócio de vender retrato na plateia era costume de circo, só num ambiente vagabundo daqueles se via disso; mas no dia do benefício dela vendeu também; e retrato de ombros de fora sem aparecer o vestido, até deu discussão com Seu Brandini reclamando que aquilo não era foto de ingênua, mas de vedete. Cristina ficou furiosa e disse que se naquela companhia houvesse alguma justiça, a vedete seria mesmo ela, já estava cheia desses papelórios de mocinha, pra lá de enjoativos, sabia cantar e dançar e tinha boas pernas, aliás cantava e dançava e não recebia melhor ordenado por isso.

Estrela não gostou da tirada da outra mas calou-se. E nesse mesmo dia à noite, quando estavam ensaiando a sua peça de benefício, chegou um telegrama do Rio, endereçado a Cristina.

Seu Brandini quis abrir o envelope para descobrir os segredinhos daquela chata, mas Estrela, que não era capaz de mexer em segredo de ninguém, não deixou.

Cristina chegou atrasada como sempre e lhe deram o telegrama. Ela soltou um gritinho e botou a mão no coração — meu Deus, era um telegrama do secretário do Procópio, convidava-a para fazer um papel na peça do Joracy Camargo a estrear no Trianon, e nesse tempo o Trianon era o máximo. Seu Brandini a essa hora já tinha saído, mas quando Cristina veio muito petulante exigir pagamento de salário porque tinha que comprar passagem para o Rio, aí Estrela perdeu a calma e saiu um rolo incrível.

Estrela começou na sua voz quieta, chamando a outra de irresponsável, mas Cristina disse um nome feio, Estrela meteu a mão na cara dela e as duas se agarraram.

Acho que já há meses Estrela tinha vontade de lhe tacar a mão. Nesse meio chegou Seu Brandini e tratou de ir afastando as duas, falava para Estrela:

— Amorzinho, amorzinho, que é isso?

E segurava Cristina com o outro braço:

— Sua gata amarela, não se meta com a minha mulher!

Quando as duas se separaram ele veio me perguntar o que tinha havido e eu expliquei o convite no telegrama. E Seu Brandini, danado, disse bem alto para Estrela:

— Está aí no que dão os seus escrúpulos! Se eu tivesse lido e rasgado a porcaria do telegrama, escusava de haver toda essa confusão.

Cristina ouvindo isso começou a berrar, aquele homem era um cafajeste sem moral, violar correspondência era crime pedindo polícia, e por falar em polícia:

— Ou o senhor me paga o meu dinheiro ou lhe ponho a polícia atrás!

Seu Brandini não perdia a calma e foi dizendo:

— Cala essa boquinha, belezoca, senão eu te fecho ela com uma bolacha.

E todo mundo estava com ele porque a maioria detestava Cristina, e aí Seu Brandini disse que não lhe adiantava ir à polícia, ao juiz ou ao delegado, porque dinheiro só no Pará. O apurado mal chegava para pagar o teatro, as passagens e o frete dos cenários, e ainda era dar graças a Deus que podiam viajar.

— A temporada em Fortaleza desta vez foi fraquíssima, como toda a Companhia está farta de saber.

Cristina saiu batendo a porta e quase se ouviu uma vaia. A sorte pra ela é que tinha um amiguinho, um senhor rico com parte num banco, que lhe pagou a passagem e ela viajou no outro dia, que era quarta-feira e tinha *Ita* para o Sul.

Então ficou o problema de quem iria substituir a ingênua. Das atrizes que só eram mais duas — Estrela Vésper e a caricata D. Pepa (uma espanhola muito relaxada, fumadeira de charuto, viciada em jogo do bicho e, diziam as más-línguas, capaz de gastar todo o dinheiro em que pegasse dando presente a uns meninotes) —, nelas duas não se podia pensar. E os papéis de Cristina, cortar não era possível: naquele repertório, quase tudo repousava na ingênua, que é a mocinha.

Forçando, talvez se pudesse tentar Estrela, que já não era criança e tinha engordado um pouco — mas nesse caso quem iria fazer as partes da dama central?

E então, de repente, Seu Brandini se virou para mim, e aí começou a grande campanha:

— Tu bem podias fazer os papéis dela — só por uns dias.

— Mas Seu Brandini, eu? Você está louco?

— Só pra quebrar o galho na temporada do Pará.

— Mas Seu Brandini...

— Só durante o Círio!

Me virei para Estrela, apelei:

— Estrelinha, diga a ele, não é possível!

Mas Estrela ficou calada, sorrindo, agradada da ideia. Seu Brandini continuava:

— Se nós perdermos o Círio, dá tudo em ossos de minhoca. Não vamos ter nem os atrasados de D. Loura para mandar de lá.

— Mas vocês podem arranjar alguém no Pará mesmo...

— Quem, à última hora? Nesta altura, com as festas em cima, até Índia do Amapá estão pegando pra dançar de corista... Não seja egoísta, Dôra!

Eu não nego que não quisesse cair em tentação. Um tempo, em menina, tinha feito no colégio o papel da feiticeira no drama do fim do ano; fiquei tão influída por teatro, cheguei a falar a Senhora que o meu sonho era estudar para atriz. Bem se pode avaliar a resposta de Senhora que me afundou cinco palmos chão adentro. (Mas foi daí por diante que comecei a colecionar anúncio de companhia e retrato de artista.)

Um dia, agora, por acaso, quando comecei a copiar os papéis para Seu Brandini, eu tinha contado a ele, rindo, esses meus sonhos antigos — ele estranhara que eu soubesse botar a deixa entre parênteses, entre uma fala do papel e outra. Pois Seu Brandini, naquela hora de aperto, lembrou-se das confidências e pôs-se a declarar que eu tinha vocação desde a infância e de certa forma tinha até experiência! Que eu não parecia os meus vinte e seis anos e ninguém me dava mais de dezoito, e então, maquilada e penteada, ia ser um estouro.

Estrela ouvia aquilo, continuava a sorrir e a abanar a cabeça, e quando Seu Brandini lhe apelava que me convencesse, ela dizia que não adiantava forçar:

— Se Dôra quiser mesmo fazer teatro, vai de qualquer maneira.

Para me provar a sua boa-fé, e o aperto sério em que estava, ele me mostrou as cópias da porção de telegramas ("caríssimos!") que passara para o Rio; mas entre as moças todas chamadas, só duas responderam pedindo as passagens e algum dinheiro para as despesas — e o problema justamente era o dinheiro:

— Aquelas vacas!

Nós caímos na risada; como é que as moças poderiam vir sem passagens. E ele não lhe passou a raiva:

— Moças nada, umas vagabundas, só apelei para elas por último recurso, uma canta bolero num circo de Niterói, a outra está na cerca porque andou pelo hospital, deviam me agradecer de joelhos!

E de novo se voltava para mim:

— Tu é que vais dar certo, rapariga, estás aí, estás uma grande estrela, eu tenho faro, eu sei!

E me mandava levantar a saia e elogiava as minhas pernas como se as nunca tivesse visto antes:

— Quem diria, uma magricela dessas! Mas para ingênua é bom mesmo magrinha, que é que tu achas, Estrelita, vamos mulher, ajuda!

Mas Estrela, como antes, só abanava a cabeça.

Essa guerra durou cinco dias; ao fim do quarto dia eu já estava mais ou menos resolvida e no quinto baixei bandeira.

Até D. Loura entrou na conspiração e se ofereceu para inventar uma mentira para Senhora, dizer que eu tinha conseguido um bom emprego no Pará e embarcara de surpresa — e logo Seu Brandini interferiu:

— Diga que é no Rio, a sede da Companhia é no Rio, e se ela mandar atrás da filha manda no Rio, e quando nós sairmos do Pará o caso já esfriou.

Eu então declarei com soberba que era viúva e independente, minha mãe não me governava e eu não tinha que contar mentira a ninguém. Assim mesmo deixei que D. Loura escrevesse a carta. No fundo tinha medo de alguma violência de Senhora e o fato é que eu ainda não estava acostumada àquela liberdade nova de viúva — afinal tinha sido uma vida inteira de cativeiro.

*

Falando em Senhora, foi nesses dias mesmo, quando eu já estava estudando os papéis de Cristina e me preparando pra viajar, chegou a carta da irmã de Laurindo.

A carta vinha devolvida (aberta) da Soledade, resultado do telegrama que Senhora passara por mim, para São Luís do Maranhão; foi redigido por Dr. Fenelon:

"Desolada lamento informar falecimento nosso querido Laurindo vítima acidente arma de fogo". E embaixo botaram meu nome.

Muito dengosa a irmã, muito chorosa, pedia desculpas pela demora de meses em mandar resposta; e mais: *"devemos agradecer ao bom Deus por nossa Mãezinha estar no céu e não sofrer mais esta perda..."*

Realmente, Prima Leonila já então há mais de ano tinha morrido, lá mesmo em São Luís, sem afinal me conhecer. Senhora achava que a prima morrera de câncer mas o povo dela escondia. Na última semana chamaram Laurindo, que foi de avião assistir à morte da mãe. Passou lá dez dias, viajou de volta logo depois do enterro e chegou em casa abatido, de olho fundo, adorava mesmo aquela mãe dele. Trouxe de lembrança dela um reloginho de ouro, desses de moda antiga de pendurar no peito, num broche ou num *sautoir.*

Senhora pagou a viagem dele e, na Soledade, nunca mais se falou naquela irmã — Carmita. Laurindo era intrigado com o marido dela.

Terminava a carta Carmita dizendo que eu não reparasse, mas ela era pobre e achava que "tinha direito a herdar a meia da legítima de seu pai, que cabia ao meu saudoso mano".

Senhora tinha escrito em letra grossa, sublinhando, na margem da carta:

"Não tem direito nenhum!"

Eu assim mesmo fui consultar o advogado de D. Loura e o homem disse que Senhora estava com a razão. "Irmã não é herdeira obrigatória, só a mãe herdaria a meia dele, se o sobrevivesse. Mas morrendo a mãe antes de Laurindo, vinha primeiro a esposa, à frente dos irmãos." A herdeira de Laurindo, portanto, era eu.

Nesse caso guardei o reloginho de ouro que já estava disposta a devolver para São Luís, e não dei resposta à "missiva" de Carmita. Se danasse com o tal de marido. Laurindo muita vez contou cada coisa dele, péssima.

*

De novo me afundei no decorar dos papéis e nos ensaios. Às noites, já a bordo, nós ficávamos trancados ensaiando no bar, quando não era hora de o abrirem para os passageiros; Seu Brandini deu uma gorjeta ao taifeiro e nós ficamos praticamente donos da sala. Embora eu enjoasse um pouco durante a viagem toda, mas era o jeito fazer o sacrifício.

Teve ainda o problema do guarda-roupa, os vestidos eram feitos para Cristina, que aliás levou consigo dois que não eram dela, um soarê amarelo e um de *charmeuse* rosa da saia em pétalas, a do número da Melindrosa; mas D. Pepa só se lembrou de verificar as roupas depois da Le Blanc embarcar para o Rio. Seu Brandini, ao se descobrir a rapinagem, berrou de novo:

— Que perua! Que ladra! — E prometeu descontar no pagamento. Como se tivesse a mínima intenção de fazer algum pagamento à criatura, isso eu já tinha compreendido.

No Pará se lembraram de uma costureira conhecida antiga, que talvez aceitasse trabalhar fiado; Seu Brandini botou-lhe as conversas, compraram dois cortes e remontaram uns trajos de Estrela que estavam esgarçados pra ela e podiam se recortar pra mim.

Afinal chegou a estreia, minhas pernas tremelicavam e a fala não saía da garganta, mas Estrela foi um anjo, Seu Brandini me soprava a deixa pensando que eu não tinha escutado o ponto, mas eu nem precisava escutar o ponto porque me lembrava de tudo muito bem, a voz é que não saía.

No último ato vieram me trazer um buquê de flores variadas, da parte de um admirador. Na hora quase chorei, mas no outro dia apareceu um portuguesinho cobrando a conta das flores e eu compreendi que tinha sido coisa de Seu Brandini pra me estimular; quando agradeci ele ficou vermelho — Seu Brandini era assim.

No arraial de Nazaré não precisava muita exigência, como seria o caso do público no Teatro da Paz, acostumado com companhias até da Europa. O pessoal ali era simples, queria ouvir piadas, cançoneta sentimental ou apimentada, comédia com final feliz. Seu Brandini carregava no sal, até Estrela fazia esforço mas a graça lhe faltava. D. Pepa se soltava e muita vez roubava a todos.

Eu ia dando conta do meu recado e era o mais que me exigiam.

Até mesmo já cantava um pouco, numa peça em que fazia o papel de Maria, menina inocente que foge do pai carrasco com um caixeiro-viajante. O pai sai atrás dela, Maria está trabalhando num cabaré cuja dona é Estrela Vésper. Mas naquele ambiente pecador Maria mantém a sua pureza e apenas dança com os fregueses; Estrela Vésper (chamada na peça Lola, a Loba) tem pena da inocência de Maria — ela que nunca soube o que é ser pura! O caixeiro vive fazendo investidas contra Maria, ela porém lhe declara que com ele só partirá como sua esposa. O velho anda por toda parte procurando a filha e afinal vai dar no cabaré e chega exatamente no momento em que Maria está cantando a canção dos seus tempos de menina: "*Abre a janela, Maria, que é dia*", e Lola, a Loba (de vestido preto colante aberto do lado até a coxa mostrando a liga vermelha, peruca de cachos louros e piteira longa) senta-se à mesa dele. Está bêbeda (Estrela impressionava muito o público com a cena da bebedeira) e conta ao velho, entre risadas cínicas, que aquela garota, imagine, ainda é pura e virgem:

"Eu tomo conta dela — quero que seja o que eu nunca fui!" O velho pede a Lola que o apresente a Maria — "Lembra-me uma jovem que conheci faz muito tempo." Com um gesto, Lola chama Maria que, ao ver o velho na mesa, grita: "Jesus, é meu pai!" O velho, que já sabe de tudo e pode perdoar, estende os braços para Maria: "Minha filha!" E então o caixeiro-viajante chega, vê o abraço, junta-se a eles e diz: "Minha noiva!" A orquestra toca, Lola sai para o palco e, como o espetáculo deve continuar, canta o seu mais venenoso tango argentino: "*Esta noche me emborracho*."

Foi a minha primeira peça, ainda hoje eu seria capaz de recitá-la toda, papel por papel. No primeiro ato, as camponesas vinham me despertar com a canção-tema de Maria; eu aparecia na janela do praticável, e aí cantava sozinha, depois cantávamos em coro e então, na boca da cena, descia do teto um painel com a letra do estribilho, para o público cantar também:

"Abre a janela, Maria, que é dia
São oito horas, o sol já raiou
Os passarinhos fizeram seu ninho
Na janela do teu bangalô!"

Eu tinha que reger a cantoria, abrindo os braços e gritando "Todo mundo!", mas era muito tímida e nunca conseguia gritar suficientemente alto nem fazer o gesto com desembaraço; então D. Pepa, que comandava o coro disfarçada de camponesa, com um lenço colorido amarrado debaixo do queixo, tomava a iniciativa e gritava "Todo mundo!", abanando as asas, em meu lugar.

*

Seu Brandini queria tomar conta de mim como se eu fosse filha dele, cumprindo a promessa feita a D. Loura. E até achou ruim quando eu aceitei dar uma volta de carro com um admirador, um rapaz do Banco do Brasil que não faltava a um espetáculo. Eu fui, depois ceei com ele, mas era desses homens que avançam em cima da gente de dente trincado, até parou o carro, e então eu disse que se ele não tocasse o carro pra frente eu gritava; e voltamos sem novidade para o hotel.

Teve outro admirador, um português com um dente de ouro, muito novinho e corado, levava flores no camarim, uns buquezinhos muito mixos, mas com esse nunca saí. O bancário me deixara escabreada, a verdade é que eu ainda sentia medo daquelas coisas.

Estrela também me recomendava cuidado, dizia que ia me dar os seus conselhos de Lola, a Loba, que a vida engana muito e mais vale um bom companheiro que mil namorados, mas a gente só aprende à própria custa. Admirava a calma com que eu enfrentava tanta situação nova e eu respondia que tinha tido muito tempo para imaginar qualquer situação, acabava de deixar vinte e seis anos de prisão e carcereiro atrás de mim.

Mas eu falava assim por falar, talvez para ficar com a última palavra, porque é sempre meio humilhante receber conselhos — mesmo quando a gente os toma. E a verdade é que aqueles vinte e seis anos não me serviam de nada, deles eu só queria me esquecer.

No colégio tinha uma freira professora de Lições de Coisas que gostava de contar cada caso horrível, acontecidos em todas as partes do mundo, não sei de onde ela os tirava: o incêndio de um asilo em Nova York onde tinham morrido torrados oitenta e seis velhinhos; a matança das focas, a cacete, nas ilhas geladas do Canadá; as cabeças mumificadas do tamanho de uma laranja dos índios da Bolívia, que eles preparavam retirando os ossos do crânio e deixando só o couro, que encolhe. Mas para mim o pior era o caso da raposa, numa serra da Espanha, que caiu presa numa armadilha de ferro; como não conseguia se libertar, roeu a junta do osso, rasgou a pele e a carne até apartar, e por fim saiu livre — aleijada mas livre, deixando o pé na armadilha; e no outro dia o caçador só encontrou aquela pata sangrenta, presa nos dentes de aço.

Pois agora eu me considerava assim como a raposa: se deixei minha carne sangrando na Soledade, também me livrei. Queria não pensar em nada, nada daquilo passado, nunca mais. Doía ainda, como doía de noite! Eu chegava quase a meter os pés da cama e sair gritando — doía, mas tinha que sarar. E ia sarando aos bocadinhos, às vezes eu já passava um dia inteiro sem me lembrar de nada.

Para isso muito ajudava aquela vida meio louca, tudo incerto e diferente e a companhia do pessoal, e o carinho de Seu Brandini que tinha muito de paterno — talvez um pai meio sem-vergonha; e aquela amizade quieta de Estrela, sem mentira nem ilusão.

*

Bem, com as minhas fracas forças eu tinha mais ou menos resolvido o problema da ingênua da Companhia, mas ninguém até aquela hora resolvera o problema do galã.

Seu Brandini tomou os papéis para si, mas não me convencia; dizia ele que não importava barriga nem idade para se fazer declaração de amor a mulher, se fosse assim o Chaby Pinheiro não botava os pés num palco. Mas fazia diferença, sim. Eu era uma que não podia levar Seu Brandini a sério, dizer que estava louca por ele e preferia me suicidar a viver sem ele... Acho que ele mesmo não se levava muito a sério, também, porque nas horas mais dramáticas revirava os olhos e era um sacrifício a gente conter o riso.

O que ele aproveitava eram as cenas de beijo, ficava furioso quando a colega dava beijos de boca fechada, só encostando, como é uso no palco para não borrar a maquilagem. Mal chegavam na coxia ele ia berrando:

— Aprende a beijar, menina! Beija direito o teu galã! Como é que um cara pode representar com realismo junto a uma parceira de boca de pau, como tu!

Estrela ria:

— Pelo menos essa casquinha ele merece, coitadinho do Carleto, pelo esforço que faz encolhendo a barriga! — E dava um tapinha carinhoso na barriga dele.

Na peça da Maria, Seu Brandini tinha que fazer o pai, que era o papel mais importante; pensaram em botar o maestro no caixeiro-viajante, mas aí não tinha quem dirigisse a orquestra nem tocasse o piano. Acabou-se recorrendo ao secretário da Companhia, Seu Ladislau, um velhote magrinho, meio louro, de fala muito rouca, que quase não convivia conosco porque estava sempre viajando à nossa frente a fim de preparar as praças.

Como a temporada de Belém era maior, ele podia se demorar, salvando a situação; afinal a parte do caixeiro era pequena, não cantava, Seu Ladislau bem pintado perdia vinte anos, era esguio, não fez feio.

A segunda peça do repertório era a predileta de Seu Brandini, *Querência dos Meus Amores*, passava-se nos pampas. Seu Brandini dizia que era da sua autoria, pelo menos a assinava. De qualquer forma parecia talhada para ele, que adorava o papel, especialmente o número cantado, o da Andorinha. Ele aí podia abrir o vozeirão (explicava que era barítono) e eu só sei que o público delirava e pedia bis. Também os trajos que Seu Brandini usava eram os mais bonitos de todo o nosso guarda-roupa — umas bombachas de veludo azul, meias botas e, jogado por cima dos ombros, um grande pala de seda listrada, com franjas, autêntico, comprado no Uruguai.

Na mão carregava um chicote que ele estalava depois do refrão, arrastando as esporas chilenas, enormes, que faziam tlintlim.

O número da Andorinha ele começava muito brando, quase fazendo biquinho e sempre nos ensaios saía uma briga com o maestro, por causa da estridência dos metais:

— Isto é uma canção romântica, Seu Jota! Que burrrrrrro!

Mas no final tanto ele como a orquestra davam tudo que podiam:

"Ai volta volta se é que por acaso
Num outro peito não fizeste o ninho!
Volta que é tempo, já findou-se o prazo,
Já estou cansado de viver sozinho!"

E, quando o fôlego acabava, o gaúcho estalava o chicote e tilintava as chilenas e o público fazia coro, era uma loucura. Acho que só por causa desse papel e da canção da Andorinha Seu Brandini não fazia muita força pra descobrir um galã novo.

O galã antigo tinha ido embora quando a Companhia ainda estava na Paraíba, antes da temporada em Natal. Era um rapaz carioca, desses boas-vidas que não ligam a nada, se achava uma lindeza embora fosse baixinho, e para fazer cenas de amor com a Cristina Le Blanc tinha que subir em qualquer coisa, um caixote ou um banco, ou então ela sentada e ele em pé. Por causa disso estavam os dois sempre aos choques, ele alegando que ela de propósito calçava sapato de salto de doze centímetros, bastava que usasse salto baixo e a altura dos dois dava certo. E Cristina soltava o seu riso de ironia:

— Meu Deus, ele não quer nada, só que eu sacrifique a minha elegância de atriz!

(Ela mesma me contou as brigas, repetindo as réplicas e as tréplicas.) Outro motivo de discussão entre os dois era que o moço falava chiando muito, puxando pelos *ss*; e Cristina, nascida em Botafogo, criada em Copacabana, caçoava que esse caso de falar chiando podia ser de carioca, mas suburbano, de Cascadura pra lá; carioca da Zona Sul tem os *ss* doces, quase sem chio.

E num espetáculo, na Paraíba — foi então Estrela quem me contou —, parece que numa certa hora o galã tomou confiança com a ingênua, e de farra, talvez só pra chatear, pôs a mão onde não devia; Cristina deu-lhe um bofetão em cena. Foi um escândalo danado, embora parte do público pensasse que era da peça e houve muito riso e até aplausos.

Mas aí o carioca saiu do palco e não voltou para o último ato e Seu Brandini teve que dar a peça por acabada com a cena do bofetão, terminando o espetáculo com um pequeno ato de variedades, improvisado.

Seu Brandini ficou a própria fera: aquele cretino tinha demonstrado o máximo de falta de espírito profissional! Haja o que houver o espetáculo tem que continuar! E apontava com o dedo tremendo para o dístico que mandava pregar pelas costas dos cenários, pelas malas de viagem e pelos espelhos dos camarins: *THE SHOW MUST GO ON.* Tinha montes deles, impressos, creio que era a única frase que Seu Brandini sabia em inglês, mas era o seu cavalo de batalha; achava o máximo, considerava a essência, o resumo da profissão:

— *The show must go on!* O espetáculo continua!

E pela milésima vez contava o caso de uma noite em turnê por Minas, ele estava fazendo uma comédia maluca e lhe entregaram um telegrama dando parte do falecimento de seu pai, o Velho Brandini, no Rio Grande do Sul. Brandini Filho leu no intervalo a notícia terrível mas voltou pra cena, continuou a dizer as suas piadas e a fazer o público rir, até cair a cortina, e então é que se trancou no camarim e pôde chorar, que adorava o velho.

Uma vez em que ele repetiu essa passagem, e eu estava presente, ouvi Cristina comentar com um risinho superior:

— Já li essa anedota tendo como protagonistas pelo menos dez atores diferentes, começando pelo Talma e o João Caetano...

Mas Seu Brandini não se abalou — primeiro não era uma anedota, era uma história dramática; e segundo, se tinha se passado com outros, isso era apenas uma prova de que todos os grandes atores — e ela é que citava Talma, João Caetano — partilhavam da mesma alta consciência profissional.

Com Seu Brandini ninguém podia, nem Cristina. Aquela cobra.

E no dia seguinte ao bofetão, quando os jornais da cidade comentavam o incidente, e um crítico qualificou o episódio como falta de consideração ao público paraibano e aos seus foros de civilização, Seu Brandini demitiu o carioca; e sem lhe pagar um vintém — ele que fosse à polícia.

Cristina ficou triunfante mas logo começou a implicar com o seu novo parceiro, que tinha de ser o próprio Brandini Filho, não havia outro; e depois ela mesma foi embora; à traição, conforme se sabe. E a mim me puseram no lugar dela, e não podia haver em qualquer palco do mundo uma dupla mais mal combinada do que Seu Brandini e eu.

— Parecem muito mais pai e filha — comentava Estrela com aquela sua tranquilidade.

E ainda havia o problema do sotaque porque, como eu disse, Seu Brandini falava gaúcho puro, que nos nossos ouvidos soava quase espanholado; e eu, com a minha fala arrastada de nordestina e as vogais abertas "cólégio", "Jésús", "révísta", era uma confusão.

Logo, por exigência de todos, comecei a treinar sotaque novo e escolhi o carioca, que toda vida achei lindo e ainda acho.

Se bem que naqueles tempos, nos palcos do Brasil, o que mais se ouvia era sotaque português ou pelo menos aportuguesado, que era o de quase toda gente do teatro.

Teatro brasileiro nessas eras obedecia à escola de Portugal e muito ator brasileiro se ouvia falando em cena que era como se tivesse desembarcado naquele dia de Lisboa.

Estrela, que era mineira criada no Rio, dava a sua entonação de portuguesa, e Seu Brandini, quando novo, muito esforço fez para se acomodar ao uso geral — mas fala de gaúcho não tem português que possa com ela!

Ou era a sua personalidade, como Seu Brandini gostava de dizer. Eu logo senti que, pra falar à portuguesa, a minha língua não dava; tratava então de imitar o melhor possível as cariocas, tomava a chata da Cristina como modelo. O resultado não era grande coisa, mas pelo menos eu já não *cantava* muito, nem abria tanto os *oo* e os *ee*, ficou uma misturada, mas enfim não era tão ruim quanto no começo. E no Pará, sempre peguei um pouquinho do sotaque paraense que eu também achava simpático — "*Têsôura*", "*bôtína*". Ainda hoje em dia encontro pessoas que me perguntam se eu sou paraense. Eu gosto.

Saiu na imprensa de Belém uma nota reclamando a falta de um verdadeiro galã na Companhia Brandini Filho. Era sinal de que o público também se ressentia, por mais esforços que Seu Brandini fizesse. E o pior é que a falta de um galã jovem influía principalmente no repertório, só se podia dar peça cômica e nem todas as nossas peças ensaiadas eram cômicas, e os papéis de Estrela pertenciam quase todos a peças românticas, e acho que ela se desgostava por não ter mais ocasião de fazer a mulher fatal. Ou *vamp*, vampira.

E então uma tarde, durante os ensaios, nos caiu do céu um rapaz de muito boa presença, candidato ao lugar vago.

Seu Brandini fez um teste, o moço sabia dizer as suas linhas, tinha desembaraço de palco, e o melhor era que possuía até casaca e mais uns dois ternos; quer dizer que não haveria problema de guarda-roupa, só nos casos de peças a caráter, mas para isso se retocava o que havia nas malas das roupas do outro galã.

Chamava-se o moço Odair — Odair Esmeraldo. Não vinha do teatro legítimo — não era um comediante, como diagnosticou D. Pepa. Até então fora mágico (por isso o *smoking*, a casaca e até a cartola), com o nome artístico de "Professor Everest". Mas sofreu uma penhora e acabou perdendo para os credores todos os seus aparelhos.

Seu Brandini não acreditou muito nessa história, justiça nunca faz penhora de equipamento de trabalho — senão como é que o penhorado pode ganhar a vida e pagar aos credores?

— Nesse assunto de credores eu sou doutor! — ele dizia com um sorriso sem-vergonha. E continuava: — Aparelho de mágico é a sua ferramenta de trabalho, como é a máquina a da costureira.

Mas ninguém tinha nada com isso, a cavalo dado não se olham os dentes, Odair que contasse a sua história como quisesse, a vida era dele, cada um pode ter a sua versão, não se ganha nada em especular os enredos de cada um.

Estreamos numa peça em que eu ficava na janela enquanto Odair me fazia serenatas e Seu Brandini, meu pai, jogava um vaso de flores (que precisava ser de papelão, com rosas de papel) na cabeça do galã. Essa peça, embora fosse das mais aplaudidas, estava justamente entre as arquivadas porque os dois homens contracenavam a todo momento e só se Seu Brandini fosse transformista como a falada Fátima Miris, poderia fazer ao mesmo tempo o pai nobre e o mocinho.

Afinal depois se soube — ele mesmo foi contando — o caso com Odair não tinha sido bem aquele. Ele vinha de Manaus e lá se apaixonou por uma moça menor e ela se apaixonou por ele e fugiram juntos.

A família não se conformou com o rapto, a polícia conseguiu apreender todo o material do mágico ainda no hotel, enquanto Romeu e Julieta escapavam rio abaixo. Durante uma semana ficaram em Santarém, escondidos, e por fim chegaram a Belém.

Odair andava assustado mas tinha esperanças de que a família acabasse dando o caso por perdido, afinal a menina já não podia voltar atrás e recomeçar a vida. Quem, nas famílias boas de Manaus, ia querer casar com moça desencaminhada por um mágico — e casado?

Sim, o pior é que Odair era casado, embora ele sempre se justificasse que podia ser casado mas não tinha filhos. Ora!

E também como Estrela dizia, era possível que a maior parte das histórias de mistério e de perseguição fosse só pra fazer drama, ator adora fazer drama.

Às vezes Odair chegava dizendo, furioso, que os pais andavam querendo pegar a menina de volta para botá-la no Bom Pastor; mas eu fui uma que nunca acreditei nisso, vê lá se moça de hoje se sujeita a Bom Pastor, talvez alguma sertaneja analfabeta, mas aquela era sabida, normalista. E afinal nós descobrimos que em Manaus nem tinha convento do Bom Pastor.

E não era só nisso da moça roubada, em tudo Odair gostava de fazer mistério, por exemplo, dava a entender que o nome dele era outro, ele escondia por ser de família tradicional, com herói na Guerra do Paraguai.

E daí aliás podia ser — herói do Paraguai também tem filho e neto e eu, eu não estava me chamando agora *Nely Sorel*? — Ah, foi uma guerra essa escolha do meu nome de palco. Estrela dizia:

Por que você não usa Dorita? Assim não foge do seu próprio nome. Mas logo me lembrei do "cachorrinho de balaio" de Senhora, quando Xavinha falou justamente nesse nome de Dorita — e eu aliás detestava.

Então cada pessoa ia lembrando um nome diferente — alguém falou Priscila, fiquei pensando, mas Priscila de quê? Tinha que haver um sobrenome em inglês ou francês pra completar, naquele tempo podia-se dizer que era obrigatório, o que dava charme à atriz era nome de Hollywood.

E foi Osvaldina (porque em toda essa discussão a gente ainda estava no Ceará), Osvaldina que era fã apaixonada de cinema e tinha coleção de *Cena Muda*, veio com esse nome de *Nely Sorel*, que tinha composto de dois artistas, e não parecia nome de cinema mesmo?

Todos gostaram, Seu Brandini ficou rolando o nome na língua — Nely Sorel. D. Pepa contou as letras, nove, múltiplo de três, dava sorte.

Então se abriu uma garrafa de cerveja, D. Loura me batizou por Nely Sorel, e depois da ceia apareceu com um bolo para comemorar o batizado. (E eu pensando no que diria Senhora quando soubesse.)

A moça furtada de Odair Esmeraldo andava com ele, mas não se misturava muito conosco. Era tímida, pior que eu, calada, e, nas raras vezes em que aparecia durante os ensaios, ficava quieta numa cadeira, com um sorrisinho encabulado. Acho que ainda não tinha se recomposto, coitadinha, depois dos alvoroços e dos escândalos da fuga de Manaus.

Odair nos contava que todos os dias no quarto da pensão treinava com ela números de mágica; porque ele só considerava a sua passagem no teatro uma coisa temporária; e como não tinha coragem de voltar a Manaus, enfrentar o trabuco do sogro e recuperar a sua aparelhagem, ia arrumando aos poucos novos aparelhos, e alguns mesmo ele próprio os fabricava, encomendando as peças a marceneiros e flandeiros e mandando a mulher costurar os forros e as franjas de seda. Araci — era o nome da mulher dele — mostrou-se muito jeitosa na agulha, passava o tempo pregando os estofados e os fundos falsos, fechada no quarto, enquanto o marido dormia.

No Maranhão, já ele pôde fazer um pequeno número de mágica no entreato, verdade que auxiliado por Estrela, que vestiu o seu soarê vermelho e secundou muito bem na prestidigitação. Daí por diante havia sempre um número de mágica no nosso ato de variedades, só que Odair se apresentava maquilado, de barbicha de ponta e turbante e fazia questão de ser apresentado como "Professor Everest". Seu Brandini zombava nas costas dele, dizendo que Everest é nome de montanha na Índia, já se viu que cretino.

*

Eu falo assim em Maranhão, Belém, Manaus, Natal, talvez até confundindo um pouco, porque em vida de teatro — mambembe, diga-se logo — a gente até perde a noção dos lugares.

Embora cada público seja diferente — cada público reage a seu modo e mostra as suas preferências (tem ator ou atriz, em turnê, capaz de identificar o público de olhos fechados, no palco, só com o comportamento da sala), mas os lugares — praças, ruas e hotéis — a gente confunde.

Eu podia ficar recordando assim: em São Luís foi o lugar onde aquele comerciante gordo me mandou um cartão com uma pulseira, depois mandou outro cartão convidando para um passeio de barco; eu não fui e ele queria que eu devolvesse a pulseira. Mas Estrela disse que era para eu guardar, estava de posse do oferecimento escrito que tinha vindo junto com a pulseira e isso liquidava o assunto.

Em Natal teve o problema com a dona do hotel e teve a entorse de D. Pepa que ficou sem poder andar; mas, como dizia ela, era um velho cavalo de guerra, disciplinada, não precisava reler os cartazes do "*Show must go on*" de Seu Brandini. trabalhava apoiada numa bengalinha, manquitolando, e ainda ficava mais engraçada.

D. Pepa, não sei não, ela adorava as risadas do público, se embriagava com as gargalhadas, ficava dizendo caco e esticando as falas até Seu Brandini intervir; e ao mesmo tempo ressentia as risadas, as palhaçadas e o nome de caricata.

Quando estava nas suas cervejas gostava de contar vantagens do tempo passado:

— Ah, esta velha feia bigoduda — *Dios mío*, quando vejo no que dei, o público me achando um número e eu me descosturando nas macaquices — mas pensam que eu me engano, pensam? Sei muitíssimo bem que sou uma velha ridícula, gorducha e ridícula! Caricata é a palhaça, pois eu sou palhaça de profissão, com muita honra!

E aí ela chorava e se esquecia do que tinha começado a dizer antes:

— Não se iludam, o artista cômico é o esteio de uma revista; sabe, o próprio Getúlio — sim senhor, o Getúlio, riu de chorar vendo aquele número que eu fazia da noivinha grávida — te lembras, Estrelita, te lembras? Riu que enxugou os olhos com o lenço — o Getúlio em pessoa, com os seus guarda-costas no camarote e o Beijo, e do palco eu escutava o estalar da gargalhada deles.

Bebia mais um gole de cerveja:

— É, caricata. Mas tempo houve em que eu era linda, não tinha isto assim, nem isto, nem isto (e passava as mãos pela papada, pela barriga, pelos quadris enormes), tempo houve em que eu era magrinha, delgadinha, um vero talo de flor! E se eu fosse te contar os chatôs que eu frequentei, as *garçonnières* de moços ricos, ah meu tempo! As noitadas de champanhe, e nessa época era só champanhe francês, Veuve Cliquot! Vida de atriz valia a pena. Vida de atriz hoje, *perdon*, mas como se diz na minha terra — *es una porquería.*

Estrela ouvia e abanava a cabeça:

— Você sabe, Pepa, eu também tive o meu tempo, antes do Carleto. E te digo uma coisa, foi o que me ficou de toda aquela badalação com os rapazes: homem, só o da gente. Não quero ser mais honesta do que ninguém. Fiz as mesmas bobagens, as *garçonnières* e as champanhadas — mas quando chega a hora de agarrar e levar pra cama, a gente só acha graça mesmo é no homem nosso.

D. Pepa gesticulava com o copo na mão:

— Qual, um homem rico, camisa de seda, perfumado, minha filha...

— E bêbedo — teimava Estrela. — Bêbedo, eles sempre estão de pileque nessa hora; e só vai mesmo quando a gente bebeu também. A sangue-frio, pra mim, era como ir no médico.

D. Pepa, que zangava fácil, se irritou:

— Não te faças de santinha, Estrela! Me lembro de você naquela turma do Recreio — foi em 1925? O pessoal dizia que o espetáculo começava realmente depois que caía o pano, te lembras? E não era aos pares, era aos bandos! Te lembras, hem?

Mas Estrela não se ofendeu:

— Pois não é o que estou dizendo? Falo porque sei. E digo mais, Pepa, foi com aquela turma que dei o basta. Beber e louquejar e aqueles homens todos e de amor nada... Teve uma garota que um dia amanheceu não sei como no meu quarto e disse uma coisa que eu não esqueci nunca: "Estou me sentindo como aquele dia em que eu fui na clínica fazer a curetagem sem anestesia..." Não esqueci.

D. Pepa soltou a sua gargalhada grossa, de palco:

— Curetagem — essa é boa! Menina vou meter esse caco naquela cena do português apaixonado: "Queres fazer uma curetagem, bonitão?" Boa, boa.

Estrela calou a boca e desviou os olhos. Depois disse em voz baixa, mas eu escutei:

— Vaca velha! — A frase predileta de Seu Brandini quando se enfurecia com as pachouchadas de D. Pepa.

EM FORTALEZA A NOSSA chegada era uma festa. D. Loura com Osvaldina e até o telegrafista tinham nos ido receber na Ponte Metálica, sem falar no Inspetor Jonas, infalível. Teve almoço especial, todo mundo convidado sem pagar extraordinário.

E eu, o que achei mais carinhoso, minha cama estava feita como sempre no quarto de D. Loura (a minha nova condição de cômica não me desmerecera no seu coração) e a minha grande mala de atriz que Seu Brandini tinha enfeitado com etiquetas de hotéis de quase todas as partes do mundo (que ele comprava a um sujeito da Rua da Alfândega, no Rio, para dar o toque internacional), minha mala de porão ficava navegando no meio do quarto como a Arca de Noé.

Osvaldina fez questão de arrumar tudo que era meu, consertar, passar a ferro, engraxar os calçados. E o que mais a embelezava era a minha caixa de maquilagem — não que fosse um estojo próprio, de couro, como o da Cristina Le Blanc, ou mesmo o estojo surrado mas sortido de Estrela; era só uma caixa cheia de tubos e frascos de ruge, e potinhos de creme, e lápis e pincéis e batons, mas Osvaldina jamais se vira senhora de remexer em coisas tais. Cheguei a lhe fazer maquilagem de palco, um dia, ficou um assombro; como disse Seu Brandini, aquela menina tinha uma conformação de rosto especial para as gambiarras, e era mesmo, os olhos cresciam enormes e, de longe debaixo da luz, podia-se dizer que ela ficava uma beleza.

Por ela e mesmo por D. Loura, Osvaldina teria conservado a pintura pelo resto da noite; mas, olhando o relógio, ela correu a lavar o rosto, estava na hora do telegrafista chegar.

E D. Loura, vendo a filha sair naquela pressa, deu um suspiro sentido:

— Coitadinha de minha filha. Terá sido pra isso que a botei no mundo e criei com tanto sacrifício?

Logo Osvaldina chegou de cara lavada, mas tristinha, e acho que ficou o resto da vida com aquele triunfo do seu lindo rosto maquilado lhe consolando de muita decepção. Havia de pensar que, se tivesse querido... Eu sei como é.

Lá encontrei carta, como sempre de Xavinha. Tudo na mesma, inverno fraco mas deixando fartura. Senhora parece que andava sofrendo de pressão alta, Dr. Fenelon passou uns remédios e aconselhou dieta para emagrecer. Duvido muito que ela se sujeitasse a tal dieta, sempre dizia que não comia quase nada, era gorda assim de nascença, por calibre.

O velho Delmiro mais esquisito do que nunca, agora "negociava" com Antônio Amador no meu lugar, mas andava muito magro e arropiado e não dava nem bom-dia a ninguém. Cada vez se escondia mais de Senhora.

Coitada dc Xavinha, tive pena e lhe fiz umas linhas; mas não lhe dei notícias da minha vida, disse apenas que gozava saúde, que tinha andado viajando e que muito em breve tornava a embarcar. Quando tivesse endereço certo mandava, por ora ela ficasse enviando as cartas aos cuidados de D. Loura que as faria chegar às minhas mãos.

Uma coisa chata em Fortaleza foi um boato que se espalhou, imagine, que eu era uma herdeira rica do interior, rompida com a minha família e por isso entrara para o teatro. Me botavam como sendo dos Fulano do Crato, dos Beltrano de Sobral, e o jornal dos padres publicou um artigo lamentando a maléfica influência dos costumes modernos nas famílias cearenses, se acaso fosse verdade que uma senhorita de tradicional estirpe alencarina havia trocado o seu lar católico pelas luzes do "teatro ligeiro" — usando de uma metáfora caridosa. Se tal vocação fosse ao menos para a cena lírica, como sucedeu com a grande Bidu Sayão, sobrinha de um presidente! Mas aquelas burletas e esquetes picantes, aquelas cançonetas licenciosas etc. etc. etc...

E eu não era senhorita, era viúva e maior, nem era do Crato nem de Sobral, nem minha família era tão estirpe assim, por mais que Senhora alegasse as suas grandezas.

Houve muita curiosidade e falatório com o artigo — a bilheteria aproveitou. Seu Brandini estava encantado e quis levar o caso mais longe, mas assustou-se quando me viu cair em pranto e dizer que ia deixar a Companhia.

Na verdade eu estava horrorizada por me ver de repente no galarim, e D. Loura ainda me escondia metade dos mexericos.

O telegrafista proibiu Osvaldina de sair comigo "pra não se envolver no escândalo". Então seu Brandini resolveu tomar providência.

Fez amizade com um repórter de outro jornal de Fortaleza e "*obteve*" para ele uma "*entrevista exclusiva*" comigo. A minha sorte é que ninguém me conhecia na cidade, eu nem sequer tinha frequentado colégio em Fortaleza e pois não havia risco de colega ou mestra que me identificasse. Aroeiras era longe, o povo de lá modesto e sem muita presença na capital.

E em vista de eu já estar muito melhor do sotaque, Seu Brandini me apresentou como uma moça mineira que tinha ido morar no Rio em criança (o caso de Estrela). Era filha de um alto funcionário, mas tinha o teatro no sangue: em menina representava com os irmãos fazendo palco na mesa de jantar. Mocinha, lutara duramente para convencer os pais a me deixarem seguir a minha vocação irresistível. Hoje, reconciliada, minha família se orgulhava dos meus êxitos.

Só mesmo Seu Brandini, eu ter o teatro no sangue! Mas o fato é que a mentira pegou, e no dia seguinte à publicação da entrevista a reação do público foi muito curiosa: chegaram a me dar alguns assobios quando entrei em cena, pra eu não andar querendo me fazer passar por moça de família cearense!

Também nossa temporada em Fortaleza foi curta, não tínhamos conseguido teatro bom, estávamos num cinema velho, de acústica muito ruim, feito no tempo de filme mudo; a gente precisava se esgoelar, cantando ou dialogando, para ser escutado do meio da plateia em diante. E ainda por cima o aluguel caro e Seu Brandini se queixando das dificuldades financeiras.

Então fomos para o Recife e eu chorei nos braços de D. Loura no dia da despedida; afinal era ali o único lugar no mundo que hoje em dia eu podia chamar de minha casa. Pelo menos foi o que D. Loura me disse, recomendando que eu tivesse juízo e cautela, naquela vida tão diferente da outra em que fora criada:

— E não se esqueça, minha filha: enquanto eu for viva, você tem casa!

No Recife, logo de saída foi tudo muito bem; pra mim aquela vida já tinha virado rotina. Quem não sabe pensa que a existência de atriz são tudo farras e prazeres e homens e rapazes bonitos e velhos ricos, como nas lembranças de D. Pepa. Para mim, pelo menos, não era.

Talvez eu não fosse bonita, era só engraçadinha, e assim mesmo em cena, com a pintura própria, ou talvez eu não tivesse as artes, ou então é porque das histórias para a verdade vai uma distância grande.

Como já contei, eu recebia propostas e até me apareciam namorados, mas nenhum era coisa que desse pra se cair pra trás de entusiasmo; um mais rico havia de ser como aquele da pulseira, sovina e aproveitador. Acho que em vista da fama que tem mulher atriz, os homens que valem alguma coisa, mormente os que valem em dinheiro, já se precatam contra elas e têm medo de se verem arrastados em alguma aventura perigosa. Além do mais, com a nossa pouca demora em cada cidade, não se chega a fazer um bom conhecimento com ninguém. Começa-se um caso em Natal, amanhã já se está na Paraíba, só mesmo um vagabundo é que poderia sair viajando atrás de uma companhia. Aquelas paixões loucas, ai, só na *Dama das Camélias*, nem hoje existem mais os condes e os banqueiros para cobrirem uma mulher de brilhantes e lhe darem carruagem. Foi-se o tempo, como se queixava a velha Pepa. Os seus senadores, milionários, comendadores portugueses estavam tão mortos e enterrados quanto Pedro Álvares Cabral.

Mas como eu disse, temporada ótima no Recife.

Odair se entrosava muito bem com a turma toda e até Araci já se chegava mais e ensaiava a sua parte em alguns números, sob as vistas pacientes de Estrela.

Mas de repente, é sempre assim, o céu nos desabou por cima. Uma tarde, nós estávamos ensaiando mais por honra da firma, porque a peça era sabida e ressabida, quando Seu Brandini estourou no teatro com uma bomba:

— O navio em que a gente ia embarcar foi afundado!

*

Era aquele tempo da guerra. Até então, por toda parte no Brasil onde nós andávamos, ninguém ignorava a guerra na Europa, é claro, os rádios e os jornais não falavam em outro assunto; mas era notícia distante, do outro lado do mundo. E agora, de repente feito um raio, a guerra despencava em cima de nós, e nunca poderei esquecer o choque daqueles afundamentos.

Estava ali a guerra com os mortos, os nazistas, os aviões e os submarinos; não era mais coisa de além e Europa, como neve ou Maurício Chevalier.

Para mim foi como um soco no peito, e eu pensava no pessoal afogado, gente de bordo que eu conhecia, porque nós já tínhamos viajado naquele navio.

Seu Brandini, que era muito patriota, ficou no auge da indignação, e logo à noite inventou uma homenagem em cena aberta, na apoteose final.

Toda a Companhia e mais dez extras no palco, fardados de soldado (as fardas Seu Brandini tinha arranjado com um major nosso amigo que nunca perdia espetáculo); Seu Brandini representando o General Osório e Odair de Floriano Peixoto, o Marechal de Ferro. Estrela, de túnica branca e fazendo o papel de Pátria, recitou uns versos de Petion de Vilar sobre a bandeira nacional (que ela já sabia de outra homenagem, a do 7 de Setembro), e em seguida coroava Osório e Floriano com uma coroa de louros. Seu Brandini exigiu que fosse de louros mesmo, queria o "toque autêntico", e nós fomos arranjar os ramos de louro no mercado, eu mesma que fiz as coroas entremeando com torçal dourado, e na hora o palco cheirava tanto a louro que D. Pepa disse que estava com saudades de uma boa feijoada e Seu Brandini berrou para ela:

— Cala essa boca, sua vaca espanhola, fascista franquista!

Acho que D. Pepa também estava ofendida porque sendo gorda demais não lhe deixaram tomar parte no desfile. (E ainda por cima de bengala.)

Os soldados evoluíam em compasso militar ao som do tambor, comigo de porta-bandeira à frente, fardada também, carregando a bandeira verde e amarela, e todo mundo cantando a *Canção do Soldado*. O público todo se levantou e cantou conosco, um homem de um camarote fez um discurso e Seu Brandini ficou tão comovido que chorou em cena.

Muito tempo depois, quando partiu o corpo expedicionário para a Itália, Seu Brandini gostava de se gabar de que fora a Companhia Brandini Filho a primeira a promover a presença do Brasil na guerra e a homenagear antecipadamente os nossos bravos pracinhas.

E daí por diante todo espetáculo nosso tinha um número patriótico e só não fazíamos diariamente o desfile porque foi preciso devolver as fardas e não se podia pensar em fazer fardas nossas, dada a mudança das circunstâncias. Sem falar no custo dos extras.

Mas Seu Brandini desencavou uma peça velha da Primeira Grande Guerra e obrou nela as suas modificações. Estrela representava uma enfermeira que era fuzilada pelos nazistas (na peça velha dizia "os hunos"), com uma grande cruz servindo de alvo no peito. E quando Estrela caía, gritava "Viva o Brasil" e o público aplaudia feito um louco.

E a própria Estrela reclamava:

— Mas Carleto, eu não sou belga? Eu devia dizer "Viva a Bélgica" — é o lógico.

Mas Seu Brandini exigia o viva o Brasil, nós não entendíamos psicologia das multidões, paixão não tem lógica. O público queria dar viva ao Brasil naquela hora, pronto. E ele devia estar certo, porque realmente nunca ninguém reclamou.

Podia ser que naqueles derrames patrióticos de Seu Brandini houvesse um pouco de exploração comercial para ajudar na bilheteria. Mas a verdade é que nós os atores sempre ficávamos comovidos, mormente com a reação do público e com os discursos que quase toda noite havia. Na hora do desfile com a bandeira, então, era certo.

Tinha prefeito do interior que fazia questão de vir falar em cena aberta durante o nosso espetáculo e trazia a sua banda de música para a porta do teatro. E só não vinham para tocar do lado de dentro, junto da nossa orquestra, porque com aquelas bandinhas, que o povo chama de furiosas, não seria possível fazer acompanhamento, era agreste demais.

Bem, estou falando em espetáculos nas cidades do interior, porque foi a solução a que se teve de recorrer, com os navios afundados, a dificuldade dos transportes, e o medo dos torpedeamentos quando transporte era possível; de nós todos só Seu Brandini gritava e jurava que não tinha medo de ir para o fundo do mar. Estrela não escondia que preferia mil vezes largar a Companhia e ir, por terra, esperar o Castelo no Rio quando ele chegasse lá.

— Se chegasse lá...

E eu era outra, e a velha Pepa pior ainda; até Araci, mulher de Odair, tinha pavor, e ela já atuava nas suas pontas, representando economia nos extras.

A solução foi Seu Brandini sair pra essa de fazer excursões pelas cidades mais perto, Vitória de Santo Antão, Jaboatão, Gravatá, Goiana, até à famosa Caruaru nós fomos.

Ia-se de trem, ocupava-se o cinema local, levava-se só um mínimo de cenários, um telão de fundo que servia pra quase tudo, e se carregava a mão nas variedades, cançonetas, monólogos e esquetes, que era o que o público preferia.

Seu Brandini não faltava com a canção da Andorinha que ele destacara da tal *Querência dos Meus Amores* como um número independente, e provocava sempre um sucesso espantoso. Então no estalar do chicote no tilintar das chinelas!

Eu já dava conta de algum tango argentino. No comentário da velha Pepa, a gente era o puro mambembe dos tempos de outrora.

Aliás ninguém de nós reclamava muito, até se descobriu que essas cidades do interior eram muito mais importantes do que se pensava, tinham jornal e gente fina entendida em teatro, embora as famílias dos usineiros não fossem aos nossos espetáculos — estavam acostumados com teatro na Europa e Municipal no Rio. Eu digo as famílias, porque a rapaziada ia e vibrava.

Pelo menos foi o que escreveu um jornalzinho não sei de onde, reclamando porque a elite local não prestigiava as legítimas manifestações da arte brasileira e só dava preferência à arte alienígena. Seu Brandini pregou o recorte na tabela e o colou depois no álbum da nossa publicidade. Se havia uma coisa de que ele tinha raiva era de elite:

— Bota um carcamano barrigudo berrando uma ópera vestido de palhaço e a elite morre de faniquito. Mas se um palhaço brasileiro pedisse o palco do Municipal pra atuar, acho que pegava trinta anos de cadeia, só pelo desaforo!

Seu Brandini até escreveu uma carta para o *Correio da Manhã* quando morreu o palhaço Dudu, reclamando que se prestigiasse o artista nacional, que os modernistas tinham dado muito cartaz ao Piolim — mas eram particulares. As autoridades só prestigiavam artistas estrangeiros, para eles ia tudo, mas os legítimos heróis da nossa arte de representar só encontravam repulsa e obstáculos intransponíveis.

Seu Brandini gostava de escrever cartas que ele não assinava porque não pretendia arrostar com as represálias. Escrevia para os jornais e para as pessoas também. Mostrava para a gente, e explicava que aquilo não poderia se chamar carta anônima porque o anonimato tem intuito calunioso e ele não tinha. Não tinha mesmo. Por exemplo, se um ator que ele apreciava estava se viciando em algum cacoete em cena, Seu Brandini escrevia-lhe uma carta *não assinada* apontando a falta. E explicava: se fosse falar pessoalmente, o sujeito podia ficar com raiva, e na certa não atendia; mas vindo a censura pelo correio, em carta, sem testemunhas, o indigitado dava valor ao conselho.

Escrevia pra prefeitos, pra comandantes de navio reclamando contra o serviço de bordo e incluindo também elogios, porque ele não gostava de ser injusto e além do mais um elogio ajuda a ser bem recebida a reclamação. Acho que nunca na vida encontrei uma pessoa como Seu Brandini.

As tais temporadas-relâmpago ajudavam, mas ainda não resolviam o nosso caso. Por fim já nem mais se tinha um teatro para ocupar no Recife. E ficávamos pagando pensão o tempo todo, mesmo quando em viagem por quatro ou cinco dias, porque não compensava uma mudança de cada vez.

Estrela pensou em se alugar uma casa, mas não dava certo, impossível reunir tanta gente diferente, D. Pepa com seus meninotes, o Contrarregra, Seu Jota do Piano que tinha fama de mau caráter e bebia muito.

E ainda havia o *ponto* em que nunca se fala senão dizendo assim "ouvia-se o ponto" ou "não se ouvia o ponto" e no entanto ele existia, um gorducho calado, de físico tão impróprio para o seu emprego, que lhe era um sacrifício se meter no buraco do ponto em alguns teatros; em outros nem o buraco havia — cinemas por exemplo — e o pobre do Antenor, que era assim que ele se chamava, precisava ficar murmurando da coxia.

Hoje em dia não se usa mais ponto e também eu não faço mais teatro, mas acho até que morria de paúra se tivesse que confiar só na memória. Também no nosso tempo era uma peça por dia, nem a Sarah Bernhardt, nem memória de elefante seria capaz de guardar aquilo tudo acumulado.

Antenor era bonzinho, usava bigode e decorava as peças logo nos ensaios, mas dizia tudo feito uma máquina, às vezes a gente nem compreendia, porque a entonação é que faz a fala, como nos explicava milhões de vezes Seu Brandini. Até para dizer que *passe o sal* você tem que usar a entonação certa.

E quando o maestro brigava com o contrarregra, o que era comum, Antenor quebrava o galho. Contudo, em cada lugar a que se chegava, jamais Antenor ficava com a Companhia, não se sabia sequer o paradeiro dele entre o fim do espetáculo e o começo do ensaio. Uns diziam que ele só gostava de morar na zona, alugava um quarto numa pensão de raparigas, ficava por lá como pessoa da família.

Pois imagine, com gente assim disparatada, quem é que poderia juntar tudo numa casa, como Estrela pretendia? Mas só para argumentar, objetava Seu Brandini, casa alugada pede fiador, Recife não era nenhuma cidadezinha em que todo mundo se conhece, e onde diabo nós iríamos desencavar um fiador? Tomara nós arranjássemos um pouco de fiado, já seria uma graça de Deus!

Que as cobranças começavam a incomodar. A dona da pensão, por exemplo, uma portuguesa malcriada, que saudades nós tínhamos do carinho e da confiança, mormente a confiança de D. Loura.

Seu Brandini começou então a chocar projetos (isso quem dizia era Estrela, mulher dele).

Um desses projetos era oferecer representações gratuitas para divertir as nossas Forças Armadas, como é de uso fazer-se em nações beligerantes. A Aeronáutica poderia nos dar transporte e hospedagem enquanto durasse a turnê pelas guarnições, e no fim nos deixaria na nossa base, o Rio.

Era um belo projeto que muito honrava os sentimentos da Companhia de Comédias e Burletas Brandini Filho, foi o que nos declarou o coronel comandante com quem Seu Brandini falou, levando-nos a mim e a Estrela para compor o buquê. Mas era preciso lembrar que o Brasil não estava em guerra, e portanto ainda não era nação beligerante...

Seu Brandini pediu um aparte:

— O Senhor não acha, coronel, que isso é uma mera tecnicalidade?

— ...e pois esse costume de mandar trupes dar espetáculos para os soldados só se estabelece nos teatros de guerra. Portanto, mesmo que a nossa declaração de guerra saia (como é de esperar para breve, isso eu lhes digo confidencialmente), ainda irá levar muito tempo para o Brasil comparecer a algum teatro bélico. O mais provável é que Hitler esteja vencido antes disso. Não veem a ofensiva de inverno na Rússia?

Muitas coisas mais disse o coronel, palestrou com Seu Brandini como um igual, afinal somos todos brasileiros e amamos a nossa pátria.

Seu Brandini ficou no auge do entusiasmo com a conversa; mas infelizmente não era coisa que resolvesse as nossas dificuldades.

Linhas acima falei em Antenor, o Ponto, esse desconhecido, e agora vejo que não me estendi nada a respeito de Seu Ladislau, o secretário, porque, como já disse antes, era pessoa que pouco estava conosco. Assim que começava a temporada numa cidade ele já partia para a praça seguinte, preparar tudo, tratar publicidade, alugar teatro, reservar acomodações, abrir caminho à Companhia.

Era um hominho magricela, velhote, também já contei. Sabia-se que fora ator mas teve que encerrar a carreira por que lhe deu um mal na garganta, nas cordas vocais propriamente, e ele quase perdeu a voz.

Mas, viciado em teatro como era, tentou a princípio ser empresário e nisso gastou o que possuía, que era uma casinha no Engenho Novo, no Rio, herança do pai português; nessa dita casa Seu Ladislau tinha nascido e se criado — nos fundos, porque na frente era a quitanda do pai. Pois mal a herdou, com a morte da mãe, tratou de torrá-la para financiar a sua companhia. E a companhia faliu de estalo; a causa, diziam, foi porque Seu Ladislau se apaixonou pela vedete, uma argentina ardente e muito vigarista. (Tempos depois a conheci, já estava gorda e velhota e não tinha nada de vedete, era encarregada do guarda-roupa, para não dizer costureira, de uma companhia muito mixa que andou uns tempos pela Praça Tiradentes.) Por fim, Seu Ladislau acabou se juntando com Seu Brandini e os dois se combinaram maravilhosamente e creio que a nossa já era a terceira companhia em que eles se associavam.

Aliás, Seu Brandini fazia questão de dizer, não era a terceira companhia, era a *terceira fase* da Companhia de Comédias e Burletas Brandini Filho. Podia a razão social ser diferente, às vezes por imposições comerciais, mas a Companhia era a mesma. Na sua essência.

Seu Ladislau era interessado, entrou com um capitalzinho, creio mesmo que se não fosse ele as coisas ainda andariam pior para nós. Porque Seu Brandini tinha muita cabeça mas, como se queixava Estrela, tinha pouca consequência. Ele que bolava tudo e dava começo, mas era preciso alguém para continuar e manter as coisas em ordem.

Agora, ali no Recife, a gente convivia mais com Seu Ladislau e era ele que nos acompanhava nas temporadas-relâmpago pelo interior. E foi ele que começou a maquinar um projeto de nos levar ao Rio por terra — façanha que ainda não era nada fácil, porque só muito depois foi que rasgaram essas estradas como a tal Rio–Bahia, que nos tempos do começo da guerra era só falada, mas cortar o sertão estava longe.

Os dois arranjaram uns mapas e começaram a conversar com uns e outros. A ideia era se ir de trem até a ponta da linha em Rio Branco, e de lá se tomava a condução de carro a Petrolina.

Em Petrolina, que fica defronte a Juazeiro da Bahia, do outro lado do rio São Francisco, se tomaria um vapor da Empresa de Navegação Baiana do São Francisco, e se subia embarcado até Pirapora, em Minas. Pirapora era outra ponta de trilho e de lá se pegava o trem para Belo Horizonte.

Belo Horizonte ao Rio já era circuito nosso, quero dizer deles, roteiro de muitas temporadas. Ouro Preto, São João del-Rei, Barbacena, Juiz de Fora.

Seu Brandini num instante se entusiasmou e nos entusiasmou a todos nós, porque ele não era homem para ferver sozinho na sua chaleira, os outros tinham que tomar parte.

A dificuldade veio de D. Pepa; ela mesma é que não ia embarcar em navio nenhum, nem mesmo navio de rio:

— Submarino também pode entrar pelo rio São Francisco. Pensa que eu não conheço esse rio? Quando a gente vem pela costa, ao passar na altura dele, vê a marca amarela do rio cortando a água do mar. Um piloto uma vez me mostrou: "Olhe o rio São Francisco!" Correndo dentro do mar, o danado! Submarino entra por ele, bonitinho.

Seu Brandini foi buscar o mapa:

— Olha, Pepa, mesmo que um submarino entrasse pelo rio, o que eu não acredito, tinha que subir a cachoeira de Paulo Afonso para alcançar o nosso navio. A linha de navegação só começa acima da cachoeira, veja, está aqui no mapa. Leu? "Cachoeira de Paulo Afonso"! O navio parte de muito em cima, aqui, olha, em Juazeiro.

Afinal, a outra alternativa era viagem de avião. E mesmo que a velha Pepa tivesse algum dinheiro guardado para a passagem aérea, mais medo do que de submarino alemão tinha ela de "aeroplano". Além do mais, arranjar passagens era impossível, havia que respeitar as tais prioridades e ficar na fila até meses.

Pôs-se o caso em votação, decidimos fazer a viagem por terra, o "raide Recife–Belo Horizonte" como Odair dizia meio de caçoada, e até D. Pepa acabou por concordar. E como o dinheiro estava já a nenhum e o crédito ainda a menos, combinou-se dar alguns espetáculos na passagem, por onde houvesse chance. Coisa ligeira, que não exigisse desembalar os cenários maiores; achava o maestro que a orquestra ambulante podia se resumir nele mesmo, fazendo talvez um apelo a um ou dois talentos locais, nas praças maiores. Havendo piano, ia ele de piano e onde piano não houvesse tinha o seu acordeão; aliás piano foi instrumento que a Companhia de Comédias e Burletas Brandini Filho jamais possuiu, contando, com razão, que todo teatro que se preze tenha piano próprio. Embora também não se pudesse afirmar que *todo* teatro onde nós parávamos era propriamente teatro que se preze.

Como de costume, saiu Seu Ladislau à nossa frente, preparando o primeiro espetáculo que devia ser em Rio Branco, no fim da estrada de ferro.

E a nossa partida do Recife obrigou-se a ser mais ou menos à capucha, Seu Brandini se arreceando de alguns credores recalcitrantes.

É incrível como uma companhia de teatro faz dívidas — é a luz e a força elétrica, o pessoal local, os pintores dos cartazes, a tipografia dos programas, a conta do bar de lanches, merendas e ceias, umas porcarias de uns sanduíches miseráveis e um café ainda pior —, mas o sujeito do bar quer o pagamento ali em cima da unha. Arranjar fiado é um sacrifício e, se foi fiado, como é que se pode pagar de repente; quem pede fiado é porque não está dispondo de dinheiro — está na cara, não é mesmo?

Isso Seu Brandini nos explicava, pedindo o maior segredo em relação às circunstâncias da partida, sua hora e seu local.

Era se dizer que nós saíamos apenas pra fazer mais um fim de semana, mentir que seria em Pesqueira — evitando dos credores nos caírem em cima. Ai, a vida estava dura.

Com isso tudo nos metemos pela aventura por terra sem grandes reclamações. D. Pepa se queixava um pouco, mas nós achávamos que no fundo o velho cavalo de guerra sentia era orgulho de se lançar em tais façanhas na sua idade. E com o seu peso.

Eu, pra mim, eram tudo novidades. Estrela não deixava a sua calma, enquanto Seu Brandini mal comia ou dormia — isto é, comia imenso, mas em pé, fora de horas, um sanduíche enorme, ou uma travessa de macarronada, ou seis ovos fritos que Estrela preparava mesmo no quarto, no fogareiro a álcool de que nunca se separava.

Vivia ele de lápis na mão, fazendo contas, as despesas obrigatórias, o frete dos caminhões, as passagens e a bagagem no navio-gaiola, o trem de Pirapora a Belo Horizonte.

Pensão no Recife, o pagamento total ficava para mais tarde, porém se tinha que dar agora algum pouco por conta, senão a portuguesa era capaz de botar a polícia no nosso rastro. Beiços nos botequins, cada um cuidasse do seu. Ainda ficavam os extras da orquestra, mas com esses Seu Brandini pretendia ter uma boa conversa — afinal eram praticamente colegas, artistas, e colega a gente não tapeia. Estrela perguntou, meio assustada:

— Mas você não vai dar cheque a eles, vai?

— Qual, imagina, cheque a músico! Vou dar uns vales. Vale é o mesmo que dinheiro. Nas primeiras companhias em que trabalhei não se recebia salário nenhum, era só metendo vale.

Estrela sorria triste:

— Coitados dos músicos.

Então Seu Brandini que já andava nervoso como um gato em trovoada, destampava:

— Coitados por quê? Coitados se eu não desse nada, saísse sem abanar o rabo! Mas dou um vale — provo a minha boa-fé! Quando houver dinheiro eu pago. E olhe que faço mais que muita gente!

E saía porta afora resmungando contra mulher que não entende de contabilidade nem de administração.

Nós pensávamos que o problema maior seria tirar do teatro os caixotes com os cenários, sem alertar todo mundo. Mas como estava terminado o nosso contrato, foram os próprios donos da casa que nos pediram a retirada dos cenários; e até Seu Brandini ainda protelou alguns dias (e eles reclamando), para os mandar diretamente à estação do trem e não pagar depósito.

Seu Brandini ainda disse muito altivo ao gerente (com quem tinha umas contas penduradas) que estava em negociações com outro cinema — até falou um nome, não me lembro qual — e o homem mostrou-se sentido, Seu Brandini querendo, ele nos prorrogava o contrato, não precisava se passar para os concorrentes.

Aí Seu Brandini fez uma cara esperta, piscou o olho (eu vi, estava lá com Estrela e Odair) e disse que não, que os pastos daquele campo já estavam rapados, ia experimentar nova zona com nova freguesia. Recife ainda tinha muitas áreas de público por explorar. E com a maior calma ofereceu assinar uma promissória pelo resto da dívida.

Mas o homem não quis — negócio de promissória com empresário sempre dá dor de cabeça:

— Fico esperando que o senhor me pague com a bilheteria da sua nova área de público.

Na saída, Odair comentou que o difícil seria dizer se o homem era mesmo inteligente ou era um grande velhaco. E Seu Brandini, que passava à nossa frente na calçada, resolveu:

— Velhaco. Pensa que me pega pelo pé.

Coitado do homem. Mas aquele era o funcionamento normal de Seu Brandini em horas de crise. Quando preparava uma falseta contra alguém, tinha que ficar com raiva da pessoa para tomar embalagem. A sangue-frio podia lhe dar remorso e estragar tudo a meio caminho. Mas cortar o capim por baixo do pé de um sujeito safado, não lhe dava remorso nenhum. Antes ele do que eu. Mateus, primeiro os teus. Nego-lhe o pé para que não me leve a mão. Se eu não te almoço você me janta. Ele tinha milhões de ditados.

*

Saímos do Recife numa manhã de chuva. Manhã não, madrugada. E com aquele trem cheio do tempo de guerra, o jeito era se ir para a estação ainda em plena noite senão se viajava em pé.

Trenzinho pequeno, carros iguais àquele em que a gente andava lá em casa, nas Aroeiras. O condutor lembrava muito um conhecido nosso, zarolho, mas era outro. Tão parecido, contudo, que se diria um parente.

Me deu aquela tristeza, saudade, desgosto, sei lá; enchi os olhos d'água. Estrela riu baixinho:

— Você está deixando alguma saudade no Recife?

Não, as saudades eram outras, mas eu não quis explicar.

SAUDADES DO RECIFE não levava. Bastava-me a experiência da *garçonnière*, puxa vida, que decepção.

Eu escutava falar em *garçonnière*, ninho de amores de rapaz solteiro, nos romances se descrevia lindo, era natural que sentisse aquela curiosidade.

E tinha um filho de usineiro que não faltava a um só dos nossos espetáculos, primeira fila, olho pregado na gente, nos intervalos se metia pelos camarins levando garrafa de cerveja, vinho do Porto, Seu Brandini mandava embora com jeito — o cavalheiro não sabia que era proibido aos artistas bebidas nos camarins — (embora Seu Brandini tivesse sempre um moleque lhe trazendo uma cerveja gelada do bar vizinho), o amigo compreende, depois do espetáculo não há objeção — e fora do teatro, claro!

Não convinha maltratar porque era moço de família importante e em Pernambuco família importante é fogo, se dizia ali.

A princípio o moço, por nome José Aldenor, se atirou a Araci que, como eu contei, já fazia regularmente o seu número no ato variado, e dava conta das pontas que dantes se tinha que pagar extras para elas. Botou-se ele a Araci e com tanto azar que, da primeira vez em que se pegou no nosso camarim sozinho, mal foi descendo a mão para o ombro dela, que estava se pintando, Odair entrou, perguntando pela gravata branca.

(Ali só havia dois camarins, grandes, um para as mulheres e outro para os homens.) Vendo o sujeito naquele atrevimento, Odair deu-lhe uns bufos e o rapaz coitado ficou muito trêmulo e a saída que encontrou foi se fazer de mais bêbedo do que estava, como se botasse a mão no ombro da moça só para procurar apoio, nada mais.

Seu Brandini não sei como teve vento da coisa, apareceu rápido, retirou o moço passando-lhe a mão pelo pescoço e quase o arrastando, acho que ele amolecia as pernas de propósito para impressionar Odair com o pileque.

Era um moço de cara miudinha, que andava sempre de terno escuro e tinha umas orelhas enormes, cabanas, como duas asas enfeitando a cabeça. D. Pepa gostava dele, mas botou-lhe o apelido de Morcego Mimoso — parecia mesmo, pegou.

No dia seguinte ao caso com Araci, Morcego Mimoso faltou pela primeira vez; mas já na outra noite, que era a do sábado, lá estava ele, com um buquê de cravos e rosas, e tão grande que mais parecia uma coroa de defunto.

Dessa vez era para mim; quando eu acabei o meu número ele atirou o ramo aos meus pés e quase me derruba, berrando:

— Bis! Bis! Vivôôô!

Público de teatro é um pessoal engraçado. Nem tinham me aplaudido tanto assim, o número era fraco, mas vendo aquele doido em tal entusiasmo, a animação pegou, todo mundo deu para pedir bis! bis! e eu tive quase um triunfo, três cortinas seguidas no fim do ato, com Morcego Mimoso chefiando a claque.

Assim mesmo quando ele chegou às falas eu o afastei, com delicadeza mas afastei.

E ele insistindo, acabei lhe falando claro — que era muito conhecido no nosso meio esse tipo de espectador que leva a peito conquistar todas as atrizes de uma companhia, só pela glória de fazer coleção. Ou ele pensava que eu não tinha visto os seus começos com Araci?

Mas o sujeito tinha lábia, na sua fala macia, chiada nos *ss*. Chegou a jurar que deu em cima de Araci para me impressionar; e eu era muito convencida, não dava bola, o jeito era atirar de ricochete!

E tome caixa de chocolate com fita; e tome frasco de perfume argentino; e tome caixa de papel de cartas que eu nem pensava que existia mais, com uma moça colorida na tampa, por nome Sedução: quase igual a uma que Laurindo tinha trazido para mim, anos e anos atrás, e depois que o papel acabou eu dei a caixa a Xavinha, que a cobiçava.

E flor. E convite para tomar sorvete no Gemba. E convite para dar uma voltinha de carro pela Boa Viagem. ("Acompanhada, se você não confia.") E um corte de seda estampada. E convite para almoço em Floresta dos Leões.

Fora as orelhas, era um moço até simpático, bem-tratado, perfumado, de anel de grau no dedo. Carro dele mesmo.

Fui aos passeios, fui ao sorvete. Fui cear com ele. Acabei indo na tal de *garçonnière*, Deus que me perdoe.

Não sei o que é que eu esperava — mas não esperava aquilo. Falar em ninho de amores, eu imaginava talvez uma casa, um chalezinho em meio de jardim, tudo moderno, rico e elegante.

E era um quarto em prédio novo de uma rua do centro, num segundo andar, para onde se subia por uma escada escura, de cimento. Talvez fosse um escritório adaptado — ou um escritório com dois usos, diurno e noturno, porque se entrava por uma sala com um birô, um telefone e uma porta de comunicação com o "ninho", ou o quarto, ou a alcova, ou lá o que fosse.

Tinha uma cama turca com uma colcha verde; uma mesa com espelho, mas não era nenhum espelho bisotê, era desses ordinários, de moldura vagabunda, pendurado na parede. Por cima da mesa, uma caixa de pó de arroz Lady já dizia tudo; e um pente preto.

Do outro lado da parede uma folhinha com figura de mulher nua. Cem anos que viva não esqueço. Pior do que os quartos de pensão onde a gente às vezes se hospedava. Cem anos? Mil anos que eu viva não esqueço.

Minha sorte é que ele vinha caindo de bêbedo, não pôde nem encostar o automóvel direito, deixou enviesado na calçada.

Subiu a escada aos tropicões, me deu a chave para eu abrir a porta. E, entrando, atravessou a saleta e foi direto para o quarto. Se agarrou comigo e me arrastou para a cama, me derrubou com ele. Vestido, de sapatos.

Eu me sentia com as juntas todas duras como se fossem de vidro ou de gelo. Não resisti porque fiquei com vergonha, afinal eu tinha chegado até ali da minha livre vontade.

Mas no que caiu na cama e tocou a cabeça na almofada, ele passou as mãos ao redor do meu pescoço, procurou me beijar e resmungou com a fala mole:

— Meu bem, vamos dormir um pouquinho, estou tão cansado, cansado!

E pegou a dormir, agarrado comigo. Eu estava suada, esfogueada e furiosa. Deixei que ele ferrasse bem no sono, devagarinho me desvencilhei das mãos que davam a volta no meu pescoço — ele entreabriu os olhos, ainda insistiu, mas de novo adormeceu.

Escorreguei da cama, fui até ao espelho, endireitei o cabelo e me escapuli pela escada.

Lá embaixo a rua estava deserta, felizmente. Na esquina encontrei um guarda e eu ia passando por ele ligeira, mas não consegui:

— Pra onde vai assim depressa, belezinha?

Fiz que não ouvi e tentei seguir adiante, mas o guarda me segurou o pulso:

— Mulher sozinha na rua, tarde da noite, a ordem é levar presa.

Eu me virei para ele, com ar ofendido:

— Seu guarda, eu sou moça de família. Estou aqui no Recife de passagem e saí para comprar um remédio pra minha mãe, que teve uma dor. Mas não sei andar na rua sozinha, me areei procurando uma farmácia...

Eu estava mesmo nervosa, comecei a chorar:

— Agora acho que estou perdida, e o senhor quer me prender!

O guarda me largou:

— Onde é que a senhora está hospedada?

Era um guardinha novo, sem muita experiência. Eu disse:

— Na Pensão Oriente — que felizmente ficava perto e o guarda acreditou.

Me levou a uma farmácia de plantão, no quarteirão seguinte. Eu comprei um vidro de Atroveran — foi do que me lembrei. E o guarda me acompanhou até a esquina, a uma quadra da pensão.

— Não levo a senhora até a porta porque não posso sair da minha batida. E tome o meu conselho: aqui no Recife, quando a senhora precisar sair de noite, arranje companhia. Sozinha, pode ser tomada por horizontal.

Apertei a mão do guardinha, agradecida. Como eu disse, era rapaz novo, talvez um recruta, não esperava por aquilo e ficou encabulado. E me disse como despedida:

— Uma moça inocente não sabe o perigo que corre por estas ruas, de noite!

No dia seguinte Morcego Mimoso compareceu. Felizmente vinha envergonhado, acho que me supunha zangada por ele ter dormido! Eu aproveitei a deixa e não escutei as explicações que ele quis dar. E quando a criatura me atacou no corredor, depois de esperar por ali não sei quanto tempo, eu o afastei e segui, dizendo só isto:

— Não insista. O que passou, passou.

Ele ainda me segurou pelo braço:

— Mas não posso ficar com você atravessada na garganta!

Odair e Araci se aproximavam e eu saí com eles. Seu Brandini, que vinha logo atrás, e que me espiava desde a saída da véspera e ainda não me tinha dito nada naquele dia, me puxou para um lado quando chegamos à calçada:

— Que foi que houve com o Morcego Mimoso? Tu não foste ontem ao matadouro dele?

Ah, era assim que se chamava, matadouro. Gostei do nome, era o que merecia. E falei com Seu Brandini por cima do ombro:

— Fui, mas voltei sem um arranhão. Ele estava bêbado e eu escapuli. Não dou pra isso, me convenci de vez.

Seu Brandini deu um riso satisfeito e me passou o braço pela cintura.

— O matador estava mamado! Assim não vale. Deixa pra lá, guria. É porque tu ainda não encontraste um homem. Esses berda-merdas não são de nada.

RIO BRANCO. Se bem me lembro era esse o nome da última cidade onde demos o nosso derradeiro espetáculo-relâmpago, antes de abandonar o trem. "Temporada Blitzkrieg", Seu Brandini botou nos cartazes, aproveitando a palavra em moda por causa da guerra.

Ia tudo de carrinho, ótimo, mas desde a última noite eu andava me sentindo mal por causa da chegada, na véspera, de uma carta de Xavinha, que D. Loura tinha me endereçado para o Recife.

Dizia que estava tudo bem, embora Senhora continuasse com os seus achaques de saúde, muito teimosa e sem querer fazer o regime do médico. E que ela, Xavinha, tomava da pena para me contar uma novidade bastante desagradável que andava se espalhando nas Aroeiras.

"Imagine. Dôrinha, uma mulher moradeira no alto de Santo Antônio foi levar uma cruzinha para a cova de um filho anjo que tinha enterrado de véspera no cemitério, e à volta, no quebrar da tarde, ao passar perto da sepultura do finado Laurindo, ouviu sair de lá um gemido. Correu assombrada,

falou a quem encontrou, e o povo pegou a ir ao cemitério para conferir. Sabe como é, com aquela influência, muita gente inventava que tinha ouvido também uns ais."

"Senhor meu Jesus, que será isso?", perguntava Xavinha, e pergunta igual eu fazia, mais agravada, a mim mesma.

E a carta findava dizendo que Senhora, quando o zum-zum lhe chegou aos ouvidos, mandou Antônio Amador à casa da mulher do alto de Santo Antônio, com um recado: largasse das suas charadas, senão ia ter que fazer o relato na polícia. Xavinha, por sua conta, encomendou uma missa e, toda noite junto com as meninas, rezava o Bendito das Almas na intenção de Seu Laurindo.

*

Eu, confesso, me deu logo uns arrepios de medo. Quem seria a tal criatura e por que aquela gente ruim vinha escavacar na cova do defunto?

Embora de certa forma eu confiasse na interferência de Senhora, e ela era muito mulher para obrigar o delegado a aplicar uma dúzia de bolos na maldizente, apesar de agora já não ser como nos velhos tempos, quando ela fez darem uma surra numa cunhã que fugiu da Soledade e andou falando mal da casa. Mas ainda hoje o delegado era amigo dela, vinha na fazenda aos domingos trazendo a arapuca debaixo do braço, apanhar canários-da-terra para as suas gaiolas. O povo dizia que aquele diabo tinha tal amor a cadeia que, não satisfeito de encarcerar os cristãos, ainda botava os bichinhos brutos debaixo de grades.

Mas ele — como é que se chamava, Dôra? Braulino, sim, acho que era Braulino — dizia que só prendia os canários porque era louco pela cantoria, e botava pimenta-malagueta moída na comida dos passarinhos que era pra eles trinarem melhor. Mas teve um cabra nosso que andou uns dias preso e descobriu que o sargento Braulino pegava os canários mas era para vender em Fortaleza como canário de briga, artigo muito procurado na cidade.

*

E se acaso Delmiro tivesse notícia da história dos gemidos, sendo embora mentira — e se assombrasse também? Se fosse bater no peito e confessar os seus pecados? Do jeito que já era, com o juízo baldeado — será que eu podia esquecer o dia em que ele me fez a confissão? Gente como ele é comum, às vezes lhe dá a mania da confissão.

O gosto com que esmurrava o peito naquela manhã em que se confessou comigo — e dizia "estou a vossos pés, amém, amém". E chorava e se maldizia: "Senhor Jesus tenha dó deste miserável pecador." Coitadinho de Delmiro, como se pecador não fosse cada um de nós, amém, amém.

Na função da noite seguinte, a primeira que nós demos — era só um ato variado —, eu cantei um tango muito triste que dizia assim "*Donde estas corazón, non oigo tu palpitar...*" e saí de cena chorando. Pra ver como eu andava nervosa, com tanta lembrança, inquietação e maus pressentimentos.

MAS AÍ ACABOU-SE A linha de ferro e começou a grande viagem de caminhão.

Seu Ladislau apareceu à nossa espera com dois caminhões fretados, o maior ainda em bom estado mas o menor era um laurel velho quase caindo aos pedaços.

Por sorte nenhum dos dois tinha cabina de aço, daquelas apertadas e quentes como fornos, como chegam da fábrica; ali, os donos de caminhão capricham em trocar a cabina de aço por outra de madeira, espaçosa, onde se arrumam três passageiros e mais o motorista.

Assim se distribuíram as quatro mulheres da Companhia, duas em cada caminhão. Não havendo lugar na boleia para os homens todos, eles se revezavam, menos Seu Brandini, natural, que era o empresário e tinha o seu lugar cativo comigo e Estrela no primeiro carro. Os outros, quando não era a vez deles na boleia, se arrumavam em cima da carga, que não era pouca, toda a nossa bagagem e os cenários.

Saímos de novo manhãzinha, quase madrugada, a maioria resmungando porque na véspera houvera espetáculo e depois tinha sido preciso arrumar os telões, vestuários, adereços — alguns nem tiveram tempo de se recostar na cama. Estrela quis trazer um bom farnel, mas Seu Brandini não deixou — ora, havia muito lugar pra se comer, em caminho. Felizmente ela teimou e botou num saco de papel uns pacotes de biscoito e umas pencas de banana que ainda guardava no quarto. Eu trouxe duas latas de leite condensado e uma maçã.

Pelas oito horas da manhã passamos num lugarejo onde se conseguiu café com pão de milho e todo mundo quebrou o jejum.

Mas pelo meio-dia o caminhão menor deu o primeiro dos seus pregos — nunca esqueci a causa desses pregos, embora até o dia de hoje ainda não saiba o que é, propriamente: quebrou-se uma tal de biela.

Paramos nós também, que íamos à frente, aos gritos e buzinadas dos outros que vinham bastante atrás, para se defenderem da nossa poeira. E que biela foi essa que não consertava — passou doze e meia, passou uma hora, duas horas, a fome apertou.

Por sorte, de sede não se sofria, cada caminhão carregava a sua borracha de couro cheia d'água, pendurada do lado de fora da carroçaria; e pra grande surpresa nossa a água vinha ali bem fria, como se não estivesse debaixo do sol.

O lugar era distante de tudo, parecia mesmo o calcanhar-do-mundo, sem arvoredo nenhum, só a caatinga muito rala e desforiada — era pleno mês de novembro. Até eu estranhava, habituada que era às agruras do verão; mas os nossos tabuleiros não eram tão agrestes, Deus te livre, quanto aquelas solidões.

Os homens trabalhavam no carro e davam palpites; as mulheres se sentaram no chão pedregoso, à sombra do caminhão maior, que outra sombra não havia. D. Pepa meteu a mão na sua sacola e tirou de lá uma lata de sardinhas. Mas ninguém tinha abridor, foi-se pedir um canivete aos homens. E Seu Brandini, ouvindo falar em sardinha, a fome lhe apertou; ele aí reuniu todo o pessoal, apelou para o espírito de solidariedade:

— Quem tiver seu alimento apresente, será irmamente dividido entre todos. Afinal estamos numa guerra!

Estendeu-se um jornal no chão e, ao todo, se reuniu duas latas de sardinhas (a outra pertencia ao maestro), bananas, bolachas, uma lata de *corned beef* (de Odair), outra de salsichas, não sei de quem.

Para nossa surpresa, o motorista saiu de debaixo do carro e apanhou por trás do assento um saco de farinha com rapadura. Eu só dei uma das minhas duas latas de leite condensado. Estrela me mandou guardar a outra para mais tarde — não se sabia o que ainda vinha pela frente, ela mesma tinha sonegado os biscoitos.

Acabada a comida, Seu Brandini fez um furo na minha lata de leite condensado, e cada um lhe deu um chupo — era a sobremesa. E não faltou o discursinho de Seu Ladislau: estava tudo se fazendo em espírito de piquenique, o que era bom.

Eu, embora forçasse a alegria, andava com o pensamento longe, agarrado na maldita carta de Xavinha. Se bem que na história dos gemidos eu não acreditasse — mas o medo não depende de crença ou descrença, medo entra pelo couro da gente, se enfia pelos poros, sabe lá.

Você não tem religião, não frequenta missa, nem se confessa, não liga a sermão de padre: mas na hora de passar a noite com escuro por um lugar mal-assombrado, você pode dizer por bravata que não tem medo, mas tem medo sim, e se ninguém estiver olhando você faz o pelo-sinal, por garantia.

Durante anos, na Soledade, tive medo de uma visagem do Cão que uma velha vizinha veio contar a Senhora:

Um homem das Areias Pretas, muito conhecido lá em casa, saiu do seu quarto para se desapertar no terreiro, noite alta, lua clara; e quando viu tinha na sua frente um moleque grosso, de uns três palmos de altura, preto, cabeçudo e sem pescoço, com uma língua muito vermelha estirada do lado de fora. O pobre do homem se assustou muito, virou-se para entrar em casa, enquanto ia subindo as calças; e aí o moleque fez um ar de riso, estendeu um braço muito comprido e deu uma palmadinha, como de brincadeira, nos quartos do nosso conhecido.

Horas depois a mulher sentiu a falta do marido, saiu em procura dele, e foi achar o pobre desacordado, caído na soleira da porta; e na anca descoberta, bem à vista, tinha uma queimadura em carne viva do formato de uma mão grande.

Só três dias depois o infeliz deu acordo de si e contou a história. Daí por diante morrinhou, morrinhou e com poucos meses foi-se embora deste mundo.

Eu conhecia muito bem o dito homem, e durante anos tive um medo triste da tal visagem. Se me pegava lá fora, de noite, sozinha, fazia um pelo-sinal atrás do outro, até me ver dentro de casa. Sim, disseram que quando o homem morreu, a queimadura que estava quase sarada ficou depois dele morto de novo vermelha e zangada como no primeiro dia.

Agora eram aqueles boatos de gemidos na cova de Laurindo e a maledicência do povo, que vinham para me queimar como a marca da mão do diabo no corpo do homem das Areias Pretas. E o que mais me lembrava era Delmiro — oh Senhor, parecia até que estava vendo. Se desse na telha do velho procurar o pessoal, talvez Senhora, de quem ele tinha medo e raiva, se ajoelhar no terreiro, rasgar a camisa e descobrir seus pecados. Senhora, eu sei, só havia de querer abafar tudo. Mas não podia amarrar a língua do povo. E então? E então?

Resolvi, quando chegasse na primeira cidade, telegrafar a Xavinha pedindo notícias. Mas quando peguei no lápis e comecei a redigir o telegrama num pedaço de papel de embrulho (o conserto da biela continuava), descobri que telegrafar era impossível.

Que é que eu ia perguntar? *"Peço notícias, gemidos cova Laurindo"?* Ou: *"Mande dizer se Delmiro fez confissão"?*

Senhora ainda poderia me entender com meias palavras — eu tinha a certeza comigo de que ela não estava inocente de nada, sabia tanto quanto eu. Mas como é que eu ia adivinhar o que andava por aquele coração duro que nunca me teve amor?

Pelo olhar dos olhos garços que ela me botava naquele dia, cada uma de nós a um lado do caixão de Laurindo,

Senhora branca como a parede caiada atrás de si; e a boca cerrada numa risca que lhe escondia os lábios parecia uma cicatriz — ah, ela não.

Aliás eu não ousava. Apelar pra ela eu não ousava. Embora o mais provável fosse ela estar do meu lado, com medo do escândalo. Mas também ninguém podia jurar que, de repente, furiosa com a minha independência e com a vida que eu levava, Senhora não se passasse abertamente para o lado do morto.

Se deixasse se levar pelo bem que quisera a ele? — e só Deus e eu podemos imaginar que bem foi esse, que não enxergou nem dor nem pecado e me esmagou debaixo dos pés. Não fosse aquele tiro perdido, como teria tudo acabado? Quando lhe doesse e queimasse o sinal da mão do diabo, que faria ela?

Não, Senhora, não.

Em outra carta, de antes, já não contei? Xavinha falou em Delmiro, cada vez mais aluado e escondido. E parecia muito doente, magro, os pés inchados. O povo dizia que ele acabou mudo, de tanto não falar com ninguém.

Isso, a seu tempo, tinha me deixado numa grande calma. E eu revia o velho, na sua meia-água de telha, botando xerém de milho para os passarinhos. E aquele sorriso curto quando me via, e os presentes que me dava. E a marreca-viuvinha morta, ainda quente na minha mão.

Ah, inferno. Afinal consertaram a biela, o caminhão partiu, agora o carro pequeno na nossa frente, para em caso de prego a gente não o perder de vista nem ter que voltar atrás.

Estrela começou a cantar uma modinha triste, Seu Brandini cruzou os braços e enterrou a cabeça no peito, pensando decerto nos seus problemas, que eram tantos.

Eu tinha vontade de pular daquela boleia e sair andando a pé até a Soledade, para ver por mim mesma o que estaria acontecendo. Bem, se eu quisesse ir, podia, era só conseguir condução até o Crato e de lá pegar o trem.

Em casa talvez já tivesse estourado tudo, o segredo daquela maldita noite de lua, e as vozes dos dois, e o jumentinho ali ao pé e Delmiro escutando tudo e me consolando do meu choro desesperado.

Sim, e se agora Delmiro, mais louco e com medo dos gemidos do finado, de repente nos pusesse nuas, Senhora e eu, para todo mundo ver as marcas da mão do diabo no nosso corpo?

Viajamos toda a tarde e parte da noite. Pela uma hora da madrugada chegamos a um lugarejo adormecido, muito pobre e descarnado, apenas a ruela magra de casas à beira da estrada.

O farol do caminhão alumiou um anúncio de cerveja e a tabuleta "Pensão dos Viajantes" por cima da porta.

Seu Brandini bateu com autoridade na porta fechada. Passou-se um tempo, ele bateu de novo e então apareceu uma mulher gorda enrolada num lençol.

Abriu a porta, cara emburrada, acendeu um candeeiro e indagou quantos nós éramos.

Contou-se: éramos doze, com os motoristas. Seu Ladislau perguntou:

— Tem quartos para nós todos?

Ah, quarto tinha, e então Seu Brandini pediu que ela arrumasse doze camas para uma dúzia de viajantes rebentados.

Ah, cama não tinha não, só redes. E pra doze não chegava, só umas oito, no máximo.

Um dos motoristas atalhou que por eles não, cada um trazia a sua rede. E nem iam dormir na pensão, dormiam mesmo nos carros pra tomar conta da carga, armando as redes debaixo da carroçaria.

Seu Brandini invadiu a casa e nós atrás; afastou a mulher, entrou e saiu por diversos quartos e acabou descobrindo numa alcova uma cama-patente com colchão de capim:

— Fico neste quarto com minha mulher!

Mas a dona da pensão protestou que aquela cama estava reservada para um freguês caixeiro-viajante que ia chegar de manhã cedo e se dava muito mal em rede. Seu Brandini cortou:

— Pior do que eu, duvido!

Estrela explicou que era só pelo resto da noite, manhãzinha cedo nós íamos embora; a mulher ainda resmungou mas Seu Brandini liquidou o assunto:

— E agora, florzota, vá buscar as redes, o caso está resolvido. Menos os motoristas, menos eu e Estrela na cama, são exatamente oito redes.

Foi então a vez de D. Pepa protestar que nunca na vida tinha dormido em rede e não pretendia começar naquela idade, e Seu Brandini muito galante ofereceu-se para dormir com ela na patente.

D. Pepa sacudiu a bengalinha no nariz dele:

— E você pensa que eu tenho medo? Durmo com a minha bengalinha entre nós dois como se fosse a espada entre Tristão e Isolda!

Seu Brandini se pôs aos gritos:

— Tu achas, Pepa, que eu ia cair em tentação contigo?

D. Pepa tornou que em Espanha se diz:

— No escuro tanto faz a viloa como a rainha!

E aí Estrela botou água na fervura dizendo que D. Pepa ia dormir na cama, mas com ela, Estrela. O Carleto que se arrumasse numa rede. Seu Brandini nem protestou mais. A mulher vinha chegando com as redes e ele passou a mão na de cima.

E quando eu fui armar a minha rede no quarto delas, viu-se que a cama enchia tudo (me lembrei da nossa alcova da Soledade onde também não cabia a rede) e acabei ficando num quartinho ao lado, com a porta de comunicação aberta. Também como aquele outro, mil anos atrás.

Ainda se armavam as redes, cada um a sua, apareceu um moleque anunciando que a ceia estava pronta; e o jeito era se comer na cozinha porque na sala tinha gente dormindo, a dona da casa botou o filho dela lá para desocupar mais um quarto para nós.

A mesa era encostada na parede encardida, e na dita parede uma lamparina pendurada alumiava, fazendo um grande funil preto de fuligem. Tinha uma tigela de barro com coalhada, uns ovos fritos mexidos com farinha, um prato com umas lapas fininhas de carne de bode torrada — nunca nós tínhamos visto coisa tão boa, estalava na boca como biscoito — e uma chocolateira cheia de café muito grosso e muito doce.

Se a gente não cuidasse, Seu Brandini não deixava carne para ninguém, achou uma delícia e avançou nos ovos. Seu Brandini em hora assim era um arraso, mas ele se desculpava que era porque sofria de diabetes.

Afinal matou-se a fome, cada um caiu na sua rede como pôde, e Seu Brandini, no quarto defronte aos nossos, gemia com a sua voz de palco:

— Pepa, cruel Pepa!

Estrela deu-lhe um "chiu" enquanto D. Pepa respondeu com a sua risada grossa; mas a brincadeira não rendeu, todo mundo estava arrasado de estrada ruim, de poeira e de sono. Apagaram a luz.

*

O corpo me doía todo, a cabeça também, tinha um prego me furando por cima do olho, e o raio da carta amassada me estalando no bolso da blusa. Parece até que me queimava o peito, só faltava falar.

E nem chorar eu podia, chorar alivia muito, é o consolo do aflito, mas a mim só me chegava um engasgo na garganta e a agonia da insônia.

Aí um dos homens no quarto vizinho se levantou, ouvi que ele abria a porta para ir lá fora; e voltou passado um pouco, pisando leve no chão de tijolo do corredor.

E minha porta que estava só cerrada, porque não encontrei chave nela, abriu-se rangendo devagarinho, e por um instante me deu a lembrança de outra casa, em outro tempo quando Laurindo abria a porta de comunicação do quarto dele para a alcova e vinha me procurar.

Respirei fundo, escutei o homem que entrava, dava para se ouvir o seu fôlego meio curto; uma mão segurou os cordões do punho da rede, outra mão desceu em procura de meu corpo, tateando.

Eu podia ter dado um grito — quase dava, mas tranquei a boca. Ia ser um espalhafato, todo mundo se levantando, o homem correndo — quem seria? E aí me deu outro impulso.

Segurei a mão que já me tateava pelo seio, o sujeito quando sentiu meus dedos deu um aperto neles e se deixou levar e eu aí puxei aquela mão para a boca, como para um beijo, o sujeito já tirava a outra mão do punho da rede e me segurava o joelho. Apertei de encontro à minha boca aquela mão peluda que cheirava a fumo e cravei-lhe os dentes na carne, com toda força que eu tinha.

Ao mesmo tempo libertei o joelho que ele alisava e chutei com a maior violência o corpo que já se dobrava sobre a rede alta. Não sei onde pegou meu pé, na barriga talvez; senti na boca o gosto do sangue e o homem puxou a mão ferida com um repelão que me machucou o lábio.

Mas não deu uma palavra, só um grunhido de bicho machucado. Eu fui que silvei entre os dentes, como uma cobra:

— Vá-se embora já, senão eu grito!

E ele saiu correndo com os pés descalços e tomou pelo corredor sem se preocupar de fechar a porta.

Ao me deitar, antes, eu tinha posto uma caixa de fósforos num tamborete ao meu lado, como tomara o costume de fazer desde que andava com a Companhia. (Mais tarde o Comandante me deu uma lanterna de pilha, pequenina, que ainda hoje possuo.) Tateei no escuro, achei os fósforos, risquei um, cobrindo a chama com a mão para não acordar Estrela ou D. Pepa no quarto vizinho, de porta aberta para o meu.

Cuspi no chão com um nojo desgraçado daquele sangue na minha boca. Na mesinha ao lado da cama delas eu tinha visto uma quartinha de água (no Pará se diz bilha, no Sul diz moringa, a gente tem que prestar atenção à mudança dos nomes das coisas para evitar zombaria) e o jeito que tive foi ir apanhar um pouco de água para lavar a boca, senão vomitava.

Por fortuna a mesinha ficava do meu lado, junto à porta de comunicação, e só precisei acender mais um fósforo; mesmo assim, quando eu, contendo os engulhos, ia levando o copo grosso à boca, Estrela se sentou assustada na cama:

— Que foi? Quem é?

— Sou eu, vim tirar água, estava morrendo de sede, desculpe.

Estrela ainda disse:

— Tomei um susto! — E se deitou de novo.

Aproveitei, enchi o copo outra vez, bochechei numa fúria; agora tudo passado, o coração me batia que parecia até querer romper de peito afora.

Quem seria aquele coisa-ruim? Não conheci a mão, só senti o cheiro do fumo e todos fumavam. Acendi outro fósforo, fechei a porta do corredor, encostei nela o tamborete — pelo menos ia fazer barulho se empurrassem.

Me deitei de novo, pior da dor de cabeça, esperando passar a noite toda sem dormir. Apesar dos bochechos, tornei a cuspir no chão, com o mesmo nojo.

E então dormi tão depressa que nem sei como foi e só dei acordo de mim quando, manhãzinha, Estrela me sacudiu pelo ombro dizendo que era hora de levantar.

A AGONIA DO CAMINHÃO pequeno com a sua biela durou ainda um dia e uma noite.

O segundo dia só foi melhor que o da véspera porque ao menos conseguimos almoço, galinha torrada, arroz e bananas numa birosca de palha à beira da estrada, onde a cozinha era feita a céu aberto, num tacho de barro em cima de uma trempe de pedras. Tinha também peixe frito e batata-doce. Peixe do rio. Foi um banquete.

*

Eu olhava as mãos dos homens para ver se descobria em alguma delas a marca dos meus dentes; mas em redor do balcão da birosca o pessoal se espalhava comendo em pé, ninguém exibia as mãos como numa mesa.

Antenor do Ponto acomodou-se com D. Pepa num montinho de tijolos que a mulher da birosca destinava a fazer "um fogão bom, com a sua chapa de ferro, em vez da porcaria daquela trempe":

— Cozinhar de cócoras acaba com o espinhaço da gente!

D. Pepa empurrava Antenor:

— Vai mais para lá, gorducho!

E Antenor, exibindo no ar as suas mãos roliças, lambuzadas de gordura e limpas de qualquer corte (não era ele!):

— Gorducho? Quem fala! Eu só tenho gordas as mãos e as pernas. Já você, Pepa, é o contrário: é até fina de popa e proa — o volume todo é à meia-nau.

D. Pepa jogava um ossinho longe, pegava outra coxa de frango:

— É, mas eu detesto gordos! Se eu pudesse raspava esta gordura minha com navalha, até ficar fininha como um fiapo. Porque eu sou uma pata gorda com alma de golondrina!

Eu só procurava pelas mãos direitas, mas aí me lembrei: e se o cara fosse canhoto? Logo porém que tive essa ideia acabou-se o almoço, a Companhia inteira empoleirou-se nos caminhões e não pude mais descobrir nada.

Desta vez era eu que ia calada, com o queixo no peito, não adiantava Seu Brandini brincar comigo. E Estrela ralhava:

— Deixa, Carleto, deixa a menina. Pensa que todo mundo é biruta e ri à toa como você?

*

Fosse meses antes, aquele ataque noturno na certa tinha me assombrado, me insultado, talvez até me feito correr pra longe. Imagine só, um homem que eu não conhecia nem quem era, no escuro — no meu quarto! — botar as mãos em cima de mim.

Senhora sabendo, que diria? E aí eu até me ri: "Rapariga!" no mínimo. Rapariga é que entra homem de noite no quarto dela.

Mas vida nova ensina depressa e eu tinha aprendido muita coisa na Companhia. Homem não é bicho, também é de carne assim como nós, a lei deles é atacar. Mulher que se defenda, entregue só quando quer. Seu Brandini tinha o seu dizer a esse respeito:

— Pedir a todas, de cem uma dá.

É isso. O dar está no querer, o pedir não é afronta. Um não querendo dois não brigam — nem brincam — também era moralidade de Seu Brandini. Ah, aquele é doutor a respeito. Não quis, não quis, não tem bronca, amizade; é sair pra outra, não há ofensa.

Escusa dar ataque, chamar gente, derramar sangue porque um homem te roçou com a mão ou te olhou enviesado.

A velha Maria Milagre contava o caso da moça que se apresentou no palácio do rei pra dar queixa de que o príncipe herdeiro lhe tinha feito mal contra a sua vontade, e ela vinha pedir reparação.

Então o rei mandou buscar uma agulha e um novelo de linha e disse que ia segurar a agulha e a moça fizesse jeito de enfiar a linha; a moça pegou a linha, torceu, lambeu, afilou bem, mas toda vez em que ia enfiando a ponta da linha no olho da agulha, o rei mexia a mão e a linha não entrava. Afinal a moça perdeu a paciência:

— Desse jeito, rei meu senhor, não tem costureira que possa enfiar uma agulha!

E aí o rei disse:

— Pois assim também, quando o príncipe meu filho quis costurar com você, se você retirasse a agulha, ele não conseguia dar ponto. Vá-se embora, mulher, que você não nasceu pra filho de rei!

Não adianta ficar ofendida, tem homem que pede quase como pra fazer uma delicadeza, como quem diz bom dia, boa noite, a tarde está bonita. Quem quer aceita, quem não quer vai embora.

D. Pepa também tem o seu ditado a respeito, não é só Seu Brandini:

— *Es un Juego en que solo juegan dos.*

Bem, nisso tudo o que eu quero dizer é que antes de eu entrar na Companhia, tinha o meu corpo como se fosse uma coisa alheia que eu guardasse depositada, e só o podia dar ao legítimo dono, e depois de dar a esse dono era só dele, não adiantava eu querer ou não, porque o meu corpo eu não tinha o direito de governar, eu vivia dentro dele mas o corpo não era meu.

Já agora o corpo era meu, pra guardar ou pra dar, se eu quisesse ia, se não quisesse não ia, acabou-se. Era uma grande diferença, pra mim enorme.

Não é que eu quisesse ir com este ou com aquele, as mais das vezes não queria ir com ninguém, nem pensava muito nisso, já me bastava o que tinha sofrido. Mas o importante era saber que dependia só de mim, sem ameaça de tiro nem faca, sem morte de homem nem desonra pra ninguém.

Fosse no tempo de dantes o sucedido da noite de véspera, no melhor dos casos eu teria corrido a Seu Brandini para lhe dar queixa e pedir proteção; fazia do sujeito um tarado, exigia polícia, cadeia. Agora não; se tratava só de assunto meu, particular.

Assim mesmo não me era possível ter sossego enquanto não descobrisse o culpado; precisava saber pra minha defesa, quem sabe eu inocente tratava o sujeito com agrado — eram todos companheiros, a gente formava uma espécie de irmandade, meio desunida e diferente das outras, mas irmandade sempre. Mormente depois que nos tínhamos metido naquela estrada — Seu Ladislau não brincava dizendo que nós agora éramos o bando de ciganos do Capitão Carleto? E só tratava Brandini de "ganjão". O que Seu Brandini adorava.

Afinal, quase três dias passados entre poeira, biela, corpo doído naqueles assentos impossíveis (por baixo de mim tinha uma mola quebrada que eu forrava com um pano que era pra ponta do arame não me furar), fome e fartura, e reclamações, chegou-se afinal a Petrolina.

Cidade que eu não esqueço, naquele tempo era um lugar pequeno mas com uma catedral imponente levantada no meio do casario pobre; parecia um rebanho de ovelhas malhadas em redor da casa-grande — a gente achou estranho e bonito.

Nossa caravana foi direta à pensão, muito parecida com as outras do meio do caminho, até as donas parecidas também; entretanto essa dona de Petrolina era muito risonha e agradável, ofereceu redes para as senhoras se recostarem, e até um banho de chuveiro no quintal, e depois o bom almoço.

Mas Seu Ladislau não deixou ninguém bulir na bagagem maior porque o nosso destino era a cidade de Juazeiro da Bahia, lá defronte, do outro lado do rio São Francisco; e os caminhões tinham ainda que atravessar de balsa para a outra margem.

Juazeiro era mais importante que Petrolina, hoje não sei se ainda é, e era em Juazeiro que o nosso espetáculo estava contratado por telegrama, os quartos do hotel reservados também.

*

Mas ainda em Petrolina, logo que nos sentamos à mesa para o almoço, o pianista, que ficou defronte de mim, calmamente botou a mão em cima da toalha — e lá estava para todo mundo ver, nas costas da mão direita dele, bem no pé do dedo mínimo, a marca dos meus dentes em formato de meia-lua.

Natural que eu tivesse sentido na boca o gosto do sangue dele: os dentes tinham se enterrado fundo, e a mordida estava agora inflamada e vermelha.

Vermelha também fiquei eu fazendo a descoberta, como se por acaso fosse eu a culpada. Assim, fui levantando os olhos devagar, da mão para a cara do homem, e lá estava o sem-vergonha sorrindo para mim, como se me mostrasse uma bela coisa!

Acho que só tenho falado de raspão nesse pianista — que nós chamávamos Seu Jota do Piano. Mas na nossa vida diária ele não tinha mesmo importância; só nas horas de espetáculo é que chegava a vez dele e então era uma tirania. Até Seu Brandini obedecia, ele queria ser maestro de batuta na mão e tudo, pra isso lhe bastava reunir dois músicos, três com ele. Tocava qualquer instrumento; era mestre no violão, mas só botava mão em pinho quando o enredo da peça obrigava ou quando faltasse outro instrumento, dizia que violão não era instrumento de orquestra. O que ele gostava era de piano, violino, flauta, até sanfona — que só chamava *acordeon*.

Alegava-se carioca "da gema, nascido na Praça Onze", era alto, magruço, bigodinho, cabelo amoroso mas comprido, repartido de lado; sua cor se não chegava a ser branca, era baça, não sei se de nascença ou falta de sol. Na música se achava o maior, não tirava o chapéu nem a Noel Rosa, que ele conheceu em vida, nem a Ari Barroso, o rei. Sempre que podia botava no nosso repertório um samba *da sua própria autoria*, contudo eu desconfiava que, nessa matéria de autoria, Seu Jota seguia o exemplo de Seu Brandini, e fazia passar por seu muito do que era alheio. Quem ia indagar?

De modo geral na Companhia ninguém gostava muito do tal de Jota do Piano; na hora dos ensaios ele gritava com os artistas, ofendia e dizia piada, às vezes até Estrela perdia a paciência:

— Sossega, Toscanini!

E D. Pepa lhe dava o troco em boas, a espanhola ele respeitava. Mesmo porque ela não cantava nada mesmo, só entrava nos coros de farra, desafinava, e dizia que lhe faltava o fôlego.

Sim, o nome de Seu Jota do Piano, como saía impresso nas músicas de sua autoria (aliás só vi uma, mas ele dizia que tinha muitas e muitas, publicadas pelos Irmãos Vitale), era J. Narciso; queria ele então que a gente o tratasse de Maestro Narciso — mas o pessoal não largava o Jota do Piano.

Comigo ele tinha sido duríssimo, às vezes eu ficava com tanto ódio que chorava; me dava o *lá* antes da introdução e logo ao começar do número parava tudo porque eu tinha desafinado:

— Menina, pensa que ainda está cantando em coro de igreja?

Ou então:

— Pare aí, pare aí, coração, isso é andamento de ladainha!

E se eu me apressava ele parava também:

— Isso não é coco de terreiro, é samba, menina, samba carioca, olhe o compasso! Faça de conta que escuta o puxado da cuíca! Qual!

E eu parava, emburrava, me sentava e declarava que não ensaiava mais. Seu Brandini vinha me acomodar, dizendo que bobagem, não tinha importância, eram fricotes do maestro:

— Afinal tu não assinaste contrato como soprano. Tu és atriz de comédia, de teatro *declamado*!

Bem, não sei se eu era atriz do declamado mas de canto também não era, só cantava um pouco para quebrar um galho, não se podia esperar que eu fosse nenhuma Carmen Miranda.

O pianista ficava olhando para mim e Seu Brandini com um risinho de deboche, eu me levantava, voltava para o palco, o ensaio recomeçava e recomeçava ele com as mesmas implicâncias. Todos tínhamos ódio do sujeito, e então Odair que, esse, não era mesmo cantor de maneiríssima nenhuma, se agarrou com ele uma vez (foi em Fortaleza, ainda), os dois saíram rolando pelo meio das cadeiras da orquestra; Seu Brandini teve até que botar uma censura aos dois na tabela.

Daí saiu um grande mexerico, Seu Jota começou a espalhar a uns e outros que Odair estava deixando a mulher sair com um velhote rico. "Deu na balda (Odair) de 'fazer a sesta' sozinho trancado no quarto, e manda Araci passear, ir no cinema; quem quisesse podia ver a boneca tomando o automóvel do velho e saindo por aí, enquanto o marido sesteava!"

Não sei se Odair teve aragem desses boatos; que eu também não sei se eram verdade ou mentira; D. Pepa dizia que "a menina do mágico andava muito assanhada". Mas briga de novo não houve, talvez depois da censura na tabela Odair tivesse medo de ser despedido, sabendo que era ele a parte fraca; porque outro como ele se arranjava, mas um maestro — embora um fubica da classe do Seu Jota do Piano — já é mais difícil.

Ciente da geral antipatia, Seu Jota não se metia a fazer bando conosco. Andava mais com o Antenor do Ponto ou o Contrarregra, acho que por economia se hospedavam juntos em um quarto só, em pensão da zona suspeita — ele dizia "zona boêmia".

Também se falava que existia uma amizade particular entre Antenor e o Contrarregra — como é que ele se chamava? Acho que era Euclides, mas nunca ninguém lhe disse Euclides — era só "Contrarregra isso", "Contrarregra aquilo", como se contrarregra fosse nome.

E o que a gente comentava é que Antenor, com o seu corpinho roliço, Contrarregra, um mulato grande e forte, formavam um casal, se descombinado de aparência, muito bem entendido de coração.

Já Seu Jota do Piano não fazia mistério de que era doido por mulher, até alardeava. Por graça não se metia com as atrizes, não eram para o bico dele, Seu Brandini já tinha berrado isso mais de mil vezes a qualquer piadinha mais enxerida.

Mas o coisa-ruim aproveitava agora a confusão da viagem para se atrever comigo — e tão insolente que se punha a exibir a sua mão machucada como se fosse uma prova de intimidade, um segredo entre nós dois!

Fiquei num ódio roxo, encarei com ele duro, desafiando que contasse alguma coisa. O sem-vergonha encontrou meus olhos, não sustentou muito tempo, desviou para Seu Brandini, perguntando se era para contratar alguma corista em Juazeiro.

Também era incumbência dele, Seu Jota, localizar as extras para Seu Brandini contratar enquanto durasse a temporada no local; e ele em geral se abastecia no mulherio à toa, que aproveitava a ocasião para se exibir no palco e depois sair alegando profissão de atriz.

Às vezes aparecia também mocinha desencabeçada, filha de viúva, garçonete, aprendiz de fábrica, que sonhava em seguir adiante conosco e fazer carreira no teatro. Mas essas só muito raramente Seu Brandini aceitava, porque no fim sempre acabava ou dando alteração com a família, ou com o juiz de menores.

— Trabalho de palco é para profissional! — ele gritava. — Menina amadora é chave de cadeia.

FOI NO JUAZEIRO, no dia seguinte, Seu Brandini quis tomar uma cerveja e nós entramos no bar. Hora depois do almoço antes do ensaio, e dentro do bar só havia outra mesa ocupada além da nossa. Três homens nela, dois baixinhos e um grande. E o grande despejava cerveja no copo dos outros.

Pois o grande *era ele.* Alto, bonito e antipático. Falava imperioso, como se desse ordens aos outros dois. Moreno, morenão, cabelo preto e liso como de índio. Cabeça fina e pescoço musculoso, que saía da gola aberta da camisa amarela, e os ombros largos combinavam com o pescoço.

Que homem lindo, eu pensei. E parece que ele também se achava lindo, porque olhava para os outros por cima do ombro com um ar de dono do mundo; tinha um pouco descaídos os cantos da boca, e demorou o olhar em Estrela e em mim — mais em Estrela do que em mim. E eu acho que ela sentiu a preferência porque sorriu um pouco e falou comigo pelo canto da boca, aproximando a cabeça da minha:

— Viu o homem bonito olhando pra gente?

Seu Brandini, que estava de costas para a outra mesa ocupada, quis saber o que se cochichava; ele não tolerava cochicho sem estar no meio, dizia que era falta de educação.

Estrela explicou, Seu Brandini se virou pra ver. Inconveniente como criança, ele fazia isso sempre que alguém se referia a uma pessoa perto, às vezes matava a gente de vergonha.

Foi logo dizendo que não via nada de bonito no cara:

— Homem bonito foi o Rodolfo Valentino e morreu de cólica!

Estrela e eu nos olhamos, entendidas. Seu Brandini então ficou ofendido, começou a explicar uma teoria dele — que o mundo era dos feios, bastava reparar, não se via um presidente ou um ditador, ou até mesmo um artista importante que não fosse feio. O bonito se acha com direito a tudo, só porque é bonito. Não precisa brigar por nada e espera que tudo lhe caia ao colo. Ator bonito, bem, pode vencer em cinema; já se sabe que em cinema o ator é um boneco nas mãos do diretor. Senta, levanta, agarra a garota, beija, assim não, está fraco, corta! Ele tinha visto filmar, conhecia.

Mas no teatro, levantou a cortina, chegou a hora da verdade entre o ator e o público, e quem não tinha nada na tripa não dava o seu recado.

Vai ver se Chaby Pinheiro (acho que era esse o ídolo dele) ou o Leopoldo Fróis, o Brandão Sobrinho, o Procópio tinham carinha linda pra mamãe beijar? Não, era só o talento, o tutano. A velha garra.

Mas bota em cena um cavalão desses que só tem estampa, não dá pra saída, quanto mais pra entrada!

— Eu, se acaso fosse bonito, fazia a força que faço? Cheguei onde estou porque sou feio, barrigudo, meio dentuço e com tendência a careca!

Estrela e eu já estávamos rindo de tanta modéstia e Seu Brandini se enfezou porque a gente não gostava de raciocinar:

— Napoleão, sabem quem foi o Imperador Napoleão, não é? Pois era baixote, mais barrigudo do que eu e ainda por cima calvo. Foi senhor do mundo! Tinha as mulheres que queria, porque mulher pode gostar dos bonitos mas vai mesmo é com os feios. Hitler é ridículo, e pior ainda é o Mussolini, com aquela cabeça de boneco de carro alegórico! Bonitos! Bonito eu carneio com o dedo limpo! Rapaz, outra cerveja!

Do seu canto o homem bonito ainda olhava para nós, talvez meio intrigado com o destampatório de Seu Brandini, embora o bar fosse grande, e à distância em que ele estava não dava para ouvir bem. E então um dos seus companheiros levantou o pulso, olhou o relógio, disse as horas e logo chamaram o garçom, pagaram e se levantaram pra sair.

Como eu tinha adivinhado, embora o visse sentado, ele era alto mesmo, quase passava os outros dois por uma cabeça. Antes de sair ficou um instante de pé, olhando para nós duas — mais para mim, mais para Estrela? — às costas de Seu Brandini que entornava o copo de cerveja, resmungando ainda.

Saíram.

NÃO DIGO QUE EU descobrisse logo que tinha encontrado ali o homem da minha vida. Mas que desejei que fosse ele, desejei. Um homem lindo daqueles, embora antipático — não sei, sempre fui por homem bonito.

Estrela comentou para o marido:

— Você tanto falou em feio que fez o homem bonito ir embora.

E Seu Brandini, que já ia acabando a segunda cerveja — menos o meio copo em que Estrela molhou a boca —, foi ficando bravo e batia com o casco da garrafa na mesa:

— Viva os feios! Sim senhora, viva os feios! Vou pedir outra cerveja, queres um copo, guria?

Eu não queria nada, sentia os meus enjoos de estômago. O diabo da carta, ainda. Já roída nos cantos, amarrotada no bolso da blusa, e continuava incomodando.

NO ENSAIO, O Jota do Piano estava nos seus azeites dando bote de cobra em quem passasse perto. Chegou a bater com a batuta na estante, reclamando o nosso atraso — até de Seu Brandini, calcule.

E já lá estavam esperando dois músicos da terra, um deles tocava clarineta e de repente levou à boca aquela espécie de corneta e tocou um solo, que coisa mais linda, Seu Brandini ficou entusiasmado:

— Está contratado! Que é que você faz neste fim de mundo, rapaz, vamos pro Rio com a gente!

Mas o rapaz explicou que sofria do peito, só podia tocar lá uma vez "por fruta", mas saindo do Juazeiro recaía. Por isso já deixara até a banda dos fuzileiros, não tolerava clima de beira-mar.

O outro músico tinha uma sanfona, aliás acordeão, mas só tocava toada matuta e bem alto, puxando os foles com força; bom mesmo pra forró, não dava para o nosso acompanhamento.

O rapaz da clarineta conhecia outro que até tocava um violino razoável, mas de ouvido. E o do acordeão, com raiva de ser posto de lado, puxou os foles da sanfona e começou um xote endiabrado que fez todo mundo rir.

Logo Seu Jota do Piano chamou as moças candidatas a coristas, que esperavam às risadinhas sentadas nas últimas filas e foram se mostrando de uma em uma.

Seu Brandini entronizado no palco, perna cruzada, ficava todo importante, mandava a menina subir e começava as perguntas:

— Já tem experiência?

Eram nove delas e ninguém tinha experiência. Isto é, uma rolicinha, de cabelo curto, tinha trabalhado uns dias na pantomima de um circo.

E Seu Brandini:

— Por que deixou o circo?

— O homem não pagava e ainda queria que a gente andasse com ele de graça.

— Levante a saia. Mostre as pernas. Mais alto. Já vestiu maiô?

— Aqui não. A gente tem medo de fazer praia no rio por causa das piranhas.

— Toca aí qualquer coisa, maestro. Vamos ver quem sabe dançar.

Mas antes que Seu Jota sentasse no piano, o homem da sanfona puxou um coco puladinho e as meninas começaram a rebolar. Com tempo e trabalho, escolheram quatro. Das recusadas, uma tinha varizes, à outra faltava um dente incisivo; a loura oxigenada de cara bonitinha estava com uma barriga de seis meses; a segunda loura, oxigenada também, era malfeita, magra, com juntas de frango assado:

— Bate um osso no outro, tira fogo! — zombou Seu Brandini.

As quatro escolhidas, uma mulatinha de olhos verdes "muito mimosa" na opinião de Seu Jota, uma de dente de ouro, e as duas últimas que eram só mais ou menos, foram encaminhadas a D. Pepa, que acumulava o encargo de roupeira:

— Vão experimentar a roupa, D. Pepa faz o conserto que for preciso. E voltem para o ensaio em quinze minutos. Sim, pago cinco mil-réis por noite de função. E cada uma traga os seus sapatos. Preto, não precisa meia.

E então Seu Brandini, com a mesma cara severa, deu instruções ao maestro sobre a coreografia a ensinar às coristas (e por isso Seu Jota também se gabava de que era "coreógrafo").

Seu Brandini tinha mesmo o coração mole e, assim, antes de começar conosco o ensaio da burleta do dia, acabou combinando com o sanfoneiro uma música extra no ato variado — um coco de Alagoas dançado pelas meninas: só dependia do maestro ensaiar. O maestro, que estava mesmo esperando enquanto o clarineta ia buscar o violino, prometeu que ensaiava. Nesse ínterim ia levando as recusadas à porta, disse uma graça no ouvido de cada uma e acabou dando uma palmada no traseiro da magrela.

Bateu na moça e segurou a mão, como se a tivesse magoado. E veio passando por perto de mim, ninando a mão ferida em cima do braço:

— Ai, doeu! Será preciso soro pra mordida de gata brava?

Tive vontade de descarar o sujeito ali mesmo. Mas afinal pensei — de dia é o sol, de noite é o escuro. A gente tem que ir levando de tudo, o bom e o ruim.

NÃO ERA PARA ESTRELA que ele tinha olhado, era para mim.

À noite, lá estava o homem bonito no teatro (aliás era um cinema), sentado na segunda fila, desta vez com quatro companheiros. Davam vivas e batiam palmas e no fim do meu tango eles se levantaram e aplaudiram de pé. E pedindo bis, e como a casa inteira acompanhou no bis! bis! dei o bis e foi aquele triunfo.

Seu Brandini disse que eles estavam encervejados e que o pessoal tinha se levantado porque pensava que era o fim da função.

Estrela sorriu para mim:

— Carleto está enciumado.

O NAVIO ERA UMA BELEZA, a sua grande roda na popa me lembrando a roda d'água dos engenhos na serra. Parecia leve, mal pousado no rio, com o seu convés feito uma gaiola mesmo, boiando.

Fomos embarcar no quarto dia após a estreia, demos só três espetáculos.

Ao entrarmos, por uma prancha ainda se equilibravam os homens da estiva, cada um com um feixe de lenha para a caldeira, em fila, como formigas carregadeiras. Por outra prancha que levava ao convés, os passageiros subiam, portando a sua maleta e os seus embrulhos de última hora — a bagagem grande já estava a bordo.

A prancha era estreita, pouco mais que uma pinguela, e no que eu lhe ia bem pelo meio, com Estrela medrosa quase me pisando os calcanhares, de repente levantei a vista e não sei como não caí.

Debruçado na amurada, todo fardado de branco, quepe agaloado de ouro, olhando para nós, estava o comandante do navio. E era ele, o homem bonito. Sim, não sei como não caí.

Ele avançou dois passos, me ofereceu a mão direita, deu a esquerda a Estrela e nos ajudou a saltar da prancha para o soalho do convés. Depois disse:

— Bom dia. Espero que gostem do *J. J. Seabra.*

A princípio fiquei confusa, pensando ser esse o nome dele, mas depois me recordei de que era o nome do navio, *J. J. Seabra.* E soltei um riso que ninguém entendeu, pensaram decerto que era nervoso.

Eu supunha que o tal navio-gaiola viria a ser uma espécie de lancha com os passageiros espalhados por alguns bancos, nada mais. Oh, não, aquele navio movido pela grande roda d'água, por dentro era como um navio do mar — apenas um navio menor e mais aberto. Tinha o salão no convés, de amurada a amurada, protegido com grandes cortinas de lona verde desbotada pelo sol. E uns camarotes pequeninos, mais tarde eu conheci parecidos no noturno mineiro. A gente mal cabia dentro, sentia-se como se houvesse entrado numa casa de boneca; e em cada camarote duas camas-beliche, uma por cima da outra. D. Pepa, escalada para minha companheira — nós éramos as duas solteiras —, tomou conta da cama de baixo e eu me empoleirei na do alto.

Ao bater a sineta do almoço, já o navio andava longe, rio acima. E eu logo achei o São Francisco mais bonito do que o Amazonas que eu conhecia do Pará, porque o Amazonas a diferença que tem do mar é a água amarela e sem ondas, mas na largura a perder de vista de horizonte afora é o mar tal e qual — um mar barrento e liso.

Já ali a gente via a terra de um lado e do outro e, quando se desatracou, a igreja de Petrolina parece que boiava por cima do rio, e sempre se avistava voo de pássaros e não se sentia aquele cheiro de maresia ruim, nem jogava como no mar.

E a comida era boa, peixe do rio, galinha e ovos fritos se quisesse, e carne; logo nós, que vínhamos daquelas fomes pelos caminhos desertos e as incertezas dos pregos da biela!

O grupo principal da Companhia: Seu Brandini, Estrela, eu, D. Pepa, Odair, Araci e Seu Ladislau fomos convidados para a mesa do Comandante. Seu Brandini impava, exibindo uma naturalidade orgulhosa, como se o Comandante fosse ele, ou como se estivesse acostumado a só comer em mesas de comandante.

Foi logo pedindo cerveja e o Comandante me perguntou que é que as senhoras bebiam e eu disse que por mim não queria nada, só água — água do rio São Francisco! Aí todo mundo riu, não sei se se usava beber água do rio, ou se era preciso trazer água dos portos. E então o Comandante pediu que eu pelo menos tomasse um guaraná. E nesse momento o taifeiro trouxe um prato, e o Comandante disse que, supunha, aquele peixe eu não conhecia, esse sim era do rio e se chama surubim. E Seu Brandini se meteu logo, não me deixando responder:

— Pirarucu no Pará ela detestou.

Cortei meio zangada e me atrapalhando:

— Mas aquele pirarucu era salgado, não gosto de peixe seco, pirarucu então, só lembra tempo de seca. Você não sabe que durante a seca o governo nos mandava fardos e fardos de pirarucu salgado? Acho ardido, horrível.

Enquanto que aquele surubim era fresco, cada posta enorme, ao molho de coco, delicioso. O resto da minha vida nunca mais deixei de comer surubim quando encontro, infelizmente é raro.

Às vezes, no Rio de Janeiro, o Comandante arranjava algum, mas isso foi muito mais tarde.

Mal acabou o almoço, o Comandante levantou-se, botou o boné, bateu uma continência leve, como de brincadeira, e pediu licença: ia à ponte, que é como chamam o lugar da roda do leme — deviam agora atravessar um canal.

Então o pessoal todo começou a caçoar comigo, até Estrela; que eu tinha feito uma conquista, que o Comandante não tirava os olhos de mim, que "me estava bebendo os ares" — isso dizia D. Pepa.

Eu só fazia sorrir, encabulada, dizendo que não me amolassem, e no fundo estava rogando a Deus que tudo fosse mesmo verdade, que ele estivesse me bebendo os ares. Eu tinha sentido muito bem que aquele homem, era só querer, podia me trazer fechada na palma da sua mão.

À noite depois do jantar escutou-se uma sanfona que vinha da segunda classe, no convés de baixo; o Comandante mandou subir o sanfoneiro, e era o nosso, aquele do ato variado, que vinha tentar a sua sorte rio acima, acho que no rastro da Companhia.

Então improvisou-se um baile, e Seu Brandini na maior rapidez me tirou para dançar, e quando a música mudou o Comandante já me esperava de pé e me tomou nos braços e dançamos e dançamos.

Nessas alturas eu já pouco me importava com as caçoadas de ninguém e me deixava encostar nele e só não era face com face porque o meu queixo batia na altura do peito dele; mas eu sentia o seu rosto no meu cabelo.

E o sanfoneiro, sujeito malandro, sentiu o que andava pelos ares e passou a tocar música lenta, amorosa.

Mas pelas dez horas bateu de novo a sineta e um marinheiro veio dar um aviso ao Comandante. Ele me soltou, olhou o relógio, a sanfona calou-se.

Então o Comandante foi para o meio do salão e explicou aos passageiros que a nossa festinha por hoje estava acabada. Como sempre, ele tinha que subir para a ponte. Desejava a todos muito boa noite.

O pessoal foi se dispersando, mas ele me segurou pelo pulso quando eu me afastava junto com os outros:

— Quer ir lá em cima comigo e ver o navio subindo o rio por dentro da noite?

Olhou de novo o relógio:

— São dez e quinze, já devemos ter um pouco de lua...

Lá em cima na verdade era uma beleza — o rio muito largo, um pedaço de lua clareando as águas, o mato fechando, negro, lá longe; de vez em quando um peixe saltava, o navio avançava devagar, e lá atrás vinha a zoada da roda, fazendo chape-chape, compassado.

E então o Comandante chegou perto de mim na amurada, botou a mão no meu ombro e ficamos muito tempo, calados, olhando o rio.

Não era ele quem manobrava a roda do leme, como eu tinha pensado. Era outro homem, a quem o Comandante chamava Zequinha e os outros chamavam Seu Zeca Piloto, que ia segurando e manobrando a grande roda. E eu perguntei ao Comandante se ele não estava fazendo falta para dirigir o navio, ele riu e disse que o Zeca Piloto conhecia os canais do rio muito melhor que qualquer comandante.

E voltamos a olhar o rio, eu suspirei, ele suspirou, como de combinação, e os dois rimos. De novo nos calamos e eu falei qualquer coisa sobre o rio tão largo e sereno e ele disse que em Pirapora, lá em cima, o rio era diferente.

— Pirapora já é Minas, não? — eu perguntei.

— Sim, é Minas. Nasci lá.

Eu nunca tinha conhecido ninguém nascido em Pirapora e de repente aquilo me pareceu uma circunstância maravilhosa.

— Pois nasci — num sitiozinho além da rua, numa temporada da nossa vida em que meu pai inventou de ser lavrador. Mas quando comecei a engatinhar ele já tinha se convencido de que não dava para a agricultura, mudou-se para a rua, abriu uma loja e faliu — loja de fazendas. Depois foi para Juiz de Fora, trabalhar numa fábrica, mas não deu também; passou a viajar por conta de uma firma de fazendas — se considerava entendido no ramo devido à loja falida em Pirapora — com a família continuando a morar em Juiz de Fora.

E foi então que ele, rapazinho, estudou alguma coisa. Depois, a exemplo do pai, ficou quebrando a cabeça por aí, Belo Horizonte, Rio de Janeiro, especialmente Rio de Janeiro; até que se meteu pelo rio, e então se apaixonou pelo Velho Chico. Praticou por uns tempos a bordo das gaiolas, até que fez um curso de pilotagem muito simplificado — naquele tempo as coisas não eram tão difíceis — sem as exigências de hoje em dia:

— Agora, quase que é preciso se cursar a Escola Naval para pilotar um navio no São Francisco.

Também me contou que era sozinho, tivera mulher uns tempos, não deu certo, fazia uns oito anos que estavam separados.

— Nunca mais tive ninguém de meu. Os velhos morreram, ficou uma irmã casada em Minas — vive lá a vida dela, em Uberaba, quase nunca a vejo.

Então eu me atrevi:

— E namoradas?

Ele falou com indiferença:

— Ah, algumas, por aí. Mas nada certo. Nem importante. Ainda estou esperando encontrar quem eu goste e que me goste. Esta vida no rio não ajuda, hoje aqui, amanhã além. E eu não quero mulher pra deixar em terra.

Ainda havia outra pergunta para mim importante: teria ficado com filhos da mulher?

— Tivemos uma menina, morreu com dois anos.

Não sei como, eu que nunca falava nas coisas para trás, eram as confidências dele que arrastavam as minhas, e deixei escapar:

— Eu também tive um filho, só um. Mas o meu nasceu morto.

O Comandante, que estava debruçado na amurada, com os olhos na noite e no rio, virou-se depressa e indagou com voz diferente:

— Ah, você é casada? Eu não tinha pensado nisso!

— Não sou casada, sou viúva. Já faz três anos.

Ele voltou à posição de antes, ficou calado um momento, depois disse:

— Viúva hem? Não pensei. Melhor assim.

— Por quê? Por que melhor assim?

Ele aí riu, virou-se de novo para mim, levantou a mão e alisou o cabelo que o vento do rio me soprava em cima da testa:

— Porque assim não vou precisar andar trocando tiros com o tal sujeito, por sua causa.

E continuava a puxar por mim: nascimento, meninice, nome:

— Afinal seu nome é Dôra ou Dóra? Conheço uma Dóra — Dôra nunca vi.

Confessei que o meu nome era mesmo Maria das Dores — promessa de Senhora. Contei que eu e Senhora...

— Quem é Senhora?

— Minha mãe. Mas só a trato por Senhora, desde pequena. Nós nunca nos demos bem.

Falei de meu pai, morto quando eu era ainda criancinha. Da fazenda Soledade, do gado, de Amador, de Delmiro e de Xavinha. Dos meus pés de laranja-da-baía, do meu jardinzinho e da forquilha dos craveiros debaixo da janela. Na hora me pareceu importante recordar aqueles craveiros de flor branca raiada de rosa, cheirando na noite, através da janela fechada.

E por fim, falei em Laurindo. Rápido, para não abrir a ele um lugar muito grande em minha vida. Casados tão pouco tempo. E ele era agrimensor, vivia quase sempre fora de casa, a serviço.

Depois, quando Laurindo morreu num acidente de caça — até hoje ninguém sabe como aquela espingarda disparou —, eu tinha resolvido morar na cidade.

Chegou a vez de contar de D. Loura, ainda nossa parenta, e a sua pensão familiar na Rua Tristão Gonçalves. No começo eu tinha procurado ganhar a vida ajudando D. Loura na administração: pensão trabalhosa, muitos quartos, muita mudança de hóspede, e a escrita que ela não sabia fazer e antes pagava a alguém de fora.

O conhecimento com Seu Brandini, o auxílio que fui dando à Companhia no meu tempo vago. E a bondade de Estrela, a amizade do casal com D. Loura — amizade que já vinha de antes do meu tempo.

Depois, a briga da tal Cristina Le Blanc, e todos se juntarem e praticamente me obrigarem a ensaiar as partes de ingênua que não tinha ninguém pra fazer:

— Não sei como consegui coragem para enfrentar um palco. Sempre fui tímida — mas Seu Brandini faz mágicas, e quando ele quer não tem quem resista.

— E sua mãe, ela concordou com a sua entrada na Companhia?

— Não perguntei, não consultei a ela nem a ninguém. Afinal sou viúva, estou perto dos trinta anos, não devo satisfações a pessoa alguma.

Tinha me exaltado, fiz uma pausa:

— Você nem calcula como esse pessoal tem sido bom pra mim, é quase como uma família. Seu Brandini me vigia e me ajuda como um pai velho de comédia. Estrela — não sei se já viu, é aquela segurança. O povo fala mal de gente de teatro — mas são pessoas como todo mundo, tenho conhecido gente outra muito pior...

Eu já estava me desculpando — e ele calado, ouvindo, ouvindo.

Acabada a história da minha vida, o Comandante voltou a falar de si. Tinha vontade de deixar o rio — esse negócio de navegar acaba sendo uma prisão. Estava pensando em se meter em um negócio de venda de pedras semipreciosas e diamantes comerciais, e até as preciosas mesmo — naquela região de Minas era só o que dava. E então agora, tempo de guerra, tinha o maior futuro.

Me levou até onde havia uma luz, lá dentro, puxou um saquinho de camurça que trazia no bolso da calça, me mandou juntar as mãos em concha, despejou nelas todo o conteúdo do saquinho. Minhas mãos ficaram cheias de pedras de várias cores, algumas miúdas, do tamanho de um grão de milho e até menores, tão pequeninas que eram só um pingo de luz; e a maior de todas era uma roxa — ametista —, grande como uma azeitona.

Ele olhava divertido enquanto eu brincava com a luz e as pedras na minha mão; e quando afinal fui repondo o punhado precioso no seu saquinho, com o maior cuidado, receosa de deixar cair alguma pedra no chão, às vezes segurando uma entre os dedos para ver melhor — eram lindas —, ele separou a ametista grande e falou que era para eu guardar de lembrança.

Eu nem pensei em recusar (mais tarde ele disse que ficou me querendo bem por isso), recebi com a maior naturalidade, fiz foi levantar a pedra contra a luz, tirando chispas, encantada.

Nesse tempo, por causa da guerra, estavam em moda os vestidos de corte militar; o meu naquela noite tinha por cima do seio esquerdo um bolsinho de tampa, como túnica de soldado, fechado por um botão. Então o Comandante desabotoou o botão do meu bolso, tomou a pedra entre os meus dedos e a enfiou no bolsinho, depois fechou o botão, devagar.

Nem ele nem eu dizíamos nada, apenas sorríamos um para o outro.

Aí já eram quase cinco horas — cinco horas da manhã! O dia clareava e ele me acompanhou pela escada e pelo corredor até a porta do meu camarote. Lá me fez a sua continência, me sorriu de novo e foi embora.

Abri o trinco o mais de leve que pude, empurrei devagar a porta, que assim mesmo ainda rangiu. Entrava do corredor alguma luz pela bandeira e vi que D. Pepa levantava a cabeça, meio assustada:

— Quem é?

Mas descobrindo que era eu, a velha mastigou uma risada:

— Pensei que você estava no camarote do Comandante.

— Não senhora, D. Pepa. Eu estava com o Comandante, mas na ponte de comando, vendo o navio subir o São Francisco.

Ela só deu um estalo na língua e eu, sempre tão fácil de me impressionar com o que os outros pensavam, de repente não me importei nadíssima, não lhe dei mais desculpas nenhuma, ora a bruxa velha que pensasse o que quisesse.

Mudei a roupa, subi a escadinha do meu beliche, mas antes troquei um sorriso com a velha que ainda estava de olho aberto; eu entendia muito que bem o que ela estava supondo e ia dizendo comigo, oh, tomara eu, tomara que fosse verdade.

Naquela conversa longa que se estirou por toda a noite, eu entendi que ele se chamava Amadeu, e assim o disse no outro dia de manhã a D. Pepa, que tinha a mania de indagar nome, sobrenome, idade, lugar de nascimento e estado civil de todo mundo. Amadeu Lucas, sem pai nem mãe, natural de Pirapora, Minas, quarenta e dois anos, era só o que eu sabia. Sim, solteiro.

E na mesa do almoço D. Pepa avistou um lugarejo que branquejava lá longe na barranca do rio, e quis saber que lugar era aquele.

— Comandante Amadeu...

Ele cortou meio áspero:

— Meu nome não é Amadeu. É *Asmodeu.*

D. Pepa se virou para mim numa censura:

— Foi Dôra que me disse: Amadeu.

E ele se voltou para mim também, os olhos de todos estavam em cima de mim:

— Dôra entendeu mal: eu falei a ela Asmodeu.

Via-se que, para ele, aquela troca de letras no seu nome tinha uma importância muito especial. Pois alguém se chamar Amadeu não é ofensa, é até bonito; e Asmodeu — eu nunca tinha visto ninguém com aquele nome.

Seu Brandini, de todos nós o único que vivia lendo, puxou o assunto para si:

— Desculpe, Comandante, talvez eu esteja enganado, mas Asmodeu não é o nome de um demônio? Li uma peça...

Calou-se no meio do que dizia e foi aquela impressão incômoda em toda a mesa. Seu Brandini era fogo com as suas ratas. Estrela me olhou do seu lugar e eu sabia o que ela ia dizendo consigo: "Carleto não toma jeito." O homem era autoridade ali no navio, e aquele maluco vir dizer que o nome dele era o nome de um diabo...

Afinal tomei coragem, olhei para o Comandante e descobri que ele sorria muito satisfeito, encarando Seu Brandini:

— Justamente, é um demônio.

E recitou:

— "*ASMODEU, entidade diabólica que figura no livro de Tobias como sendo o demônio dos prazeres impuros... Também tem sido chamado 'o diabo coxo'. Levanta os telhados das casas e descobre os segredos íntimos dos seus habitantes.*"

E abriu mais o sorriso, como se tivesse contado à gente um segredo superior:

— Está no dicionário, decorei desde menino. Acho que não existe mais ninguém no mundo com esse nome — e aí riu franco —, só o outro Asmodeu original, o Asmodeu I. Sendo eu o Asmodeu II.

Uma espécie de silêncio encabulado, era natural, ninguém sabia o que dizer. Foi D. Pepa que continuou:

— Mas o padre batizou o senhor com esse nome?

— O padre? Recusou, claro. Meu pai vivia às turras com ele, era maçom, anticlerical, estava sempre inventando alguma coisa para amolar o vigário. Fundou até um jornalzinho que durou uns tempos, chamava-se *O Triângulo*; o pessoal da terra estranhava, afinal, de triângulo só se conhecia ali o Triângulo Mineiro, que aliás ficava longe.

Meu pai se irritava com tanta ignorância — triângulo é o símbolo da Maçonaria.

Escolheu o nome dos filhos para escandalizar mesmo, eu acho. Minha irmã mais velha era Lilith — Lilith é a rival de Eva, a segunda mulher de Adão. E tem que se pronunciar "Lilite" e ele ficava danado quando chamavam a menina de "Lili". (Essa aliás já morreu.) A outra menina se chamou Zolita, em homenagem a Emílio Zola, um romancista que nesse tempo fazia escândalo, autor de uns livros que contam as falcatruas de Roma e da gruta de Lourdes. Meu pai era fanático por ele.

Seu Brandini conhecia bem Emílio Zola:

— Naturalista. Li tudo dele, ainda menino, escondido, em Porto Alegre. Imoral pra burro. Tem cada cena que eu vou te contar. Inclusive um caso de padre, mesmo — o Abade Mouret...

D. Pepa insistia nos batizados:

— Mas o cura — o padre — afinal batizou?

O Comandante sorriu de novo, com aquela lembrança antiga:

— A mim não quis batizar e deu a maior briga. Ah, com aquele nome não batizava nem um cachorro. Minha mãe e minhas tias choravam com medo que eu ficasse pagão — e além do mais com tal nome, que o padre explicou a elas muito bem! Afinal o padre deu a impressão de que se conformava, mas, na hora, fez a mesma troca que Dôra: em vez de "*Asmodeu*" disse: "*Amadeu,* eu te batizo..."

Meu pai interrompeu o batizado, falou que ia em casa buscar o revólver, mas o padre cruzou os braços e declarou que agora o batizado estava feito:

"A água foi derramada, as palavras em latim foram ditas, o sacramento é irreversível." Aquele padre também era bravo. E lá escreveu no livro do batistério: "O inocente Amadeu".

E então o Comandante olhou para mim, com um toque de irritação:

— E até hoje esse nome de Amadeu me persegue.

— E no registro civil? — indagou Estrela.

— No registro civil está *Asmodeu* direitinho, com todas as letras. Era o trunfo de meu pai em cima do padre: perante a lei eu sou Asmodeu. Batistério não tem valor de lei.

— Mas suas irmãs, se batizaram? — D. Pepa não desistia fácil.

— Minha mãe já estava escabriada, levou as meninas para se batizarem numa cidade perto que tinha um vigário muito velho e surdo; e ele anotou no livro o nome das meninas como Lilita e Rosita — meu pai nunca soube.

Eu não estava gostando do assunto, não sabia se os outros tomavam aquelas explicações na brincadeira, via que o Comandante levava a sério a tal excentricidade de nomes; tive a premonição medrosa de que o homem, provocado, era capaz de dar uma explosão (desde aquele dia tão longe aprendi a ter medo das explosões dele) e indaguei, para desviar:

— E o jornalzinho, *O Triângulo*?

— Ah, acabou-se logo. Acho que não chegou a dez números. Nada em que o velho se metia tinha vida longa. Ele estava sempre mudando de terra e de ofício.

Seu Brandini tinha ficado pensativo:

— Sabe, Comandante, eu não sou religioso, mas não sei, se fosse eu no seu lugar, sentia uma certa paúra... Só eu e o outro... aquele... O senhor nunca teve medo?

O Comandante se riu mais uma vez, e era com um certo orgulho:

— Quem, do Asmodeu I? Não, ele nunca me incomodou.

*

Creio que sinceramente ele tinha orgulho daquele nome horrível. Gostava, parece, de ser diferente, de provocar, devia ter puxado ao pai.

Já eu, desde o primeiro dia detestei o nome dele. Em anos e anos da nossa vida, nunca esse nome saiu da minha boca, fora um dia, e jamais o botei no papel. Nas cartas, endereçava para o "Comandante A. Lucas". Aos outros, quando falava nele, eu dizia "O Comandante". E entre nós dois, eu não o chamava pelo nome, chamava *bem*, *meu amor*, *querido*, *criatura*, *homem*, e *diabo*, *seu diabo*, nas horas de raiva ou de paixão.

Muitas vezes, no escuro, quando ele, o Asmodeu II, dormia e eu tinha insônia, de repente me dava um medo gelado de que o outro, o Asmodeu I, levantasse o telhado e nos aparecesse, procurando companhia.

*

Durante a viagem, de dia ele trabalhava, o navio dava muito o que fazer. Tinha que encostar na barranca para tomar lenha; quase nunca as paradas de lenha eram numa cidade ou num porto, mas na barranca vermelha, cortada à bruta na terra pelas águas, e lá em cima aquele monte de lenha esperando. O cordão da estiva de bordo se formava e depressa se consumia o montão de toras; e então o apito mugia como um touro, a roda recomeçava a bater na água, o navio dava uma curva larga e saía em procura do canal fundo, que era o seu caminho.

O Comandante tinha que adivinhar com os práticos e Zeca Piloto os bancos de areia novos, as pedras descobertas numa noite pela correnteza, os balseiros ancorados que não estavam ali na descida, dias atrás.

Tinha que cuidar do abastecimento, com o despenseiro, ainda não era tempo de frigorífico, e a geladeira do navio mal dava para as bebidas.

Tinha que controlar os marinheiros — caboclos ali das barrancas, quase tudo pescadores e canoeiros que não entendiam das novas leis trabalhistas; tinha que prever as cachaças do maquinista que era muito bom mecânico mas, se o deixassem, vivia bêbedo. Isso era serviço do imediato, mas qual, não se contava com ele, era outro bêbedo. E amigo velho, a exigir complacência.

Entre nós dois já tinha se estabelecido uma rotina: depois do jantar, quando ele ficava livre, o homem da sanfona subia, dançava-se um pouco. Pelas dez e meia acabava a música, o Comandante me apertava o braço, dava boa-noite a todos, subia e ia me esperar lá em cima.

Eu ficava embaixo mais um pouco, junto com Estrela, Araci e D. Pepa, enquanto Seu Brandini e Odair arranjavam parceiros e organizavam a sua rodinha de pôquer. O jogo a dinheiro era proibido a bordo, mas eles se trancavam no camarote de Odair, mandando Araci fazer companhia a Estrela enquanto o jogo durasse. Eu aproveitava a escapula do pôquer e subia para a ponte do comando, e D. Pepa, para não se fazer de tola, era quem me piscava o olho, indicando que estava na hora.

Sim, um comandante — mesmo de navio fluvial como aquele — trabalha muito, ele me explicava nas nossas conversas noturnas, nós dois sozinhos lá em cima, sentados junto de uma mesinha, ele tomando devagar uma cerveja, fumando e falando, eu escutando, falando menos; e também ficávamos calados, a mão dele em cima da minha, o ar da noite ao nosso redor — então já não tinha mais lua — e ele voltando sempre ao ponto das nossas preocupações: como é que a gente iria resolver a nossa vida.

Eu não queria ir ao camarote dele. A toda hora estava lhe batendo gente na porta, ele mesmo reclamava: noite, repouso de comandante, ninguém respeita naquele rio, a todo instante está acontecendo uma coisa — vai entrar num canal, chegou o prático, "Comandante, o maquinista está bêbedo e com uma garrafa quebrada na mão ameaçando os outros", "Com licença, Comandante, telegrama de Belo Horizonte, tem que esperar em Januária, é um deputado que vem da fazenda com a senhora doente, pedem pra reservar um camarote especial, só se botar aqueles dois garimpeiros ricos pra dormirem no salão, mas o senhor precisa falar com eles..."

Eu estremecia com a ideia daqueles homens batendo a toda hora na porta do camarote dele, uma portinha de veneziana quase sem proteção nenhuma. Talvez pudessem até espiar.

No meu camarote nem pensar, repartido com D. Pepa. E o navio cheio, nenhum outro camarote vago, se pra receberem aquele grandola de Januária tinha até que se mandar os garimpeiros irem dormir no salão...

*

Até que veio uma noite de temporal. Começou cedo, antes que se acabasse o jantar ficou tudo tão escuro que era igual a uma parede negra ao nosso redor. O vento assobiava doido, parecia soprar de todos os lados.

Tiveram que desenrolar e atar as cortinas de lona do salão e assim mesmo a água vinha açoitar lá dentro, como se fosse o próprio vento se desmanchando em chuva.

O Comandante largou o talher, pediu licença e se levantou da mesa. Passou um tempo lá em cima, todos nós esperando, enquanto o vento continuava a chicotear as cortinas, a água lançando barrufos que eram como areia grossa em cima da lona; um instante e outro se entrevia aquele clarão de relâmpago ou raio, e os trovões estalavam bem em cima de nós, abalando o navio.

Não sei como o piloto ainda enxergava o caminho no meio da chuva, do vento e da noite negra. O navio parecia assustado e aos poucos entendemos que ele deixava o meio do rio e se desviava para o lado, em procura da margem.

E então de repente rebentou um ruído de galharia quebrada, como se o navio estivesse entrando de terra adentro, abrindo caminho pelo mato. Foi aquele pavor, umas mulheres gritaram, eu segurei o braço de Estrela; Estrela agarrou-se com Seu Brandini que, de beiço branco, dizia:

— Cuidado, parceiro, por terra não!

Mas então os sapatos brancos do Comandante apareceram no alto da escada, e ele desceu rápido, apressado em tranquilizar os passageiros:

— Não se assustem, não é nada. E só a roda quebrando a ramaria, no barranco.

E como a gente não entendia, a explicação parecia até piorar a situação, ele continuou falando com o seu sorriso calmo de dono da casa:

— Não estão vendo o temporal? O Velho Chico está zangado. Por segurança encostei o navio no barranco, atraquei, e vamos dormir parados.

Logo depois a luz elétrica deu o prego e apareceram uns lampiões de querosene para se acabar de jantar.

Veio o cafezinho, o Comandante levantou-se e aconselhou o pessoal a recolher-se:

— Ninguém tenha medo, o navio está seguro, seguríssimo, muito bem atracado. O pior do temporal já passou. Boa noite!

Então os passageiros foram saindo, meio atropelados, à pouca luz dos lampiões. O Comandante me segurou o braço e me puxou disfarçado para o corredor:

— É hoje. Hoje você pode ir lá. Dei ordens pra ninguém me incomodar, haja o que houver. E não vai haver nada.

Acendeu uma lanterna elétrica para me guiar pelo corredor escuro que levava ao seu camarote e, ao abrir a porta, ainda me disse baixinho, com um riso:

— Fui eu que mandei apagar a luz!

Me puxou consigo e, de dentro, deu volta na chave e correu o ferrolho da porta:

— Tudo trancado, viu? Na maior segurança. Pode ficar tranquila.

Tranquila? Meu coração batia disparado, meu rosto estava em fogo enquanto ele me abraçava e depois procurava desabotoar os botões da minha blusa militar, a mesma do primeiro dia.

No bolsinho ainda estava a ametista, de que eu não quisera me separar; e senti a pressão da pedra em cima do seio, me machucando, enquanto ele me apertava contra si.

SEU BRANDINI ADORAVA pescaria, vivia a contar que, estando no Rio, sempre achava tempo para sair de caniço e samburá matar as suas cocorocas nas pedras de Botafogo; ou fazia uma expedição à Barra da Tijuca, levando puçá e isca pra siri; até Estrela ficava danada, sem saber o que fazer com tanto siri!

Agora, indo à terra na primeira parada da viagem, Seu Brandini tinha comprado vara e anzol e passava horas tentando apanhar algum peixe, embora com pouco resultado. O Comandante viu essas experiências e lhe fez uma promessa:

— Qualquer dia desses nós passamos por um pesqueiro bom; eu mando ancorar o navio e o senhor vai ver o que é uma pescaria de anzol no Velho Chico.

Seu Brandini não esqueceu mais o prometido; ficou assanhadíssimo, queria comprar mais material de pesca, linha larga, molinete, isca de pena! O Comandante que não deixou:

— Sossegue, já temos tudo a bordo.

Realmente, dois dias mais tarde, seriam umas dez horas da manhã, o sol já era forte, o Comandante mandou convocar Seu Brandini; a roda da popa que movimentava o navio foi deixando de girar, soltou-se a âncora e nós ficamos parados no meio do rio, com a correnteza dividindo as águas na proa, de leve, como se o navio fosse uma ilha de ferro.

Vieram passageiros alarmados saber a razão da parada e o Comandante explicava, muito sério:

— Calma, não foi nada na máquina. Paramos de propósito. O paiol de peixe está fraco e nós vamos reabastecer.

E apontou para a amurada, a estibordo (eu já tinha aprendido com ele todos esses nomes):

— Fiquem por ali, daqui a pouco hão de ver os marinheiros jogando as redes. E o peixe!

O pessoal correu a debruçar-se, o Comandante fez sinal a Seu Brandini e a mim pra gente subir à ponte. E lá em cima operou-se a pescaria deles, linha e caniço, isca de carne.

O mais que pescaram foi piranhas. Eu conhecia piranha muito bem, lá no sertão era o mais que havia, ribeira do Sitiá, afluente do Salgado, que é afluente do Jaguaribe, o pai de todas as piranhas. Mas as nossas eram um peixe pequeno que não chegava a mais de palmo nas maiores; e havia delas de duas qualidades, a branca e a preta, sendo a preta a mais feroz. (Senhora, quando eu menina, me chamava às vezes de *piranha preta*, por causa do meu gênio ruim.)

Mas aquelas piranhas do São Francisco eram algumas enormes como eu nunca tinha visto, e de uma qualidade linda, vermelho furta-cor, a gente até se esquecia de ter raiva do bicho, tão bonito era ele. E também lindo era o mandi dourado que o Comandante pescou, todo cor de ouro, relampeante. Podia-se dizer que aqueles peixes do rio velho tinham sido coloridos de propósito, mais beleza era impossível.

Seu Brandini foi que pegou a piranha maior de todas; a bicha saiu rabeando no convés, dava pulos de meio metro e tirava faíscas vermelhas do sol. Seu Brandini pulou em cima do peixe, segurou-o pelas guelras para não ser mordido (lá no sertão se diz que piranha morde até depois de morta) e soltou aquele brado de felicidade que parecia o berro de Tarzã:

— Meu Deus, isto é que é vida!

E gritou para a cabeça de Estrela que nesse instante apareceu por cima do primeiro degrau da escada, como a cabeça de São João Batista na bandeja:

— Mulher, mulher, vem ver a pesca miraculosa!

Estrela acabou de subir foi admirar o ror de peixe que já enchia um balaio; mas o melhor para ela era banhar os olhos na alegria de Seu Brandini, que continuava gritando feito um menino louco toda vez que o peixe fisgava. Sorria então pra ele e ralhava:

— Grita baixo, Carleto, você espanta o peixe!

E eu me cheguei para o Comandante que, um pouco além, atirava a sua linha calado, concentrado:

— Você também é louco por pescaria, como Seu Brandini?

Ele recolheu o anzol limpo e botou isca nova:

— Já gostei muito mais. Agora, pra falar franco, me sinto meio prisioneiro nesta vida.

— Que é que lhe prende? O navio, o rio?

— É, o navio, o rio, esta vida.

— Então você está cansado da vida?

A gente conversava em voz baixa, nós dois debruçados para a água, vendo se o peixe mordia. Mas àquela minha pergunta — cansado da vida? — ele se endireitou, com o sol no rosto e os olhos faiscando:

— Cansado da vida, não! Cansado *desta vida*!

E me envolveu toda com o olhar e com o sorriso e era como se me pegasse no colo:

— Menina, estou gostando tanto da vida, ultimamente, mas tanto, que se soubesse de um lugar onde vendessem vida, eu ia trabalhar feito um louco só pra arranjar dinheiro e comprar mais vida, comprar mais vida!

Tive vontade de lhe cair nos braços na frente de todo mundo. Mas eu, contudo, era o contrário dele: de tão feliz, de tão feliz que me sentia, tinha era vontade de morrer logo, no medo de que a felicidade se acabasse.

*

Passou-se o Bom Jesus da Lapa tão falado, com a sua igreja feita numa caverna de pedra, mas lá não fui porque o Comandante não baixava e a gente pôde roubar umas horas de intimidade enquanto os outros estavam no passeio.

Hoje, cada hora que se passava, cada quarto de hora que batia na sineta de bordo, era uma parte consumida dos nossos dias contados de estar juntos. Pois quando chegasse Pirapora lá se ia a nossa Companhia para Belo Horizonte e lá se ficava ele no seu *J. J. Seabra*.

(Tempos mais tarde encontrei numa revista o retrato de J. J. Seabra, político baiano. Recortei, emoldurei, pendurei no corredor e ninguém, a não ser o Comandante, claro, entendia por que eu trazia ali em casa, feito registro de santo, a cara daquele homem dentuço, de colarinho alto. Até Estrela e Seu Brandini estranharam, levaram tempo para se lembrar o que o nome J. J. Seabra dizia em lembranças para nós.)

Ah, já não era aquela alegria despreocupada dos três primeiros dias, aquele simples encanto de estar juntos; não precisava, então, nem sequer se tocar um no outro, bastava um olhar, quando muito um roçar de mão.

Mas agora, se essa mágica ainda não tinha passado, a só ideia de chegar a Pirapora era uma ameaça.

Eu não lhe perguntei o que ele pretendia fazer depois, nem ele me disse nada. Talvez ainda estivesse com planos muito vagos e por isso não falasse. Uma vez só me contou que tinha encomendado uma grande partida de pedras para revender em Teófilo Otoni; e era segredo, devia ser arriscado, tanto que me recomendou que não contasse nada a ninguém — ninguém, nem a Seu Brandini ou Estrela.

E o sócio do Comandante no tal negócio era um pernambucano que embarcou ao meio-dia, num porto, e desembarcou em outro porto pela manhã no dia seguinte; enquanto esteve no navio, sentou-se à mesa conosco, depois de passar grande parte da tarde lá em cima com o Comandante. Também trazia no bolso das calças o seu saquinho de camurça cheio de pedras:

— É a bagagem do garimpeiro: a senhora não vê um sem a sua capanga recheada... ou vazia mesmo, mas a capanga ele não larga. E então chamam a gente de capangueiros. É como a carteira de dinheiro para os outros.

Mostrou as suas pedras a mim e a Estrela e até nos deu duas das pedrinhas pequenas — uma para cada. Eu ganhei uma água-marinha de um azul diluído, que ainda hoje guardo; a de Estrela foi um topázio, um pouco maior. (Que meses mais tarde, um dia de aperto, Seu Brandini foi vender, e voltou furioso:

— O judeu disse que aquilo não era uma pedra *preciosa*, mas *semipreciosa*. Grande diferença e valor muito pouco!

E a raiva maior de Seu Brandini era não saber por quem tinha sido logrado; se pelo pernambucano que deu o presente, se pelo joalheiro que depreciou a pedra para não lhe pagar o valor!)

Esse pernambucano — por nome Vanderlei —, me contou o Comandante, era um sujeito aventureiro, tinha feito uma morte na terra dele e vira-se obrigado a fugir para Minas. Vivia agora de negociar com pedras na ribeira do São Francisco, entre Minas e Bahia. Em Pernambuco deixou a mulher e os filhos; e por isso, sempre que a saudade lhe apertava, ele descia até Juazeiro, andava dois dias de caminhão e passava com a família uma noite assustada. O delegado era parente do falecido e dizia em toda parte que na cadeia tinha uma enxovia onde não botava ninguém, reservado para o assassino Vanderlei.

O louco gastava ao todo quinze dias de viagem, uma semana de ida outra de volta, por causa dessa noite só; mas voltava consolado, deixava sempre um bilhete malcriado para os inimigos, era o gosto que ele tinha, um meio de se vingar.

Muito alto, muito magro, cabelo pintado de ruivo, um anelão de pedra no dedo mindinho da mão esquerda, Vanderlei falava, falava. Dava até nervoso.

À noite entrou no jogo de pôquer com Seu Brandini e Odair. Parece que perdeu bastante, mas não deu cavaco; só à despedida, em Januária, quando Seu Brandini lhe apertou a mão e lhe pediu "desculpas pelas mal traçadas linhas", foi que ele disse:

— Não senhor, não precisa se desculpar.

E rematou com um sorriso entendido:

— Também que é que eu ia querer, me metendo a jogar pôquer com mágico?

Nessa dita noite do pôquer estava eu como sempre com o Comandante, naquela mesinha da ponte do comando, conversando, enquanto ele tomava a sua cerveja. Eu bicorava um pouco só para o acompanhar, e numa hora ele pegou a minha mão e começou a rodar distraído o anelzinho de ouro que eu trazia no anular direito — obra antiga, todo trabalhado, com um carocinho de diamante sem lapidação na roseta do centro.

Presente de Laurindo quando ficamos noivos, e até Senhora fez a respeito os seus remoques: tinham lhe dito que o anel, Laurindo o recebera de dois irmãos solteirões (que o povo chamava "os padres", porque eram filhos do velho Padre Jerônimo), em pagamento de uma medição de terra.

Fosse como fosse eu gostei do anel e, desde o dia em que Laurindo o enfiou no meu dedo, nunca mais o tinha eu tirado, era como se fizesse parte da minha mão.

E então o Comandante se pôs a me beijar os dedos, de leve; de repente atentou para o anel, afastou a minha mão para olhar melhor e disse que em Minas ainda se encontravam trabalhos assim, de ourives antigos:

— É herança de família?

E eu, sem pensar, em vez de dizer que sim, que era herança de minha avó ou bisavó, fui e contei tudo:

— De certa forma, é: herança do marido. Presente de Laurindo — e contei como Senhora logo descobriu que tinha vindo dos ouros do padre velho...

Devagarinho o Comandante me puxou o anel do dedo, como para ver o trabalho de mais perto. E aí, tão rápido que nem pressenti a intenção dele, levou o anel à boca, amassou o aro com os dentes, apertando com força entre os molares; e depois, sem olhar, tirou da boca e jogou longe no rio o bolo de ouro amarrotado.

Eu dei um grito:

— Você ficou maluco?

E ele se pôs a olhar para mim, muito calmo:

— Não chore, não valia a pena. Depois eu lhe dou outro, mais bonito. Mais rico.

Por sinal nunca me deu outro. Ele não era homem que se importasse muito com promessas, o que fazia vinha de repente, de impulso. Com o tempo me deu um relógio, uns brincos de pedras finas, botou uma aliança grossa de ouro na minha mão esquerda (que era para eu me sentir casada), mas outro anel de ouro, igual ou melhor do que aquele, nunca me deu nenhum.

Sempre que me lembro tenho pena de meu anelzinho amassado, jogado no fundo do rio. Queria bem a ele, não era pela lembrança de Laurindo, lá me importo com lembranças de Laurindo, mas gostava do anel por si, gostava de pensar que ele tinha andado no dedo da misteriosa ama do Padre Jerônimo, a D. Glória, que vivia escondida na sua casa, dizendo o povo que só se sabia que ela ainda era viva porque todos os anos aparecia mais uma criança. Que o próprio padre velho batizava.

Mas fosse eu falar alguma coisa disso ao Comandante. Ele não ia me deixar nem começar ao menos. E aliás, passou um pano por cima do caso do anel, como se fosse ele que me perdoasse alguma coisa — algum erro do passado que eu carregava no dedo da mão.

*

Na véspera da chegada a Pirapora nós preparamos — nós da Companhia — um espetáculo a bordo, "Despedidas e Agradecimento às Gentilezas Recebidas", como Seu Brandini escreveu no quadro-negro de notícias do salão.

Foi um simples ato variado, porque no salão aberto não havia maneira de se armar palco, e os cenários estavam inacessíveis, no porão, encaixotados.

Mas da mala grande de adereços e fantasias — essa estava à mão — D. Pepa tirou uma cortina velha de lamê que à noite ainda fazia vista e foi posta como um telão no fundo do palco improvisado.

Estrela, com roupa de mironga como dizia D. Pepa, vestido preto de franjas e uma rosa vermelha no decote fundo, fez a dança dos apaches com Seu Brandini. A plateia delirou com aquele apache mau de boné de pano e cachecol, bagana de cigarro no canto do beiço, dando tapas na mulher e jogando-a no chão, ao ritmo da valsa na sanfona, que Seu Jota do Piano levou uma tarde toda ensaiando com o sanfoneiro.

Eu, para não me arriscar aos ciúmes do Comandante, em vez do dueto picante com Odair que Seu Brandini queria, cantei o meu *Maria que é dia* com toda a assistência batendo palmas e acompanhando o refrão.

Odair e Araci fizeram um número de mágica usando lenços de seda e a bandeira brasileira. D. Pepa disse um monólogo, aliás muito indecente. Seu Jota do Piano, além de nos acompanhar ao violão, tocou um solo de flauta.

E, é claro, a função encerrou com Seu Brandini de novo, em plena glória, de botas e bombachas, arrastando as chilenas e abrindo o vozeirão saudoso na infalível *Andorinha*.

Foi um sucesso formidável, bisou-se três vezes a *Andorinha* com toda a Companhia em cena fazendo o coro; Seu Ladislau achou que, com alguns retoques, se poderia fazer o mesmo programa em Pirapora, enquanto se esperava o trem para Belo Horizonte. Talvez desse ao menos para se pagar a pensão, e não seria preciso mexer nos caixotes dos cenários.

Seu Jota ofereceu o seu número de flauta "ao Comandante do navio" que, de sua cadeira de braços na plateia, lhe fez um gesto de mão, agradecendo.

Eu vi a cena do recanto por trás do telão, improvisado em camarim, e me deu uma raiva, achei muita folga daquele sujeito depois de tudo que houve ainda se enxerir para os lados do meu Comandante. Sim, porque a bordo creio que não havia ninguém que não estivesse farto de saber do nosso caso.

Assim que limpamos a tinta do rosto — eu fiquei com o vestidinho de babados da Maria que me sentava muito bem e me remoçava, o Comandante me tomou o braço e me levou a passear lá em cima, enquanto se esperava a ceia. E eu, que ainda estava com raiva da petulância do pianista, num impulso mal pensado contei tudo ao Comandante — o ataque no quarto da pensão, a dentada com que marquei a mão daquele ordinário, o nojo do sangue dele na minha boca, até vomitei!

Bem, eu ainda não tinha noção direito da capacidade de ciúme do Comandante, e naquele caso não me cabia a menor culpa, podia me arriscar a enciumá-lo — mulher é assim mesmo, ciúme é sinal de amor. Além do mais, sem poder me vingar, era natural, desabafava agora.

Para minha decepção, o Comandante não disse nada; vi porém que ficou pálido, mordeu o beiço. Deixou passar uns instantes, aí me puxou para a escada:

— Vamos, eu tenho que presidir a mesa da ceia.

O despenseiro desencavou uma garrafa de champanhe argentino, seguiu-se um brinde atrás do outro, primeiro com champanhe, depois com cerveja mesmo.

D. Pepa ficou baldeada e o pessoal fez roda em torno dela, que começou logo a contar as suas anedotas com aquela voz rouca, acanalhada, da caricata, não a sua mesmo.

Seu Brandini, de tão feliz e também bastante encervejado, se pôs a abençoar todo mundo — principalmente os pombinhos, os pombinhos! — que éramos eu e o Comandante — eu bastante encabulada.

O Comandante quase não bebeu — é verdade que sempre, diante dos passageiros, mal chegava o copo à boca —, ficou firme, com um sorriso paciente. Daqui e dali arriscava um olho para Seu Jota que muito eufórico, numa mesinha de quatro, junto com Odair, a mulher e Seu Ladislau, se exibia num número novo: alinhou diante de si uma fileira de copos com uma quantidade de cerveja graduada em cada um; batendo neles com a faca, tirava uma musiquinha de marimba. Todos no salão se voltaram para escutar, acabando foi aquela roda de palmas e gritos de bis. Seu Jota deu o bis, mas eu me consolei vendo que nem da primeira vez, nem da segunda, o Comandante aplaudiu.

NO DIA SEGUINTE, já estávamos desembarcados em Pirapora, era de tarde, na hora depois do ensaio; e os homens da Companhia, menos Seu Brandini, tomavam a sua cerveja no bar perto do cinema onde nós íamos dar o espetáculo.

Já estavam meio bebidos e Seu Jota repetia o número da musiquinha nos copos, tanto sucesso na véspera. Aí apareceu o Comandante, acompanhado do despenseiro e do imediato (os mesmos que estavam com ele naquele primeiro dia em que o vi, também num bar, em Juazeiro da Bahia); vinham à paisana, também como da primeira vez.

Odair foi quem me contou tudo, depois. Disse que o pessoal da Companhia recebeu o Comandante e os seus amigos com uma salva de palmas e abriram lugar na mesa para os três.

Pediram cerveja e Seu Ladislau começou logo os brindes:

— À saúde do querido *J. J. Seabra* e da sua tripulação! À saúde da Companhia Brandini Filho! À saúde do Velho Chico!

E aí Seu Jota, que devia estar mesmo de juízo completamente toldado, tirou o copo mais cheio da sua escala musical, exibindo bem a mão onde ainda se via a marca dos meus dentes, e brindou:

— À saúde das piranhas!

O Comandante — achava Odair — parece que tinha bebido antes de chegar ali, porque já estava alto, o que não seria possível com aquelas poucas cervejas. E quando Seu Jota, terminado o brinde, entortou o copo de cerveja até revirar o pescoço, o Comandante ficou olhando para ele, como esperando que o outro acabasse de beber; e no que Seu Jota afinal botou o copo vazio na mesa, o Comandante com a maior calma estendeu o braço por cima dos copos e garrafas, e deu dois tapas na cara do pianista; um com a palma, outro com as costas da mão. Face direita e face esquerda, tal e qual, lembrou-se Odair, aqueles tabefes de cinema em fita de gângster.

E cada um foi dado com a maior delicadeza, até com cuidado, como se o Comandante não quisesse derrubar as garrafas; como se ele estivesse espantando uma mosca no rosto do Jota. Mas o estalo da mão na cara se ouviu longe.

Seu Jota, com aquelas marcas cor de fogo ressaltando no carão branco de cera, levantou-se, levando a mão à cintura como se procurasse uma arma; mas não tinha arma nenhuma, ninguém jamais o tinha visto armado. E aí desabou de novo na cadeira, atordoado.

O Comandante não tirava os olhos dele, mas também não se mexia. Passado um pouco, explicou com a maior tranquilidade:

— Não gostei do seu brinde.

A festa estava congelada. No silêncio constrangido, Seu Ladislau chamou o garçom e pediu a conta. Mas o Comandante lhe botou a mão no braço:

— A conta é minha!

Então os outros se retiraram com Seu Jota; Odair teve vontade de ficar mas não foi convidado. Seu Jota tomou a frente, andando de cabeça baixa, talvez se fazendo de mais bêbedo do que estava.

E o Comandante ficou sozinho com os seus na mesa, de pescoço duro, olhando a saída.

EM BELO HORIZONTE nós pretendíamos fazer uma temporada curta de duas semanas. As roupas estavam surradas, os cenários de papel tinham se estragado bastante com as peripécias da viagem e não havia dinheiro para remontes; a verdade é que o pessoal da Companhia já estava farto uns dos outros.

Seu Jota era o mais grosso com todo mundo; danou-se porque em vez de receber a solidariedade dos companheiros tinham todos metido o rabo entre as pernas, tremendo de medo daquele energúmeno e dos seus capangas. A turma gozava, começavam a chamar o pianista de Al Capone, meio sem lógica. Al Capone era quem batia e não quem apanhava.

E então, justamente numa tarde de segunda-feira, dia da nossa folga, eu estava no meu quarto da pensão, tinha lavado o cabelo e depois de ficar ao sol, na janela, até que a cabeça enxugasse, meti o pijama e me preparava para fazer uma sesta.

Bateram na porta, eu pensei que fosse Estrela, gritei:

— Entre!

A porta se abriu e era o Comandante. Meu Deus, eu já não me lembrava de quanto ele era bonito. De pé, me olhando sem dizer nada, sorrindo, me abrindo os braços devagarinho. Eu caí nos braços dele, quase chorando:

— Eu nem lhe esperava, nem lhe esperava!

Estrela, que o tinha guiado até meu quarto e ficara no corredor, deu um riso vendo o nosso abraço e saiu, puxando a maçaneta:

— Gente, ao menos fechem a porta!

*

Estava ali fugido, só por uma noite, pegava de volta o trem da manhã.

— Só uma noite? Até parece o Vanderlei!

E eu não me fartava de alisar o rosto dele, de retomar posse dele, de matar a fome às saudades daquelas tristes semanas.

Ele se levantou e foi se vestindo depressa:

— Por falar em Vanderlei, tenho um assunto importante a resolver na cidade. Aquele negócio das pedras. Se der certo, menina, pego uma boiada e vamos rasgar a nota no Rio, no Cassino da Urca!

Atou a gravata, enfiou o paletó — era a primeira vez em que eu o via de paletó e gravata, e me parecia ainda mais lindo — e já da porta:

— Me espere para o jantar. Na rua. Quer convidar o Brandini e a Estrela?

Eu me esganicei toda, naquela felicidade:

— Não! Só nós dois. Só nós dois!

O Comandante queria me dar dinheiro, pagar a pensão, eu não aceitei, não era preciso. A temporada em Belo Horizonte ia boa, Seu Brandini tirava o pé da lama, e logo na primeira semana já nos foi pagando um pouco por conta dos atrasados.

Ele abanou a cabeça:

— Você é minha mulher, eu tenho o direito de lhe sustentar.

Àquela palavra, meu coração deu um salto de alegria. Me agarrei nele com força:

— Claro que sou sua mulher, mas acontece que também estou ganhando a vida. Enquanto Seu Brandini puder pagar, o melhor é a gente receber, senão sabe como é. Se ele me vir com dinheiro, ou não me paga, ou paga e pede emprestado de volta, mete o pau em bobagem, acaba com tudo e ainda fica devendo. Você não conhece Seu Brandini. Olhe, o que você queria me dar, por que não emprega no negócio das pedras? Fica sendo a minha parte!

Ele calou-se, mal convencido; mas eu já chorava com as despedidas e o tempo nem chegou para me enxugar os olhos e me consolar.

Não era orgulho, não era nada. Ou era orgulho? A gente não vivia juntos como um casal, era uma noite hoje outra além, e ele me dando dinheiro ao sair — não parecia *que estava me pagando*? Meu Deus, e se eu pudesse, eu é que dava dinheiro a ele, cozinhava, lavava e passava pra ele, lhe engraxava os sapatos, fazia as coisas mais humildes que eu nunca tinha feito na vida, nem pra mim mesma! E me ri —

se Xavinha escutasse — eu, que na Soledade tinha uma cunhã até pra me lavar o cabelo!

E lembrando Xavinha, lá voltou o caso da carta: foi aquele engulho azedo no meio da minha alegria.

Eu tinha respondido à carta em Juazeiro, mas até agora não me chegara nada da Soledade. Deveria ter escrito diretamente a Senhora? Explicando os meus sustos e recomendando uma providência? "Desculpe eu lhe tocar nesse assunto, mas tenho medo que Delmiro, na sua loucura..." Não. Entre mim e Senhora a tragédia toda tinha se passado sem palavras — eu sabia, ela sabia que eu sabia, e no meio do que nós duas sabíamos estavam os sete palmos de terra da cova de Laurindo. Na hora em que uma de nós furasse o tumor, abrisse a tampa da caldeira, meu Deus, ia estourar tudo. Uma coisa era o povo falar, outra coisa era o povo saber; e uma explosão entre mim e ela podia espalhar aquele segredo horrível, das Aroeiras em volta, um foguetório de lama suja. Triste dela e triste de mim também — porque eu tinha a certeza de que ela adivinhava tudo a respeito de Delmiro.

Não, deixa Senhora quieta; e por sinal ela não deve andar quieta, não é o jeito dela. Deve ter inventado uma maneira de botar água na fervura daquelas idiotices do cemitério. E não seria Senhora que fosse permitir ninguém chegar perto de Delmiro.

Ah, ela sabia o que fazer, sempre soube. Nesse ponto eu podia dormir, tapar os dois ouvidos e confiar em Senhora.

Mas por que aquela gralha velha de Xavinha não me respondia? Muito boa para contar os mexericos, jogar pedra nos marimbondos e cair fora calmamente.

Me vesti e fui atrás de Seu Ladislau indagar se havia carta. Ele estava no teatro, aperreado com umas contas, no dia seguinte já devia viajar para Juiz de Fora, preparar a temporada lá.

— Faz já uns dias que não vou no Correio — pra mim e Seu Brandini não tem nada nunca, só contas. Por que a senhora não dá um pulinho lá? É no Correio Central, procure a posta-restante.

E pegou um cartão "Companhia de Comédias e Burletas Brandini Filho", escreveu algumas palavras de autorização, datou e assinou.

Lá no Correio as moças ficaram alvoroçadas ao me verem, uma chamou a outra, a senhora que taxava os telegramas declarou que ainda não tinha perdido um só dos nossos espetáculos, nem as reprises, e a moça da posta-restante, quando assinei o recibo do pacote de correspondência, disse com os olhos brilhando:

— Vou ganhar o autógrafo!

Mas lendo a assinatura, estranhou:

— A senhora não é Nely Sorel? Aqui o nome é outro: Maria das Dores Miranda...

Tive que explicar que Nely Sorel era meu nome artístico, mas em documento eu precisava assinar o meu nome verdadeiro. E para cortar de vez o assunto:

— Me dê um cartão que eu lhe dou o autógrafo de Nely Sorel.

Ela me trouxe um postal, as outras invejaram, cada uma trouxe o seu postal também. Me despedi meio orgulhosa, modéstia à parte, e ainda recomendei às moças:

— Espero que não percam o meu espetáculo de benefício na quinta-feira!

Era a primeira vez em que me pediam autógrafo, coisa de cidade grande. Por onde eu vinha representando, o público ainda não usava disso, e às vezes até nos vexava quando nos reconhecia na rua, apontando com o dedo, rindo, para ele nós éramos uma variedade de bicho de circo.

Ah, vinha uma carta, grande, de muitas folhas; o endereço tal como eu tinha recomendado, na letra trêmula de Xavinha: — a/c da Companhia Brandini Filho — Posta-Restante — Belo Horizonte. Estado de Minas Gerais.

Fiz força mas não abri a carta na rua, nem no bonde que me levou à pensão. E só fui mesmo rasgar o envelope já dentro do meu quarto, depois de entregar o resto da correspondência a Estrela, no quarto deles:

— Tudo cobranças — ela disse puxando o beiço, e eu então corri para o quarto, puxei o ferrolho, me sentei na cama e abri a carta:

"...Faço-lhe estas simples linhas para lhe dar nossas notícias e pedir as suas, aqui vamos indo bem graças a Deus. Dorinha, só não vamos melhor porque Madrinha Senhora esteve doente, só se pensa que foi um ramo, a boca entortou um pouquinho e ficou um braço meio esquecido, mas já endireitou. Dr. Fenelon veio e disse que tinha passado o pior e que ela precisava de repouso, sim, e deu uma injeção que o farmacêutico vem aplicar todo dia. É o marido da D. Dagmar que vem. Na hora Madrinha Senhora ficou falando todo enrolado mas agora já está falando quase direito graças ao bom Deus. Ela não mandou eu lhe contar nada, ela faz de conta que não sabe

que eu lhe escrevo, mas Dorinha, se trata de sua própria mãe, você não vem visitá-la?

Sim, sobre aqueles boatos não lhe mandei uma resposta mais depressa por causa da doença de Madrinha Senhora, ficamos todos aqui na Soledade muito agoniados mas não deu em nada porque o coveiro descobriu que os gemidos quem dava era uma coruja que tinha feito ninho na capela da família Leandro, você se lembra? Aquela que fica mesmo por trás da cova do finado Laurindo. O coveiro mostrou o ninho da coruja a todo mundo, já tinha duas corujinhas nascidas, mas esse povo das Aroeiras é tão malvado que ainda tem quem diga que Madrinha Senhora foi que pagou o coveiro para botar ali as corujas, como se o pobre do homem soubesse fazer ninho de coruja, e ainda que ele soubesse elas enjeitavam, porque todo bicho enjeita ninho que os outros fazem. Como se pode imaginar uma coisa dessas? Maldade e mais maldade.

Sim, sobre Seu Delmiro pouco posso dizer, não temos visto ele ultimamente. Depois que você foi embora ele sumiu das vistas de todo mundo, mas o Amador ainda faz as trocas como você recomendou tanto, e de vez em quando ele aparece mas não diz uma palavra. Mas no outro dia ele falou, perguntou se você tinha morrido. Vote o agouro. Disse assim mesmo que tinha sonhado que Dona Dorinha estava no céu com um buquê de rosa na mão. Cada vez mais doido.

Dorinha você responda a esta na certa, diga se vem ou não, pelo amor de Deus não conte nada a Madrinha Senhora que eu estou pedindo para você vir. Estimo que estejas bem, sem mais da sua parenta amiga e criada obrigada.

FRANCISCA XAVIER MIRANDA."

Então eram umas corujas, só um casal de corujas! Deus que me perdoe, mas depois do caso passado, eu mesma não podia negar que também tinha enfrentado um grande medo — medo daqueles gemidos, gemidos de quem não gemeu, sei lá. E eram só umas corujas com os seus filhotes, umas corujas naquela capela de degraus de mármore e lá dentro um altarzinho do Senhor Morto e uns vitrais coloridos, com um quebrado, desde os tempos de eu menina.

Bem, estava explicado, não é mesmo, as corujas, a capela meio abandonada, a raça dos Leandro tinha praticamente se acabado nas Aroeiras, só pelo dia de Finados vinham as três moças velhas que moravam em Fortaleza mandar caiar, lavar o mosaico, abrir a porta e rezar uma missa. As corujas deviam ter entrado pelo vidro partido — imagino só o medo do povo ouvindo à boca da noite o u-u-u-u! delas!

Comecei a me rir. Ria, ria, ia dobrando a gargalhada, rolava na cama, U-u-u-u! Ri, ri que chorei. E então chorei, solucei. Felizmente não andava ninguém por perto, ou se andava não deu sinal.

Passado o pior do choro, fiquei muito tempo na cama, dando um soluço de longe em longe, fungando e soluçando, baixinho.

Por fim me levantei, lavei o rosto (em Belo Horizonte a nossa pensão já era outra coisa, tinha pia própria no quarto), passei um pente no cabelo e fui procurar Estrela.

Bati de leve na porta, mas de fora já escutava o ronco de Seu Brandini que fazia a sesta (pessoal de teatro não pode ver cama de dia: dorme logo).

A porta se abriu um pouco, a cabeça de Estrela apareceu, com um dedo tapando a boca e eu pedi em voz baixa:

— Sei que ele está dormindo. Venha ao meu quarto, quero lhe falar.

*

Eu nunca tinha contado a Estrela nem a ninguém o que havia entre mim e Senhora; já nem digo as desgraças dos últimos tempos, mas sequer as coisas antigas, das eras da meninice. De Senhora eu não falava. Acho que seria mais fácil eu deixar que me esfolassem viva do que abrir a boca e mostrar à luz do dia aquele sangue preto entre nós duas.

Xavinha, Xavinha desconfiava, tinha visto muito para não fazer uma ideia. E do que desconfiava jamais fez menção direta; pensando bem, Xavinha, que todo mundo achava tão indiscreta e faladeira, nunca falava demais na hora em que o assunto pedia silêncio.

O que Seu Brandini, Estrela, D. Loura sabiam, era apenas que eu não me dava bem com minha mãe, que ela era uma senhora de gênio autoritário, difícil, e eu, ficando viúva, tinha resolvido conquistar minha independência.

Além do mais o dinheiro pouco — fazenda no sertão não é fazenda de café paulista —, um gadinho, um legume, uma meia de algodão dos moradores, só dá pra ir se vivendo, sem larguras — e morando lá.

E eu ainda nova, com muita vida pela frente, me dando mal com minha mãe, por que iria me enterrar na Soledade?

Não precisava explicar mais, todos me davam razão.

Agora contei a Estrela da carta: minha mãe (e os ossos do rosto me apertavam quando eu dizia essa palavra), minha mãe parece que tinha sofrido um pequeno derrame, que aliás já estava passado e o médico declarava não haver mais perigo. Estrela achava que eu devia ir até lá?

Estrela me encarou bem:

— Você quer ir?

Eu baixei a vista:

— Não. Se ela estivesse mal e me chamasse, claro, eu ia. (Não, meu Deus, eu não queria ir lá, nem com Senhora de vela na mão, nem que me chamassem e obrigassem. Mas também eu queria que Estrela me desse uma desculpa pra Xavinha dizer ao povo. Um pretexto bom, razoável, que não aumentasse mais as murmurações: "Que filha essa, se nega a vir para a cabeceira da mãe doente!")

Estrela pensou um pouco, depois falou bem devagar:

— Vou lhe ser franca: se você quiser ir mesmo, o Carleto vai ficar desesperado. Esta temporada daqui foi a primeira que nos equilibrou, desde que começamos o raio da turnê. Em Belém, você se lembra, mal deu para cobrir as despesas; em Fortaleza nem isso, não fosse D. Loura tínhamos nos saído mal; no Recife foi pouco melhor. E esses assustados que a gente faz nos lugarejos de caminho, você sabe tão bem quanto eu: pagam a nota da pensão e às vezes nem as passagens. Só aqui tem sido bom, bilheteria diária quase sempre de casa cheia.

Se você for embora, não vejo como o Carleto possa lhe substituir; mesmo que arranje outra moça, até que ela decore os papéis e as músicas, ensaie, esteja pronta — são semanas. E além disso — aí Estrela sorriu e tocou com a ponta do dedo no meu rosto — você já tem o seu público, gente que vem ao teatro só para lhe ver.

Me senti vermelha:

— Ora, Estrela, eu mal gaguejo a minha deixa, e quando chega a hora de cantar, então!

Estrela não era pessoa de gabar os outros à toa:

— Pode ser, você ainda não se desembaraçou muito — mas é engraçadinha e tem esse jeito de moça de boa família que o público adora. E agora, depois do Comandante, você ganhou até o *it*, ou charme, ou *sex-appeal*, como eles dizem. Parece que tem uma luz por dentro!

Nós rimos juntas e eu falei:

— Então você acha mesmo que eu não devo ir?

— Olhe, Dôra, não é que eu ache que você não deva ir — isso é outra questão. Eu lhe peço pelo amor de Deus que não vá. E não é por mim que peço, nem mesmo pela Companhia: é só pelo Carleto, coitado. Ele tem aquelas gauchadas, finge de valente, mas às vezes me acorda à noite falando sozinho, sabe o que ele diz? Faz contas: "Cinco contos e quinhentos, aquele cenário foi um roubo, doze contos do hotel..." E agora, pela primeira vez que se está fazendo um dinheirinho... Por favor não vá! Se por acaso sua mãe estivesse mesmo muito mal...

Eu nunca tinha ouvido Estrela falar tanto, tanto tempo, nem tão apaixonada. Nem pedir nada a ninguém. Botei a mão no ombro dela:

— Não se preocupe, Estrelinha. Eu não vou.

Pra não escrever, telegrafei: "*Impossível ir agora devido compromissos trabalho. Saudades.*"

Seu Ladislau veio falar com Seu Brandini e eu lhe pedi que me passasse o telegrama. E só depois que ele foi embora com o papel, me lembrei de que não tinha pedido notícias da doente.

Fim do

Livro da Companhia

III

O Livro do Comandante

SEU BRANDINI, por zombaria, chamava "a Mansão de Estrela": na verdade era uma casa de vila, transversal à Rua do Catete, lado ímpar, casa IX.

A vila era antiga; pelos seus começos lá teria morado pessoal melhor — algum médico, advogado, oficial do exército. Mas com o tempo foi caindo no poder de gente mais modesta, que ainda não era pobreza, mas quase: motorista de táxi, alfaiate, manicura; tinha até um condutor de bonde.

Três casas juntas, a IV, a VI e a VIII, uma alemã, D. Ema, reuniu numa pensão de estudantes. Ou melhor dizendo casa de cômodos porque pensão não era propriamente. D. Ema só dava a dormida e o café da manhã, as outras refeições os rapazes recebiam de marmita, quase todos fregueses da francesa de um sobrado à Rua Andrade Pertence.

O casal Brandini, conforme o tempo e as condições, vivera dantes ora em apartamento térreo com jardim em Ipanema, ora numa pensão do Largo do Machado, ora em várias outras moradas da Zona Sul e do Centro. Mas um dia — fazia uns dez anos — certa prima de Estrela se mudou para Uberlândia e lhe ofereceu o resto do contrato daquela casinha de vila —

oferta que em outra ocasião qualquer Seu Brandini teria recusado com soberba. Mas no tempo atravessavam um período de vacas esqueléticas, e Seu Brandini concordou em se aboletarem na vila — provisoriamente, está-se a ver.

A atração era o aluguel, mais que modesto. Por isso, quando se fundou a Companhia nova e eles saíram em turnê, Estrela fez questão de continuar pagando o aluguel da casinhota, não seria grande peso.

— Quando se voltar, pelo menos temos um teto, depois a gente se muda.

E, através de altos e baixos e meios-termos, a casa continuou em poder dela. O dono da vila já há anos queria vender o terreno para uma construtora de prédios de apartamentos; por isso não fazia um melhoramento, não mudava um prego, no jogo de expulsar os inquilinos velhos que, por sinal, reclamavam até em carta ao jornal do estrago e do abandono das casas. Mas assim mesmo ninguém saía, ninguém largava o canto.

Estava tudo tão deteriorado que a alemã, D. Ema, queixava-se de que a vila já se virava em favela, a sua única vantagem era não ser em morro. Outros falavam numa ameaça de interdição pela Saúde Pública. E os próprios inquilinos é que iam remediando os consertos mais urgentes, um cano estourado, uma goteira no telhado atravessando o forro, o remendo numa janela quebrada; e de ano em ano um ou outro dava pelas suas paredes uma demão de pintura, aproveitando o fim de semana de folga.

Fosse como fosse, Estrela tinha razão em conservar a casa; com o seu incerto piloto governando o navio aquilo era um porto garantido.

Quando partiam em viagem deixavam dormir um rapaz na sala da frente para afastar ladrões e invasores. Casa fechada naquela zona, já sabe: mendigo, marginal, favelado, vai se insinuando — ao se acordar é tarde.

Entrava-se pela sala, com o seu sofá e a mesa de jantar e um bufê pequeno onde Estrela guardava a louça, os talheres e os copos. Dois quartos — e isso era o luxo — o do casal e um quartinho menor dando janela para a pedreira dos fundos; um banheiro e a pequena cozinha, de onde desciam dois degraus para a área cimentada, e lá mal cabia o tanque de lavar roupa.

Eu já sabia daquela casa. Mais de uma vez Estrela tinha me pedido ajuda pra mandar o vale postal com o dinheiro do aluguel:

— Quase sempre eu roubo o dinheiro do bolso do Carleto, mas este mês o bolso dele não tem direito nem avesso: liso, liso!

E assim, por uns três meses eu ajudei no pagamento. Outro mês foi D. Pepa que emprestou; um outro foi Seu Ladislau. Estrela brincava que podia criar uma sociedade anônima para o pagamento da casa, e quase todos os membros da Companhia Brandini Filho tinham direito a uma ação. Mas ela anotava as dívidas no seu caderninho de bolsa, e ia pagando sempre que conseguia botar as mãos em alguma nota.

Em Juiz de Fora, eu indagando onde devia procurar quarto para mim, no Rio, Estrela fez questão:

— Você vai ficar conosco na Mansão. Tem um segundo quarto, não é Carleto?

Carleto disse que era, claro, nem se discute, vou soltar a minha ingênua por aí, pra ser desvirginada pelo primeiro malacara?

Por cerimônia eu quis resistir, mas não precisou muita insistência pra me convencerem; afinal Estrela e Seu Brandini eram a única família que hoje em dia eu possuía no mundo. E ainda mais o Comandante longe, desde aquela noite em Belo Horizonte que não dera mais notícias, a não ser um telegrama endereçado para Juiz de Fora: "*Tudo bem saudades muitas.*"

A Mansão de Estrela, a gente entrava nela e saía do Rio, não se tinha a mais ligeira impressão de estar na cidade grande. Naquele beco sem saída ficava tudo longe, os edifícios, o barulho da cidade; os meninos brincavam de patinete no calçamento antigo e o conjunto parecia muito com aquele tipo de correr de casas que eu conhecia de Fortaleza, para os lados do Passeio Público: pegadinhas uma na outra, uma porta e uma janela de rótula, outra porta, outra janela, nada mais.

Porém, como Estrela alegava quando Seu Brandini com suas manias de grandezas fazia troça da Mansão:

— Não sei, é uma casa, a minha casa, minhas quatro paredes, meu buraco de morar!

E ainda tinha um luxo que naquela época de guerra já ia ficando raro: telefone. Instalado nos bons tempos em que a Light botava anúncio no jornal oferecendo telefone: "O CRIADO MAIS BARATO DO MUNDO!", Seu Brandini contava. Nas ausências dele, o telefone ficava desligado, acho — tanto que nos primeiros dias não tocou nem uma vez.

O quartinho que me deram tinha dentro uma cama turca, também chamada cama de estudante, que era só um colchão de crina vegetal por cima de um estrado de ripas; umas prateleiras na parede, onde Seu Brandini guardava os livros — tanto livro que me admirei, quase tudo de teatro, muitos em francês e espanhol.

Seu Brandini foi a primeira pessoa que eu vi toda a vida metido com livros, lendo a qualquer folga ou sem folga mesmo, não dormindo sem um livro pra chamar o sono, sempre de livro debaixo do braço, sempre deixando livro rolar por onde ele andava. Comprava revistas estrangeiras de teatro, tinha conta (sempre atrasada) numa livraria do Largo da Carioca. Talvez, é verdade, não lesse tudo que comprava, nem chegasse ao fim da maioria dos livros começados. E ainda escrevia as peças, os arranjos, refazia os diálogos: "Tem que ser mais coloquial."

Nas prateleiras de baixo, ainda no meu quarto, umas quatro malas velhas guardando restos de fantasias e adereços de temporadas passadas — e nada mais.

Logo de tarde, no dia da nossa chegada, Estrela foi à Rua do Catete, voltou de lá guiando um português com um carrinho de mão e me botou no quarto um guarda-roupa pequenino, desses fora de moda com espelho bisotê na porta:

— Assim o quarto fica mais composto e você não precisa guardar a roupa na mala.

Depois escavacou nas malas velhas e acabou descobrindo uma cortina que pendurou comigo na janela, para esconder o paredão da pedreira que era mesmo sinistro. E fez Seu Brandini dar sumiço àquelas malas, amontoando tudo numa prateleira alta que havia no quarto deles.

Eu recebia esses cuidados de coração nas mãos, quase com vontade de chorar; pela primeira vez me davam tais carinhos, descontando-se as bondades de D. Loura, coitada, que também fazia o possível.

— É a nossa mimosa! — Seu Brandini dizia.

E Estrela tirou do camiseiro, para mim, o seu único lençol de linho e me deu o melhor travesseiro:

— Pra compensar a dureza da caminha de estudante.

Eu queria agradecer, estava sempre querendo agradecer, mas Estrela não deixava; em vez disso me levou à cozinha onde ia fazer a canja:

— Você não sabe? É a tradição. Pessoal de teatro, onde chega pede canja.

Enquanto eu lavava o frango, falei em pagamento — afinal, estávamos todos com dinheiro, Seu Brandini tinha botado os ordenados em dia, ou quase, salvo algumas contas penduradas, muito antigas, que ele pretendia deixar no esquecimento.

Estrela a princípio recusou:

— Você aqui é filha da casa.

Mas então se lembrou dos empréstimos para o aluguel da Mansão e resolveu:

— Pronto, já sei; eu não lhe pago os vales postais do aluguel. E assim é você que nos dá hospedagem por três meses!

*

Não vou contar o que foram as minhas primeiras semanas no Rio; eu já estava preparada para a cidade. Não só pelas outras que conhecia — Belém, Fortaleza, Recife, Belo Horizonte, mas de cinema, de revistas, das conversas de todo mundo; o Rio é um lugar para onde a gente sempre acha que está voltando, embora nunca tenha estado lá.

E depois, confesso logo, naquela hora nada me interessava muito; eu só via as coisas pela metade, por cima, guardando tudo para ver direito mais tarde, com o Comandante, quando ele chegasse. Me recusei ingratamente a fazer os passeios do costume — Pão de Açúcar, Corcovado, volta da Tijuca —, recusei mesmo o banho de mar em Copacabana; e se acompanhei Estrela a um ou outro banho no Flamengo, foi só nos dias em que Seu Brandini não podia ir e ela reclamava a minha companhia.

(Senhora tinha um dizer: "Certas mulheres nascem pra donas, e outras nascem pra ter dono!")

E aqueles dois cariocas de criação, na hora em que se viram na cidade caíram na vidinha antiga como se nunca houvessem andado longe. Acordar tarde, banho de mar, almoço de marmita, daquela dita pensão da Andrade Pertence, sesta, e então Seu Brandini saía para os negócios e o bate-papo na cidade, e Estrela arrumava a casa comigo ou se ia a um cinema aí por perto.

De noite se tomava uma sopa, ou um sanduíche de mortadela com cerveja do botequim e se ia em procura de um teatro, ver as novidades; ninguém pagava entrada, Seu Brandini era amigo, irmão e compadre de todos os empresários.

Eu nem sempre ia com eles, preferia ficar em casa, escutando os programas do rádio velho de Estrela, na sala. O estudante que lá dormia durante a ausência deles tinha se mudado para uma vaga na pensão de D. Ema, acho até que Seu Brandini lhe pagou o primeiro mês, como agradecimento.

Eu consertava a minha roupa, a roupa de Estrela — que não era capaz de enfiar uma agulha e jogava fora qualquer peça que se rasgasse. Cheguei a virar dois colarinhos de camisa de Seu Brandini. Eles tinham a delicadeza de não insistir quando eu me recusava a sair de casa — muito bem sabiam que eu estava me guardando para a chegada do Comandante.

E a Companhia de Comédias e Burletas Brandini Filho? Bem, agora, no Rio, estava provisoriamente dissolvida; ou entrara de férias *sine die*, como se botou na tabela, no último espetáculo. No Rio não se tinha teatro, nem esperanças, acho até que mesmo com teatro já não se teria público para o nosso gênero na cidade sofisticada. Seu Brandini falava num assalto aos subúrbios, que no subúrbio estava um público virgem; mas creio que ele jamais na vida dirigira companhia própria funcionando no Rio; ou se teve foi antigamente, alguma temporada curtíssima, aproveitando uma beirada num teatro entre uma viagem e outra.

E o melhor que podia esperar pra ele, em palco do Rio, era um contrato de ator, talvez em revista da Praça Tiradentes, incluindo ou não Estrela, conforme a sorte.

Os outros do grupo já andavam espalhados, D. Pepa na casa de uma filha casada, em Nilópolis; Seu Ladislau fazendo balanços e tramando nova turnê de mambembe para quando Deus fosse servido — mas com aquela guerra —; Euclides Contrarregra achou um galho no Teatro República em temporada de uma trupe portuguesa, e levou Antenor com ele — um bom ponto sempre se arruma.

Seu Jota do Piano tinha ido para o diabo-que-o-carregue — acho que o seu velho lugar de pianista de uma gafieira na Praça Onze.

Ah, sim, e Odair e Araci, com as economias de ultimamente, poupando tostão por tostão, acho que até passando fome (Odair tinha fama de pão-duro) conseguiram comprar o material de ilusionismo que ainda faltava, e estava certo um contrato para os dois num circo que ia estrear mês seguinte em São Paulo.

E eu, a ingênua, de carreira interrompida, eu, como uma noiva — esperava.

AFINAL ELE CHEGOU. E deitado na minha caminha dura de estudante, a cabeça no meu colo, pálido e de olho fundo como quem sai de uma doença, foi-me explicando o desastre.

— A tal partida de pedras preciosas em que se punham tantas esperanças não era feita daquelas águas-marinhas, ametistas e topázios que você viu nas capangas de camurça — sei que não vai entender, mas as pedrinhas verdes, roxas, azuis e amarelas são miuçalha só, de valor pequeno. O gordo são os diamantes, os pequeninos, os escuros, que não servem para joia; no comércio levam o nome de diamantes industriais, mas nas lavras, entre os garimpeiros, se chamam xibius e carbonados.

Eu dei um beijo nele, repeti:

— Carbonados — xibius!...

— Agora, com a guerra, os carbonados têm mais procura que os diamantes de luxo. Os alemães dão por eles o que se peça e tantos haja. Não vê que as fábricas de armamentos dependem dos carbonados para os instrumentos de precisão, cortar aço e vidro, acho. E por isso mesmo, por pressão dos americanos, foi proibida a venda deles: xibiu é considerado material de guerra! Negociar com esse tipo de pedra exige um cuidado desgraçado. O contrabando vai para a Argentina e de lá as pedras seguem para a Alemanha. Mas o governo está fechando todos os canais de saída, os fiscais andam sempre de olho nos garimpeiros e bateadores, não deixam passar lote sem exame pra mão de capangueiro. E sempre estão dando incertas nos transportes — paquetes e navios do São Francisco, trem, caminhão, é tudo revirado em procura de muamba.

Eu pasmava:

— Imagine — como é? Xibiu! — Eu nunca pensei que houvesse outro diamante que não fosse o de se botar em joia.

— Ai, o mundo é largo, menina; tem muita coisa que você não sabe.

— Mas o nosso trunfo — pelo menos a gente pensava que fosse — era que o Vanderlei tinha entrado em sociedade com um goiano, fiscal de pedras preciosas numa das rotas de saída de Minas. Vanderlei deu sociedade a ele e o sujeito parecia firme, deixava passar o que se quisesse, contanto que a parte dele fosse reservada. Alegava que só o contrabando compensa as misérias dos salários do governo.

— E eu também, descendo o rio duas vezes por mês, tinha os meus contatos fáceis com os capangueiros menores (alguns deles são mesmo é ladrões de pedras furtadas dos garimpos). Foi assim que entrei com a minha parte no lote que o Vanderlei negociou com um gringo, e esse gringo por sua vez era intermediário do pessoal de Buenos Aires em Teófilo Otoni.

— Ora, já estava o lote arrumado e o preço tratado; a entrega, dessa vez, era para ser feita em Belo Horizonte; de lá as pedras iam para São Paulo, de São Paulo por terra para a Argentina, passando pelo Rio Grande do Sul. Mas veja o nosso azar, meu bem: esse roteiro já funciona há anos; e tinha que ser agora que a polícia americana acertou com a pista dos carbonados. Pegaram o rastro em Buenos Aires, na fronteira se entrosaram com a polícia brasileira, subiram pelo Rio Grande, São Paulo, fazendo o roteiro das pedras de trás para diante; de lá vieram vindo e apanharam o gringo em Minas. Prepararam o flagrante e pegaram o infeliz do Vanderlei com a mão na massa, quando ele fazia a entrega do pacote e ia recebendo o bolo do dinheiro — parte em dólar, conforme a combinação. Vanderlei é antigo, sofreu interrogatório e pancada e não cantou; mas o gringo era mole, ou talvez os tiras apertassem mais com ele, que tinha os contatos no estrangeiro; e por desgraça ele não conhecia só o Vanderlei, mas também a mim — foi com ele que eu tratei naquela viagem em que fui te visitar em Belo Horizonte. Eu fui fechar o negócio, porque o Vanderlei tinha ido completar o resto do lote com um freguês do norte de Goiás.

Eu ouvia calada, apenas uma vez ou outra lhe roçava a testa com um beijo, ou lhe apertava os ombros.

— E os desgraçados dos tiras, assim que o gringo abriu o bico, foram me esperar a bordo do *J. J. Seabra* — o meu navio! — numa parada de barranca, ponto de lenha. Claro que neguei tudo; mas eles me deram uma busca no camarote (o nosso camarote!) e ainda encontraram um pacote de xibius naquela capanguinha velha que você conhece bem. Eu, inteiramente despreocupado, tinha deixado o raio da capanga num dos bolsos da malota! Pra você ver. As pedras eram compra da antevéspera, num porto quase à boca do Guaicuí, e nem me lembrei de esconder nada — afinal fazia anos que eu comprava e vendia por ali, sem nunca me dar transtorno. Me trouxeram para o Rio, fiquei preso três dias, sendo interrogado. Por fortuna eu tinha aqui os meus amigos — no caso um gaúcho, que agora é chefe de turma da Polícia Especial — você vai gostar dele, é o Conrado —, Chefe Conrado como eles chamam. Antigamente era sócio da mesma academia de boxe onde eu praticava luta; por lá ficamos amigos do peito. E até um ano desses o Conrado fez uma viagem de ida e volta a Juazeiro, a bordo do *J. J. Seabra*, sem pagar nada, convite meu. Um investigador conhecido me deu o paradeiro do Conrado; consegui mandar um recado a ele, o Conrado veio correndo, e por sorte ele tinha um amigo, que tinha outro amigo, e assim foram subindo de amigo em amigo até o gabinete do chefe de polícia. Agora é assim. Saí das grades — mas perdi o comando do meu navio. E não só perdi o navio como também perdi o emprego na Empresa do São Francisco. O capitão do porto em Pirapora (aquele que morava numa casa feito um navio, eu te mostrei, se lembra?) deu um parecer que a Capitania tolera muita indisciplina daquele pessoal do rio, mas não pode tolerar contrabando. E logo da parte de um oficial da marinha mercante, em prejuízo do esforço bélico do nosso Brasil!

Ele tinha me chegado em casa numa sexta-feira à boca da noite, abatido e danado da vida. Mas barbeado, vestido numa camisa esporte nova. Pois ao saírem da delegacia, Chefe Conrado primeiro o levou em casa, deu-lhe o uso do seu chuveiro e da sua gilete e ainda lhe emprestou roupa — os dois são do mesmo tamanho.

E mais, lhe forneceu algum dinheiro, porque preso, ali, é posto na rua a nenhum. E olhe que o Comandante não trazia pouco, mas consumiu tudo em comida, bebida e cigarro, e mormente em gorjetas para o pessoal.

E pronto, agora estava ali, sem dinheiro e sem emprego, rapadas todas as economias para a compra do maldito lote dos tais xibius, que nome ridículo, meu Deus.

Continuei passando os dedos pela testa dele, pelos cabelos, sem dizer nada. Por fim tentei animar:

— Você tem muito preparo, prática da vida. Sabe as coisas, não vai lhe faltar trabalho. Até galã da Companhia pode ser!

Ele riu-se, segurou minha mão, ficou beijando a palma, devagarinho:

— Não, trabalho não é problema, o Conrado já me prometeu um gancho. O que me dana são as esperanças perdidas. Eu tinha um programa de príncipe, pra mim e você!

Eu me abracei com ele:

— O príncipe estando comigo, que me importa o programa e o principado! Acho que vou acender uma vela a Nossa Senhora das Dores, minha madrinha, por você ter escapado tão fácil. Cadê o Vanderlei?

— Quem sabe? Depois de nos acarearem os dois, nunca mais o vi. Me constou que apanharam a ficha dele em Pernambuco, e assim foi descoberto aquele velho crime de morte que não estava prescrito. Ainda por cima, coitado.

— E agora?

— Vai ver que o mandaram de novo para Pernambuco. Crime de morte tem preferência sobre contrabando; na certa o reclamaram de lá para ele cumprir a pena toda.

— Nas unhas dos inimigos.

Tive um arrepio. Vanderlei tão alegre e contador de vantagens numa cadeia velha do interior — eu conhecia cadeia de interior — e ainda com os inimigos por trás, encalcando.

Comecei a fazer planos. Na hora do café, Seu Brandini e Estrela já tinham convidado o Comandante a ficar morando conosco na Mansão.

E Seu Brandini ofereceu mais:

— Ladislau e eu estamos bolando uma nova turnê — quem sabe você pode trabalhar conosco?

Eu me ri:

— Não falei? E de galã!

O Comandante também achou graça:

— Ótimo! Você de gaúcho, cantando a *Andorinha*, e eu de roupinha marinheira, cantando o *Cisne Branco*.

— Cante o que quiser. Contanto que eu não perca a minha ingênua.

Aí o Comandante se endireitou na cadeira, de repente muito sério:

— Desculpe, Brandini, mas a Dôra não volta a trabalhar em teatro.

Seu Brandini ficou logo vermelho de raiva:

— Por quê? Você ainda é do tempo das cômicas? Qual é a vergonha de trabalhar em teatro?

— Não é vergonha, mas eu não gosto. Mulher minha se rebolando lá em cima no palco e tudo quanto é macho embaixo, de boca aberta. Tenha paciência. Pra mim não.

— E onde foi que você encontrou a Dôra? Em algum convento?

— Olhe, Brandini, sou-lhe muito grato, gratíssimo, por tudo quanto fez por Dôra. Sou mesmo, juro. Mas vamos arranjar uma outra ingênua pra você.

Seu Brandini ainda estava furioso:

— Quem escuta você falando, parece que eu sou um cafetão explorando a sua mulher!

O Comandante, que já ia ficando com raiva também, levantou-se e bateu com a mão na mesa:

— Quem falou aqui em cafetão? Se eu pensasse isso, meu velho, você já estava no fundo do São Francisco, comido de piranha!

Estrela e eu nos pusemos entre os dois, ela dizendo:

— Carleto, Carleto, você está maluco?

E eu, por minha vez, procurando desviar as fúrias:

— Não adianta essa briga toda por minha causa. Fico muito vaidosa, mas desde antes eu já estava resolvida. Não vou mais trabalhar em teatro, Carleto.

— E por quê? Me diga, e por quê?

— Resolvi desde Minas, pergunte a Estrela.

— Mas por quê? Não está com a sua boa continha no banco e o seu livro de cheques? Quando foi que você já teve isso?

Eu segurei no braço dele e falei com carinho:

— Mas você sabe muito bem que eu sempre representei à força, nunca tive jeito — e muito menos gosto. Estrela pode confirmar, e você ainda melhor do que ela, que era o meu ensaiador. Entrei porque você me perseguiu até eu concordar. O pessoal lá em casa — Senhora principalmente —

dizia que eu não resisto a conversa, qualquer um me convence, tenho a cabeça fraca. E então você convencendo!

— Quer dizer que eu lhe obriguei?

— Não, Carleto, eu não falei *obrigou*, eu falei *convenceu*. Mas eu não gosto de palco, encabulo, cada vez que entro em cena é me forçando. Nem quando aplaudem eu gosto, e detesto quando pedem bis porque tenho que cantar de novo, e sempre estou de olho no Seu Jota com medo de desafinar, ou de olho no ponto, com medo de esquecer a fala e dar uma rata.

(Isso que eu dizia não era bem a verdade, não era. Acho, ao contrário, que já levava muito gosto naquela vida na Companhia, a luz e os aplausos e os homens assobiando, e o dia trocado pela noite, e a gente hoje aqui amanhã além. Era uma aventura que não parava e eu sempre tinha sonhado com aventuras.

Mas só se eu fosse uma louca e tentasse botar na balança — num prato o Comandante, no outro a Companhia. Corresse tudo de água abaixo, carreira de artista e luz de palco, que é que me valia nada disso em comparação com ele? E nem me parecia sacrifício, era só a escolha entre o maior e o menor, com perdão do Carleto...)

Seu Brandini lhe passara a raiva, só se mostrava muito magoado:

— Mil perdões, eu pensava que tinha lhe aberto horizontes novos. Lhe dado uma profissão brilhante. Lembre-se de que a encontrei "secretária" de D. Loura, ganhando a casa e a comida, nada mais...

Me levantei da cadeira e abracei o meu gaúcho velho:

— Ninguém se lembra disso mais do que eu e ninguém é mais agradecida do que eu — do que nós dois, por tudo que você e Estrela fizeram por mim. O Comandante já não disse? Mas o caso é que não gosto mesmo de viajar, não gosto de representar, nem faço conta de ter admiradores.

Apelei de novo para Estrela:

— Não é verdade, Estrelinha?

Estrela baixou a cabeça, concordando de má vontade:

— Não sei, talvez. Mas o que eu sei mesmo é que você está de cabeça completamente virada por esse camarada aí. Do que não lhe culpo!

O Comandante olhava para Seu Brandini, triunfante. Voltei para o meu lugar e ele segurou a minha mão. Estrela tentou recomeçar a conversa mas Seu Brandini tinha perdido todo o gás.

Afinal o Comandante disse:

— Ora muito bem! Vocês me dão casa e mulher e eu ainda estou reclamando. Desculpe, Estrela, eu não tive intenção de rebaixar sua profissão. Eu respeito você demais.

Estrela encolheu os ombros, meio impaciente:

— E você pensa que eu também gosto de ser cômica? Trabalho por necessidade. Detesto essa vida de mambembe!

Seu Brandini parecia um Cristo, ferido de lança em pleno coração:

— Estrela!

— Ora, não me ponha esses olhos, Carleto! Você está farto de saber que o meu sonho é ter uma vida normal, um ordenado certo todo mês, por pequeno que seja, morar na minha casa...

— ...aqui na Mansão?

— Sim, aqui na Mansão, e daí? Já estou velha, você também, precisamos é de sossego.

Seu Brandini se levantou derrubando a cadeira, traído e revoltado, como o pai da louca Violeta, a da peça, que foge com o caixeiro-viajante. Só lhe faltava o chapelão e as botas altas. Botou em nós duas os seus olhos feridos, evitou encarar o Comandante e saiu para a cozinha.

Agora nós fazíamos os nossos planos: primeiro ponto, imposição do Comandante: ir com Estrela à loja de móveis usados e descobrir uma cama onde ele coubesse:

— Esta aqui, nem pra anão!

Na verdade as pernas lhe sobravam do colchão, das canelas abaixo. Estrela tinha falado em se comprar outra cama turca:

— Outra destas não, Estrelinha! — o Comandante gemeu, e então combinaram sair os dois juntos; ela era amiga do português, tirava mais barato, mas o Comandante fazia questão de pagar, o dinheiro do Chefe Conrado dava para essas primeiras despesas. E eu tinha a minha conta no banco, lembrei.

— É, você tem a sua conta no banco!

E ele quis saber quanto era e deu um assobio quando eu disse:

— Então vamos deixar o seu dinheiro lá, sem mexer. O Conrado me falou que tem um negócio em vista e só precisa de um pequeno capital. Quem sabe não vai ser um começo de vida para nós?

Eu respondi muito feliz:

— O dinheiro é seu, meu bem. O dinheiro e a dona do dinheiro — coração, bofe e moela, como dizia Xavinha.

Eu a todo momento tocava nele, na mão, no cabelo, na roupa, me perdia olhando pra ele, ouvindo o que ele dizia, às vezes à toa, só escutando o som da voz, sem prestar atenção às palavras, como quem escuta música.

Nem podia acreditar, ele sempre tão longe, às vezes até arredio, comandante do *J. J. Seabra*, só me dando de si as horas livres de serviço — e agora no meu poder, debaixo da minha mão, todo o dia e toda a noite. Deus que me perdoe mas eu até abençoava o negócio desastrado do Vanderlei.

Comprou-se a cama de casal, a primeira que nós tínhamos, e que iria nos acompanhar pelo resto da vida.

O Comandante não parava em casa, muito inquieto falava no telefone, mas sempre por meias palavras — e todo mundo se mostrava discreto, inclusive eu. Seu Brandini, que poderia fazer alguma pergunta, não era homem de se meter em negócios de ninguém.

Afinal, um dia, chegou-me ele dizendo que tinha arranjado um gancho — como instrutor de tiro ao alvo na PE —, coisa do amigo Conrado, claro.

E uma das consequências do novo emprego, além dele ter de sair de casa quase com escuro, era que não se passava uma semana em que não nos aparecesse de táxi trazendo um saco de pombos mortos, produto do exercício de tiro que lá faziam com pombos vivos.

A princípio foi uma festa, convidamos D. Pepa em Nilópolis, e Seu Ladislau (que não sei onde parava) para virem jantar conosco os pombinhos assados ao forno, regados com um garrafão de vinho argentino que o Comandante também trouxe.

Mas com pouco nem Estrela nem eu podíamos mais nem olhar para pombo, quanto mais limpá-los. Só o fartum deles já nos dava enjoo. Passamos a distribuir pombos com quem os quisesse, com os estudantes de D. Ema que os assavam ao espeto, num foguinho de tábua de caixote, em plena calçada; com a própria D. Ema, que sabia fazer uma gelatina de aves em conserva e nos ensinou — e nós fizemos e era horrível; e afinal tanto nos queixamos daquela fartura incômoda que, daí por diante, o Comandante só nos trazia pombos escolhidos, os maiores, os mais gordos, e que ele próprio fazia questão de depenar escorado junto à lata de lixo, porque a queixa maior de nós mulheres eram as penas espalhadas por todos os recantos da casa.

Mas não eram só os pombos mortos que ele trazia — acho que aquele homem nunca entrou em casa de mãos vazias, era um queijo, era um doce, era um pequeno buquê de ervilhas-de-cheiro, a minha flor predileta, ou um grande ramo de mimosas, as prediletas de Estrela. (Hoje são flores que quase ninguém vê, ervilha-de-cheiro e mimosa, por quê?)

Um dia, ao sair (mas isso já foi depois do carnaval), ele me pediu pra fazer um cheque que representava mais ou menos a metade do meu depósito no banco. E, desse dia em diante, as coisas que ele começou a trazer para casa eram de muito maior valor, cortes de linho, sedas de Hong Kong (até aquela data, nunca na minha vida eu tinha escutado falar em Hong Kong), ventarolas, um serviço de chá, tudo ajaponesado, que eu não sabia de onde vinha. E perfumes, e bebidas, na maioria argentinos. Era o tal negócio prometido pelo Chefe Conrado que já ia começando.

E então o Comandante se pôs a falar em alugar casa nossa.

— Esses Brandinis têm sido uns anjos, mas precisamos de um lugar da gente mesmo. Inclusive pra depósito. E que tenha uma garagem, porque eu estou pensando em comprar um calhambeque.

Estrela e Seu Brandini nem queriam ouvir falar em saída nossa, mas eu concordava com o Comandante; o fato é que a Mansão mal dava para um casal, tudo tão apertadinho, o quarto que nós ocupávamos era antes chamado "o escritório de Carleto" e isso já dizia tudo. Quando Seu Brandini queria apanhar um livro tinha que nos pedir licença, o banheiro era aquele entra e sai pela manhã, o Comandante não tinha hora de vir para as refeições, e então a maioria do tempo comia na rua pra não incomodar a dona da casa.

Mas era difícil achar morada, mormente porque eu impunha a condição de não ir para muito longe de Estrela. Meu sonho era um apartamento, e bem alto, acima de décimo andar. Porque pra mim, criada onde fui, morar em apartamento era o máximo, a própria essência de viver no Rio de Janeiro.

O Comandante tinha também as suas exigências. E assim nós dois vivíamos separando recorte de anúncio de jornal de sábado e domingo, domingo de manhã já era aquela penitência, e nunca se achava nada. Aquele era caro, este pequeno, apartamento só muito especial, senão não dava, o Comandante dizia. E havia ainda o problema do fiador, era o diabo.

ALI NO CATETE, acabado o mês de janeiro, já era como se se andasse em pleno carnaval. Não falhava noite os estudantes no ensaio do seu bloco de sujos enchendo a ruela da vila, bate-caixa, lata e pandeiro até se pedir misericórdia.

E o High Life pertinho, quase nas biqueiras da casa. Com a agravante de que aquele ia ser o meu primeiro carnaval no Rio, Seu Brandini me prometia maravilhas, até Estrela se animava.

O Comandante ria-se quando eu fazia programas; D. Pepa uma tarde apareceu e declarou que não pretendia perder uma só das quatro noites do High Life, e com um amiguinho dela, novo — esse ninguém conhecia! E programava levar um frango assado para se comer lá dentro, que a tal ceia nas mesas era um roubo.

Carnaval, na minha vida, fora sempre apenas uma palavra que os outros diziam; nas Aroeiras havia uns bailes que Senhora jamais pensava em me deixar pôr os pés neles, nem sequer depois de casada. Laurindo frequentava, mas sozinho, e eu só atinava que ele tinha ido a baile de carnaval, quando no outro dia de manhã via a rede cheia dos confetes trazidos por ele na cabeça.

E infalivelmente vinha alto, queimado, grosso — no dizer de Xavinha. Bêbedo.

Durante o meu tempo da Companhia tivemos um carnaval — mas estávamos em viagem de navio, entre Fortaleza e Natal. Houve um baile à fantasia a bordo, mas eu de tão enjoada nem sequer dei notícias.

D. Pepa se queixava sempre: carnaval agora está degenerado, cadê as ricas fantasias, o corso, ai, o Rio é outro.

Estrela e eu preparávamos dois vestidos de fustão, longos, que estavam na moda e pareciam mais dois robes. E os homens, arranjou cada um a sua camisa de malandro — o Comandante experimentando a dele assobiando muito desafinado: "*...Vestiu a camisa listrada e saiu por aí...*"

Bem, adorei, adorei. Logo no sábado saímos os quatro, conferir o movimento na avenida. E quando paramos diante do Teatro Municipal, que eu queria ver de perto e só conhecia de passar ao lado no bonde — e no que eu me embelezava com aquelas cúpulas e frontões, e o ouro e o bronze e as escadarias de mármore, Estrela brincava com Seu Brandini:

— Já pensou se a gente um dia estreia aí, Carleto?

Ele encolhia os ombros, no maior desprezo, aquilo não devia se chamar o Municipal, devia se chamar o Mausoléu.

E além do mais plagiado da Ópera de Paris! — e eu pedindo pra ele não estragar os meus encantos, e qual era o mal de se imitar a Ópera de Paris? — quando de repente vimos que o Comandante não estava mais ao nosso lado.

Saímos pelo meio do povaréu, procurando. Mas nada de Comandante; eu já começava a me aperrear e afinal lá estava ele, muito alegre e à vontade, no meio de um pessoal sentado em farrancho, num banco bem embaixo da estátua do Marechal Floriano. E de lá ele fazia acenos com a mão, nos chamando para o grupo.

Era uma família inteira, pai e mãe e três moças, mais um menino e uma menina fantasiados de índio. As moças estavam de havaianas mas o velho e a velha na sua roupa natural; apenas o velho usava um boné de marinheiro, a velha uma rosa de papel no cabelo.

Ele era branco, ela era preta, ou quase; e as filhas eram lindas e uma tinha os olhos verdes. Me encolhi toda, na maior antipatia, o Comandante felicíssimo com as moças, principalmente a de olho verde que se chamava Alice.

Logo ele me puxou para uma ponta do banco ao seu lado, pôs a mão no meu pescoço e me explicou que aquela gente era como uma família dele, muito lhe tinham servido e ajudado nos seus tempos de rapaz. As meninas, carregou no colo (quem se admirava? — até hoje!). Chamava o velho de Patrão — Patrão Davino.

E Estrela que ouvia as conversas, ainda em pé, embora uma das moças lhe oferecesse lugar no banco, perguntou por mim:

— Patrão de quem?

Todos riram, e aí vieram as explicações — Patrão Davino era patrão de barco, trabalhava para o governo numa fortaleza onde morava e tinha praia à porta:

— É como uma chácara! — recordava o Comandante.

Mas aí Patrão Davino contou que estava aposentado, tivera que se mudar da casa no recinto da fortaleza; estava agora morando numa casinha própria, em Olaria.

E então a velha se dirigiu ao Comandante, muito macia:

— Mas não largamos a tradição de ocupar este banco com a família e o farnel, nos quatro dias de carnaval. Você tinha esquecido, meu filho?

Meu filho! Ele não tinha esquecido nada; ele se espanejava todo e, embora continuasse com a mão no meu ombro, a impressão que eu tinha é de que ele faria o mesmo gesto se eu fosse um guarda-chuva.

E aí vieram os convites para um churrasco na quarta-feira de Cinzas — churrasco não, que é carne, corrigiu a velha — uma bacalhoada para festejar o começo da Quaresma.

Seu Brandini aderiu logo no maior entusiasmo e estava se atirando às meninas e elas correspondendo; foi não foi, ele já explicava que era ator e empresário teatral, tinha companhia própria onde trabalhavam a mulher dele e eu, acabávamos de chegar de uma turnê pelo Norte, incluindo Minas.

Patrão Davino também ficou impressionado e eu vi com maldade que Seu Brandini ia roubando a cena do Comandante, ai, ele era mestre nisso. Até a tal de Alice lhe bebia as palavras; e não fosse mesmo o Carleto estar de olho na garota para a sua tal revista em projeto. Ele não perdia tempo, a roupa de havaiana mostrava todo o corpo da menina e não era só a cara que ela tinha linda.

Então Estrela interrompeu a alegria deles, o fato é que com o assanhamento dos homens nós estávamos ficando cada vez mais murchas; e a solução de Estrela foi lembrar que a gente continuasse andando como era o nosso projeto. Afinal tinha-se saído pra me mostrar os blocos na avenida.

Mas aí já o Comandante e o Patrão Davino tinham se afastado para um lado e se metido numa grande conversa, enquanto Seu Brandini brilhava perante as moças e a velha; e eu me cheguei a eles pra escutar.

Patrão Davino dizia que tinha deixado a fortaleza mas não tinha deixado o mar, continuava com um barco por conta própria, e os negócios não iam mal:

— Você não quer experimentar comigo, eu não tenho ninguém de confiança que me ajude, e afinal você é marinheiro. Quem sabe tomava gosto? Se bem que um barco pequeno não é um navio...

E o Comandante encolheu os ombros, com aquela bruta falsa modéstia:

— O meu navio era um gaiola e eu sou um marinheiro de água doce, lembre-se!

Mas Patrão Davino contestou sério:

— Água é água, rio ou mar, e o fundo da baía, onde nós trabalhamos, é uma água parada de lagoa.

Nessas alturas a bacalhoada de quarta-feira de Cinzas já estava de pedra e cal entre Seu Brandini e a velha. Estrela repetiu o seu pedido de sairmos andando; o Comandante disse ao Patrão Davino que então ficavam as combinações para esse dia, talvez a proposta dele tivesse vindo a calhar.

A velha se desculpou por não sair conosco porque não queria perder o direito ao banco e além do mais as meninas estavam esperando uns amiguinhos. Parece que o carnaval dela era só ficar ali, tomando conta do banco, comendo sanduíche de mortadela, cocada-puxa e ovo duro.

Nós afinal saímos os quatro, depois de grandes despedidas; Alice explicou direito o endereço de Olaria e que bonde se tomava, ou seria melhor o ônibus, e se descia em frente da farmácia e se andava dois quarteirões à esquerda, não tinha errada, a casa era pintada de verde com "Lar de Amada" à frente, escrito em letras vermelhas; e então eu soube que o nome da velha era Amada.

Aí fomos arrastados por um grande bloco que invadiu tudo, com tal bolo de gente acompanhando que mal se via o pessoal fantasiado cantando dentro da corda; tomaram a rua e a praça e nos empurraram para a calçada do Café Amarelinho. Saímos bem em cima do balcão que vendia chope na calçada e já se sabe, Seu Brandini resolveu imediatamente tomar uns chopes e nós todos aderimos; e o Comandante que já tinha chegado com a sua dose — tomada na rua, antes de vir pra casa (esse dia ele tinha faltado ao almoço, sei lá por onde andou), o que sei é que começou a falar mais alto e a me fazer festinhas, muito alegre, "puxando fogo", como dizia Antônio Amador quando Senhora ralhava com ele porque tinha chegado bêbedo da rua:

— Não estou bebo não senhora, sem desmentir a palavra da senhora eu estou só puxando um foguinho.

A multidão se abriu e o bloco avançou cantando para o lado dos Arcos. Veio logo outro bloco e nós ainda no chope e passou-se mais de meia hora até afinal sairmos dali, na direção da avenida, a dois de frente o Comandante e eu de braços, abrindo caminho, Estrela e Seu Brandini na nossa esteira.

Um homem fantasiado de anjo cruzou conosco e nos deu um encontrão e esse já estava completamente mamado. O Comandante lhe tocou no ombro com a ponta do dedo e reclamou:

— Repare onde anda, distinto!

Aí o anjo abriu os braços e começou a dizer:

— Eu não ando, eu voo! — E se atirando pro meu lado, no seu voo.

E o Comandante (que nunca deixava de andar armado nem passeando, e agora mesmo trazia o revólver mal disfarçado no cinto debaixo da camisa solta) espalmou a mão esquerda no peito do bêbedo, botou a mão direita ostensivamente em cima do revólver e disse já com a fala ruim:

— Vá voar mais longe senão você se machuca.

E então o anjo, que não estava tão bêbedo que não entendesse, fez um riso sem graça e dobrou à esquerda.

Eu que também tinha bebericado os meus chopes, achei aquilo um colosso, continuei de frente, puxando o Comandante pelo braço e provocando:

— Olha aquele ali, botando olho mau em nós!

O Comandante ia adiante, abalroava o sujeito, deixava ver o revólver e dizia abusado:

— Achou ruim?

Eu soltava uma risada. Ninguém reagia, ele era maior do que todo mundo, e forte, e armado — e doido.

Nunca me diverti tanto, não ligava aos beliscões que Estrela me dava por detrás, me sentia cada vez mais atrevida ao lado do meu capanga.

Seu Brandini, que não era de briga nem estando bêbado, briga pra ele só de bate-boca e em caixa de teatro, principalmente — coitado, foi ficando em desespero:

— Sua maluca, cala essa boca, quer ir presa?

O Comandante ouvia e se desmandava ainda mais e eu não queria saber de nada, estava achando uma delícia aquele gosto de poderio, provocando todo mundo sem reação.

Acho que era o velho sangue de Senhora, por remate de males não sou filha dela?

E Estrela era a mais aflita, afinal me agarrou pelo braço e conseguiu nos desviar para a Rua do Ouvidor; no Largo de São Francisco arranjaram um táxi que, com um milhão de rodeios, passando pela Praça Tiradentes e pela Lapa, conseguiu nos levar em casa.

Eu vinha exausta de aventuras, caí no sono, acabei não indo ao baile de sábado; nem eu nem o Comandante, ficamos dormindo, espalhados na cama nova.

Mas não foi com aquela travessia perigosa da avenida que se acabaram as nossas aventuras carnavalescas, teve até a terça-feira.

Domingo e segunda nós fomos mesmo ao High Life e lá encontramos D. Pepa com o seu frango assado e o seu amiguinho que era bailarino de coro na Praça Tiradentes; Seu Brandini conhecia, era um mequetrefe sem-vergonha explorando a velha — mas, como desculpava Estrela, dinheiro bem empregado, a coitada feliz, feliz! E Seu Brandini saudou-a aos gritos:

— Viva a Pepona com seus dois frangotes!

E tanto ela como o frangote bateram palmas, aplaudindo.

Nós logo aprendemos as músicas mais cantadas pelos foliões (tudo pra mim então eram palavras novas — "foliões", por exemplo) se mal me lembro eram "*Eu nesse passo vou até Honolulu*" e o "*Samba em Berlim*" e "*Com pandeiro ou sem pandeiro*"; daí, não juro, posso estar confundindo com o número de carnaval que a gente fazia em Belo Horizonte e Juiz de Fora, e o público acabava cantando conosco recebendo e devolvendo as serpentinas que nós atirávamos.

Mas eu ia contando — na terça-feira, para aquela última noite nós tínhamos arranjado uma mesa no jardim, o que era dificílimo; e estávamos sentados lá quando Seu Brandini de repente descobriu umas meninas suas conhecidas e sumiu no cordão com elas; e teve um momento em que Estrela e eu ficamos sozinhas na nossa mesa, porque o Comandante, desenganado de nos aparecer um garçom, tinha ido apanhar ele mesmo alguma bebida para nós. E então, outro conhecido do Carleto que já antes falara conosco da sua mesa, e até hoje não lhe sei o nome, veio me tirar para dançar.

Fiquei sem jeito de dizer não, me levantei e saímos os dois pelo jardim onde havia menos gente; e aí, o sujeito que naturalmente estava nos seus copos, me apertou a cintura e começou a se exibir numas tais figurações de maxixe que só podia ser bailarino profissional.

Eu dançava meio constrangida, já se sabe que sou tímida, e também não conhecia aqueles passos, e afinal felizmente a orquestra parou.

Mas enquanto eu e o criatura dançávamos, o Comandante tinha voltado com três garrafas de cerveja; e no que me aproximei da mesa lá estava Seu Brandini de volta, se servindo; e o Comandante, duro na cadeira, nos olhava fixo e lívido.

À nossa chegada, o homem me acompanhando muito mesureiro, o Comandante se levantou, empurrando devagar a sua cadeira para a mesa, sempre com o olho vidrado em mim, e perguntou em voz demudada:

— Devo me retirar?

Eu fiquei parada um instante, sem entender; mas de repente compreendi, larguei a cadeira onde já ia me sentando e, sem me importar com os outros que olhavam, me pendurei no pescoço dele e lhe disse baixo e atropelado, no ouvido:

— Não seja idiota, seu diabo! Sei lá quem é esse palhaço! Nem que fosse o Getúlio ou até o Clark Gable!

E sem sentir que levantava a voz, naquele medo da zanga dele, rematei:

— Você sabe muito bem que em matéria de homem eu estou servida!

Estrela ouviu e deu um riso alto, o sujeito já tinha se afastado sem perceber direito o que ia provocando. O Comandante me agarrou com as duas mãos na minha cintura, me apertou com tanta brutalidade que fiquei sem fôlego, e saiu comigo dançando. Sério, de cara ruim, não teve nem a graça de ficar encabulado.

Quando chegamos em casa, quase de manhã, e eu já tirava a minha roupa, ele parece que de repente se lembrou da cena. Porque me arrancou o vestido da cabeça e me deu um tapa forte na face que deixou marca dos seus quatro dedos:

— Isso é pra você se lembrar de nunca mais na vida sair dançando com outro homem. A sorte de vocês foi eu estar desarmado — não deixarem entrar revólver naquela espelunca!

O "LAR DE AMADA" era mesmo pintado de verde, uma daquelas casinhas de operário que no tempo se chamavam "do decreto 6.000", feita pela planta que a prefeitura fornecia — varandinha de entrada (que D. Amada chamava "o patim"), sala pequena e uns dois quartos; mas como o pessoal de Patrão Davino gostava de receber os amigos e ainda não tinham esquecido as larguezas da casa antiga, cobriram de zinco o pequeno quintal cimentado e era lá que se faziam os almoços e outras funçanatas. As meninas, por brincadeira, chamavam o reduto "o *grill* do Patrão" em homenagem ao *grill* do Cassino da Urca que era então o sonho divinal de todas as meninas suburbanas, e até das não suburbanas, eu acho.

Fomos os quatro, parte da viagem em bonde, parte em ônibus. Chegando-se lá foi o maior alvoroço; tinha batida de limão, batida de coco e de pitanga que era a especialidade da casa nos tempos de dantes. Agora não sei onde arranjavam as pitangas e a batida achei horrível.

As meninas estavam de *short*, o que ainda era uma ousadia.

— Não sei por que essas moças não entram de nudista no partido da Luz del Fuego — eu disse no ouvido do Comandante.

Ele não achou graça, respondeu que eram só umas crianças. Meu Deus, crianças; com aquelas crianças pode-se fazer uma dúzia de outras.

Sim, mas a nossa maior surpresa chegando lá foi a velha Amada que já estava sentada numa cadeira de lona, de violão ao colo, se metendo a cantar o *Chão de Estrelas*. Alagoana, a velha Amada tinha todos os truques de baiana, o marido dizia:

— De mocinha aprendeu, quando foi morar na cidade do Salvador.

Patrão Davino, muito magro e pequenino, ia e vinha da casa para o *grill* servindo as bebidas; no fogão a óleo da cozinha, que cheirava forte a graxa queimada, a bacalhoada cozinhava numa panela tão grande que parecia de quartel.

E tome violão e tome batida, e inclusive Estrela simpatizou com o pessoal e cantou; Seu Brandini foi o rei da festa, debulhou todo o repertório, sem faltar a *Andorinha*. E até o Comandante ajudou, desafinando com a sua voz de bordão.

Eu disse:

— Sua voz não dá certo com a delas, é muito grave, você tem voz de baixo.

E ele:

— Voz de macho. Macho não canta fino.

As meninas aplaudiram e ele entrou no cordão com elas, rebolando e batendo palmas.

Numa hora lá Seu Brandini estava tão animado que queria por fina força fazer a *Valsa dos Apaches*, mas Estrela recusou, que era impossível sem orquestra, e eu avisei que naquele chão de cimento era capaz dela se machucar.

E eu não cantei nada, disse que estava de ressaca do baile, com dor de garganta, só tinha vindo mesmo para não fazer desfeita aos amigos de... (e eu estava com tanta antipatia que falei um nome que jamais tinha dito): "...os amigos do Asmodeu".

Veneno perdido, ninguém reparou. Ele só que olhou pra mim e me fez um sorriso torto, entendendo.

Afinal veio a bacalhoada que devia estar boa pra quem gosta, nadando em molho, com muita pimenta e muito azeite português que eu não sei onde eles arranjavam em tempo de guerra, e o infalível garrafão de vinho tinto.

E depois do doce de abóbora com coco veio o café, e as meninas com Seu Brandini voltaram para o violão, e Estrela, a velha Amada e eu ficamos modorrando nas cadeiras de lona; Patrão Davino tinha levado o Comandante lá pra dentro, os dois se trancaram no quarto da frente, e foi então que devem ter organizado a tal sociedade. Porque ao saírem do quarto o Comandante estava risonho como um noivo que acaba de pedir a moça em casamento e disse ao Patrão Davino:

— Você vai gostar dele, é uma grande figura. Nós andávamos justamente procurando um sócio com embarcação...

Chefe Conrado era a grande figura, na certa.

E enquanto eles dois conversavam, D. Amada, com aquela fala branda, molhada, tinha se posto a fazer queixas a mim e a Estrela:

— Imaginem, a pouca sorte, Alice tão engraçadinha, estudou datilografia, podia arranjar um bom emprego — e anda metida de namoro com um sujeito à-toa que se diz jogador de futebol, mas o que ele joga mesmo só Deus sabe. Vou implorar ao Cadete Lucas que bote a mão no meio, essas meninas têm adoração por ele, desde pequeninas...

— Cadete Lucas? Por que Cadete Lucas? — eu estranhei.

— Ah, nos tempos em que ele fez serviço militar na fortaleza, era bem novinho, foi quando a gente o conheceu. Depois veio a amizade. Nasceu Alice, ele não era mais soldado, cadete acho que nunca chegou a ser, mas a gente já estava no costume: continuamos a chamar Cadete Lucas, mais de brincadeira, as meninas aprenderam...

E eu acrescentei mais aquele nome aos outros do Comandante: Cadete Lucas! Quando tinha raiva dele era como o chamava agora — e ainda ficava com mais ódio porque ele nunca se importou, sorria.

O PRIMEIRO PROGRESSO importante nosso foi a aparição do Studebaker, preto, pintura meio descascada, esgarçado no forramento dos bancos, mas diziam os homens que o motor estava tinindo.

Agora me aparece uma dúvida: não me lembro bem como o carro andava, de onde tiravam a gasolina — não estava racionada em tempo de guerra? Creio que na ocasião ainda nem tinham aparecido os gasogênios; de qualquer forma gasogênio foi coisa a que o Comandante nunca apelou e não lhe faltava o combustível para o carro, que ele chamava "o meu burrinho de serviço". O chato é que se precisava pagar aluguel da vaga numa garagem da Rua Pedro Américo, porque na vila não podia entrar carro, tinha mesmo uma corrente atravessada fechando a entrada. Para o Studebaker dormir na rua, teria que ser na própria Rua do Catete, onde era proibido até estacionamento rápido, quanto mais dormida.

E essa falta de agasalho para o carro ainda mais apertava a necessidade da mudança; contudo não aparecia nada, já estávamos os dois ficando até meio zuretas de tanto ler anúncio do *Jornal do Brasil*.

Carleto fazia troça de nós e Estrela dizia que não fosse por isso, se a gente fazia questão de pagar casa, ela nos cobrava aluguel.

Mas afinal, numa segunda-feira de manhã, o Comandante pegou o último recorte da véspera, que a gente nem tinha tido coragem de ir ver: "SANTA TERESA. Pequeno apartamento térreo, quintal, muito pitoresco, Rua Paula Matos, chaves na padaria da esquina."

O Comandante sabia mais ou menos onde era, deixamos Estrela fazendo o almoço e fomos subindo a pé por Santo Amaro e Santa Cristina, e de lá tomando o bonde. O local tinha três maneiras de se alcançar: pelo bonde que se largava no Largo das Neves; de carro, subindo da Rua Riachuelo, dando voltas por aquelas curvas que até fazia medo; e direto, por uma escada de pedra, trepando milhões de degraus, chegava-se lá de perna tremendo.

Muitas vezes, nos anos que seguiram, desci aquelas escadas, mas as subidas poderia contar pelos dedos da mão e assim mesmo obrigada, por minha vontade jamais.

Não era propriamente um apartamento como o anúncio dizia, eram uns quartos num fundo de quintal. Na frente, com entrada para a outra rua, ficava o antigo palacete, agora alugado, porão e altos, para duas famílias, uma embaixo a outra em cima.

E eram os antigos quartos dos criados, construídos na parte do terreno de fundos correspondentes para a outra rua, que o dono tinha isolado num apartamento independente. Levantou um muro dividindo o quintal em dois, aproveitando o portão dos fundos que dava para a rua paralela à do bonde — rua antiga, ainda empedrada de calçamento pé de moleque; e esse portão servia de entrada ao pequeno apartamento: abria-se para uma espécie de pátio, grande, quase um quintal ou jardim; à direita de quem entrava ficava a parte de se morar — sala, com janela para a rua, quarto, um corredorzinho com o banheiro e por fim a cozinha. À esquerda um muro liso e nos fundos uma espécie de galpão, cujo telhado de zinco tinha encosto no muro divisório que nos separava do quintal do palacete. De árvore o nosso quintal só possuía um pé de carambola bastante decadente; chão de saibro e, no meio, um poço com anel de pedra, coberto pelo esqueleto de um velho caramanchão.

O portão era largo, dava passagem franca a um carro, devia ter sido feito para a entrada dos carros de cavalos do palacete — era tudo assim antigo.

O Comandante ficou completamente apaixonado pelo lugar, logo foi fazendo planos, metade do galpão seria a garagem, a outra se fechava para o depósito de mercadorias; e por cima do caramanchão ele queria plantar uma parreira para a gente ter sombra e uvas!

A parte de moradia ou o "apartamento" não era lá essas coisas, mas eu não estava acostumada com luxos e já tinha perdido a esperança do sonhado apartamento de verdade num décimo segundo andar. A sala e o quarto eram forrados, tinham até taco novo posto em reforma recente, como o proprietário explicou. O aluguel barato por causa da subida do morro e a modéstia das instalações.

Tinha fogão a gás, embora não possuísse aquecedor — e eu confesso que, por esse tempo, ainda tinha medo de aquecedor; o chão do banheiro e da cozinha era de cimento, o Comandante fez notar ao homem.

E eu, impaciente, com medo de que o dono se ofendesse e nos despedisse, porque logo à saída ele nos explicara que contava com mais dois pretendentes sérios, nós éramos os terceiros. A sorte é que a outra gente era pessoal com criançada — ele dava preferência a um casal sem filhos.

Mudamos três dias depois, mudança muito reduzida, levando no carro as malas; só a cama foi de carrinho de mão porque não coube no Studebaker, e assim mesmo ainda tentamos.

Mas no correr dos dias chegaram os móveis que o Comandante tinha ido comprar comigo nos leilões da Rua São José: a mesa e as cadeiras da sala, um bufê pequeno, um guarda-roupa: eu não aceitei o *meu* que Estrela queria me dar, para não desfalcar o mobiliário da Mansão, ia fazer muito arranjo para as coisas dela.

E depois as compras de pratos e talheres e as minhas lindas panelas de alumínio. Roupa de cama, mesa e banho — ah, meus lençóis de linho da Soledade. Ali era tudo de cretone sem luxo, o que nós no Norte chamamos bramante, mas eu lhe tomei tanto amor como se fosse seda e prata.

*

E então, na semana seguinte à nossa mudança, caiu o meu aniversário e o Comandante me trouxe de presente uma toalha grande de linho irlandês adamascado — "que é pra começar o seu bragal" — e foi a primeira peça importante que ele separou para mim dos contrabandos.

Nesse dia nós demos um almoço, a parreira já estava plantada mas o caramanchão, naturalmente, ainda não dava sombra; por sorte era um dia encoberto, quase frio, e Seu Brandini fez um churrasco, dando exibição completa às suas artes de gaúcho, armando o braseiro entre quatro tijolos e reclamando a churrasqueira que o Comandante "tinha que comprar".

Tomamos vermute e gim-tônica de aperitivo, e depois foi vinho que o Chefe Conrado trouxe e todo mundo gostou dele, do Chefe, digo (do vinho também). Era homem alto como a PE exigia, e além do mais forte e grosso como um elefante, arruivado, uns dentes largos e umas mãos enormes me lembravam nadadeiras.

De presente ele me trouxe um presunto de lata americano que eu nunca tinha visto; e foi aquele o aniversário mais feliz da minha vida, embora isso eu não pudesse contar como grande vantagem, porque até então eu nunca tinha tido aniversário feliz nenhum.

*

Só tenho contado festas, justamente porque eram poucas e faziam diferença na nossa vida de cada dia, que cada vez mais ia se fechando em redor só de nós dois. Mas não era prisão, era recreio, era antes como uma cerca protegendo um jardim.

Ele trabalhava e se agitava muito, entrando e saindo a qualquer hora, e eu tinha sempre o que lidar dentro de casa — além de lhe fazer companhia quando ele vinha da rua; me acostumei até a ficar sentada à mesa enquanto ele bebia seu gim-tônica ou cerveja; mais cerveja, eu bordando ou costurando. Parecia então que a gente ainda estava no *J.J. Seabra* nessas horas de conversa, relembrando coisas passadas. Isto é, ele — os desmandos do tempo de moço no Rio, quando quase morava com o Patrão Davino, os anos compridos pelo rio São Francisco, de praticante de piloto até chegar ao comando de um navio. Verdade que, então, vez por outra largava o rio, se aventurava por Belo Horizonte e até São Paulo, ou chegava ao Rio de Janeiro onde tinha os seus amigos. Mas voltava sempre ao Velho Chico. Só agora tinham lhe batido a porta na cara; e eu, que no fundo do meu coração sentia medo de que lhe desse de novo a louca e ele quisesse tornar para lá, consolava falsamente:

— Quem sabe a guerra acabando...

Mas ele abanava a cabeça, e eu via, com um baque no peito, que o pobre do meu Comandante estava de olhos vermelhos, molhados — coisa que só acontecia depois que ele abria a terceira garrafa.

Quanto a mim, eu do passado só contava coisas de menina, dizeres de meu pai que Xavinha repetia, e um dia falei no nome de Doralina; ele entendeu logo — isso é que fazia do Comandante uma pessoa tão especial capaz de compreender certas coisas mais adivinhando que escutando, sem exigir explicações, quase por meias palavras.

E então — não foi mais naquela noite, foi no outro dia de manhã. Ao voltar pra casa às doze, hora do almoço, ele trazia na mão um botão de rosa vermelho, lindo; e fechando os meus dedos em redor no seu talo comprido, me deu um beijo na face e disse sorrindo:

— Doralina, minha flor.

E desde então ficou me chamando Doralina, mas só nas horas do amor e nunca nas vistas dos outros, nunca — exatamente como eu gostava. Aquele botão de rosa vermelho eu guardei até o dia de hoje, ainda o tenho seco e achatado entre duas folhas do dicionário, e mesmo que ele vire poeira e se perca, a mossa que fez nas páginas do livro nunca desaparecerá.

QUEM DIRIA, DEPOIS das decepções, sustos e prejuízo da aventura do Vanderlei, agora os negócios do Comandante iam bem; pelo menos ele sempre tinha dinheiro e nunca mais me pediu outro cheque com o resto do meu depósito.

As coisas surgiam lá em casa parecia até por mágica, sempre inesperadas, a maioria fora de propósito — pijamas de seda, joias-fantasia, perfumes e garrafas de bebida. E também enlatados, rações de guerra dos americanos que o Comandante abria mas eu não apreciava, não tinham gosto de nada.

Me acostumei a ver chegar o Studebaker com a mala cheia de carga, entrava pelo portão, fechava-se o ferrolho e a fechadura, e então o Comandante descarregava tudo no quartinho do depósito e muitas vezes eu ajudava a transportar as caixas mais pesadas.

No começo me dava uma curiosidade louca de abrir tudo e ver o que vinha dentro, mas nem sempre o Comandante deixava para não estragar a embalagem, e apenas me dizia que ali tinha isto ou aquilo. No fim, eu já nem me interessava, a variedade era pouca e quando aparecia coisa especial o Comandante nunca deixava de separar uma peça — a melhor e a mais bonita — pra mim, ou para nós, conforme fosse.

Também dávamos presentes; dizia Estrela que o Comandante sofria do complexo de Papai Noel; e reclamava que vivia encabulada com a mania que ele tinha de presentear, e era verdade: aquele homem não sabia entrar com as mãos vazias na casa de ninguém.

Recordo uma vez em que nós fomos visitar Seu Brandini que estava doente de uma dor de rins; e já na entrada da vila o Comandante descobriu que não trazia nada para o Carleto; entrou depressa na padaria, comprou um bolo inglês, desses quadrados de padaria mesmo, e eu só fiz sorrir, nessas coisas o meu Comandante era como uma criança, queria era chegar com o agrado, fosse o que fosse.

E por falar nos Brandini, se nós íamos vivendo muito bem, o mesmo não se podia dizer do nosso amigo Carleto. Os lucros da temporada em Minas já tinham se evaporado e os projetos da companhia nova pareciam impraticáveis, porque para teatro no Rio ele não tinha gabarito econômico, e turnê nas praças de costume era de todo impossível com a dificuldade dos transportes em tempo de guerra.

Estrela tratou de arranjar emprego, primeiro foi um lugar de caixa num salão de beleza em Copacabana, mas as horas de trabalho eram muitas e o salário ruim. Aí, um seu amigo de mocidade, que era hoje funcionário alto numa companhia de aviação, colocou-a de supervisora das comissárias de bordo ("comissária de bordo" é aeromoça, profissão que começava naquele tempo). Estrela devia ensinar as moças a se vestir, a se pentear, a se maquilar sem exageros, andar, tratar com o público, oferecer os drinques, servir as bandejas de almoço.

— Estrela, você tem modos de *lady* inglesa, parece a duquesa de Windsor! — dizia o amigo para a convencer, porque ela, imagine, estava numa crise de escrúpulos, tinha medo da responsabilidade e não queria aceitar aquele emprego caído do céu. E só cedeu quando o homem garantiu que no começo seria só uma experiência; e na verdade deu certo, aliás eu fui uma que não me admirei, sempre achei que Estrela tinha os modos de uma dama, tal como o amigo dizia, sabia se vestir com uma classe única, e de corpo, então, era uma inglesa mesmo.

Seu Brandini se queixava dessas inglesices mas de brincadeira, porque quando Estrela vestia um maiô, muito bem tinha o que mostrar.

Agora ele, era só quebrando a cabeça e, coitado, nem sei como não adoeceu de tantos desapontamentos.

A princípio tinha ilusões de que sendo gaúcho estava servido, naquele tempo só gaúcho mandava ou pelo menos era o que se dizia; mas a ele nunca apareceu uma oportunidade boa, talvez os outros gaúchos não o levassem a sério; o pessoal da política lhe batia na barriga e lhe pedia entradas grátis para os espetáculos; mas o sonhado financiamento para a tal temporada patriótica, isso nunca saiu, só promessas.

Não fosse Estrela, com o seu ordenado pequeno mas certo, e a garantia da Mansão naquele aluguel de quinze anos atrás, a vida para eles não sei não. Se bem que Seu Brandini nunca se queixava nem chorava mágoas, estava sempre com novos planos. Até que um dia arranjou uma colocação — bem, colocação não era a palavra certa, Estrela explicava, era mais um bico: fiscal de uma sociedade arrecadadora, para controlar a execução das músicas dos seus sócios em cassinos e cabarés.

Enquanto durou foi uma glória, Seu Brandini ia todas as noites aos lugares mais caros, levava Estrela às vezes, e invariavelmente voltava bêbedo; fez uma porção de amigos novos, uns caras que nunca ninguém via, porque eram gente da vida noturna.

Mas no fim do ano houve eleições na sociedade, a diretoria sofreu uma campanha, saiu mesmo no jornal que por lá havia marmelada grossa e justamente o protetor de Seu Brandini era acusado de ser o pior dos falcatrueiros; e depois das eleições veio diretoria nova e Seu Brandini foi cortado.

Contudo o cargo durou quase um ano, e enquanto durou ele se divertiu um colosso, e depois nunca mais deixou de contar casos do seu tempo de "Delegado do serviço de fiscalização de direitos autorais", que era como ele dizia, assim importante.

*

Já estava fazendo um ano que nós tínhamos nos mudado para a casa de Santa Teresa; eu terminava de arrumar tudo ao meu jeito, as cortinas da sala e a colcha nova da cama (era de seda chinesa, contrabando naturalmente, mas linda, cheia de dragões e flores de íris, o Comandante disse que aquelas colchas valiam os tubos e me mandou escolher a mais bonita; e eu tirei a de estampa ouro e azul, que são as minhas cores de sorte); e a penteadeira cheia de perfumes argentinos, americanos e até algum francês, pelo menos se lia no rótulo.

Mas os meus amores se concentravam na cozinha. Cozinha pra mim, desde que eu me entendia, era só a caverna escura da velha Maria Milagre com as suas negrinhas, o fogão de chapa de ferro ("aquela fornalha come lenha como uma boca do inferno", reclamava Senhora quando as meninas vinham prevenir que a lenha tinha se acabado), e a água nos potes, e aquelas panelas imensas de barro e ferro, só alguma rara de ágata ou de alumínio mas essas penduradas na parede como enfeite; e a louça que se lavava no alguidar de barro, e as cascas secas de laranja penduradas das ripas do telhado, e o toucinho salgado defumando por cima do fogão, e as galinhas entrando e saindo e sempre uma mulher gritando:

— Xô galinha, ô galinhas desesperadas!

Eu mal passava por lá; quando queria bater um bolo ou uns biscoitos era na mesa do alpendre de trás, onde se dava comida aos trabalhadores. E Zeza acendia o forno de barro no telheiro do quintal, e era preciso o maior cuidado para o bolo não sentar se o forno estava frio, ou os sequilhos não virarem carvão, se estava quente demais.

De comida de sal eu não sabia nada, moça de fazenda não faz coisa grosseira, isso se deixa pras cunhãs; moça faz bolo e doce fino. E o queijo era segredo de Senhora com seu mulherio, na queijaria.

Agora a minha cozinha parecia de casa de boneca com as suas panelas de alumínio pequeninas, só para nós dois, e o fogão de gás esmaltado como porcelana que eu trazia espelhando, e o mosaico do chão branco que nós mandamos botar com seus desenhos azuis. O Comandante brincava que a minha cozinha parecia uma farmácia; mas podia-se ver que ele adorava se sentar num banco (também branco e esmaltado!) na minha mesa de cozinha, coberta com um oleado de xadrez, e comer os omeletes que eu tinha aprendido a fazer com Estrela, e os picadinhos com azeitonas e rodelas de ovo duro que deu a receita no rádio. Mas o meu carro-chefe, e era o prato predileto do Comandante, eu fui aprender com o cozinheiro do botequim lá de cima, no Largo, onde nós éramos fregueses: caldo verde à portuguesa.

Até Seu Brandini aplaudiu e até D. Pepa que, como espanhola, se declarava professora em caldo verde; vieram uma noite de visita e o Comandante exigiu que eles ficassem para uma ceia com o meu caldo. D. Pepa revirava o olho de tanto achar uma delícia! Feito no bom toucinho e no especial azeite português que agora, por causa da guerra, só o Comandante era capaz de arranjar.

Foi pra mim um grande dia, uma grande noite, quero dizer. E bebemos vinho do Porto verdadeiro, também das muambas do Comandante.

Agora eu vivia prometendo uma cabidela à moda do sertão; mas havia um problema que eu não dizia a ninguém: pra cabidela é preciso matar a galinha, essa que se compra morta não serve. E eu não tinha coragem de matar um vivente — quero dizer, matar com as minhas mãos.

*

E justamente uma manhã eu estava na minha cozinha, lavando a louça do café e pensando em me atrever a uns croquetes com os restos da carne da véspera, quando um rapaz gritou no portão:

— Telegrama!

Fui até lá com a mão molhada, assinei o recibo com o lápis do menino e molhei o recibo, e me lembro de que pedi desculpas e fiquei encabulada porque o mensageiro era educadinho; mandei que ele esperasse enquanto eu ia buscar a gorjeta — o Comandante fazia questão de dar gorjeta a mensageiro e se zangava quando eu esquecia.

Só depois que bati o portão li o nome do destinatário no telegrama — não era para o Comandante, o telegrama vinha para mim. E quem gosta de receber telegrama, logo de repente, de manhã? Assim mesmo abri o papel colado, já nervosa e ainda com os dedos úmidos.

> *"Lamento informar falecimento sua mãe ocorrido noite ontem devido embolia cerebral pt Todos recursos possíveis tentados sem resultado pt Enterramento hoje pt Sinceros sentimentos Dr. Fenelon Batista"*

Olhei a data, era 16, três dias atrás. Passado em Aroeiras. Então a estas horas já estava tudo acabado, Senhora enterrada na mesma cova de Laurindo e de meu pai.

Caí sentada na cama com a cabeça rodando. Senhora, Senhora morta, com os seus olhos garços, com os seus braços brancos, suas pisadas fortes, aquela voz que só falava alto, o seu bonito rosto, os bonitos cabelos.

O Comandante tinha saído e eu não sabia onde ele estava; mas eu precisava falar com alguém. Tirei o robe, passei um vestido, fui à padaria telefonar para Estrela:

— Estrelinha, Senhora, minha mãe, morreu.

Estrela não entendia direito:

— Quem morreu? Quem morreu?

— Minha mãe — Senhora! Recebi telegrama.

— Oh, sinto muito! De quê?

— De repente. Embolia.

— Quem telegrafou?

— O médico. Nosso médico, lá.

— Ah, coitada. Cadê o Comandante?

— Não sei, saiu. Oh, Estrela!

— Você quer vir passar o dia conosco, para não ficar só aí? Aliás comigo, Carleto também saiu cedo, hoje.

— Não posso, tenho que esperar o Comandante. — E repeti: — Oh, Estrela!

— Então quem vai sou eu. Vou me vestir e tomo um táxi. Até já.

Voltei para casa, fiquei rondando entre a sala e a cozinha, esperando Estrela. E esperando principalmente o Comandante. Que é que eu ia fazer? Que é que eu tinha de fazer?

E contudo ela já estava morta, enterrada. O pessoal tonto, naturalmente, o Dr. Fenelon dando ordens, a sorte era Antônio Amador. Antônio Amador tinha juízo, acostumado à dura disciplina de Senhora. Falavam que ele era nosso parente, filho natural de um irmão de meu pai, tio Jacinto, o estroina que tinha morrido de beber. Se era verdade não sei, mas o menino foi criado de pequeno na casa de minha avó, e meu pai, quando se casou e tomou conta da fazenda, o fez vaqueiro da Soledade. E se ele era filho de tio Jacinto então a mãe devia ser muito escura, porque Antônio Amador era de cor fechada, apesar do cabelo bom.

Aliás, mesmo que ele tivesse sangue nosso nunca alegou isso; e então depois de cair nas unhas de Senhora, debaixo da lei que ela decretava toda vez que se falava que Fulano ou Sicrano tinha sangue de família tal:

— Filho das moitas não tem família.

Mas talvez o de admirar é que Amador não tinha apenas medo dela; também lhe tinha amizade e fazia sem discutir tudo que ela mandasse. E Senhora confiava nele, lhe queria bem, deixava Amador escolher as bezerras da sorte:

— Separe você mesmo as suas, Amador, mas se lembre da regra: nem a flor nem o refugo!

Amador é que tratava dos negócios dela nas Aroeiras, vendia gado, pagava os impostos, e às vezes, quando Senhora se zangava com o nosso advogado, que era um moleirão e deixava correr tudo à revelia, ela comentava:

— Amador é que devia ser o meu advogado. Mas só sabe ferrar o nome!

Amador ria:

— E mal e mal, comadre. Teve um dia de eleição, eu fiquei tão atarantado que em vez de assinar o nome botei: "Seu criado obrigado!"

Senhora também riu-se:

— Isso prova que você sabe escrever outras palavras além de assinar o nome.

E Amador, acompanhando o riso dela:

— Mas era cada garrancho, minha comadre, só eu mesmo podia saber que aquilo ali era "seu criado obrigado!"

Tocou a campainha, era Estrela e com ela Seu Brandini.

— Carleto foi chegando quando eu saía e fez questão de vir também, Estrela explicou, como se desculpando da presença dele.

Os dois me abraçaram sem falar nada; eles sabiam que eu não me dava com Senhora, sentiam que aquela não era uma visita de pêsames comum.

Estrela afinal perguntou:

— De que foi mesmo?

Mostrei o telegrama. Estrela leu, passou pra Carleto. E ele, depois de ler, alisou o papel, recompôs as dobras tal como o estafeta o entregara, botou-o bem direitinho em cima da mesa. Ficou olhando pela janela, afinal deu um suspiro:

— É. As pessoas morrem. (Eu sabia que ele tinha um medo horrível da morte.)

E Estrela repetiu a pergunta feita pelo telefone:

— Você já sabe o que vai fazer? Vai até lá?

Eu não sabia ainda de nada, estava esperando pelo Comandante. Mas Seu Brandini objetou, meio irritado:

— Ir como? Como é que ela pode ir? Não tem navio, não tem nada. A situação não mudou depois que nós viemos de Pernambuco. Só se obtendo prioridade em avião. O que é praticamente impossível, tem-se que esperar meses.

Nisso o portão se abriu — era afinal o Comandante que chegava, usando a sua chave. Trazia um embrulho na mão:

— Oi, Estrela, Carleto! Adivinhem só: linguiça fresca de Minas, chegada hoje! Dá pra todos, vocês almoçam conosco, vão ver que delícia!

Mas aí reparou na nossa cara séria, foi fazendo uma pergunta e Seu Brandini lhe entregou o telegrama. Ele jogou o embrulho em cima da mesa, desdobrou o papel, leu em voz alta, devagar, repetiu. E aí chegou perto de mim, por trás da minha cadeira, pôs as mãos nos meus ombros. E disse, não sei se pra mim, se pra eles:

— Mãe é mãe.

Passou a mão pelo meu cabelo, sem falar mais. Depois de um tempo se virou para Estrela:

— Como foi que vocês souberam?

Eu respondi:

— Eu telefonei. Não sabia onde você estava; me sentia tonta, uma coisa assim inesperada.

— Fez bem. — E o Comandante ficou calado, com as mãos no meu pescoço; eu encostei a boca nos dedos dele.

Seu Brandini comentou:

— Foi de repente, mas não foi propriamente uma surpresa. Ela já tinha sofrido uma primeira crise, não? Lembro daquela carta que você recebeu em Belo Horizonte.

E Estrela recordou com um meio sorriso:

— A pessoa dizia que tinha sido "*um ramo*"...

O Comandante me largou e sentou-se:

— Que carta? Que pessoa? Eu não sei de nada.

Eu botei a minha mão no braço dele:

— Xavinha que escreveu, você ainda estava a bordo. Parece que foi um derrame, mas passou logo. Xavinha dizia na carta que já estava tudo bem.

O Comandante insistiu:

— Mas eu estive em Belo Horizonte e você não me disse nada.

— Foi porque a carta veio depois da sua visita. E, como ela falava, só tinha sido o susto, esqueci de lhe contar quando você veio.

Seu Brandini perguntou de repente:

— E a fazenda? Quem fica com ela?

Eu ainda não tinha pensado nisso:

— Bem, acho que sou eu. Sou filha única, não há outro herdeiro que eu saiba.

— Tem quem tome conta, sem a dona?

— O vaqueiro. Já era ele quem tomava conta de tudo.

Estrela levantou-se, me abraçou:

— Você já está com o seu marido. Vá se deitar e descansar do choque. Vamos, Carleto.

*

Depois que eles saíram o Comandante voltou a se sentar perto de mim, me olhando bem, sem me tocar.

— Estou estranhando você. Com os diabos, apesar de tudo era sua mãe. É assim o seu jeito de sofrer — de cara limpa, sem uma lágrima?

— Ainda estou meio tonta do choque, meu bem.

Fiz uma pausa, procurando jeito de me explicar:

— Aliás você já sabia que eu não me dava com Senhora.

Ele abanava a cabeça:

— Briga de mãe com filho nunca vai assim tão longe. Até pra lá da morte! Eu sei, muitas vezes briguei com minha mãe. Ficava danado, jurava nunca mais botar os pés em casa, e na primeira ocasião voltava, ia tomar a bênção da velha.

— O gênio de sua mãe devia ser diferente. Mas Senhora era dura. Depois de brigar comigo, mesmo que eu voltasse lá mil vezes pra lhe tomar a bênção, acho que ela continuava a negar minha existência.

Oh, muito pelo contrário: negar existência nada! O gosto que Senhora haveria de ter, me vendo chegar na Soledade, mão levantada "A bênção, Senhora!" Ia me pisar aos pés, ia dizer tudo... — ou ia? Sim, ou ia? Desde aquela noite desgraçada, qualquer coisa lhe avisou de que eu sabia. Eu pensei que não me traíra em nada — mas quem pode jurar? E Senhora mudou — ficou menos arrogante —, com uma espécie de cerimônia de mim.

Acho que daí por diante não trocamos mais palavra sem ser forçada, acho que ela nunca mais me olhou no rosto.

Só no dia da morte de Laurindo, nós duas ajoelhadas ao lado dele caído no chão; assim mesmo fui eu que olhei pra ela, eu que a encarei, me lembro. E depois, junto ao caixão, na noite de vela, de novo nós duas, uma de cada lado. Ela aí me olhava furtiva, mas quando eu respondia com o mesmo olhar, desviava a vista.

Mais tarde, não posso dizer que falasse comigo — simplesmente deu as suas ordens quanto ao luto, o enterro, a missa. E os avisos sobre a língua do povo. Mas isso não era falar; como sempre, desde que eu me entendia por gente, ela mandava.

E no dia da minha partida, afinal, nem nos despedimos, eu abracei todos de casa de um em um e ela estava na sala das contas, sentada como se examinasse alguma coisa no caderno de notas. Eu cheguei na porta e disse:

— Já vou.

Ela não respondeu, levantou-se, foi me acompanhando devagar e o povo de casa decerto ficou pensando que nós tínhamos dado adeus dentro da saleta. Eu então tomei o carro e abanei o braço num gesto que era para todos e Xavinha chorava e Zeza soluçava encostada na coluna e Luzia enxugava os olhos no avental; Maria Milagre deixou-se estar chorando junto do fogão — mas Senhora ficou parada no vão da porta, assistindo à minha partida, parada, em silêncio.

E depois até hoje, nem uma palavra; mesmo as contas vinham na letra de Xavinha. Aliás teve uma palavra, sim: aquela linha escrita na margem da carta de Carmita, irmã de Laurindo. Mas foi a única.

E agora ela estava morta, e tudo tinha se acabado como era possível acabar — sem uma palavra.

Meu Deus, eu não podia explicar aquilo tudo ao Comandante nem a ninguém no mundo; mas pior de todos a ele, a ele eu tinha horror, nem podia pensar nele sabendo, preferia morrer. Abrir a ferida fechada, o sangue e o pus do meu coração. Sim, antes morrer, morrer feito ela, que agora estava livre e remida. O remorso acabado, a raiva e a dor.

E então, na aflição daquilo tudo, me debrucei sobre a mesa, encostei a cabeça nos braços e desabei a soluçar.

Ele me deixou chorar por uns momentos, depois me tirou da cadeira e me carregou no colo; era fácil para ele tão grande e eu tão magra. Me botou na cama, levantou a colcha bonita e me cobriu com ela e voltou a me afagar a cabeça:

— Chore, meu bem, chore. Desculpe o que eu disse; mas achei você dura demais — contra a natureza...

Àquela palavra dele rompi de novo em pranto. Ele lá sabia, aquele inocente, o que era contra a natureza — contra a lei da natureza, contra toda lei do mundo e de Deus.

E o meu choro alto parecia que emendava com aquele meu outro pranto desesperado, lá, naquela noite, eu de pijama sentada nos tijolos, na claridade da lua, e Delmiro me olhando, segurando o jumentinho pelo cabresto. Chorei tudo que não tinha chorado por esses meses e anos, chorei como se uma pedra me rasgasse por dentro e me sufocasse e afinal me rebentasse pela garganta e pela boca, em soluços em que cada um era uma dor.

O Comandante se deitou na cama ao meu lado, me puxou para os seus braços, encostou meu rosto no seu peito, apertou a boca no meu cabelo e ficou me ninando como a uma criancinha.

Aos poucos fui sossegando, os soluços se espaçando. O perigo tinha passado. Ele não fez mais nenhuma pergunta, não havia o que perguntar. Minha mãe tinha morrido, eu chorava a minha orfandade e ele me consolava. Cada um no seu papel, estava tudo certo.

Já de noite eu me mostrava mais calma e discutimos o que fazer. Bem, ir lá, por ora, era mesmo impossível como tinha dito Seu Brandini.

— Aquele idiota do Carleto — comentou o Comandante —, que falta de sentimento, vir indagar por herança em tal hora!

(Seu Brandini não era tolo, Seu Brandini o que não sabia adivinhava, e não era homem de perder tempo com fingidas considerações. E provavelmente perguntou mesmo pela fazenda pensando na herança — agora eu rica, fazendeira, quem sabe poderia financiar uma nova encarnação da Companhia de Comédias e Burletas Brandini Filho? E eu não lhe tinha rancor por isso — ele era assim mesmo, eu até gostava, com eles não precisava simular nada. Podia falar ou calar, ao meu gosto, eles entendiam.)

O Comandante continuou:

— Mas num ponto ele tem razão: viagem, atualmente, é muito difícil. Além do mais eu não posso lhe acompanhar agora, e nem discuto você ir sozinha.

Pegou de novo o telegrama, releu:

— Quem é esse Dr. Fenelon Batista?

— Médico, a fazenda dele, a Arábia, é vizinha da nossa. Durante anos Senhora e ele tiveram uma questão por causa de extremas, mas afinal um dia fizeram as pazes e a amizade velha voltou.

(Não contei que tinha sido Laurindo o pacificador, com as suas medições; muito menos contei que fora o Dr. Fenelon que levara Laurindo à Soledade pela primeira vez. Eu não falava nunca de Laurindo na presença do Comandante — pra nós dois era como se ele nunca tivesse existido na minha vida, como se desde os séculos dos séculos estivesse morto, enterrado, debaixo do chão.)

— Ele está tomando conta das coisas, então? Esse Dr. Fenelon?

(Eu duvidava muito. Imagine, acho que nem morrendo Senhora ia entregar as coisas dela a um estranho — e logo Dr. Fenelon "aquele pateta mal-intencionado".)

— Quem deve estar tomando conta de tudo é o vaqueiro, o Antônio Amador. Senhora confiava nele e — você sabe — os negócios naquelas nossas fazendas não são importantes — é só o gado, a meia do algodão, os legumes, a criação miúda. Senhora era considerada rica — e era ela a primeira a se achar rica! — por ser dona daquelas terras todas. Mas a renda é fraca, dinheiro vivo quase nenhum.

— Quer dizer que esse Amador pode ficar tomando conta até ser possível você ir lá?

— E ainda tem Xavinha. Xavinha é a fiscal de tudo, qualquer coisa errada ela avisa, até demais! Chateia.

Acabamos combinando um telegrama para o Dr. Fenelon. O Comandante foi quem redigiu com a sua boa letra que eu chamava letra de inglês e de que ele tinha muita vaidade:

> *"Desolada não poder viajar imediatamente devido dificuldades transporte atual situação pt Agradeço muitíssimo assistência prestada pt Peço avisar Amador Xavinha segue carta ambos pt Muito grata Dôra"*

E escrevi mesmo uma carta longa, a princípio era só para Amador, depois botei também o nome de Xavinha, porque naquele ponto já não tinha coragem de começar outra carta nova para ela. Não fingi muito sentimento, que eles sabiam coisas demais para precisar disso. Mas indaguei das minúcias da doença, disse que estava certa já viria por aí uma carta de Xavinha me contando tudo.

Como veio, oito páginas:

"Pego na pena mais no sentido pranto para dizer como foi o falecimento da minha adorada Madrinha Senhora, como eu contei daquela vez a finada já tinha tido um aviso, ficou com a boca meio torta por cinco dias e falando embrulhado, e ainda o braço esquecido, mas depois ficou boa completamente, quem diria meu Jesus, com tão pouco tempo... mas ela não conheceu a morte, já tinha atacado a coma, o padre veio mas não pôde confessar, só deu a extrema-unção... enterrou-se com mortalha de Nossa Senhora do Carmo, botei-lhe nas mãos aquele terço que tinha sido de sua avó Amelinha e cortei um cacho de cabelo dela e guardei pra mim, você pensa, Dorinha, ainda não tinha quase cabelo branco era lindo como sempre... eu vou mal da minha saúde com este horrível choque podes calcular... Compadre Antônio Amador toma conta de tudo, disse que é para você não ter cuidado, é como se a finada ainda estivesse em vida, todos nós esperando pela nova dona espero em Deus seja breve, ficamos muito sentidos de você não poder assistir o enterro, nem a missa, mas Deus é quem nos governa, espero que tenhas mandado dizer missa aí no Rio..."

Na minha carta recomendei que deixassem tudo como estava, fossem mantendo a casa como de costume, se precisasse pagar alguma conta vendessem um bicho, mas provavelmente ainda tinha saldo do algodão no Seu Zacarias.

No momento era impossível pra mim viajar porque não havia mais navio e em avião não se conseguia lugar e além do mais era caríssimo; mas assim que eu pudesse dar um jeito, eu ia.

Não mexessem nos moradores, cada um continuasse com o seu roçado como antes, que se Deus quisesse eu não demorava muito a aparecer por lá e então fazíamos combinação de tudo definitivo.

E agradecia muito a Amador pela responsabilidade que ele estava tomando e agradecia mais ainda a ela, Xavinha, por tudo.

Mostrei a carta ao Comandante, ele aprovou e levou para botar no Correio. E nem reparou que, na carta inteira, não escrevi nem uma vez o nome de Senhora. Ainda não podia, não conseguia riscar as letras.

Daí por diante a correspondência continuou; regular como nunca, ora Xavinha escrevendo, ora Amador mandava fazerem a carta por ele. Não mandava Xavinha, acho que eram ciúmes.

E o próprio Comandante não me deixava relaxar, me punha a ordenar providências, entendia de fazenda, fez com que eu mandasse dinheiro para se consertar a revência do açude que Amador acusou. E quando Amador mandara falar na epidemia de aftosa que estava atacando o gado, ele mesmo, Comandante, arranjou vacina que mandou de avião — aliás chegou lá estragada. E como disse depois Amador em nova carta, não precisava ter desgosto da vacina chegar estragada porque de qualquer jeito chegava tarde, os bichos que eram de morrer já tinham morrido, poucos, quase tudo escapou, a pena foi o touro de raça que saiu muito mal da moléstia, engrossou o pelo e perdeu o fôlego, até para subir o alto do curral ficava resfolegando como um velho asmático. Aquele não ia mais tomar conta da obrigação dele, não dava esperança.

E o Comandante falou muito em arranjar um reprodutor em Minas, raça boa de zebu, mas aquilo era um sonho, eu não esquecia a travessia em caminhão pelos sertões de Pernambuco, e por quanto iria sair esse touro? É, ele concordou, é difícil, mas arranjar ele podia, tinha amigos, e então combinamos que ficava para depois da guerra.

Sim, e Delmiro? Numa das cartas disse Xavinha que ele não tinha se mostrado por ocasião da morte de Senhora, mas depois lhe contaram que ele passou três dias e três noites cantando bendito de defuntos, de vela acesa. E na saída do enterro Luzia jurava que era ele quem tinha ido olhar, escondido atrás de uma cerca, mas ninguém podia jurar se era ele mesmo.

De TUDO AGORA NA nossa vida, eu só realmente tinha um medo: era quando ele bebia demais e ficava perigoso; e então com aquele costume infalível de andar armado.

E eu brincava, para o afastar da mania: na minha terra não se dá valor a revólver, lá se diz que a arma do macho é o aço frio; por que em vez daquele revólver espetaculoso ele não usava uma faquinha? Um punhal, podia ser até de cabo de ouro, eu lhe dava um de presente, dos que fabricam no juazeiro do padre Cícero.

Mas o Comandante não topava a brincadeira, não fazia um sorriso. E se irritava quando eu insistia, afinal devia ter o seu orgulho na arma em que era perito, não era à toa que o tinham feito instrutor de tiro ao alvo.

Contudo, não conseguiu ficar como instrutor de tiro na PE, segundo pensou o Chefe Conrado em lhe obter um contrato. Acho que para isso seria preciso que ele fosse militar — e o Comandante não sei nem se ele ainda era da reserva naval, tendo saído com desabono da Empresa de Navegação do São Francisco.

Aliás foi ele mesmo quem me explicou isso, um dia ao voltar muito irritado da prática de tiro na PE.

Mas logo, semanas depois, acho que o Chefe Conrado se pôs em brios, e lhe arranjou um cargo numa Academia de Esportes e Defesa Pessoal que funcionava no Largo do Estácio: também instrutor de tiro ao alvo. A classe era fraca, poucos os alunos, mas sempre tinha uma turma regular formada de policiais — tiras à paisana — que gostam de praticar tiro como esporte; e o Comandante, modéstia à parte, tinha fama de mestre, perito em toda espécie de armas — Chefe Conrado dizia com orgulho — basta que tenha um cano e um gatilho!

Eu perguntava:

— Onde você praticou? Andou em algum bando, ou foi na guerra?

E ele ria-se:

— Isso nasce com a gente, depende do golpe de vista e da firmeza da mão...

O ordenado na Academia era pequeno, mas como dizia o Comandante — era uma base, pelo menos nos garantia o aluguel da casa. E dava fachada para a sua profissão encoberta.

Não fosse a bebida, pensava eu. Revólver não é profissão para quem bebe e, já falei, eu tinha medo.

Estrela e Seu Brandini também, não que eu contasse nada a eles, mas sabiam por experiência própria que o Comandante bebido era perigoso, parecia acerado, pronto para cortar e bater, e ainda mais com aquele gosto de provocar os outros.

Eu agora via como tinha brincado com fogo na tarde de carnaval da avenida, meu Deus que louca, jamais iria me ocorrer então que ele fosse mesmo puxar o revólver, pra mim era só encenação, molecada — e no entanto como tinha sido fácil, fácil.

Às vezes de noite, acordada nas minhas insônias que ainda tinha, eu sentia aquele medo retardado, Nossa Senhora do Céu, e eu seria a culpada. E ele ali dormindo tão quieto ao meu lado; se bem que às vezes tinha pesadelos, gritava chamando alguém mas eu nunca entendia quem era, ficava aflito respirando forte, um dia gritou: "Corra, corra!"

E eu nessas horas passava a mão pelo ombro dele, pelo braço, para que acordasse devagar, diz que faz mal acordar de brusco quem tem pesadelo. E ele então perguntava ríspido: "Que foi?" — porque detestava ser acordado — e eu dizia:

— Você está dormindo mal, com pesadelo.

E ele nunca me perguntou que pesadelo era, ou como eu sabia que era pesadelo, acho que se lembrava bem do que sonhava e não deveria ser coisa boa.

E teve um dia de domingo em que vieram almoçar o Chefe Conrado com um bando de companheiros, tudo à paisana; o pretexto era o mutirão para limpar o nosso poço, até agora sem serventia, entupido de caliça e de pedaços de tijolo, creio que desde quando fizeram o muro de separação entre os dois quintais.

O Comandante achava que, limpo, devia ser um poço ótimo, e como naquela nossa rua faltava muito a água da bica, o poço podia ser uma facilidade para lavar o carro, aguar as plantas.

O Chefe Conrado lhe declarou que entendia muito de poços, já tinha morado no Paraná onde havia uns poços profundíssimos; e no domingo veio fazer o trabalho, trazendo os colegas, cada homem enorme. O próprio Conrado vestiu um calção do Comandante e entrou de poço adentro e lá ia cavando com a pá e enchendo de pedra e terra o balde que os homens levantavam a pulso, pela corda; depois botaram aquela caliça toda nuns caixotes e ao sair levaram o entulho na camioneta deles.

Mas logo acabado o serviço foram comer a feijoada que eu tinha preparado; beberam antes e durante e na maioria ficaram bêbedos, menos o Chefe que não bebia quase. E no meio da bebericagem, não sei qual deles falou em tiro ao alvo. Um dos rapazes, um muito alto e escuro a quem chamavam Zelito, inventou um concurso de tiro e todos toparam, e escolheram o Comandante pra juiz, porque pra concorrente era covardia, ele levava vantagem demais.

Fizeram um alvo de papelão que Chefe Conrado riscou num fundo de caixa, usando os meus pratos e pires para tirar o risco dos círculos, um dentro do outro, pregaram o alvo no muro e começou o tiroteio.

No meio da fuzilada um vizinho gritou, danado da vida, querendo saber que diabo era aquilo. E nesse justo momento era o Comandante que atirava pra decidir um empate: tinha ele acertado na mosca. Mas quando o homenzinho botou a cabeça por cima do muro e viu aquele sujeito grande, de revólver na mão, os olhos fuzilando, só conseguira abrir a boca, sem falar.

O Comandante berrou pra ele:

— O que está fazendo aí, seu cabeça de cuia? Quer tomar bala?

O homem sumiu como um boneco apavorado e depois soubemos que deu queixa à polícia, mas nem chegaram a intimar o Comandante porque o Chefe Conrado resolveu a parada por lá mesmo.

Agora era quase só com essa turma que ele andava. Não sei se os camaradas o ajudavam e ao Patrão Davino no transporte da muamba, ou se apenas lhe davam proteção. O fato é que tinham ficado unha com carne e adquiriram o costume de se reunirem todos os sábados para o chope e o vermute num bar da Rua Riachuelo; almoçavam lá — se é que almoçavam, depois ficavam bebendo até o cair da noite e, como o bar não era longe da grande escada que levava à nossa casa, o Comandante subia aquela escada toda, já alto nos seus chopes; e eu tinha um verdadeiro pavor de que ele rolasse degraus abaixo.

Aliás eu detestava as tais sabatinas, eram para mim a pior penitência; ai, por mim ele só beberia em casa dele, debaixo da minha asa; já que tinha de beber mesmo, não iria mudar depois dos quarenta.

*

E aí teve uma tarde de sábado, pelas cinco horas um dos companheiros me apareceu — era o Zelito, e não estava sóbrio de maneira nenhuma, pelo contrário. Mas ainda falava direito e soube explicar o que queria:

— Dona Dôra, o Comandante está impossível com a gente no bar. Vim pedir à senhora para ir buscar o homem. Não sei o que lhe deu, está insultando todo mundo, dizendo as coisas mais horríveis, de pai e mãe, corno e tudo.

Eu botei a mão na boca:

— Oh, meu Deus!

— Nós vamos levando com toda paciência — mas ele está demais. O Chefe se lembrou de mandar chamar a senhora pra ver se o consegue trazer pra casa. Senão, ele vai dizendo cada vez pior, e a gente acaba tendo que matar ele.

Eu nem falei mais nada, vesti um casaco porque estava frio, me esqueci de bater a porta, foi o moço que fechou o portão e retirou a chave que eu botei no bolso do casaco.

Descemos as escadas correndo e no mesmo passo seguimos até o bar, Zelito continuava falando o tempo todo, dando desculpas e explicando, a conversa entrecortada pela correria.

— Ele parece que fica doido, perde toda medida... e não é fala embrulhada de bêbedo, é bem claro, martelado... "seu filho dessa, daquela... nem posso repetir pra senhora... e manda a gente ouvir calado, e nem bulir os olhos, senão come fogo... ...Foi então que o Manuel Plácido disse pro Chefe que as coisas, continuando assim, a gente acaba tendo que matar ele... E o Chefe me mandou vir buscar a senhora e eu aproveitei o instante em que ele estava xingando justamente o Plácido... saí me desculpando que ia no banheiro... tomara que ainda não tenha havido nada de pior...

Eu não respondia nada nem comentava, com medo de chorar e fazer um feio, sobretudo eu não queria chorar.

Imagine se chegasse lá chorando, fazendo cena, Deus me livre, acho que pra ele haveria de ser o pior insulto, a mulher vir buscá-lo fazendo bué no botequim!

E por isso mesmo, chegando na porta do bar me acovardei, me encostei na parede do lado de fora, deixando pelo menos acalmar o fôlego.

Afinal espiei: lá estava ele na mesa do fundo, sentado bem de frente para a rua, meio afastado dos outros — bonito como um rei, um rei bêbedo. Me lembrou logo o primeiro dia em que o vira, Juazeiro da Bahia, também numa mesa de bar entre dois companheiros.

Os outros ali eram mais quatro, embriagado tudo, via-se logo. E olhavam para ele de olho enviesado, e ele falava qualquer coisa na ponta do beiço, com um ar de nojo e superioridade, mas eu não escutei o que era. Felizmente, enquanto eu espionava da porta ele não me via, estava muito entretido em espinafrar os companheiros, não punha os olhos naquela direção.

Aí eu respirei fundo, tomei coragem — o mulato gordo à esquerda do Comandante baixou de repente a sua cara oleosa e eu tive a impressão de que ele coçava a arma, no quadril — e falei para o Zelito que continuasse escondido, era melhor o Comandante nem desconfiar de que eu tinha sido chamada.

Então atravessei a porta, bem debaixo da luz, e deixei que ele me visse. Não precisei chegar ao fundo da sala, porque o Comandante, no que me avistou, saltou da cadeira e veio atropelando as mesas vazias até o lugar onde eu estava. Parou perto de mim mas sem me tocar:

— Dôra! Que é que você está fazendo aqui?

Eu levantei para ele a cara de choro — me deixei chorar sem constrangimento e inventei a minha história:

— Oh, graças a Deus lhe encontrei! Eu nem sabia direito se o bar que você falava era este...

A paciência dele estava curta:

— Mas o que você quer, mulher? Que aconteceu?

Eu chorava mesmo, de medo, de ansiedade:

— Eu estava em casa, sozinha, preparando o jantar. E então chegou um bando de embriagados, vinham cantando e se encostaram no portão e começaram a brincar de abalar o portão como se quisessem forçar o ferrolho (dias atrás um bando de garotos tinha feito isso mesmo). Eu quase morri de medo! Demorou muito, eu estava apavorada, ali sozinha, sem você... afinal, depois de séculos, eles saíram, e eu não quis mais saber de nada... Corri em sua procura, com medo de que eles voltassem. Se o portão não aguentasse, imagina?

Ele não disse nada logo, mas me pareceu que acreditou. Arregalou os olhos para mim:

— Bêbedos, hem? Bêbedos! É só o que há. Vive tudo aí, escornado.

E virou-se para trás:

— Não é?

O Chefe Conrado ao me ver chegar levantou-se também e veio até onde nós estávamos:

— Veio buscar o homem?

E quase estragou tudo, porque o Comandante estremeceu e se pôs a me fitar de lado com aquele olho de vidro preto.

Mas eu já estava com o rosto banhado em lágrimas, não precisei mais nem falar, só gaguejei:

— Não, eu estava com medo... uns homens, querendo arrombar o portão.

E o Comandante, virando-se para ele, repetiu com o mesmo ar de nojo:

— Bêbedos!

O Chefe Conrado afinal caiu em si:

— Coitadinha, está assustada. Olhe, vá com a senhora, Comandante, eu tomo conta da mesa.

Mas o Comandante, estava-se vendo, naquela hora não aceitava favores de ninguém; meteu a mão no bolso, tirou uma nota grande que jogou por cima do garçom:

— O troco é seu!

Me agarrou pelo braço com uma força que me deixou nódoas roxas e me puxou para a rua.

Quase esbarramos no Zelito que tinha ficado espiando de fora, encostado à parede. Felizmente o Comandante nem deu por ele, não estava reparando em nada, olhando duro pra frente e me arrastando pela calçada.

Ia-se encaminhando para a escada e eu tomava coragem para a subida, quando de repente me lembrei: e se algum dos grupos de rapazes estivesse pelos degraus, como era costume nas tardes de sábados e domingos — e o Comandante resolvesse que eram eles os meus bêbedos?

Fiz o corpo pesado e me agarrei com as duas mãos no braço dele:

— Por favor, meu bem, chame um táxi. Desci a escada correndo, fiquei com as pernas trêmulas e não aguento mais a subida. (Era verdade!)

A sorte é que um táxi ia passando, ele deu um assobio curto e o português encostou.

Chegando lá em casa, o Comandante atirou uma outra nota por cima do motorista, sem olhar o relógio do táxi, parece que estava com o bolso cheio delas. Abriu o portão com a sua chave, não sem ficar um momento em pé na calçada, oscilando um pouco e correndo com o olhar a rua vazia, à procura dos homens.

Eu murmurei:

— Foram embora mesmo, parece...

Ele me empurrou para dentro, trancou a porta devagar — tudo que estava fazendo era devagar, concentrado, como se o menor gesto tivesse a máxima importância, acho que pretendia me esconder o quanto que estava bebido, nem admitia a ideia de não ser capaz de me dar guarda e proteção.

Eu tratei de o arrastar para casa, ver se o punha na cama, mas ele resistiu e falou ríspido:

— Vou ficar aqui, no banco do poço.

Nós tínhamos inaugurado recém um banco lindo de rua, antigo, de pés de ferro, que o Comandante descobriu num ferro-velho. Lixamos e pintamos de vermelho e o colocamos junto do poço, embaixo do caramanchão.

E, pois, ele se deixou cair no banco e encostou a cabeça no poste da parreira, palpou os bolsos, não achou o que queria:

— Vá buscar os meus cigarros lá na cômoda. Eu fico aqui um pouco, montando sentinela. Vamos ver se eles voltam.

Eu trouxe os cigarros e lhe dei um, que ele acendeu com mão quase firme, mas sempre com aquele cuidado vagaroso, até no soprar do fósforo e no jogar ao chão o pauzinho. Fiquei também sentada no banco, ao lado dele. Felizmente, no interesse de apanhar os importunos, parece que ele tinha esquecido a questão com os companheiros.

Fui fazer café mas ele recusou:

— Você pensa que eu também estou bêbedo? Não preciso de café!

Era pra mim, eu aleguei, porque estava com frio; e ele acabou tomando a xícara toda. Mas depois me mandou embora:

— Vá pra dentro, está frio mesmo. Eu fico esperando, só mais um pouco — daqui a um instante subo também.

No humor em que ele estava era melhor obedecer e ainda dar graças a Deus — foi o que fiz.

Assim, me sentei na cama e fiquei espiando pela rótula: por alguns momentos ele ainda se segurou, rígido, pescoço duro, encostado no poste. Depois começou a cabecear, estirou as pernas, se acomodando melhor no encosto do banco. Afinal enterrou a cabeça no peito e dormiu.

Mas eu não me confiava ainda naquele primeiro sono; esperei mais tempo, talvez meia hora. E aí, devagarinho, com muito jeito, cheguei perto, segurei o pobre do meu amor pelo braço, fiz com que ele se levantasse, falando meigo, como quem fala com criança:

— Vamos, meu bem, está frio. Vamos comigo... vamos dormir, que é tarde...

Ele acordou estonteado, perguntou:

— Que é? que é? — Mas se deixou levar, meio sonâmbulo.

Eu já tinha preparado a cama e fiz com que ele se deitasse, vestido mesmo. Depois tirei-lhe os sapatos, as meias. Desapertei o cinto. Puxei-lhe as calças, de leve, de leve, como quem rouba. Tirei a camisa, deixei-o só de cuecas. Ele gemeu, virou-se de lado, enterrou a cabeça no travesseiro. Cobri-o bem, com lençol e cobertor, até lhe aconcheguei a coberta debaixo do queixo. (Me lembrei que em tempos já tinha feito isso mesmo por outro — mas que diferença, que diferença, da obrigação para a devoção.)

Troquei a minha roupa e me enfiei também por baixo do cobertor. Dei um suspiro fundo. O ombro dele, nu, tocava o meu. Baixei o rosto sobre aquele ombro, um pouco frio, beijei-o de leve. Dormi também.

SIM, DEPOIS DA MORTE de Senhora, a Soledade e a gente da Soledade estavam sempre na nossa vida — eram cartas, ora de Xavinha, ora de Amador, a respeito do gado, a respeito da broca para a planta nova. Uma do Dr. Fenelon sobre um ponto indeciso nas extremas, "desde os tempos de Dr. Laurindo". Carta do advogado ("o moleirão que deixava correr tudo à revelia"). Mandei procuração para se fazer o inventário.

E então, acho que foi nos começos de dezembro, porque o depósito do Comandante estava cheio de artigos de Natal (as quinquilharias, como ele chamava); e eu ajudava a separar os lotes de presentes para os armarinhos e os outros compradores, quando gritou o correio no portão e me entregou uma carta: carta de Xavinha.

Era uma carta grande e de dentro caiu um recorte de jornal, de Fortaleza, conheci pelo tipo; dizia no título:

"O nosso correspondente no município de Aroeiras manda comunicar a morte misteriosa de um sertanejo por nome Delmiro de Tal, que viva em completo isolamento em terras da fazenda Soledade, cuja proprietária tanbém faleceu não faz muito tempo.

Ninguém de lá se recorda mais da data exata em que Delmiro veio se aboletar na Soledade, mas já deve ser para além de vinte anos. As pessoas mais velhas do lugar afirmam ser ele originário de longe, do sul do Estado; apareceu na fazenda doente, muito ferido, e D. Senhora (a falecida proprietária) deixou que ele se encostasse num rancho velho, já existente em suas terras.

Delmiro então se isolou como um anacoreta, fugindo dos homens e procurando apenas a companhia dos pássaros e das plantas. Ele mesmo produzia os seus alimentos e já fazia anos que não trocava palavra com ninguém. Mas na semana próxima passada, o pessoal da fazenda viu levantar voo de urubus no cercado onde se encerrava a cabana do solitário. Lá chegando, verificaram que o velho estava morto, o seu corpo horrivelmente despedaçado pelas aves de rapina. Alguns dos moradores afirmaram que também descobriram no local os rastros de uma onça que, dizem eles, no verão geralmente atravessa do boqueirão do Choró para a serra Azul, e às vezes deixa o seu rastro na beira do açude da Soledade, onde se deteria para beber, à noite. Segundo esses mesmos informantes, a onça teria surpreendido o velho doente, que não reagiu e foi morto. Afirmam que o lamentável estado em que foi encontrado o corpo, rasgado com violência, não poderia ser apenas obra do bico dos urubus.

Há também pessoas que sugerem ter sido o velho Delmiro assassinado por antigos inimigos, pois suspeitam de que ele outrora pertenceu à Coluna Prestes, tendo fugido dos revoltosos depois de os trair junto aos 'provisórios' que os perseguiam. Outros pretendem que ele fazia parte de um grupo de bandidos que assolavam o nosso sertão durante a década de 1920. Mas parece que todas essas versões são fantasiosas e o velho excêntrico morreu vítima de causas naturais. Em todo caso, o delegado de polícia mandou abrir inquérito."

Xavinha em sua carta dizia:

"*...Como poderás ver por esse jornal da Fortaleza, acabou-se o nosso velhinho Delmiro da maneira mais horrível. Como eu tinha mandado contar, ele já fazia tempos que tinha piorado do juízo, cada vez mais esquisito, não vinha nem buscar as coisas que Amador deixava para ele, Amador é que levava fumo e rapadura, feijão ele ainda tinha do ano passado. E às vezes a gente se esquecia dele, como foi este mês, com o trato do gado que já começou e eu bastante doente do meu reumatismo e nem mandei uma pessoa lá saber o que havia com o velho. E então na semana passada levantou urubu no cercado do Delmiro e Amador foi ver e o pobre já estava todo em pedaços, uns dizem que foi onça. Compadre Gonzaga é um que jura que viu o rastro da onça, mas nós não sabemos ao certo, você sabe como o povo daqui gosta de inventar, nunca vi povo para ser mais inventivo. Para mim ele morreu de doença, também tem quem diga que ele morreu de fome. Os urubus fizeram um estrago horroroso, os homens tiveram que levar os ossos para o cemitério dentro de um saco...*"

E terminava:

"...Fazia um ano e dois meses da morte de Madrinha Senhora quando ele se finou. Estão se acabando todos os velhos da Soledade, agora só resta eu e Maria Milagre, já tão broca, coitadinha, e cega de guia, pior do que eu."

Eu tinha me sentado no degrau da porta para ler a carta. Fui lendo em voz alta e, do meio para o fim, não podia nem continuar, soluçando. O Comandante parou a arrumação e veio se sentar ao meu lado e acabou a leitura por mim. Ele sabia vagamente da existência de Delmiro:

— Que caso mais sinistro! Era aquele velho que vivia só, no mato, que você falou?

Contei-lhe então a chegada de Delmiro à Soledade, o trabalho que me deu para lhe tratar do ombro ferido de bala. Contei como eu, enfrentando Senhora, lhe tinha dado morada no rancho do velho João de Deus, saído da fazenda por ladrão de bodes. Contei a confissão — mas guardei segredo daquele nome de Lua Nova. Não sei por que, mas nem ao Comandante contei.

Contei a estada com os revoltosos — (Quem teria falado na Coluna Prestes ao jornalista? Amador? A velha Maria Milagre? Mas essa sabia lá o que era Coluna Prestes. Mais fácil ter sido Xavinha, muito influída em dar entrevista ao repórter — falando dengoso, mandando servir doce para o moço, tapando os dentes com a mão esquerda:

— Eu não gosto de falar... Mas o povo dizia... Madrinha Senhora mesmo deu a certeza...)

Contei dos bandidos e da luta contra a polícia. Depois a esquisitice dele aumentando:

— Acho que lhe deu a mania religiosa, era o que Senhora dizia...

E contei do sistema de trocas que ele inventou para evitar falar com as outras pessoas, o milho e o feijão que trazia à noite:

— Mas de mim ele gostava. Nunca deixou de me aparecer quando eu chamava na cerca. E me trazia presentes, flores, mel, frutas; um dia me deu um punhado de sementes de jeriquiti...

(A lua clara e eu enchendo a mão com as continhas vermelhas, dizendo rindo pra ele: "O que você não inventar!" e aí o barulho de gente no quarto de Senhora e a voz dela: "Vá embora!" e a voz do outro: "Ela tomou o remédio...") Encostei o rosto nos joelhos e rompi de novo a chorar. O Comandante me pôs a mão no cabelo, como da outra vez, mas quando levantei os olhos vi que ele estava meio impaciente, como se achasse tanto choro um exagero. E eu continuei:

— Delmiro era meu amigo! Acho que era eu a única pessoa que ele tinha no mundo!...

E ele, ainda com má vontade, talvez com aquele seu ciúme infalível:

— É. Eu sei que você gosta de ter quem lhe adore... Até esse velho bandido louco...

Guardei a carta e o pedaço de jornal, saí para lavar o rosto, deixei o Comandante sozinho com os seus pacotes. Estava na hora do almoço, fui botar a mesa.

*

Senhora morta, Delmiro morto. Ah, pobre do meu velho. Quando eu me encostava na cerca e ele tirava o caco do chapéu de palha, abria aquele sorriso curto por baixo do bigode, os dentes luzindo; sim, na cara escura, debaixo da barba crespa que era como uma erva seca lhe crescendo no queixo — davam uma surpresa aqueles dentes claros — dentes humanos, era o que eu ia dizer.

Um dia eu vinha a pé com Zeza, nós íamos apanhar espinhos de mandacaru para a almofada de renda de Xavinha — e ele estava limpando a cacimba de onde tirava água, dentro mesmo do seu cercado. Todo metido no buraco, não se via nem o chapéu. E eu ia gritar por ele, quando Zeza me pôs a mão no braço:

— Escute, madrinha Dorinha.

O velho estava cantando enquanto cavava, mas era um bendito, de uma música tão triste e desesperada que doía nas entranhas da gente:

"*...bote a ponta pro Nascente, ô meus romeiros!*
No dia do Grande Horror!
No dia do Grande Horror
Tudo é de se ver
As árvores é de secar, ô meus romeiros
A água fria é de ferver..."

Cada verso acabava numa espécie de gemido. E aí eu ia falar, mas Zeza ainda estava com medo e me desviou:

— Não fale, madrinha, esse velho é doido, quem sabe está cavando a cacimba nu?

E no que chegamos em casa, Zeza logo do alpendre foi anunciando:

— Seu Delmiro agora deu pra devoto! Estava cantando um bendito tão horrível que até arropiava a gente!

E Senhora, olhando pra mim:

— Canta bendito, é? Decerto rezando pro diabo, que é o santo dele.

Pois agora Delmiro alcançava o seu dia do Grande Horror. Os segredos que ele tinha, fossem quais fossem, estavam agora a seguro, pelo céu e pela terra, com os urubus e com os bichos do chão.

Xavinha tinha feito a conta — um ano e dois meses, entre um e outro. Agora eu já podia ir à Soledade.

OS HOMENS ANDAVAM muito seguros de impunidade, chegavam a ser descuidados, e aquilo não podia ser bom. A mim não falavam quase nada, creio que o Comandante não gostava de meter mulher nos seus assuntos — inclusive a mulher sendo eu.

Assim mesmo, lá um dia me apareceu em casa a Alice — ele tinha saído e eu estava sozinha — muito falante e animada, dizendo que andava pensando em abrir uma lojinha, junto com a irmã, onde podiam vender as coisas que o "Cadete Lucas" e o pai traziam pra negociar. E eu aí indaguei se era permitido botar loja de contrabando e ela riu-se:

— A gente compra alguma mercadoria legal, por defesa e pra ter o que lançar na escrita, e se o fiscal desconfiar de gato escondido a gente passa algum pra ele, sabe como é...

Eu sabia que era bobagem ter ciúmes de Alice, a adoração dela e das irmãs pelo "Cadete Lucas" era coisa de meninas, mais como se é fã de astro de cinema; de graça, sem esperar nada dele. Tanto que, logo no dia do almoço, D. Amada já veio me falar no namoro impossível de Alice com o tal jogador:

— Diz que é do time do Olaria. Qual! Apanhador de bola pode ser, e isso mesmo só em dia de treino, em dia de jogo mesmo não o deixam nem entrar no campo...

E Alice, depois de contar os projetos da lojinha (nesse tempo ainda não se usava o nome de butique), entrou no capítulo dos seus amores e que o Pequinho — era o nome dele — Pequinho estava convidando pra ela ir morar com ele em São Paulo, que tinha a oferta de um contrato lá, e que é que eu achava, ela tinha medo de correr risco, depois Patrão Davino (ela chamava o pai assim mesmo), Patrão Davino era perigoso quando se zangava, mas ela era louca, louca alucinada pelo Pequinho, sempre que podia fugia para tomar banho de mar com ele na praia do Flamengo; na praia de Maria Angu que era perto de Olaria, ela jamais fora, naqueles mangues, nunca imagine, ela era carioca da praia Vermelha, morava agora em subúrbio por acaso! E eu bem que podia falar com o Cadete Lucas para ele amansar Patrão Davino, da velha ela mesma se encarregava, a mãe o que implicava era o Pequinho não caprichar nos trajes, velha não entende esses rapazes de hoje, vê lá se é do tempo da palheta e do sapato bico fino, isso se deixa pra cantor de rádio, jogador de futebol é esportista, o luxo dele é no calção e na camisa, e isso quem dá é o clube... Pelo amor de Deus, Dôrinha, fale com o Cadete Lucas, Patrão Davino adora o chão que ele pisa, se o Cadete Lucas disser pra ele que me mate ele me mata, e se ele falar uma palavra pelo Pequinho, o Pequinho fica com todas as entradas lá em casa.

— Ah, minha Virgem, sabe, Dôrinha, eu às vezes tenho vontade de morrer, a sorte é que eu sou tão criança, me consolo com bobagens, como esse projeto de loja, fico fazendo planos. E eu penso que o Pequinho podia até vir a ser ajudante de Patrão Davino e do Cadete Lucas, quero dizer, quando não estiver jogando, como agora, por exemplo, que ele está esperando contrato...

Eu ouvia calada aquela idiota. Não precisava a gente falar nada, ela sozinha dava conta da conversa. E aquele nomezinho só delas para o Comandante — Cadete Lucas pra lá e pra cá, imagine, que gracioso, pode ser até deboche, nunca na vida me constou que ele tenha sido cadete. Nomezinho só pra uso das negras dele, uma parte dele que eu não tinha e não sabia, e eu bem sei que ele adorava.

Pois é, viviam assim no maior descuido, fazendo planos até de lojas, e eu não gostava daquilo. Embora dissessem que a sociedade deles era como se tivesse firma na Junta Comercial, "firme como o Pão de Açúcar". Patrão Davino entrava com a embarcação, os outros, que não sei quem eram, entravam com a mercadoria, o Comandante dava a mão de obra e o Chefe Conrado dava a proteção. Poderia ser mais seguro?

Sim, o Comandante dava a mão de obra e corria os ris cos. Pensava que eu não sentia o perigo como uma agulhada nos meus ossos quando ele me chegava em casa com toda a roupa molhada por baixo da japona de marujo, cansado, quase morto, metia o carro na garagem e nem comia, tomava um trago de conhaque, e sempre tarde da noite. Eu não digo que o meu coração adivinhasse porque nunca adivinhei, mas que eu não gostava, não gostava.

E um dia ele chegou muito zangado, vinha da Academia, como sempre suado e direto para o banho.

Tinha aparecido lá um tira que se matriculou no curso de tiro ao alvo, o dele — um sujeito que o Comandante ficou conhecendo naqueles dias de preso passados na Rua da Relação, na encrenca das pedras do Vanderlei: era um capixaba, muito mal-encarado e mal-afamado, conhecido por Bigode.

Pois esse tal de Bigode, logo no primeiro dia em que o Comandante veio preso para o Rio tinha se chegado com uma conversa — pra ele conseguir cinquenta contos, com cinquenta contos muitas portas são abertas; o Comandante topou a conversa, estava muito transtornado, era a primeira vez em que se via metido numa daquelas e, claro, disse pro sujeito que talvez pudesse arranjar os cinquenta contos com uns amigos de Minas, embora, pra falar verdade, se naquele momento exato ele tivesse um amigo em Minas que arranjasse cinquenta tostões já seria grande admiração. Mas não podia se dar ao luxo de fechar aquela esperança e assim inventou os amigos de Minas para o tal Bigode, e parece que o sujeito se entusiasmou e começou a mexer os pauzinhos, e por três vezes foi lhe falar, e dizer que já vinha com tudo engrenado, era só chegar a grana e então estavam conversados.

Mas aí houve a bendita aparição do Chefe Conrado, e o Comandante lhe contou a proposta do Bigode, e o Chefe Conrado falou pra quem quisesse ouvir que tinha toda a ficha desse Bigode, um descarado e um achacador, que ele não lhe aparecesse em frente senão lhe punha os podres pra fora, e era melhor deixarem o seu amigo em paz. Tudo isso o Chefe Conrado gritou com muita raiva e na frente de testemunhas:

— Eu tenho é sangue de alemão, nenhum careta desses me faz medo! Precisa se acabar com a garganta desse barrigudo achacador!

E na saída do Comandante, um outro tira que era bonzinho e lhe comprava comida e cigarros (embora explorasse nos preços), esse tira lhe disse que tomasse cuidado com o Bigode, o Bigode não enfrentava de cara o Chefe Conrado mas era um sujeito muito reimoso.

Agora vinha o Bigode dar as caras na Academia, já inscrito no curso, e a secretária da escola contou para o Comandante que ele fez questão de saber o nome do instrutor de tiro antes de pagar a joia.

Ele, Comandante, fez que o não conhecia; o sujeito deu nome de Benedito não sei de quantas, e na hora em que começou a primeira instrução, o Comandante tinha que chamar os alunos pelo nome e falou:

— Sr. Benedito, sabe quais são as peças de um revólver?

O camarada fez um sorriso, disse que não precisava chamá-lo de Benedito, podia chamar *Bigode* como todo mundo — como *antes*, e carregou no *antes*.

E depois nos intervalos, quando os colegas praticavam nos alvos, ele ficou de lado dando umas piadinhas — que ouvira dizer que o Comandante voltara à profissão naval, que um amigo da PE tinha lhe contado que o Chefe Conrado muito em breve ia deixar o Morro de Santo Antônio porque já não precisava mais daquilo, estava rico. O Comandante fez que não entendia nada, embora por dentro estivesse fervendo pra quebrar a cara do chato com um tiro.

Isso se passou numa quinta-feira. E na semana seguinte o Comandante foi trazendo outras novas do Bigode.

O cara nesse dia entrou na Academia, nem se deu mais ao trabalho de apanhar arma e ir pro galpão de tiro — já devia estar convencido de que jamais seria capaz de acertar num bonde a dois metros de distância. Era o pior atirador do mundo, e assim mesmo aquilo se dizia policial! — mas chegou-se ao Comandante com uma proposta — que havia alguns "cabeça-vermelha" que estavam abusando muito desse negócio de proteção, achavam que podiam arrastar tudo sozinhos, mas também havia muita gente com vontade de entrar no bolo... Gente que tinha igualmente o seu direito, gente da fiscalização, os responsáveis por certos setores de vigilância da entrada de mercadoria ilegal...

E vinha agora o pior:

O pessoal dele tinha sido informado da chegada para breve de uma grande partida de penicilina, e exigiam o seu quinhão. Senão apreendiam.

O Comandante ficou com ódio mas se fez de calmo e desentendido. Disse que não estava manjando nada, que o seu negócio era só ensinar tiro ao alvo, e se ele, Bigode, queria mesmo aprender a atirar, muito bem, para isso se fundou a Academia, mas se não — fosse pro diabo que o carregasse.

Era a primeira vez na minha vida em que eu ouvia falar em penicilina, e então soube que só era fabricada para o exército americano, e às vezes se conseguia desembarcar uma partida que os médicos e as casas de saúde pagavam o peso em ouro, ou muito mais até. Quando é pra salvar alguém nosso que está morrendo de septicemia ou de pneumonia, não se olha preço. E eles até não cobravam demais, só o capital e o risco, e eu acreditei; sabia que o Comandante não era mesmo homem capaz de beber sangue de ninguém, nem aproveitar caso de morte. Agora, se o tal Bigode entrasse no negócio, ele e os comparsas, porque deviam formar uma quadrilha organizada, quem poderia saber?

O Chefe Conrado, quando antes o Comandante tinha lhe contado a audácia do Bigode em se matricular na Academia, encolheu os ombros — achou que era coisa só dele; mas já esse último recado não lhe cheirava bem; o cara deveria ter um bom respaldo às costas — uma quadrilha, conforme pensava o Comandante.

E daí por diante o Comandante fechou-se comigo, não me contou mais nada — o assunto devia estar ficando perigoso mesmo. Eu descobria as coisas aos pedaços, nos dias em que ele se mostrava um pouco mais comunicativo, ou tinha bebido, ou estava assustado. Também nas conversas pelo telefone — sim, esqueci de contar, nós agora tínhamos telefone, milagre do Chefe Conrado, bem que ele tinha prometido e na hora eu não acreditei.

E assim como eu dizia, o mais que eu escutava eram conversas no telefone e depois ia emendando uma coisa com outra; e quando eu reclamava do Comandante que ele já não me contava nada, o danado dizia:

— Ora não se incomode, bem. Quanto menos você souber melhor; e afinal, temos a nossa garantia firme.

Mas então veio uma noite, deve ter sido a da entrega da tal partida de penicilina, porque o Comandante, que tinha saído pelas seis da tarde, foi chegar de madrugada, meteu o Studebaker na garagem e, sem nem sequer tirar a japona, tratou de ir descarregando tudo que trazia. Logo em seguida, muito em silêncio, entrou outro carro pelo portão, e dessa vez era um táxi; e o Comandante e o motorista do táxi passaram para a mala desse carro (que eu nunca tinha visto antes) todos os pacotes que desovaram do Studebaker; depois o Comandante abriu o cadeado do depósito e tirou também tudo de lá, e foram arrumando a mercadoria no chão do táxi, suponho que a mala já estava cheia. Por sorte havia pouca coisa no depósito, não deu para passar muito acima dos assentos do táxi, quem não chegasse muito perto não via nada.

Eu, ao escutar o ruído do Studebaker, tinha acendido a luz do pátio porque o interruptor ficava na nossa entrada; mas o Comandante veio de lá e silvou entre os dentes:

— Feche essa luz, vá se deitar!

E como eu perguntasse, meio engasgada, o que era aquilo, ele repetiu irritado:

— Vá se deitar, depois eu explico.

E num momento o carro alheio estava carregado e o depósito limpo, e o táxi saiu de luz apagada e então o Comandante fechou o portão e passou a tranca, e só aí entrou em casa e tirou a roupa que vinha molhada como sempre.

E enquanto se trocava e tomava um banho quente e eu lhe fazia um café e uns ovos mexidos, ele contou as novidades:

Parece que o pessoal do Bigode tinha posto uma espera neles; houve um momento em que pegaram o Comandante com a luz de um farol e lhe puseram o foco bem no rosto e ele tinha certeza de que o haviam reconhecido. Eu perguntei:

— Foi no barco?

E ele:

— Foi, claro, mas não me pergunte mais nada, já falei até demais, nesses casos quanto menos souber, melhor pra você. Não lhe quero metida em embrulhos.

Depois fomos nos deitar e eu, naturalmente, não consegui nem passar uma madorna.

Cedinho, cedinho, o Comandante telefonou para o Chefe Conrado, estiveram combinando umas coisas — mas quando eu cheguei perto ele me mandou sair dali e não sei o que conversaram.

Pelas onze horas da manhã bateram no portão e eu que estava enrolando umas gavinhas da parreira no ripado, fui atender; lá estavam três homens, e um, pela descrição que eu ouvira, só podia ser o tal Bigode. Um deles foi falando:

— Queremos falar com o Sr. Lucas, vulgo "Comandante".

Eu bati o portão na cara deles, que não esperavam por aquela. Aí o Comandante, que já vinha chegando, abriu o portão de novo e disse que estavam falando com ele, que é que queriam. Mas já zangado.

O tal Bigode pediu para entrar; declarou que vinha numa diligência, trazia um mandado de busca, e era melhor para todos que fosse atendido por bem.

Eu ouvi falar aquela palavra "busca" e imediatamente me lembrei do revólver; se pegasse o revólver dele, o Comandante nem penso o que seria capaz de fazer. Corri para o nosso quarto e apanhei o maldito revólver na gaveta da mesinha da cabeceira e não sei a loucura que me deu — eu procurando um lugar para esconder a arma e os homens já estavam entrando, e eu então botei o revólver no chão, num dos três degraus de cimento que subiam do pátio para a porta da cozinha e me sentei em cima dele.

O Comandante agora estava macio como uma seda (acho que tinha sido isso mesmo o combinado com o Chefe

Conrado) — ele próprio abriu a porta do depósito que estava apenas encostada sem cadeado —, os tiras podiam ver que não havia nada ali dentro, só umas caixas vazias. Sim eles antes tinham examinado o carro, correram tudo, levantaram os assentos, abriram a mala, chegaram até a erguer o capô do motor. Nada.

Passaram então para o nosso quarto, revistaram o guarda-roupa e a cômoda e o Comandante disse:

— Estão vendo, só temos aí a nossa roupa, minha e de minha mulher.

E o Bigode, com aquela insolência que não sei como o Comandante não lhe metia a mão na cara:

— Mas o senhor, sendo professor de tiro ao alvo, deve ter armas em casa, e isso também está entre os itens em busca, dê licença pra procurar.

A isso o Comandante não respondeu nada, devia estar pensando no revólver da mesa de cabeceira, e eu não podia fazer sinal a ele que o revólver estava a seguro, por sinal me machucando a coxa, embora eu não desse mostras.

Os homens reviraram tudo, felizmente nenhum deles atreveu-se a vir bulir comigo; pensavam com certeza que eu estava apavorada, e estava mesmo, e de vez em quando eu baixava a cabeça para os joelhos, como chorando.

Me afastei um pouco quando eles foram entrar na cozinha, mas não me levantei do degrau, e um deles me passou rente, dizendo:

— Com licença, madame.

Remexeram tudo lá dentro, até no forno e nas latas de mantimentos e não acharam nada, evidente.

O Comandante, não sei se ele tinha compreendido o que eu estava fazendo com o revólver, acho que sim; porque o sujeito insistindo em que ele sendo instrutor de tiro devia ter arma de fogo em sua residência, o Comandante respondeu com a maior calma que as armas de exercício pertenciam à Academia e que ele não precisava de arma em casa. E até deu uma piada:

— Confio nos bons serviços da nossa polícia.

Aí o Bigode, que não sei se seria o chefe do grupo mas falava por todos, disse que a ordem que eles traziam não era apenas de busca, era também de prisão — e portanto convidavam o Comandante a acompanhá-los à delegacia, prestar esclarecimentos.

Eu não estava esperando por aquilo e a primeira coisa em que pensei foi que o Comandante saindo preso eu tinha que me levantar pra me despedir — e na verdade me sentia como pregada naquele degrau de cimento e não me levantaria dali nem arrastada. Comecei a chorar aos brados, soluçando, pedindo pelo amor de Deus que deixassem o meu marido em paz; o Comandante se aproximou de mim, pediu que eu tivesse calma, que ele só ia prestar uns esclarecimentos, tudo aquilo era um engano.

Os homens ficaram de lado, esperando, como dizendo que podiam ser tiras mas também eram cavalheiros e não iam mostrar grosseria com uma senhora em pleno ataque de nervos.

Afinal o Comandante me encostou de leve a mão na cabeça:

— Pare de chorar, meu bem, até logo.

Eu redobrei o berreiro e eles saíram depressa — e só quando bateram o trinco do portão me levantei de cima daquele maldito revólver.

Corri a telefonar ao Chefe Conrado e foi uma demora enorme para ele atender, acho que lá por dentro aquele quartel do morro era um vaticano. Mas por fim ele falou, eu contei por meias palavras o acontecido; Chefe Conrado perguntou se o táxi tinha chegado a tempo, eu respondi que sim, e o serviço fora feito. Ele então recomendou, tranquilizado:

— A senhora não se preocupe, eu vou agir. Tudo foi um equívoco, um conflito de jurisdição!

Mas se passaram dois dias e o Comandante sem voltar. E eu, que a princípio tinha tido tanta coragem, estava completamente baratinada, imaginava as vinganças mais horríveis do tal Bigode, que o sujeito era mesmo uma figura sinistra. Telefonei para Estrela, mas a essas alturas já estava com medo de dizer coisas pelo telefone, aliás o Chefe Conrado tinha me pedido cuidado; Estrela veio depressa porque estranhou o meu modo de falar, depois chegou o Carleto e eu contei a eles o que podia contar, e eles entenderam logo. Parece mesmo já receavam que uma coisa dessas acontecesse.

Queriam que eu fosse com eles para a Mansão, mas eu temia o Comandante chegar, ou mesmo telefonar, e eu não estar em casa; eles então resolveram ficar comigo e eu os botei na minha cama e fui dormir no sofá da sala.

Afinal, na noite do segundo dia o Comandante telefonou: já estava falando da rua, ia tomar um táxi para casa, eu quase gritei no telefone, tanto estava apavorada.

Ele chegou, e se eu pensava que vinha abatido, era o meu maior engano; não senhora, muito fagueiro, tudo tinha corrido muito bem, os amigos funcionaram como rodinhas — a demora fora devido a que tudo precisava passar pelos canais competentes.

Não entendi coisa nenhuma, mas que importância tinha? Talvez ele dissesse aquilo só para não dar o braço a torcer, não liguei a nada, o que eu queria era ele em casa.

Ai, eu fazia um deus daquele homem, podia estar muito errada, mas não sei. Afinal amor é isso mesmo, a gente pegar um homem ou uma mulher igual aos outros, e botar naquela criatura tudo que o nosso coração queria. Claro que ele ou ela podem não valer tanta cegueira, mas amor quer se enganar. Amor de mãe também não é assim? O filho pode ser feio ou mau-caráter e ela acha lindo, um anjo. Meu filhinho do meu coração, nascido das minhas entranhas. Pois amor também é assim, é meu, é único, dono do meu corpo, das minhas entranhas, mais até que um filho, e então?

Sim, pra mim ele era um deus, chegou deus, viveu deus, morreu deus, e depois que ele partiu para mim foi o fim do mundo.

*

O Comandante podia se mostrar otimista e descuidado, ou talvez fosse representação para os meus olhos apenas. Tanto que a batida do movimento deles mudou.

O Chefe Conrado chegou mesmo a dizer lá em casa que a barra estava pesada; felizmente, com o resultado daquela partida de penicilina, podiam ficar na moita alguns meses. E deu sua gargalhada boa de homem gordo:

— Que é que há, não matei meu pai a soco, agora vamos folgar!

E eu aproveitei essa ideia de folga, ou férias, falei a ele na morte de minha mãe e na necessidade de irmos ao Ceará, ver como andava a fazenda que estava mais ou menos ao abandono, botar as coisas em ordem.

— Se o Comandante vai ficar parado, por que a gente não faz essa viagem?

O Comandante levantou a mão me atalhando, eu sabia que ele detestava me ver pedir qualquer coisa a outro homem, mormente sendo pra ele. Falou:

— Tolice, de qualquer modo eu não posso ir por causa da Academia.

Mas o Chefe Conrado era cheio de boa vontade:

— A Academia não é problema, eu falo com o diretor que é meu chapa e ele te dá uma licença — um mês chega?

Ainda restava a dificuldade das passagens, prioridade de voo que era preciso obter, porque não se estava viajando de modo nenhum por terra ou mar — só de avião.

(E eu nem queria pensar em viagem por terra, mesmo sendo possível, sabia lá em que termos o Comandante tinha ficado com a Empresa do São Francisco, não iria deixar que ele se arriscasse por minha causa, já bastavam as amofinações no Rio de Janeiro.)

O Chefe Conrado encarou a gente:

— Avião? A senhora não tem medo de avião? Pois de avião eu posso obter as passagens; tenho um amigo na

Panair que me arranja uma cortesia. Não será a primeira vez. E a prioridade, eu falo com o nosso comandante, digo que é um amigo da casa, ele te conhece. E ainda tem aqueles bons camaradas da chefatura, se der galho. Podem contar com as passagens de avião.

Ficou portanto resolvida a viagem ao Ceará. Nossas arrumações eram poucas, o depósito estava vazio, o Studebaker ficava na garagem, eu deixava a chave da casa com Estrela para ela vir aguar a parreira uma vez por semana. E de repente o Comandante lembrou:

— Por que eles não vêm passar umas férias aqui em casa, desenjoar do Catete — pra eles é o mesmo que vir pra roça.

E Seu Brandini, novidadeiro como era, não podia ver defunto sem chorar; topou logo.

*

Assim mesmo a viagem ainda demorou quase um mês — por certo a tal prioridade não era tão fácil quanto dizia o Chefe Conrado. Mas uma tarde o Comandante me chegou em casa com as duas passagens num envelope e uma autorização carimbada para embarque no avião da segunda-feira, dali a quatro dias.

Eu queria mostrar a ele a Soledade; e fiquei chocada, desapontada, quando o Comandante me disse, positivo: daquela primeira vez achava melhor ele não ir.

— Podem se escandalizar, logo na primeira vez em que você vai lá depois da morte de sua mãe, chegar com um homem de lado... E podem pensar também que eu estou interessado na herança...

Fez uma pausa (ali é que batia o ponto):

— E além do mais, é mesmo que eu me meter no ninho do falecido... capaz de ter ainda até roupa dele nos gavetões... tudo lá ainda deve estar recendendo a Laurindo... Não senhora! Eu fico em Fortaleza e só se houver alguma complicação você me chama e eu vou.

Fingi protestar, nem só fingi porque detestava me separar dele, mas pensando bem era melhor. Com tudo aquilo lá, sem eu saber como estava, ai, Laurindo, Delmiro, Senhora, quanto menos o Comandante ouvisse mais me sossegava. Deixa primeiro eu falar com o pessoal, tomar pé na Soledade... Quantos anos e quantas mudanças... mas as águas empoçadas teriam corrido?

*

Chegamos de surpresa em casa de D. Loura, que já sabia do Comandante em minha vida; ao nos mudarmos para Santa Teresa eu tinha escrito comunicando que me casava, não entrei em minudências, eu era viúva, podia casar, não tinha sentido andar explicando que ele era desquitado.

Pro pessoal da fazenda é que eu não podia falar em casamento, porque os documentos do inventário passavam de mão em mão com toda a certeza; bastava um ler, todo mundo ficava sabendo, e neles eu tinha que declarar como na procuração: "Fulana de Tal, brasileira, *viúva* etc."

*

Está-se a ver que o Comandante conquistou imediatamente D. Loura, Osvaldina e até o telegrafista; quando ele se botava a isso, era invencível. Correu logo a abrir as nossas malas, tirou de dentro os presentes e foi distribuindo como um conhecido velho — até uma garrafa de vinho para o telegrafista, que não bebia, mas recebeu e foi depressa guardar no armário do quarto.

E o Comandante espalhando os embrulhos e dizendo:

— Estes são os meus, os de Dôra ela que entregue!

Eu aí fui buscar os meus presentes e tivemos que dar notícias minuciosas de Estrela e de Seu Brandini, aqueles ingratos que não escreviam nunca, e agora com a Companhia parada, não se sabia mais coisa alguma deles!

Contei os altos e baixos, coitado de Seu Brandini, e ele ainda continuava com o diabetes. Estrela é que ia bem, no seu curso de aeromoças.

Por falar em aeromoças, eu ainda vinha enjoada do avião, tomei horror, sofri desde a decolagem no Rio à aterrissagem no Ceará, sentia até vontade de que o avião caísse em caminho só pra eu assim botar o pé em terra firme — e todos riram de mim.

D. Loura tornou a falar o que dizia sempre — podia morrer de desastre de avião mas só mesmo se um avião caísse por cima dela, subir naquilo, Deus te livre — enfim, essas conversas de chegada de quem quer bem uns aos outros e estão contentes de se rever — e falo rever até em relação ao Comandante, porque ele era o perfeito amigo velho.

Passamos uma semana em Fortaleza, passeando, eu mostrando a ele a cidade, foi uma lua de mel.

Osvaldina às vezes saía conosco, só se falava na base aérea dos americanos, dinheiro americano corria a rodo, até engraxate na Praça do Ferreira cobrava em dólar! E havia uns pequenos dirigíveis estacionados nos arredores da cidade por cima dos campos de pouso, e o povo tinha o maior orgulho neles que na verdade eram lindos.

Mas passada a semana, pela madrugada o Comandante foi me levar no trem; me agarrei no pescoço dele, agora estava apavorada de ir sozinha. E ele me beijou na vista dos passageiros, o que causou admiração porque ali ainda não se usava disso, botou no meu colo uma caixa de bombons que trazia escondida, e me lembrou que telegrafasse ao chegar em Aroeiras, e a qualquer outra coisa telegrafasse de novo.

E o trem partiu e eu fiquei dando adeus da janela, chorando feito uma boba, e ele rindo e me acenando. Era a primeira vez em que nos separávamos e então fiquei me lembrando de quantas vezes ele já me vira chorar, eu que antes tinha fama de ser a moça que não chorava. Mas dizia Maria Milagre que atrás de cada olho a gente tem um saco de lágrimas e durante a vida tem que chorar aquela conta — eu estava dando vazão à minha — e depois que o saco esvazia a gente nunca mais chora.

*

O mundo todo muda, mas aquela linha de trem não muda nunca. Cada estação era a mesma invariável dos meus tempos de menina. Olha a banana-seca do Siqueira! Olha as mariolas!

No Baturité os cestos de laranja e tangerina, as miniaturas de cesta de uva, a igreja do Putiú muito branca junto ao rio, a serra verde no fundo.

Novidade é que já não havia parada do almoço da Itaúna, agora vinha um carro-restaurante engatado no trem, mas tão cheio de homem bebendo cerveja e conversando alto que uma senhora sozinha não se aventurava lá. Comi frutas, banana-seca, bolo de milho que uma mulherzinha vendia enrolado em folha de bananeira, num tabuleiro coberto com uma toalha muito alva.

Lá estava a estrada dos romeiros que iam para o Canindé. Lá se passou a grande ponte do Choró que meu avô tinha trabalhado nela — e quando menina eu pensava quais vigas de ferro, quais pedaços daquele grande esqueleto tinham sido feitos pelo avô — e sentia orgulho, era como se aquela ponte fosse um pouco herança minha.

Por fim, o condutor passando entre as poltronas anunciou a estação de Aroeiras que estava para chegar. O trem parou e eu desci.

Na rampa da estação me esperava Amador, mais grisalho, sempre magro e seco no seu liforme branco de ver-a-Deus. Já tinha lá embaixo o carro alugado — grande luxo novo, e até o carro eu reconheci, era o Dodge velho do Dr. Nilo — Amador explicou que o motorista tinha recebido o carro de herança, Dr. Nilo botou no testamento; agora estava na praça, ganhando a vida pro dono novo — quando arranjava gasolina.

Esperamos as malas, o agente da estação era novato e não me conhecia, só o dono do botequim do outro lado atravessou o trilho e veio me dar as boas-vindas.

Saímos, descemos pela rua que, mais além, depois da ponte, continua pela velha estrada real; a novidade agora é que a estrada antiga, em vez de correr pelos campos abertos como dantes, passava apertada pelos corredores das cercas de três fios de arame. Amador, que ia do lado do chofer e a toda hora se virava para me assinalar qualquer coisa, foi que me chamou a atenção:

— Agora é tudo cercado. Quem não tem arame leva desvantagem. Como nós na Soledade. O pessoal bota a sua terra debaixo de cerca e solta o gado na terra de quem não cercou.

Aquela estrada, se eu dissesse que a percorri mil vezes, creio que não mentia — seria pouco, talvez. Desde pequena, pequenininha, andei por ela, a cavalo, de cabriolé, de charrete, na lua da sela de meu pai, depois na de Antônio Amador. No colo de Senhora, contavam, quando tinha quarenta dias de nascida, ela a cavalo na sela de silhão, vestida na sua grande amazona de linho cru, que eu ainda conheci; eu tossindo, morrendo de coqueluche que me apanhou recém-nascida.

Por aquela estrada andei menina de colégio, no meu cavalinho rosilho por nome Chuvisco, montada como homem no selim inglês de meu pai, o que Senhora queria proibir mas eu não lhe obedecia; a saia larga pregueada do uniforme das freiras me compunha completamente; mas eu sonhava usar culote e perneiras como moça de cinema e só fui ter isso mais tarde, quando praticamente me governava e Senhora não tinha jeito de impedir.

No carro novo de Dr. Fenelon cortei por ela vestida de noiva; na ida, junto ao próprio Dr. Fenelon que era o meu padrinho, na volta de buquê na mão e riso nos olhos, ao lado de Laurindo, meu marido, ele de terno branco de linho HJ, um cravo rajado na lapela.

Por ela passei viúva, vestida de preto; por ela passei, viúva ainda, mas sem o vestido preto, no meu costume azul-marinho, dez dias depois de enterrarem Laurindo, desafiando a língua do povo e as ordens de Senhora. Pensando em nunca mais voltar lá.

Olhando assim e descontando as cercas novas, a estrada não parecia ter mudado coisa alguma. O juremal bravo de um lado e outro, as casas de morador como ninhos de maria-de-barro, com seus roçados no quintal e as latas de tinhorão nas janelas.

O trilho da estrada de ferro que se atravessa duas vezes, o pontilhão do grande riacho do Carcará que se vadeia por baixo, porque a ponte é só para o trilho do trem.

E por fim, no alto do largo cabeço, a casa velha da Soledade com o seu alpendre de entrada, os seus altos oitões de lado, à esquerda o comprido chalé do paiol, à direita o cata-vento e o açude.

O grande mulungu da frente estava quase sem folhas e parecia morto; e morto parecia tudo, a casa, o pátio de chão crestado. A única coisa viva, naquela tristeza parada, era o pequeno bando de cabras montado no lajeiro alto, com os cabritinhos berrando chorosos, subindo e descendo na pedra.

O carro buzinou encostando e uma cabeça apareceu na janela da cozinha, lá atrás.

Eu já estava no alpendre, a bagagem descida, e Amador despedia o homem, quando afinal saiu Xavinha com Luzia e, meu Deus, como estava velha — Xavinha quero dizer. Luzia estava grávida, depois eu soube que era um erro, o homem se largou pelo mundo quando descobriu da criança. Perguntei por Zeza — tinha casado com Luís Namorado, o secretário de Laurindo, foram morar na rua.

A casa estava varrida e limpa, Amador tinha até mandado passar uma mão de cal — mas assim mesmo andava por tudo um cheiro de morcego e igreja velha.

Xavinha, Luzia e as meninas ocupavam os seus quartos de sempre, para lá da sala de jantar; a frente toda vivia trancada, desabitada.

Xavinha chorava e me abençoava, eu agora tinha o choro mais fácil, também chorei, e ela me levou para a rede que tinha armado no meu quarto antigo, a alcova. A cama de bilros estava desarmada porque os ratos tinham roído o colchão.

Mas era só aquilo! Xavinha assinalava — só aquilo tinha se estragado, o resto estava guardado nas malas e nos armários como no tempo de Madrinha Senhora.

Xavinha repetia isso com orgulho, andando de um lado para o outro, capengando com o reumatismo, abrindo gavetas e portas com a sua cambada de chaves — a cambada das chaves de Senhora, chaves que, nas mãos da finada, não se enferrujavam nunca, estavam sempre polidas como prata (ela explicava condescendente que era uma coisa no suor dela, ou no sangue — e era verdade, não já contei? Objeto de metal do seu uso era sempre lustroso e claro como novo).

E aquelas chaves só apareciam à vista hoje, para a minha chegada, Xavinha explicou dez vezes. Viviam dentro de um saco, o saco dentro de uma caixa, a caixa debaixo da roupa, bem no fundo do baú de cedro; e o baú guardado no quarto das malas que não tinha janela, só a porta fechada a ferrolho e chave.

Xavinha, me parecia agora, tinha uma espécie de doçura nova. Ela outrora tão mandona, parece que a idade havia lhe quebrado os cantos mais duros; mostrava depender tanto do "Compadre Amador", como dantes dependia de Senhora. E repetindo o nome de Senhora, ela se pôs a chorar como velho chora, só enchendo os olhos de água e apertando os beiços, e disse estas palavras que nunca mais pude esquecer:

— Com a morte de Madrinha Senhora, para mim se acabou a luz do mundo.

Quem diria, quando Senhora falava pra ela: "Deixe de cavilações!" — ou seria ainda cavilação? Mas eu creio que o choro era sincero.

Me deitei na rede e mandei Luzia abrir as malas. Ela foi tirando em primeiro lugar os presentes, que vinham logo por cima — a mantilha de renda para Xavinha ir à igreja, e o corte de fustão branco para ela também; o chapéu de massa para Amador, e mais os cortes estampados, os brinquedos, os brincos e os broches de fantasia para as netas e os netos dele, que agora iam pingando de um em um, lavados e penteados e se encostavam à rede me tomando a bênção. E o terço de contas de metal dourado para comadre Jesa, a mulher de Amador, e mais um xale de lãzinha pra ela usar nas manhãs friorentas. (Essa comadre

Jesa nos tempos antigos mal aparecia na fazenda — vivia sempre ou prenha ou parindo, como dizia Senhora, que não gostava dela.)

E eu ia explicando o uso de cada coisa, as moças davam gritinhos e experimentavam os brincos, e logo chegou uma delas que estava no lugar de Zeza trazendo a bandeja do café e essa também ganhou o seu presente, e a tristeza da chegada se virou afinal num alvoroço de alegria e de abraços e tomadas de bênção, e ninguém mais chorou por Senhora.

Aí me lembrei de Maria Milagre:

— E a nega velha? Cadê?

Xavinha recaiu nos soluços:

— Ceguinha, meu bem, ceguinha! Não sai mais do quarto, não aceita guia.

Me levantei, fui correndo ao quarto de Maria Milagre que era o último depois da cozinha, escuro, sem janela, bem que eu me lembrava. Na parede os registros de santos da velha, com laços de fitas desbotadas e palhas bentas; no meio a rede azul e, sentado na rede, o vulto da velha, que levantou a cabeça à minha entrada:

— Que é?

Passei a mão pelos ombros secos, me doendo o coração:

— Será possível? Ninguém lhe disse que eu vinha?

E a negra velha tateou a minha mão no seu ombro, deu aquela sua risadinha meio feroz:

— Ah, já chegou? Veio tomar conta do que é seu? Não é sem tempo.

Xavinha fez queixa:

— Ralhe com essa maluca, Dôrinha. Não aceita guia, passa o dia nessa rede; quando quer ir lá fora, vai caqueando pelas paredes; e se uma menina chega perto e oferece a mão, ela bate na menina com o cacete.

Maria Milagre tornou a fazer o seu rá-rá-rá:

— Essas cabeças de prego! Faz mais de oitenta anos que eu ando por esta casa — então não sei os cantos e os recantos? Basta só que me levem o tamborete pra eu quentar sol no terreiro!

Eu continuava a abraçar os ombros dela:

— Estava com saudade de você, nega velha. Olhe, lhe trouxe um cobertor de presente — e um cachimbo, dos que usam lá no Rio...

A velha alisou o cachimbo minuciosamente, experimentou o pito na boca:

— E o fumo? Cachimbo eu já tenho o meu velho. O fumo é que falta.

Xavinha se meteu de novo:

— Credo, Maria! Ainda ontem eu não lhe dei um cruzado de fumo?

A cega levantou no ar o seu cacetinho:

— Essa Xavinha não muda! *Credo, Maria!*, sempre com as partes de moça velha. Aquelas pelinhas de fumo de ontem já acabou.

— Deixe estar, minha nega; eu mando Amador lhe trazer um fuminho.

Luzia chegou à porta:

— Madrinha Dôrinha não quer tomar o seu banho? Já botei.

Tornei a abraçar a negra velha; ela e eu, a gente sempre se entendia; nos outros tempos era a única que tinha coragem de entestar com Senhora. E agora ela me despedia, com o pito novo à boca, vazio:

— Eu sabia que você vinha. Chegou o seu tempo!

Tomei o meu banho morno de cuia, tirado do pote de boca larga privativo de Senhora. E me parecia que ainda andava no ar o cheiro do sabonete de Senhora naquele quarto de banho de chão cimentado, de onde ela saía vermelha, perfumada, torcendo o cabelo louro, parando pra trocar os tamancos pela chinelinha largada no lado de fora da porta.

Almocei do carneiro gordo que Antônio Amador tinha abatido pra mim. Tanto que eu prometera ao Comandante um almoço de carneiro: o cozido dos canelões e do espinhaço, o sarapatel, os bifes do fígado, o coxão assado no forno. E no dia seguinte a buchada. Também prometi ao Carleto. De outra vez eu trago os dois, me prometi então.

Pelas quatro horas acordei da sesta, ainda estava me estremunhando e descobri Xavinha de pé junto aos punhos da rede; quando me viu espertada, olhou pra trás, misteriosa, e baixou a cabeça até perto de mim:

— Esperei que o pessoal fosse embora para lhe entregar o principal. Não quis abrir a gaveta de segredo na vista de ninguém.

E mostrava uma chave pequena, isolada do molho das outras por uma correntinha — a chave da secretária de meu pai, "a carteira" como Senhora chamava.

— Me deixe primeiro enxaguar a boca e os olhos, Xavinha.

Ela esperou junto do lavatório. Depois me levou solene à saleta das contas e me pôs a chave na mão.

A fechadura tocou aquela campainha conhecida que em tempos de eu pequena me fazia correr de onde estivesse para ver Senhora abrir e fechar a carteira.

Xavinha me apontou as duas gavetinhas de segredo, disfarçadas entre os escaninhos, à direita e à esquerda:

— Tá aqui a das joias. Nunca buli nela. E aqui a do dinheiro. Essa eu abri e contei: tem noventa e cinco cruzeiros e um punhado de moedinhas. Amador quis gastar dele no dia do enterro mas eu não deixei. Ele que apurasse em outra coisa...

— Vendeu um boi, ele me escreveu.

— Pois é. Mas nesse aí eu não podia mexer — ela que guardou, estava contado.

No escaninho do meio vi um enrolado de papéis, Xavinha explicou:

— É a certidão de óbito, o recibo do cemitério, as receitas do Dr. Fenelon e as contas da farmácia. Amador já pagou. Aqui é a nota do inventário que o advogado escreveu.

No outro escaninho grande estavam as escrituras da terra — o seu local de sempre, eu me lembrava. O papel amarelo, as letras desbotadas, atado tudo com um fitilho que se desfazia nas pontas.

Embaixo das escrituras um caderno desses de crianças de escola, que eu não recordava ali.

Xavinha fazia questão que eu lesse os papéis — passei os olhos por eles, me demorei nas notas do advogado:

DADOS PARA O INVENTÁRIO DE SENHORA

Fazenda Soledade, meia légua de terras de frente com uma légua de fundo dando para o rio.

A casa de fazenda e as suas benfeitorias: casa de farinha, armazéns, paióis etc.

12 casas de moradores, de taipa.

O açude.

Currais, mangas, cercados, campos de planta, roçados.

Pomar no baixio do açude.

132 cabeças de gado, entre os touros, vacas paridas e gado solteiro.

2 cavalos de campo e seus arreios (o *velho Violeiro morreu, ficou o selim*).

1 burra e 6 jumentos, com 5 cangalhas.

205 cabeças de criação (ovelhas e cabras).

(OS OUROS DE SENHORA)

2 alianças de ouro.

4 palmos de trancelim grosso, também de ouro.

1 broche de ouro com pérolas.

1 dito de prata em formato de rosa.

1 cruz de ouro com um brilhante.

1 par de brincos de coral e brilhante.

1 dedal de prata com fundo de pedra granada.

1 concha, *6 garfos*, *7 colheres* de prata (tudo trancado no baú de cedro).

1 lâmpada belga com suspensão.

1 aparelho de louça inglesa, faltando peças.

2 compoteiras de cristal francês.
1 faqueiro de metal branco, faltando peças.

(OS MÓVEIS)

1 cama de casal, de bilros torneados.
2 guarda-roupas de cedro.
2 cômodas idem.
1 sofá austríaco e 6 cadeiras.
2 consolos.
1 rádio modelo antigo, de bateria.
1 escrivaninha (de meu pai).
1 mesa de jantar e 10 cadeiras.
1 guarda-louça com tampo de mármore.
1 aparador idem.
1 oratório com todos os seus santos.
1 lamparina de prata do oratório.
1 genuflexório.
1 máquina Singer, usada.
2 camas de ferro de solteiro.
Mesas pequenas, tamboretes, espreguiçadeiras, um gramofone antigo quebrado etc.
1 baú de redes.
Roupa branca de cama e mesa.

(A roupa de uso de Senhora foi distribuída aos pobres, conforme ordens suas, dadas logo depois do primeiro ataque da doença.)

O resto, cacarecos, tachos de cobre, trens de cozinha e queijaria, louça do diário, talheres de ferro e metal branco.

Um pedaço à toa de papel almaço, e nele estava assentado o inventário de todo o reinado de Senhora. Os seus tesouros, o seu senhorio de terras.

Foi o preço de Laurindo — por isso casou comigo! E afinal não levou nada, a morte lhe deu o calote.

Depois peguei o caderno, o tal que estava junto com o rolo das escrituras. Não seria de notas de despesa — essas eram num livro de capa dura, guardado na gaveta grande, eu conhecia muito.

Nas nove primeiras páginas não tinha nada escrito — como se a pessoa quisesse dar a impressão de que o caderno estava em branco. Mas da décima página em diante começavam as anotações a lápis. Uma espécie de diário — na letra de Senhora.

Não vinha numeração de ano, apenas a indicação do mês Começava de repente, assim:

"Junho 18 — 2ª feira:

Dormiram cedo. Ela não rezou.

19 — Saíram a cavalo. No almoço ele quase se engasgou com uma espinha de peixe e ela ficou olhando sem ação.

20 — Nada. Não os vi durante o dia. Mal cearam, foram dormir. Brigados?"

(Faltavam às vezes dois, três dias, uma semana inteira, sem explicação.)

"26 — (2ª feira) Ele saiu de madrugada, no Violeiro, levou Luís Namorado. Vamos ver se dá certo. Ela foi lhe fazer ovos quentes no fogareiro a álcool. Emprestei a L. 50 mil-réis.

30 — Três dias parados. MD come, dorme, lê e borda. Muito calma. Julho — 2 — L. voltou ontem tocou piano — 'Valsa das flores' — lindo."

(As anotações cobriam grande parte do tempo do nosso casamento. Havia interrupções grandes — mais de mês às vezes — sem explicar o motivo. Pelos meses eu ia identificando os anos — tomando como base algum fato importante. Como quando eu perdi a criança e fui para Fortaleza. Meses antes, no meio daquela rotina — comeu, não comeu, saiu etc., vinha a anotação):

"*Maio 25 — Grávida? Enjoo. Ela nega e diz que uma comida fez mal. Deve ser.*"

(Mais adiante, já em junho):

"*12 — Gravidez sim. MD mandou comprar cambraia pele de ovo para camisas de pagão. Está muito amarela e magra mas não antoja mais.*"

(Segue-se um mês com as notas do dia a dia. Novos empréstimos a "L.": 30 mil-réis — 80 mil-réis.)

"*Julho — 2 — Veio Mundica, das Aroeiras — trouxe a encomenda dos cueiros de MD. Eu quis pagar, ela disse que tinha dinheiro seu.*"

(Daí por diante, mais uns dias, só dá notícias de L. E engraçado, se bem me lembro, foi então que eu passei muito mal.

Não diz nada da minha doença. Só no que deve ter sido o dia da viagem —, eu não recordo mais a data certa — diz):

"*19 — Viagem a Fortaleza.*" (Nada mais.)

e

"*30 — Volta. Perdeu-se o menino.*"

Daí por diante MD vai desaparecendo cada dia mais — só aparece com relação a L. — indiretamente:

"*Brigaram. L. foi tocar piano, depois saiu sozinho.*"

Eu pensava que ela não tomava conhecimento das noites de bebedeira, mas lá estava:

"*...chegou embriagado, 2 horas. Foi posto na cama. MD não me falou nada.*

...L. está tomando muito. São cinco sábados com este, sem falhar um. Acho que ele já está sem dinheiro."

A viagem ao Maranhão deu uma nota curta, a cópia do telegrama chamando. Depois:

"*...MD quis ir. Pelo passeio, acho. Mas quem ia entrar com as despesas? Ela emburrou, me parece. L. chorou muito.*"

(Dez dias sem notas. Por fim):

"*...Voltou, muito sentido. Diz que emagreceu, não me parece. MD mandou matar um peru. Pazes feitas.*"

Seguem as notas de costume, sem variedade. Os "empréstimos" (que eu ignorava). Mas se acabava tudo a 3 de julho — doze dias antes da morte de Laurindo, que foi a 15 de julho.

Assim que eu peguei no caderno vi os olhos acesos de Xavinha em cima de mim. Teria ela lido o tal diário? Mal passei as primeiras páginas e descobri do que se tratava — embora não entendesse o sentido das notas — fechei o caderno e o enfiei no mesmo lugar, debaixo das escrituras.

Mas de noite, depois de Xavinha recolhida, fui à secretária, rodei bem devagar a fechadura a fim de amortecer a campainha, tirei o caderno e fui ler no meu quarto à luz da vela.

Li, reli — continuei não entendendo. Até hoje não entendo e ainda tenho o maldito caderno debaixo da mão. Procurei ver se havia páginas arrancadas — as dos fatais últimos dias. Talvez, mas nesse caso o serviço tinha sido bem feito. Se alguém rasgou página foi pela costura e tirou também as folhas correspondentes do outro lado.

De manhã tornei a botar o caderno em seu lugar. Ainda tive a tentação de o levar comigo para estudar devagar aquelas notas — mas não queria que o Comandante as visse — e dele eu não podia esconder nada.

No dia seguinte fui visitar o rancho de Delmiro — já não restava nada, só as forquilhas da tapera. Amador tinha retirado as telhas e o resto caiu por si. Também ninguém andava lá, o povo passava por longe; se o lugar já tinha má fama nos tempos do velho João de Deus, que dirá agora?

Passei quatro dias na Soledade. Aprovei tudo o que tinha sido feito, sem examinar muito. Xavinha e Antônio

Amador me obrigaram a levar comigo pelo menos os ouros e os talheres de prata — eram responsabilidade demais.

Em Fortaleza, o Comandante estava inquieto suponho que arrependido de ter me deixado ir sozinha. D. Loura brincava, dizia que ele não tirava os olhos da porta:

— Ô homem apaixonado, Dôra!

Ouvindo aquilo, eu me banhava em água de rosas. E o Comandante não era desses que escondesse amor ou tivesse vergonha de amar:

— Se você falar em viajar outra vez eu lhe dou uma surra.

Contei a ele tudo da Soledade. Aquela desolação, a casa meio fechada, parece até que o tempo parou.

— Mas não pense que ficou por lá marca nenhuma do falecido; ele passou mesmo como uma sombra. Eu já não lhe disse que nos meus tempos de menina, minha maior dificuldade era encontrar algum sinal da presença de meu pai? Não, na Soledade só tem a marca de Senhora. O povo fala nela quase como se ainda estivesse viva, como se tivesse ido fazer uma viagem longe e ainda não voltasse.

*

Estrela foi com Carleto nos esperar no aeroporto e ele declarou que estava pensando seriamente em não desocupar a casa de Santa Teresa. Quem vai ao vento... Mas enfim, tinha o diabo da ladeira e não podiam ser ingratos com a Mansão, a amiga dos tempos ruins. (Agora era ele o mais querente com a Mansão; Seu Brandini era assim: quando tinha esperanças de lugar melhor, por exemplo apartamento no Leblon que durante uns tempos foi a sua mania — ah, aí a Mansão era um covil, um galinheiro. Mas agora que se sabia preso lá sem alguma esperança de saída, começava a valorizar e a gabar, e quem ouvisse ele falando que morava no Catete pensava até que o gaúcho morava era no palácio, junto com o Getúlio.)

De "pagamento" de aluguel, nos deixaram um bicudo numa gaiola que era ver um bangalô de arame, com balancim e banheira. O Comandante se entusiasmou logo, eu não, não gostava e não gostei nunca de passarinho preso. Eu e Delmiro.

A Academia pagou o salário do mês de férias e no outro mês o diretor chamou o Comandante e lhe ofereceu a chefia do Departamento de Esportes e Caça: — tiro, iatismo, pesca, acampamentos — que o pessoal da Academia chamava Departamento dos Escoteiros. Era um aumento do ordenado e menos tempo para ele dedicar à sociedade com Chefe Conrado e Patrão Davino.

Nós assentávamos a vida e, se aquilo não era felicidade, tinha tudo para enganar.

*

Falando em Chefe Conrado, uma tarde ele foi lá em casa nos cumprimentar pela chegada, e não sei como a conversa caiu naquele dia aflitivo da prisão do Comandante e lhe contei o episódio do revólver — eu sentada em cima dele, pregada no degrau, abrindo o berreiro para distrair os homens.

Os dois riram que dobravam a gargalhada e no fim Chefe Conrado disse com ar meio descuidoso:

— Aquele Bigode! Coitado, acabou mal, vocês souberam?

O Comandante se sabia não deu mostras e o Chefe Conrado continuou:

— Sumiu, levou mais de semana desaparecido; afinal pescaram um corpo na baía, identificaram, era ele; aliás, quase não se podia fazer a identificação, estava todo comido de siri.

O Comandante comentou, meio engasgado:

— Que coisa!

E o Chefe Conrado:

— Você sabia também, não é? Ele vivia achacando o pessoal do jogo do bicho no morro de São Carlos. Um dia a turma encheu, lá se foi.

Carleto e Estrela, que estavam presentes, não ligaram coisa com coisa. Mas eu fiquei com medo da coincidência e quando as visitas saíram, mal os Brandini tinham atravessado a porta, tentei botar o Comandante debaixo de confissão:

— Meu bem, terão sido mesmo os bicheiros que deram fim ao Bigode?

Ele encolheu os ombros, rindo:

— Claro, você pensa que fomos nós? Nossa força não dá pra isso — se bem que o canalha merecia.

— E você só soube hoje? Não achei você muito surpreendido.

Ele não se zangou com a minha suspeita:

— Quem se surpreende quando um ordinário daqueles toma o que merece? Você não lê jornal? Está havendo uma guerra por toda a área do jogo do bicho. O Bigode vivia metido nisso até o pescoço, pegou as sobras.

E passou o ferrolho no portão, saiu andando na minha frente, lá adiante se voltou:

— Quem com muitas pedras bole... Se lembre, eu estava no Ceará.

Continuava tão manso, não seria mais natural que ele se irritasse com a minha inquirição?

Mas eu também não insisti nem depois toquei mais no assunto, quer com ele, quer com o Chefe Conrado. Aquele Bigode — sujeito mais nojento era difícil; podia ser que a mãe gostasse dele quando o pariu — e assim mesmo só porque mãe é mãe.

ORA SE DEU QUE O Comandante tinha feito amizade com um freguês das suas bebidas, homem muito ligado ao pessoal do Catete, gastador à larga que tinha até mandado buscar em Buenos Aires uma moça francesa pra morar com ele.

Chamava-se Dr. Valdevino, dizia que era gaúcho, mas o Comandante desconfiava que ele fosse uruguaio — ou paraguaio; antes paraguaio, porque era louco por guarânia, e isso dá mais parecença com Paraguai, não?

Sempre que o Comandante lhe aparecia no apartamento, levando mercadoria, Dr. Valdevino o convidava pra tomar um drinque e brincava:

— Venha provar o seu próprio veneno, quero ver se você se arrisca!

E ficavam negociando numa gauchada danada, nunca faltavam outros sujeitos lá, e às vezes o Comandante entrava para a roda de pôquer que parece era regular nas terças-feiras.

E teve uma vez em que esse Valdevino convidou o Comandante pra ir a uma tarde no Jóquei, fez questão de que eu fosse também:

— Não deixe de levar a sua senhora!

Acabei alugando um chapéu, Estrela que me ensinou onde; era de palha havana, combinando com o meu vestido de crepe cor de milho, o Comandante achou que eu estava uma graça, parecia um pintinho saído da casca! E eu creio que não envergonhei ninguém.

Apostei num cavalo que chegou em quinto lugar — não foi tão mal —, passei pelo gramado, o Dr. Valdevino me mostrando tudo, achei lindo quando ele me chamava à la gaúcha de "senhora": "Olhe, Senhora, que lindo cavalo." "Boas noites, Senhora, espero que tenha gostado."

Até me deu saudades do palco, porque em muitas peças de Seu Brandini era assim que os cavalheiros tratavam as damas, também. (Ou era o título da outra que eu cobiçava? "Senhora"?)

Mas Carleto, quando eu lhe contei, disse que isso era coisa de castelhano, que no Rio Grande o pessoal não fala assim — só gente bocó que é mais das bandas do Rio da Prata do que das nossas.

Nessa tarde do Jóquei a francesa não foi; mas no dia do passeio de lancha pela baía, ela foi; já não era nenhuma mocinha, acho mesmo que estava mais perto que longe do lado ruim dos quarenta; daí, o Dr. Valdevino também não era nenhum broto, com aquela pança e os babados debaixo do queixo; e mais os óculos grossos, e a gomalina no cabelo, e o anelão de pedra vermelha no dedo mindinho, e o alfinete de pérola na gravata, e uma vez botou polainas — essa o Comandante me contou, eu não vi.

Seu Brandini, que também tinha sido apresentado a ele pelo Comandante, num bar da praia — Seu Brandini disse que aquele camarada não existia, era um tipo de palco:

— Vai ver é tudo postiço, barriga, cabeleira, narigão...

Mas como eu ia contando, a francesa foi conosco no passeio de barco, era uma mulher sovada, com o pescoço bastante encorreado — falava uma mistura de português com castelhano, atravessado de palavras em francês, mas dava pra entender; e parecia boa pessoa, delicada. Muito friorenta, se enrolava toda numa capa de gabardine, também as pernas pra baixo do *short* não eram lá o que se diga, e sardas, sardas! no nariz, no pescoço, nos braços, até nas canelas e nas coxas. Chamava-se Francine. Podia ser mulher da zona de Buenos Aires, ou sei lá como se chama a zona nessa terra (afinal o Comandante e eu acabamos nunca fazendo a nossa sonhada viagem a Buenos Aires, que ele vivia me prometendo), mas parecia uma senhora, com uns modos lindos, um sorriso muito amável.

O Comandante, muito saliente, foi falando logo pra ela "Madame Francine" e ela sorriu e disse:

— Prefiro que me chame Francine; mas se faz questão do "madame", me chame Madame Gonçalves, que é o sobrenome de Valdevino.

O Comandante ficou chateado e quando nós saímos me falou:

— Você viu aquela perua francesa me dando o teco?

Mas eu gozei pra ele não ser exibido.

E nesse mesmo passeio pela baía entregaram a direção da lancha ao Comandante, botaram-lhe na cabeça o boné de piloto e ah, meu Deus, que recordação do tempo em que ele era comandante mesmo, do seu direito; na mão dele a lancha parecia um cavalo na rédea de um mestre picador, parecia um pássaro voando ao rés da água; e ele era feito um príncipe, de olhar fito em frente, a mão descansando de leve na direção, os movimentos tão fáceis, às vezes a espuma salpicava o rosto dele, que o enxugava com as costas da mão esquerda, num gesto rápido — ai, só posso repetir que parecia um príncipe.

Mas os convites para mim eram só uma vez ou outra e creio que por simples delicadeza. Não sei, mas acho que o Dr. Valdevino estava de olho no Comandante para qualquer coisa, qualquer aventura maluca e arriscada — e isso mesmo eu disse a ele, que se enfezou:

— Bobagem, mulher; é um bom freguês, nada mais.

Porém eu teimei na minha suposição e Carleto, que já tinha se informado a respeito do cara, concordou comigo:

— Dizem que é homem de grandes negociatas e gosta de contratar pessoal atrevido... Com a crônica do Comandante, as ligações que tem, as entradas na área do contrabando... não me admira.

E realmente, um dia lá o Dr. Valdevino veio sondar o Comandante para um negócio de automóveis trazidos de Miami e desembarcados em Caiena, e conduzidos de lá para Belém — dão uma fortuna!

Mas quando o Comandante me contou eu fiquei apavorada, isso já não era contrabandinho de quinquilharia, era trabalho de quadrilha grande; e acho que ele mesmo se assustou e se fez de desentendido junto ao homem.

Felizmente nem deu tempo para o Dr. Valdevino insistir na proposta; porque aí o Getúlio se matou e o Tenente

Gregório foi preso e o grupo daqueles amigos que tinham um pé no Catete se dispersou todo.

Falo em pé no Catete, mas era o pé deles, a importância do Comandante nunca deu para chegar até lá, graças a Deus, como ele próprio explicou a Seu Brandini que lhe perguntava se não tinha medo de ser envolvido no expurgo. O Comandante deu uma risada:

— Medo por quê? Eu nunca entrei nas boas bocas nem comi de nada — só pego mixaria. O que tenho feito é espiar a deles — lamber o vidro de doce pelo lado de fora!

Num instante ficou tudo quente demais para eles, Dr. Valdevino resolveu viajar para o Sul e antes de viajar casou com a Francine. Ele era viúvo, pelo menos foi o que nos disse. E nós achamos que ele deve ter botado tudo que possuía em nome dela, o casamento foi com separação de bens. Nós não assistimos ao casamento que se celebrou meio escondido, mas fomos ao apartamento deles no dia seguinte e Francine tinha até remoçado, os olhos azuis brilhando e o cabelo, da cor das sardas, solto pelos ombros.

Fomos lá porque o Dr. Valdevino telefonou pedindo essa visita, queria fazer uma proposta; e eu, horrorizada que se tratasse de novo de alguma coisa parecida com os tais automóveis de Caiena, exigi ir junto. Como fui eu que recebi o recado, disse ao Comandante que a Francine fazia questão de que eu fosse também — não era bem isso, mas eu disse.

E a proposta, afinal, não tinha nada com automóvel, era uma coisa, aliás, ótima.

O Dr. Valdevino não queria alugar o seu apartamento, tinha lá muito móvel de valor, tapetes persas, cortinas de seda, e as pratas, as louças e os cristais. E também não queria que o apartamento ficasse fechado sem ninguém — dizia que era medo de ladrões, mas penso que ele não queria chamar a atenção do governo novo — pelo menos era o que dava a entender.

Por isso vinha nos propor ficarmos no apartamento, como uma espécie de caseiros, até que as coisas serenassem.

Àquela palavra "caseiros" o Comandante encrespou o beiço e ia talvez respondendo mal, mas parece que a Francine entendeu, porque atalhou muito depressa na sua fala acastelhanada que eu vou traduzindo porque não sei repetir direito:

— Vocês ficam donos da casa! Ocupam o nosso quarto de hóspedes, passam uma temporada de praia, Copacabana é linda, não é, Dôra?

E eu concordei logo, com medo de que o Comandante recusasse, e o Dr. Valdevino explicou que poderíamos usar até a garagem, na vaga do carro dele, porque iriam viajar por terra, Francine adorava andar de carro. Lá comigo tive a ideia de que eles não queriam era passar pelo aeroporto ou pela polícia marítima, naqueles dias perigosos.

O apartamento era grande, de frente para o mar, na altura do Posto Quatro. Tinha um salão e três quartos e eu disse para a Francine que nós poderíamos ficar, mas com uma condição: se ela guardasse tudo nos armários, até os tapetes e as cortinas, porque eu não tinha empregada e não podia cuidar de tudo sozinha.

E tive a impressão de que Francine adorou a minha ideia, talvez não fizesse ela mesma a proposta com medo de nos ofender.

E como eles tinham pressa, fiquei logo o resto do dia por lá, ajudando nas arrumações; Francine tinha dispensado a copeira que era falante demais e só ficou a cozinheira que ia com eles para o Sul. De ônibus, eu acho.

Então me lembrei de pedir o auxílio de Estrela que eles já conheciam — isto é, o Dr. Valdevino a conhecia de uma tarde lá em casa em que foi atrás de uns uísques, e tinham se dado muito bem.

Estrela veio, e toca a empacotar e a enrolar tapetes, e o Comandante com um caderno fazendo o inventário de tudo; Estrela dizia baixo, pra mim:

— Não tenho inveja porque não sou invejosa, mas esse gringo sabe se tratar!

Já eu não invejava nada, para mim aquilo tudo era uma ilusão e a seda das cortinas já estava se desbotando com o sol, e se eu fosse invejar alguma coisa seriam as bandejas de prata; mas na verdade pra que eu ia querer uma bandeja enorme daquelas, e o faqueiro com monograma, e os dois aparelhos de porcelana que enchiam todo um armário enorme, embutido, na sala de jantar?

Onde é que eu podia usar aquilo — então pra que querer aquelas coisas — e me lembrei de um doido que tinha nas Aroeiras, pedia tudo em que botasse os olhos, uma colher, um pé de sapato, uma boneca — e se a gente perguntava:

— Mas Mané Doido, pra que você quer isso?

Ele dizia:

— Pra nada, só pra possuir.

As coisas de Francine para mim eram o mesmo que as outras que o Mané Doido pedia — onde é que eu iria botar nada daquele luxo nos nossos quartos de Santa Teresa?

E então eu não invejava nada, nem sequer queria usar nada, preferia ver tudo debaixo de chave para salvar a nossa responsabilidade.

E creio que Francine adorou também quando eu disse que ia trazer minha própria roupa de cama e mesa, e ficaria usando a louça da copa — diz que toda francesa é avarenta e aquela mal encobria.

O Comandante é que não estava gostando daquelas minhas modéstias — me levou para a sacada, como se quisesse me mostrar alguma coisa no mar e falou agastado:

— Você não me comece com essas humildades todas, que eu não venho pra cá como empregado desses gringos! *Caseiros* não foi que ele disse? Caseiros, as negras dele. Eu vindo, é só pra fazer o favor, não preciso da porcaria do apartamento de ninguém!

E eu expliquei que o meu medo era do excesso de serviço, as coisas guardadas seriam o meu sossego, e abrandei a irritação dele com outra história da Soledade, aquela mulher que teimava em morar numa casa de um vão só, ela e os filhos, "*porque dava menos trabalho pra barrer*".

Com poucos dias eu já estava tão acostumada como se tivesse nascido ali. Por sorte as aulas do Comandante na Academia eram na parte da tarde e, assim, as manhãs nós tínhamos livres. Mal se saltava da cama, eu vestia o maiô, ele metia o calção, e era nesses trajos que ele saía para comprar o pão, o jornal, o leite e a carne. Eu arranjava um café rápido e tocávamos para a praia até a hora do almoço.

E nos sábados e domingos era praia quase o dia inteiro, Estrela e Carleto vinham, teve um domingo em que o

Comandante convidou o pessoal do Patrão Davino, veio a velha e a outra menina, Aldira. Alice afinal estava casada com o tal jogador. (Fugiu mesmo com ele pra São Paulo e, por incrível, parece mesmo que ele arranjou um lugar na reserva, não sei se no São Paulo ou no Corinthians, sei que era um clube da primeira divisão; e a velha Amada, quando alguém falava nisso, apertava os beiços e dizia que só acreditava se visse com os olhos dela o tal Pequinho no campo, vestindo a camisa do clube.) A Aldira era menos assanhada que a outra, chegou foi logo rumando para a praia, tinha combinado encontro com umas amiguinhas e só a fomos ver na hora da saída.

A velha Amada tinha trazido um embrulho de acarajés feitos por ela, Estrela (que veio também) adorou e eu não pude dar opinião, a pimenta não me deixava tomar o gosto de nada. Porque acompanhava um tal de molho, que a velha trouxe em marmita, e era para abrir o acarajé e botar aquele molho dentro que ardia como chumbo derretido. O Comandante acho que comeu bem mil dos acarajés, e a velha botava nele os olhos lanzudos e sorria:

— Ah, você não mudou nada, Cadete Lucas!

Me dava um ódio.

Engraçado, como a pessoa se acostuma depressa. O elevador, o porteiro, gente morando em cima de nós, embaixo de nós, e nós mesmos empoleirados num sétimo andar. Mas eu não me esquecia da minha casa, fazia o Comandante me levar lá no Studebaker uma ou duas vezes por semana, varria o pátio, aguava a parreira, limpava os móveis: os passarinhos (aquela primeira gaiola do bicudo de Carleto já aumentara para três) a gente tinha trazido para o apartamento e me pareceu que eles estavam estranhando a maresia.

E também numa noite veio o pessoal do Chefe Conrado, os mesmos que se reuniam com o Comandante no bar da Rua Riachuelo, inclusive o Zelito, o que tinha ido me chamar naquela tarde azarada em que o Comandante estava tão impossível.

Eu não sei o que era, suponho que era a presença daqueles homens que faziam profissão de bater, prender, acabar comício — valentões de ofício, como dizia Carleto —, a presença deles assoprava não sei que centelha abafada no peito do Comandante; quem sabe ele queria ser um deles, também? Quem sabe ele desconfiava que, de certa forma, os camaradas olhavam para ele de cima para baixo — porque afinal eles tinham uma posição oficial, a farda, o cassetete e o boné vermelho — enquanto ele era chamado de Comandante só por cortesia, a bem dizer por apelido... Não sei, ah, não sei.

Sei que ele bebeu, todos beberam, e a nossa bebida tinha acabado; o Comandante foi abrir a adega do Dr. Valdevino e tirou de lá mais duas garrafas de uísque e eu apavorada, santa mãe, mexer nas coisas do homem; mas nem ousei dizer nada que ele já estava bem queimado e quando queimado ficava bravo, invariável.

E aí um deles, um tal Pamplona, apontou para um quadro na parede que era uma gravura de D. João VI dando beija-mão no Paço; então o tal Pamplona perguntou quem era aquele cara. O Comandante ficou irritado, xingou o Pamplona de ignorante — como é que aquele analfabeto não conhecia a figura de D. João VI, rei de Portugal e do Brasil?

O Pamplona falou:

— Não, nunca ouvi dizer que teve rei no Brasil, só o Imperador.

E o Comandante zangado e bebendo e quanto mais bebia mais insistia naquele assunto de rei e no fim batia no peito, dizendo:

— Imperador do Brasil e Rei do Mundo! — E se gabava do demônio Asmodeu, padrinho dele, que se ele quisesse podia lhe dar todo o poder da Terra:

— Vocês já ouviram falar em pacto demoníaco?

Dizia essas bobagens com uma cara feroz, os olhos injetados, e eu não sabia que é que sentia pior, se o medo ou se a vergonha; a sorte é que os outros estavam cada qual mais de pileque, também; e cada um blasonava as suas vantagens, e acho que eu mesma era a principal ou única ouvinte do Comandante.

Nunca me esqueci: — "Imperador do Brasil e Rei do Mundo". Dias depois, passada a bebedeira, lembrei a frase ao Comandante e lhe perguntei de onde tinha tirado aquilo. Ele sorriu encabulado e disse que era uma brincadeira do tempo de menino.

Aliás a tal noitada não acabou sem barulho — um dos convidados se debruçou na janela e vomitou para fora e o porteiro veio fazer reclamação que tinha caído aquilo na sacada do quinto andar; os vizinhos do oitavo andar também reclamavam do barulho da vitrola porque, é claro, o Comandante e as suas visitas tinham botado na vitrola, tocando aos urros, a coleção de guarânias do Dr. Valdevino.

E eu dei graças a Deus por não terem deixado ficar nenhum dos tapetes de luxo no chão.

*

Acho que aquelas férias em Copacabana duraram uns quatro meses. Um dia chegou telegrama do Dr. Valdevino comunicando que seríamos procurados pelo advogado (já conhecido nosso) que devia trazer uma carta com instruções.

O homem veio e na carta explicava que o apartamento tinha sido vendido com tudo o que estava dentro para um diplomata argentino e era para se entregar tal e qual, menos as coisas de um rol que Francine me enviava: roupas, alguns quadros e um serviço de cristal francês.

E achei muito delicado da parte de Francine, porque ela mandava que eu tirasse para mim, como lembrança sua, uma caixa de música que tocava *J'attendrai* com uma bailarina na tampa girando na ponta do pé enquanto a música tocava, e que eu tinha achado linda na hora da arrumação. E a delicadeza maior que eu via naquilo era Francine ter se lembrado de uma coisa passada num dia de tanta confusão. Ainda hoje possuo essa caixinha de música, mas a bailarina não dança mais. No entanto a música toca, aos estalinhos e eu raramente aguento ouvir porque me dá saudades demais de tudo que passou para sempre.

O CÍRCULO SE FECHOU, a cobra mordeu o rabo: eu acabei voltando para a Soledade.

Voltava sozinha, voltava de vez. E era diferente. Antes, quando vim, passado pouco tempo da morte de Senhora, ainda ali se sentia o bafo da presença dela espalhado pela casa e pela terra, assim como uma quentura de corpo ou marca de mão ou eco de voz — a sombra de Senhora continuando a encobrir e tomar conta das coisas, dos bichos e das pessoas.

Agora, percebi logo que isso tudo já ficara esmorecido. Mal cheguei, fui sentindo que a cinza de Senhora estava fria; ferida e maltratada como eu vinha, não precisava de me esconder, podia me agasalhar no borralho velho, sem medo das brasas vivas.

E tudo ali livre — ou privado? — da mão dela, começava a se deteriorar, devagarinho.

Xavinha no fundo da rede, sem mais serventia de nada como zeladora ou como vigia. As galinhas fazendo ninho pelas salas, os pombos morando na queijaria.

Luzia e seu filho apanhado ocupando o quarto pegado ao de Xavinha, que era dantes o da costura, numa desordem de cordas com cueiros estendidos, redes atadas em pleno dia, garrafa de mamadeira com leite azedo rolando por cima da máquina Singer, que substituía a velha New-Home aposentada.

Zeza fazia falta; com seu marido Luís Namorado, depois de muitas mudanças ocupavam agora uma casa longe, na extrema com a Arábia, guardando o portão da estrada.

Fui tomar a bênção a Maria Milagre no seu quarto escuro; continuava sentada na rede, se balançando, cacetinho na mão. Me fez chegar perto, apalpou meu rosto, os ombros, os braços, pra verificar se eu estava mais gordinha:

— Qual, chega aqui é o mesmo fiapo! Parece que nessas terras por onde ela anda não tem comida!

Amador também ia se fazendo velho; sempre tinha bebido as suas lapadas, e já agora não era mais lapada, bebia seguido e ficava a maior parte do dia no alpendre da sua casa, parado, meio dormente de velhice e cachaça, mascando uma pele de fumo. Comadre Jesa é que emergia com força nova, se encarregando das coisas mais urgentes, curar o peito inchado da vaca Jaçanã, o umbigo do bezerrinho Caroá; ela também que criava na mamadeira os dois borregos enjeitados. Amador quase não se importava mais com nada, não fosse o filho que praticava de campeiro, nem sei.

Também o gado estava se acabando — por venda, morte, roubo; o ano passado tinha sido ruim, as ovelhas se reduziam a nada, os bodes ainda a menos. Dos cavalos só me restava um.

Os paióis quase vazios, a conta do algodão no Seu Zacarias não dava mais pra coisa nenhuma, e a raiz do algodão nas capoeiras era pouca e velha demais.

Confessar era o jeito, a fazenda Soledade estava indo de água abaixo, quase igual com Xavinha, sua vigia e testemunha; pobre de Xavinha, mal se levantando da rede, indiferente a quase tudo, o dia inteiro bradando por Luzia pra lhe trazer a brasa do cachimbo, a água de lavar os pés, o chá de erva-cidreira, o vaso limpo, a caneca d'água. E Luzia, enjoada, fingia que não escutava a maioria dos gritos, e então a velha se punha a sacudir um chocalho que tomara de Antônio Amador, e que ressoava pela casa vazia como um bicho extraviado. Pior que Maria Milagre, Xavinha.

*

Mas era meu. Neste mundo todo, do Pará ao Rio de Janeiro, era o único lugar meu. Minha a casa, com a cal das paredes escura pelo lodo do último inverno, meu o curral de cercas pedindo reparo, meu o gado reduzido a semente, e a semente da criação.

Sozinha no mundo, eu sabia, sozinha mais que sozinha — com aquele bando de velhos inúteis às minhas costas —, mas pelo menos não me via no meio de estranhos como nos últimos meses do Rio, ah meu Deus, os últimos meses do Rio.

De manhã tinha a tigela de leite tirada da minha vaca, o resto do feijão do meu paiol para o almoço, o frango, o ovo, o peixe do açude; comendo da minha pobreza, mas comendo do meu.

Estrela e Carleto não entendiam. Naquela viuvez de pobre em que me vi de repente, eles só me imaginavam recomeçar tudo na cidade, vender a fazenda, fundar companhia nova — imagine, voltar ao palco depois de todos aqueles anos — quando da primeira vez lá cheguei nem eu mesma sei como, por que milagre de último recurso!

Seu Brandini ficou até sentido quando eu recusei:

— Você é uma louca em ir se enterrar naqueles matos, não aguenta nem dois meses.

Ele não entendia — Estrela talvez entendesse um pouco — que enterrada, afogada, sepultada, me achava eu entre os estranhos, sem nada meu ao redor de mim, sozinha no meio dos outros, sozinha de dia ao amanhecer, sozinha no café e sozinha no almoço, sozinha de tarde, sozinha no quarto e na rua, sozinha de noite na escuridão, sozinha no meio do povo. Isso ele não entendia.

Na fazenda eu estava só de novo, mas era uma espécie de solidão povoada, uma solidão que eu conhecia, solidão antiga que eu trazia no sangue.

O Comandante tinha entendido — e isso era o milagre dele, me entendia sempre, adivinhava o que eu ainda ia fazer, como se para ele estivesse escrito num livro.

Numa hora em que lhe tirei o termômetro e mordi os beiços com um baque no coração, vendo a altura da coluna da febre, ele teve um sorriso cansado, me dispensando de mentir, e disse como se uma coisa não tivesse nada com a outra.

— Depois disso tudo você vai para Soledade, não é?

Aquela palavra me doeu no peito como uma agulhada e eu repeti, estupidamente:

— Depois de quê?

E ele com a fala já fraca, meio irritada:

— Depois de quê? Eu morrendo, claro.

Eu botei nele os meus olhos que ardiam de aflição e insônia:

— Se você morrer antes de mim eu me enterro com você na sua cova.

Ele passou a ponta do dedo, de leve, pela mão com que eu me agarrava no colchão da cama:

— Tolice, tolice.

Sim, tolice. Não me enterrei nem nada. A gente não se enterra na cova de ninguém. Fiquei por aí, dormindo sozinha, comendo sozinha, andando à toa pelo meio dos outros, boiando na corrente como uma casca seca.

E passados os dias piores do choque, eu olhava tudo em meu redor como casas e gente de uma cidade estrangeira, e ouvia a língua do povo como uma língua estrangeira, e o meu instinto só me pedia para ir embora, voltar pra longe, onde a dor que me podia doer era uma dor que eu conhecia, não aquela dor de abandono, naquele lugar que pra mim só tinha sido dele, só dele e nada mais.

Nenhuma hora do Rio tinha eu vivido sem ele, porque mesmo no tempo da espera, quando chegamos e eu fui com Estrela e Carleto para a Mansão, de certa forma já estava com ele, me reservando, com tudo suspenso aguardando por ele.

Carleto pensava que me assustava a falta de recursos no Rio. Podia ser que assustasse, mas não era o principal.

Ganhar o sustento eu sabia que não seria impossível, podia até continuar vendendo as quinquilharias do Comandante. Ele tinha me deixado notas com os endereços, os telefones e as preferências de toda a sua freguesia — e para obter mercadoria nova eu sabia as pessoas a quem procurar. Também eu sabia cozinhar, podia vender marmita. Tinha o contrato da casa ainda por dois anos — renovado pelo Comandante, não fazia sete semanas.

Mas acima de tudo eu tinha tomado um ódio geral — se não era bem ódio, era antipatia, indiferença, nojo —, para que então ficar ali?

No remate das contas, eu era a filha de Senhora e tinha o exemplo de Senhora. E a casa dela, a terra dela, a marca das suas pisadas para eu pisar. E sem ela atravancando a casa e me tomando a entrada de todas as portas — sem ela — lá é que era o meu lugar.

Rei morto, rei posto. Morreu a Sinhá Dona e chegou — não quero dizer a Sinhá Nova, porque ai, naquela hora da minha chegada eu não tinha nada de Sinhá Dona: surrada e ferida, magra e de olho fundo, mais me parecia com Delmiro caindo desacordado de cima do seu jumento, do que a dona da terra que volta ao seu reino para reinar.

Mas era meu. Ali eu não tinha de lutar com ninguém — ali era meu — e, acima de tudo, eu era dali. Não havia uma folha de mato que me fosse estranha, um bicho, um inseto, um passarinho, um peixe, que me fosse estranho — e que me estranhasse. Os velhos caducando eram meus para zelar, aturar e acompanhar na hora da morte. As filhas das cunhãs velhas eram as minhas cunhãs novas. O povo me recebia como se não tivesse havido ausência, emendava um tempo com outro e os anos de separação eram esquecidos.

*

Havia um seguro de vida, pequeno, que eu só descobri quando fui tomar conhecimento dos papéis na gaveta do Comandante; seguro de vida nominal, para mim. Com isso paguei as contas, fiz as despesas dos primeiros dias, e ainda me sobrou algum para a viagem. A passagem de volta não gastei com ela, Chefe Conrado arranjou na Panair outra cortesia e ainda despachou toda a minha bagagem por terra, de caminhão. Eu lhe deixei de presente o Studebaker, fosse vender não valia mesmo nada, era uma lembrança.

Seu Brandini botou anúncio no *Jornal do Brasil* — "PESSOA QUE SE RETIRA VENDE TODOS OS MÓVEIS DE SUA RESIDÊNCIA" e passou dois dias lá em casa, regateando a cama, a cômoda, o fogão, a mesa, as cadeiras, tudo que eu não podia carregar comigo. Comigo eu trouxe a roupa de casa, a louça e as panelas, minhas lindas panelas de fazer nossa comida, dele e minha.

Carleto quis vender os passarinhos mas eu não deixei; dei as três gaiolas a D. Amada, que naqueles dias mais pavorosos foi quem melhor me entendeu. Não procurava me consolar nem nada, ficava de lado em silêncio, olhando pela janela; às vezes me trazia um copo de leite ou uma xícara de chá, e disse numa dessas vezes quando eu lhe repeli a mão:

— Tome, é líquido. Pra você ter água nos olhos com que chorar.

Não dizia o nome do Comandante, não carpia como os outros — "Coitado, tão moço, tão forte ainda!" —, recebia as poucas visitas, me deixava em paz, era isso o precioso dela — me deixava em paz.

*

No Rio eu não tinha vestido luto, ia lá me lembrar de comprar roupa. Mas no sertão achei o preto obrigatório. Era o meu documento de viuvez, ou mais que isso; aquela roupa preta era a carta de marido que eu assinava para o Comandante.

O luto, ali, ainda era o passaporte da viúva; me garantia o direito de viver sozinha sem ninguém me perturbar em nada, de mandar e desmandar no meu pequeno condado — tão feio e tão decadente. O condado de Senhora! — sendo que agora a Senhora era eu.

Mas era o vestido preto a única concessão que eu fazia. O resto dos paramentos da viuvez, o porta-retrato na mesa de cabeceira, as duas alianças na mão esquerda, as lembranças dele entesouradas e exibidas — pra isso eu não tinha forças.

Não podia. Não me sentia encarnada na viúva — como acho que Senhora encarnou. Viuvez em mim doía como um fogo vivo, era uma desgraça ativa, amaldiçoada.

Senhora costumava zombar de uma amiga sua:

— Tem muita mulher que faz da viuvez um começo de vida...

Suponho que era mesmo; talvez na hora do passamento elas padeçam a sua dor, mas é aquela própria dor que marca o começo da vida nova — é como uma dor de parto, alvíssaras de nascimento. Em vez do marido vivo como meio de vida, elas então tinham o defunto que lhes dava o ofício novo e as suas galas: a roupa do luto eterno, as fotografias do falecido, as missas de mês e ano, as flores no cemitério, as coroas e as velas do dia de Finados. A amiga de Senhora dizia:

— Trinta anos que ele morreu e para mim é como se fosse ontem!

E Senhora:

— Peça a Deus mais alguns anos de vida e você ainda comemora as bodas de ouro.

Senhora podia falar mal da outra mas também ela tinha aproveitado a sua viuvez como um estado natural de vida, carregando os seus problemas, mas cheio de compensações: a autoridade ganha e a independência lhe pagavam outras faltas, ela nem escondia.

Mas eu não, ah, eu não. Para mim havia só a horrível solidão, o vazio e o desespero; um vácuo por onde eu me sentia rolando, desabando sem encontrar fundo. E a carne esfolada me sangrando.

Vivia ainda tão cheia dele e ainda tão no espanto da falta dele que a dor daquela falta me roía constante como quem tem fome. Em vez de me consolar com as lembranças e de certa maneira desfrutar a minha saudade, eu tinha era que procurar alguns momentos de pensamento livre, tirar a dor dele de cima de mim, tomar aspirina, passar linimento, pra não ter que sair gritando.

O pior, o horrível, o principal, era a quebra da nossa unidade de dois, a nossa parceria. De um momento para o outro eu me via só no meu lado, cortada qualquer comunicação. Nada que eu fizesse, nada, nem chorar, nem me rasgar, nem ficar louca e bater com a cabeça na parede, nem cortar as veias — nada era capaz de provocar reação nenhuma nem provocar qualquer resposta, a mais distante. Um momento e ele estava ali e era meu e eu dele — e outro momento ele não estava mais e era como se nunca houvesse existido.

Da parte dele pra mim acabou-se tudo, tudo! e sem preparo e sem aviso, era agora só o silêncio e a distância sem fim.

O mais que eu fizesse — se eu fosse a dona do mundo não adiantava; se eu fosse o papa não adiantava. Não tem mágica nem milagre nem poder que adiantasse.

E então que consolo e que compensação haveria? Mesmo que eu me cobrisse de preto e de véus chorões como Senhora queria por Laurindo e eu recusei (agora havia de me parecer tão pouco) e enchesse a casa de retratos dele, e os móveis e as paredes de objetos dele — e depois?

Agora nada era nada, tudo que eu fizesse só podia ser invenção minha, fingimento e imaginação. De que me servia o copo, o relógio, os óculos, a roupa dele, se o importante e o mais precioso de tudo — o corpo, a carne, as mãos, a substância dele! — tinha se corrompido e se acabado — e de que modo. De que modo, e eu sacudia a cabeça pra me livrar do pensamento — *de que modo* — as mãos, a boca, os olhos, meu Deus do céu afastai de mim. Agora tudo era esqueleto e caveira — pronto, já está dito, não resta mais horror nenhum pra pensar nem dizer.

Tudo que foi dele tranquei numa mala e perdi a chave. Até hoje nunca a abri nem quero abrir nem ver. Principalmente o mais cruel de tudo — os retratos. A mentira daquela figura e a gente dizer que é *ele* — foi ele e não existe mais! Em nenhum recanto do mundo, nem no céu nem na terra nem na água, nada mais daquilo que o retrato mostra existe, está tudo consumido. Nem a carne nem a cor nem o formato; e mais que tudo a expressão, o que fazia o riso e o som da voz e o brilho dos olhos — essas coisas que pela sua natureza já são fugidias, que no vivo vêm e passam e nunca se repetem iguais e que a foto naquele momento imobilizou — depois de morto que dirá então?

Se a menina que eu já fui faz mais de vinte anos e o retrato registrou, hoje está perdida, sepultada no tempo, tal como na morte — sim, que dirá então quem já morreu?

*

A sorte era o trabalho. Tudo pra começar de novo, a casa por remendar e caiar, suja, deteriorada, as cercas arrombadas e os roçados abertos. Botar os homens no serviço, exigir a sujeição dos três dias por semana da qual, Senhora morta, eles tinham perdido o costume. Refazer o gado; trocar em novilhas as vacas velhas, arranjar um touro, vender o gado solteiro, aliás vender tudo que pudesse pra pegar em algum dinheiro. Levantar financiamento com Seu Zacarias para o replante do algodão; ainda havia capoeira velha com raiz de algodão de antes da morte de Laurindo.

Rara era a braça de cerca em pé, rara a casa de morador que não estivesse ameaçando cair em cima dele. Até a parede do açude revendo, o pomar era uma selva, a rebolada de cana na terceira soca, sumida no mato e no maltrato.

O dinheiro trazido do Rio, apurado por Carleto, ia todo se sumindo nessas despesas que adiar eu não podia; mas pelo menos no meu sustento eu não tinha que pensar — o meu e o do meu povo, que não era gente pouca. Matava um carneiro, matava um bode, tinha as galinhas de Xavinha, os patos, os ovos, o leite. Mandei desmanchar uma mandioca manipeba que por milagre Amador tinha deixado ficar do outro ano — fiz uma farinhada e me garanti de farinha por seis meses.

Procurava a todo instante me lembrar de como Senhora fazia; e tudo se repetia agora como no tempo dela, porque mesmo que eu quisesse não sabia fazer nada diferente, e então era a lei dela que continuava nos governando.

E aos poucos eu também ia me endurecendo, na couraça do meu vestido preto. Meu doce coração cada vez me ocupava lugar menor dentro do peito, e só de noite, sozinha, é que eu lhe afrouxava a prisão. Só de noite é que eu sonhava e recordava, querendo ou sem querer. Dormindo, acordada, rolando na cama, minha velha cama agora de colchão novo, onde eu, viúva, me deitava atravessada.

Dormindo, acordada, sonhando.

E revivia, e relatava, e relembrava, naquelas horas sozinha eu não podia abafar.

O que nem a D. Loura eu tinha contado. Não por querer mas por não poder, engasgada e trespassada. E ela naquele espanto:

— Mas um homem tão forte, ainda moço! Parecia um touro!

Um touro, um cavalo de raça, um peixe grande do mar...

Me abracei com D. Loura chorando tanto que nem falava.

E ela me beijou, me levou para a cama, me deu um chá. Me consolou, me amimou, não falou mais.

O PIOR FOI QUE nos primeiros dias era só uma gripe. *Parecia* uma gripe. Como é que eu ia saber que não era?

Dessas gripes manhosas, judiadeiras, ele tinha sempre uma por ano. Corpo mole e dor de cabeça, dor em todos os ossos do corpo. Recusando a comida — mas isso era natural nele; a bebida parou por último, o cigarro nunca. Como é que eu ia saber?

Ele, que poderia se queixar, dizia que não sentia nada mais sério, só a moleza, a moleza! ia passar logo. Diabo daquelas gripes — eu já não estava acostumada com elas?

Corria mesmo um andaço de gripe pela cidade, ele agora vivia mais que nunca metido nas suas viajadas de negócios pelo fundo da baía; a lancha de Patrão Davino tinha sido presa e era outro barco que desovava as coisas para os lados de Magé, Suruí, sei lá. O Studebaker velho às vezes nem botava nesses lugares de acesso difícil e então eles se mandavam de ônibus. E, com tudo, os lucros diminuídos — tempos novos, os homens diferentes, a proteção incerta — talvez nem mais valesse a pena. Ele às vezes me dizia:

— Acho que a gente hoje faz isso mais por esporte.

Esporte! Não fosse a Academia, com o seu ordenado certo no fim do mês, nem sei.

Então naquela manhã, já doente da gripe como eu pensava, ele saiu; febril, muito mole. Voltou tarde da noite, direto para a cama, sem comer nem sequer tomar banho. Deitou-se vestido e quando eu fui lhe tirar a roupa senti que a pele dele ardia, estava em brasa, se cozinhando de febre.

Ataquei de viés, sabia da reação dele:

— Seu corpo está quente, parece que é febre; deixa estrear em você meu termômetro douradinho que ganhei no Natal?

Ele resmungou e eu fui buscar o termômetro, presente seu realmente, e ainda não tinha havido ocasião de o usar. (Também sumi com ele na mala da chave perdida.)

Quase tive que o obrigar a botar o termômetro e fiquei lhe segurando o braço durante os dois minutos; mas quando me cheguei à luz para ler a coluna da febre senti a vista turva, nem sei como não tive um passamento — o mercúrio estava a 40 graus.

Ainda assim tive forças para disfarçar, e aliás nem precisava, porque ele não se interessava em saber nada, queixando só da dor de cabeça. Agasalhei-o bem — o cobertor me fugia das mãos tanto elas tremiam, e me escapei para o corredor onde estava o telefone.

Quarenta graus — eu nunca na minha vida tinha visto um termômetro marcando quarenta — nunca tinha visto ninguém com febre de quarenta graus. Errando nos números, discando e recomeçando, consegui afinal ligar para

Estrela. A campainha tocou, tocou sem resposta e só então me lembrei de que Estrela e Carleto tinham ido passar o fim de semana em Saquarema. Liguei para o Chefe Conrado e dessa vez Deus me protegeu — ele atendeu ao terceiro toque.

Contei a doença do Comandante, a gripe, a febre. Ele conhecia algum médico? Estrela uma vez trouxe um médico para mim, conhecido dela — mas eu não sabia o telefone nem sequer o nome direito do homem...

Chefe Conrado ainda brincou de lá:

— Vocês não têm médico? Isso é que é força de saúde!

Mas eu não estava para brincadeiras:

— Estrela está fora... O senhor acha que eu posso escolher qualquer um na lista dos telefones? Estou tão tonta, Chefe Conrado, tão atada... Imagine que ele está com febre de quarenta graus!

Chefe Conrado tomou logo a frente:

— Ora se acalme, Dôrinha, que é isso? Sossegue que eu vou desencavar um médico. Vá pra junto dele que eu já chego aí.

O Comandante nesse ínterim gemeu lá dentro, eu larguei o fone balançando no cordão, voltei para o repor no lugar, felizmente Chefe Conrado já tinha desligado.

Ah, que espera mais horrível. A todo instante eu tinha vontade de botar o termômetro de novo, verificar se a febre ainda estava subindo, mas a coragem não dava. Até quando uma febre pode subir acima dos quarenta? Pela mão na testa me parecia ainda mais quente. Vai a quarenta e um, quarenta e dois? E onde é o limite da morte?

Passadas talvez umas duas horas afinal chegou o Chefe Conrado e com ele um velho de cara magra e olho espantado, colarinho aberto sem gravata, pedindo desculpas pelo trajo:

— O Conrado me arrancou da cama.

O velho era o médico. Chefe Conrado me chamou num canto, contou como tinha procurado o doutor da família dele mas não conseguiu localizar o maldito do homem — ninguém sabia, parece que estava em Petrópolis! tentou depois outro conhecido que morava em Botafogo — esse estava de plantão, no hospital.

O doutor deu uns passos na nossa direção e o Chefe Conrado alteou a voz:

— Por sorte me lembrei do velho amigo Dr. Nogueira, que trabalhou no nosso ambulatório até se aposentar, e felizmente ainda atende à sua clínica. E imagine, aqui pertinho, na Rua do Riachuelo! Como ele diz, tirei-o da cama.

Dr. Nogueira entrou no quarto, examinou o Comandante por um tempo enorme, escutou, apalpou, olhou a língua, o branco dos olhos, botou o termômetro, o aparelho de pressão, sem dizer nada à gente. E o Comandante, que detestava ser manipulado por médicos, tão mole estava que nem reagia.

Por fim o doutor saiu para a sala, sentou-se à mesa para escrever a receita, e eu indagando o que seria, e aquela febre, que febre seria essa tão alta, ele me cortou:

— Nessas alturas, minha senhora, não posso lhe dizer nada de positivo. Pode ser mesmo a gripe, muito forte. Pode ser outra coisa. No começo quase todas essas infecções são iguais. Temos que esperar que evolua.

Dr. Nogueira voltou no dia seguinte à tarde. A febre continuava alta, a situação sem mudança. A mesma rotina do médico: apalpa, escuta, termômetro, aparelho de pressão. No fim, atou o braço do Comandante com uma borracha e lhe tirou um pouco de sangue na veia. Mandou que eu desse banhos frios ao doente se a febre subisse muito — mas aí olhou pra mim com um sorriso:

— Ele tão grande, a senhora é magrinha, vai ser difícil levar o rapaz até a banheira. Basta que o enrole numa colcha molhada em água fria.

— Que é que o senhor chama de febre muito alta, doutor? Acima de quanto?

— Dos quarenta em diante. Ponha o termômetro com frequência

Fiquei botando o termômetro de hora em hora. Da segunda vez a coluna já queria ir passando dos quarenta — um décimo a mais.

Forrei a cama com a toalha encerada e depois um cobertor de baeta, como o Dr. Nogueira ensinou, enrolei o Comandante — foi a maior dificuldade — com a colcha molhada na água fria. Eu fazia aquilo com pavor — todo o meu sangue de sertaneja se arrepiava só com a ideia de tratar febre com água fria.

Mas a febre baixou. E quando eu o estava enxugando e lhe trocando a roupa, ele correu a mão pelo rosto, barbado de três dias, e me pediu para lhe passar a gilete na barba:

— Se eu morrer quero morrer bonito.

No terceiro dia o Dr. Nogueira chegou, desta vez em companhia do Chefe Conrado, que desde a primeira noite não tinha voltado mais — preso no serviço, só telefonava.

E o médico, depois do exame, nos levou os dois para a sala:

— Minha senhora, tudo me faz crer que se trata de tifo. Temos que fazer a remoção de seu marido para o isolamento.

— Onde?

— Hospital São Sebastião, no Caju.

— Ele não vai querer ir! Ele detesta hospital!

Chefe Conrado interferiu:

— Deixe que eu fale com ele. Eu sei convencer o cara.

Àquela notícia de que o mal do Comandante era tifo, e ainda por cima a ordem de o carregarem para um hospital de isolamento, me deu uma dor demais, senti o peito varado, fiquei sem fala. Tifo! Nem podia esconder dos homens o meu choro, saí correndo para a cozinha.

Afinal lavei o rosto, voltei para o quarto e encontrei o Comandante meio sentado na cama, fuzilando:

— Não vou! Me trato na minha casa, junto com a minha mulher! Eu conheço o São Sebastião, aquela porcaria!

Chefe Conrado começou a brincar, a adular, arrazoando, quase implorando. Mas o Comandante só mordia os beiços, cada vez mais zangado:

— Não vou! Nem a pulso!

Até que o médico perdeu a paciência e fez um risinho:

— Ora, meu amigo, doente não tem vontade. Se o senhor continuar resistindo, eu lhe dou uma injeção, o senhor dorme, e nós o levamos dormindo na ambulância...

O Comandante cerrou os olhos, estendeu a mão num bote para a gaveta da mesinha de cabeceira e puxou de lá o revólver:

— Ah, é? Pois quero ver se algum *felha* chega perto de mim pra me dar injeção... eu passo fogo!

Dr. Nogueira recuou um passo; por trás dele, o Chefe Conrado começou a rir. Eu me ajoelhei ao pé da cama, dei a volta com o braço em redor do peito do meu doente, consegui deitá-lo de novo, passei-lhe a mão pela testa, pelo rosto; beijei-o de leve na face e devagarinho lhe tomei o revólver da mão. Ele deixou a cabeça descair no travesseiro e respirava forte, exausto. Mas ainda furioso.

Murmurei no ouvido dele:

— Eu vou falar com esse médico. Não deixo levarem você daqui, isso nunca! Se acalme, meu bem. Se acalme.

Na sala, o Dr. Nogueira estava muito agitado e só dizia:

— Incrível! Incrível! Dessa eu nunca vi.

E eu perguntei:

— Dr. Nogueira, que hospital é esse? O senhor pode me garantir?

O médico encolheu os ombros:

— É um hospital público. Isolamento. Que é que a senhora quer que eu garanta?

Eu pedi:

— Dr. Nogueira, por favor. Isolamento é para não se espalhar a moléstia, eu sei. Mas aqui em casa somos só nós dois — ele e eu! E a casa é também isolada, tem até esse pátio separando da rua... Vizinho não entra aqui, nem conheço...

Mas o médico resistia:

— Em casos de tifo eu sou obrigado por lei a notificar a Saúde Pública.

E eu teimava:

— Escute, Dr. Nogueira, eu estou apavorada com a reação dele. Nem sei do que ele será capaz se o senhor tentar levá-lo à força...

Chefe Conrado voltou a rir:

— Pela amostra!... O bicho é mesmo doido. Escute, Nogueira velho, e se a gente guardasse segredo? Como diz a senhora, eles vivem aqui sós, não há risco de se espalhar o contágio... Você mesmo não podia fazer o tratamento, como fazem no hospital?

O Dr. Nogueira hesitava (eu estava vendo que o Chefe Conrado tinha força sobre ele):

— Tudo isso é muito irregular...

Para mim, naquele instante, levarem com ele para o hospital era a ameaça pior. Pensar nele longe, numa enfermaria, no meio dos outros doentes contagiosos, nem podia dizer. E furioso, desesperado, se achando traído, capaz de qualquer loucura...

— Posso lhe garantir que não faltará nada aqui para o tratamento — insistia o Chefe Conrado. — Trago até uma enfermeira...

O Dr. Nogueira cortou o ar com um gesto da mão:

— Não, se não vamos declarar, é melhor não meter enfermeira nenhuma nisso. Por ora, pelo menos... Talvez ele reaja logo à medicação. E por falar em medicação...

Sentou-se de novo à mesa, abriu a pasta, tirou o bloco de receitas. O Comandante me chamou lá de dentro pedindo água.

Dei-lhe a água, tranquilizei-o:

— Eles não vão mais levar você não, meu amor. Combinei que fico lhe tratando aqui em casa.

Com pouco o Dr. Nogueira voltou para o quarto trazendo na mão a receita. Me explicando a dosagem dos remédios, as horas certas, dieta. Insistindo nas compressas frias. Chefe Conrado disse que ele mesmo ia apanhar os remédios.

Fui dando os remédios, controlando o termômetro, aplicando as tais compressas úmidas, sozinha. Estrela não tinha voltado, eu desconhecia o endereço deles por Saquarema, só me apareceram na quinta-feira. Eu podia ter chamado alguém de Patrão Davino, mas tinha medo de quebrar o segredo, sabia lá em quem confiar. Chefe Conrado vinha sempre que podia. O que mais me custava era pôr as toalhas molhadas em redor do corpo dele que ardia em febre, os olhos vesgos — mas me forçava, obedecendo cegamente ao maldito do velho; acho que até no fogo o punha se com isso me prometessem que o salvava.

Na manhã do quarto dia, o Comandante pareceu ter uma melhora. Me chamou para junto de si, na cama. Eu me ajoelhei no tapete, como fazia sempre, me debrucei sobre ele, alisando com a mão o seu cabelo. Ele levou a minha mão à boca, naquele seu gesto antigo, e eu senti o calor da sua febre me queimando os dedos. E ele começou a falar na voz que só tinha para mim, e a certas horas era quase tímido, baixinho e carinhoso:

— Tire essa roupa, venha para a cama. Quero você aqui, comigo.

Fiquei assustada:

— Mas meu bem você está doente... é uma maluquice... depois você piora.

Ele insistia, me puxava, com a mão incerta tentava desabotoar os botões do meu vestido. Segurei-lhe os dedos e ele murmurou muito triste:

— Eu devo estar meio repugnante... cheirando a febre e a remédio...

Beijei a mão que eu segurava, tirei depressa a roupa, me deitei do outro lado da cama, ajudei o pobre do meu amor a se despir também. Quando nos abraçamos, a pele dele ardia junto da minha que chegava a incomodar, era um fogo; a boca cheirava mesmo a remédio, forte; e ele teve um risinho humilde:

— Ah, hoje só você... Hoje eu não tenho forças para nada...

Fiz tudo que ele queria — só eu, como ele disse. E quando acabou, ele ficou muito tempo descaído, olhos fechados, respirando fundo, como se saísse debaixo d'água. Não me mexi, continuei a rodeá-lo com os braços até que lhe acalmasse o fôlego. Então enxuguei o suor que de novo o banhava, vesti-lhe o pijama, cobri-o com o cobertor. Só aí me vesti e fui lá para dentro, chorar escondido.

*

E pelo sexto dia o Comandante começou a se queixar de dores fortes.

Dr. Nogueira, que tinha chegado tarde da noite, atrasado para a visita, pôs-se a apalpar:

— Aqui no abdômen?

— Sim, na barriga. Dói muito.

O velho me levou de novo para a sala, falando baixinho:

— Não estou gostando dessas dores abdominais. Pode ser perfuração intestinal. Amanhã cedo vou trazer um colega para uma conferência. Amanhã bem cedo.

Cada vez o demônio do velho me fazia mais medo. Conferência? Conferência, pelo que eu me lembrava, era sinal de doente desenganado. "Já fizeram conferência médica"...

E, minha Nossa Senhora, que seria mesmo, que gravidade tinha — aquilo — perfuração intestinal?

De manhã vieram os médicos para a conferência. O outro era um doutor estranho, não lhe soube nem o nome, devem ter dito mas não gravei, era moço e vinha em uniforme branco de hospital. Não me falaram nada diferente, combinaram em voz baixa, eu só escutava o Dr. Nogueira dizer:

— Claro, claro. Imediatamente. Eu tinha pensado nisso.

Foram para o telefone, parece que não encontraram quem queriam. Dr. Nogueira se propôs:

— É melhor eu ir.

Mas o outro falou, meio incerto:

— Quem sabe é bom eu ir também... Talvez lhe criem alguma dificuldade...

Saíram, disseram que voltavam daí a pouco — meia hora, no máximo.

Mas eu nem precisava de ver a preocupação dos médicos para descobrir quanto o doente estava pior. Tudo me dizia isso — o olhar dele, perdido, a moleza total, largado na cama como morto, o corpo ardendo.

Chegou a hora de dar o remédio, eu olhava aflita o relógio, a meia hora prometida já passara e sem ninguém chegar. Resolvi dar o comprimido assim mesmo, eles não me tinham dito para suspender. Cheguei com o copo d'água, consegui arrancar da garganta uma voz natural:

— Seu remédio, meu bem...

Ele ainda entreabriu a boca, mas não tentou engolir. Murmurou:

— Frio... frio...

Estava nadando em suor, molhada a fronte, o rosto, como se chorasse. Peguei-lhe as mãos, de gelo. Eu insisti com o remédio, cheguei-lhe o comprimido aos lábios outra vez. Mas ele descaiu a cabeça sobre o peito, num desmaio. Me agarrei com ele, enxuguei-lhe o suor da testa e da face, esfreguei-lhe os pulsos, fitei-o de perto — e só então compreendi que já estava morto.

Mas ainda tinha calor de vida. Debrucei-me à borda da cama, sempre ajoelhada, encostei meu rosto no dele, cerquei-lhe o peito com os braços. Ainda lhe sentia o corpo morno, era como se lhe restasse uma parte de vida naquele pouco de calor.

Mas já estava pálido, pálido, pálido, como se uma onda amarela lhe subisse pela pele. Até que esfriou de todo e eu então me levantei. Arranjei as cobertas. Fechei os olhos dele, correndo de leve as mãos sobre as pálpebras, como tinha visto fazerem com Laurindo.

Os médicos estavam tocando a campainha e eu fui abrir o portão.

NO SOL DO MEIO-DIA um vaqueiro encourado atravessou o pátio, passou por baixo do pé de mulungu, tangendo uma vaca vermelha com o seu bezerrinho.

Era Zé Amador, no cavalo e na velha roupa de couro do pai; de longe me tirou o chapéu e me tomou a bênção.

Antônio Amador se chegou a mim no alpendre, vindo do seu posto na janela da cozinha, me convidou para ir ao curral ver a vaca parida:

— Foi esconder a bezerra na capoeira velha do finado Delmiro. É a novilha de primeira cria, tem-se que botar nome nela. Assim vermelha, que tal Garapu? E ainda é capaz de ser neta daquela outra Garapu — aquela que a finada Senhora comprou na sua mão, não se lembra?

E nós saímos no sol quente para ver a Garapu nova que mugia zangada sem querer passar pela porteira aberta.

Fim do

Livro do Comandante

Este livro foi impresso nas oficinas da
Distribuidora Record de Serviços de Imprensa S.A.
Rua Argentina, 171 – Rio de Janeiro, RJ
para a Editora José Olympio Ltda.
em maio de 2023